KB004332

트랩
THE TRAP

Die Falle by Melanie Raabe

ⓒ 2015 by btb Verlag,
a division of Verlagsgruppe Random House GmbH, München, Germany

All rights reserved. No part of this book may be used or reproduced in any manner
whatever without written permission except in the case of brief quotations
emboied in critical articles or reviews.

Korean Translation Copyright ⓒ 2016 by FROMBOOKS
Korean edition is published by arrangement with Verlagsgruppe Ramdom House GmbH, München
through BC Agency, Seoul

이 책의 한국어판 저작권은 BC에이전시를 통한
저작권사와의 독점 계약으로 '프롬북스'에 있습니다.
저작권법에 의해 보호를 받는 저작물이므로 무단 전재와 복제를 금합니다.

트랩
THE TRAP

멜라니 라베
MELANIE RAABE
서지희 옮김

북펌

1

나는 세상과 동떨어진 사람이다.

사람들이 하는 말이 그렇다. 마치 세상은 하나밖에 없다는 듯이. 나는 식탁이 놓인 휑하고 커다란 방 창가에 서서 밖을 내다보곤 한다. 일 층에 자리한 그 방의 커다란 창밖으로 숲으로 이어지는 뒤뜰이 펼쳐져 있다. 가끔 노루나 여우를 보기도 한다.

가을이 절정에 이른 요즘, 창밖을 내다보고 있으면 꼭 거울을 보는 기분이다. 점차 화려해지는 색, 나무를 뒤흔들며 가지를 휘거나 부러뜨리는 가을 폭풍. 드라마틱하면서도 아름다운 날들이다. 곧 끝이 다가온다는 걸 자연 스스로도 느끼는 듯, 온 힘을 다해 마지막으로 한껏 색을 뿜내고는 조용히 사그라진다. 해는 축축한 잿빛이었다가 차가운 백색으로 변해간다. 나를 찾아오는 사람들은, 습하고 추운 날씨에 대해 불평을 늘어놓는다(사람들이라 해봤자 도우미, 출판사 사장, 에이전트가 전부이지만). 차를 쓸 때마다 손이 꽁꽁 얼도록 자동차 앞유리에 낀 성에를 긁어내야 한다고. 아침에 집을 나설 때도 어두웠는데 돌아가려니 벌써 또 어두워졌다고. 나는 그런 추위나 날씨에 상관하지 않는다. 내 세상은 여름이든 겨울이든 늘 23.2도로 유지되며 항상 낮처럼 밝으니까. 여기에서는 비도 눈도 내리지 않고 손이 얼 일도 없다. 내 세상에는 계절이 하나뿐인데, 그걸 뭐라고 부를지는 아직 정하지 못했다.

이 집이 곧 나의 세상이다. 벽난로가 있는 방은 아시아, 서재는 유럽, 주방은 아프리카다. 북아메리카는 내 작업실, 남아메리카는 침실, 오세아니아는 테라스에 위치한다. 여기서는 몇 걸음 거리밖에 안 되지만 내가 절대로 닿을 수 없는 곳.

나는 십일 년 동안 집 밖으로 나간 적이 없다.

그 이유에 대해서는 수많은 언론에서 기사를 썼으니 금세 알 수 있다(그중 일부는 좀 과장된 면이 있다). 내가 아프고 그래서 이 집에서 나가지 못하는 것도 맞다. 하지만 완벽한 어둠 속에서만 산다거나 산소텐트 안에서 잠을 자지는 않는다. 나는 무척 잘살고 있다. 모든 건 규칙적이고 정돈돼 있다. 강력하고도 부드러운 시간이라는 흐름에 나를 맡기면 된다. 간혹 혼란을 일으키는 건 부코스키뿐이다. 비 오는 날 풀밭 위를 뛰어다니다 물을 뚝뚝 흘리며 흙 묻은 발로 집 안을 돌아다니기 때문이다. 그 덥수룩한 털을 쓰다듬을 때 느껴지는 축축한 감촉이 좋다. 타일과 마룻바닥에 남겨진 바깥세상의 지저분한 흔적도 좋다. 내 세상에는 흙도 나무도 풀밭도 없고 토끼도 햇빛도 없다. 지저귀는 새소리는 녹음된 것으로 듣고 햇볕은 지하에 있는 일광욕실에서 쬔다. 내 세상은 넓진 않지만 안전하다. 적어도 나는 그렇게 생각한다.

2

어느 화요일, 내 세상에 지진이 일어났다. 예고도 없이 느닷없이.

그때 나는 나만의 이탈리아에 있었다. 나는 여행을 자주 한다. 특히 예전에 가봤던 나라들로 여행하는 걸 즐기는데 이탈리아는 전에 여러 번 갔던 곳이라 종종 찾았다.

이탈리아는 아름답지만, 내 여동생을 떠올리게 하는 위험한 나라다.

안나는 이탈리아를 사랑했다. 안나는 어렸을 적, 이탈리아 어 카세트테이프를, 다 늘어나서 못 쓰게 될 때까지 되풀이해 들었고, 십 대 때는 어렵게 돈을 모아서 산 베스파(Vespa: 이탈리아의 스쿠터 브랜드-역주)를 타고 마치 로마의 좁디좁은 골목을 누비듯 우리 동네를 이리저리 내달렸다.

이탈리아는 나에게 안나를, 또 어둠 이전의 시절을 떠오르게 한다. 이럴 때마다 안나에 대한 생각을 쫓아버리려 하지만, 파리 잡는 끈끈이처럼 끈덕지게 들러붙어 떨어지질 않는다. 다른 어두운 생각도 마찬가지로 거부할 수가 없다.

그래도 어쨌든 나는 '이탈리아'에 왔다. 나는 일주일 내내 이 층에 나란히 붙어 있는 세 개의 손님방에 머물렀다. 전에는 한 번도 사용한 적 없고 들어간 적도 거의 없던 그 방들을 나만의 이탈리아로 정했다. 그곳과 어울리는 음악을 틀고, 이탈리아 영화를 보고, 그 나라와 국민에 대한 기록물에 심취하고, 여기저기에 사진집을 펼쳐놓고, 매일같이 전문 케이터링 업체에 이탈리아 각지의 대표 요리를 배달시켰다. 와인도 함께. 아, 와인. 덕분에 나의 이탈리아는 진짜에 가까워졌다.

나는 로마의 거리를 걸어 아주 유명한 레스토랑으로 향했다. 도시는 숨 막힐 듯 더웠고 나는 점점 지쳐갔다. 넘쳐나는 관광객 물결에, 상인의 호객 행위에, 나를 둘러싼 아름다움에. 나는 침을 삼켰다. 여러 색의 조합이 놀라웠다. 그 영원한 도시 위로는 잿빛 하늘이 끝없이 펼쳐졌고, 아래로는 흐릿한 녹색의 테베레 강이 흘렀다.

깜빡 잠이 들었나 보다. 조금 전까지 봤던 고대 로마에 관한 다큐멘터리는 이미 끝났고 나는 혼란스러워졌다. 꿈을 꾼 기억은 없다. 다시 정신을 차리기가 힘들다.

요즘에는 꿈을 거의 꾸지 않는다. 현실세계에서 떠나기로 한후, 처음 몇 년간은 이전보다 훨씬 더 자주 꿈을 꿨다. 마치 뇌가 일상에서 경험하지 못하는 새로운 자극을, 잠을 자는 동안 스스로 메우려는 것만 같았다. 다채로운 색의 향연, 열대우림과 말하는 동물, 갖가지 마술을 부리는 사람들이 사는 알록달록한 유리

도시. 내 꿈은 항상 즐겁고 밝은 분위기로 시작되지만 곧 서서히, 거의 눈에 띄지 않게, 마치 검은 잉크를 빨아들이는 압지처럼 어두운 색으로 변해간다. 우림에서는 나뭇잎이 떨어지고, 동물들은 입을 다문다. 화려한 유리는 갑자기 칼처럼 날카로워져서 사람들은 손을 베이고, 하늘은 블랙베리 빛으로 물든다. 그러면 이제 그것이 나타난다. 괴물……. 어떤 때는 그저 으스스한 기분만 느껴지고, 어떤 때는 내 곁에 바싹 붙은 듯 그림자가 드리워진다. 나를 쫓아오는 괴물의 얼굴을 마주치지 않기 위해 도망칠 때도 있다. 그 얼굴을 쳐다보는 순간 나는 매번 죽기 때문이다. 아직 한 번도 살아난 적은 없다. 꿈속에서 죽고 나면 물에 빠진 사람처럼 숨을 헐떡이며 잠에서 깬다. 그런 날이면, 꿈을 자주 꾸었던 처음 몇 년간은, 밤마다 까마귀 떼처럼 침대 위에 내려앉은 생각들을 쫓느라 괴로웠다. 너무나 고통스러운 기억이지만 그 순간엔 동생을 떠올릴 수밖에 없었다.

오늘 밤에는 꿈도 꾸지 않았고 괴물도 나타나지 않았는데 뭔가 불안한 기분이 든다. 알아들을 수 없는 어떤 문장이 머릿속에서 울려 퍼진다. 누군가의 목소리……. 잘 떠지지 않는 눈을 깜빡거리며 저릿한 오른팔을 주물렀다. 여전히 켜진 텔레비전에서 나를 깨운 목소리가 흘러나온다.

뉴스 채널에서 자주 듣는, 또 내가 좋아하는 다큐멘터리를 진행하기도 하는 사무적이고 중립적인 남자 목소리. 리모컨을 찾으려고 간신히 손을 휘둘러봤지만 잡히지 않는다. 거대한 내 침대는 바다다. 그 위에는 수많은 베개와 이불, 사진집, 한 무리의 리모컨이 떠 있다. 텔레비전용, DVD플레이어용, 여러 파일을 재생할 수 있는 두 대의 블루레이플레이어용, 음향기기용, 비디오 레코더용 리모컨들. 결국 찾기를 포기하고 식식거리고 있을 때, 남자의 목소리가 근동 지역 뉴스를 전한다. 하지만 그런 건 지금 내가 알고 싶은 게 아니다. 나는 지금 이탈리아로 휴가를 왔고 이 여행을 즐기는 중이라고!

이제 너무 늦어버렸다. 며칠 동안만이라도 듣고 싶지 않았던 현실세계의 실상(전쟁, 참사, 잔혹한 일들과 같은)이 그 남자의 목소리를 통해 내 머릿속으로 밀려드는 바람에 그전까지의 안락함이 일순간에 사라지고 말았다. 이탈리아에 온 듯한 기분은 사라지고 여행은 엉망이 됐다. 내일 아침에는 이탈리아 분위기를 내기 위해 늘어놓은 것들을 싹 다 치우고 다시 내 침실로 돌아가야겠군. 텔레비전 불빛이 눈부셔 눈을 비볐다. 이제 그 뉴스 진행자는 근동 지역에서 국내 정치로 주제를 바꿨다. 체념한 채 물끄러미 진행자를 쳐다봤고 피곤한 나머지 눈에서는 눈물이 흘러내렸다. 진행자가 말을 마치자 베를린 현지 생중계가 이어졌다. 어둠 속에서 웅장하고도 거만한 모습으로 우뚝 선 국회의사당 앞에서 한 기자가 총리의 지난 해외 순방에 관한 소식을 전했다.

눈을 가늘게 뜨고 있다가 흠칫 놀라 눈을 깜빡였다. 말도 안되는 일이다. 그 남자다! 이렇게 내 눈앞에 나타나다니! 나는 멍한 상태로 고개를 세차게 흔들었다. 이럴 수가, 어떻게 이럴 수가. 그 광경이 믿기지 않아 다시 빠르게 눈을 깜빡였지만 달라지는 건 없었다. 심장이 꽉 조여왔다. 뇌는 계속 같은 말을 반복했다. '말도 안 돼.' 하지만 의식은 이 상황이 진짜라는 걸 알고 있다. 오, 세상에!

내 세상이 진동했다. 무슨 일이 일어났는지는 알 수 없지만 침대가 덜덜 떨렸고, 책장이 흔들리더니 결국 부서졌다. 벽에 걸려있던 그림 액자들이 바닥에 떨어지고, 유리가 산산조각 나고, 처음에 가느다란 균열이 생기기 시작한 천장이 나중에는 쩍쩍 갈라졌다. 벽까지 무너져 내려 엄청난 소음이 났지만, 그래도 고요했다. 아무 소리도 들리지 않을 만큼.

내 세상은 파편과 잿더미에 둘러싸였다. 폐허 한가운데에서 침대에 앉아 텔레비전을 응시했다. 나는 곪아터진 상처였다. 몸에서는 날고기 냄새가 진동했다. 나는 입을 헤벌린 채 있었지만 머릿속에서는 빛이 번쩍였다. 너무 밝아 고통스러울 정도로. 눈앞에 보이는 모든 것이 빨갛게 물들었고 나는 가슴을 움켜쥐었다. 현기증이 나고 의식이 가물가물했다. 이 생경하고도 불그스름한 기분이 뭔지 나는 잘 알았다. 공황발작이 시작됐다. 호흡이 가빠져서 곧 기절할 지경이다. 아니, 차라리 기절하고 싶다. 이 광경, 저 얼굴, 더는 견디기가 힘들다. 눈길을 다른 데로 돌리려 했지만 불가능했다. 마치 화석이 된 것만 같다. 보고 싶지 않았지만 볼 수밖에 없었다. 눈이 텔레비전에 고정된 채 도무지 움직이지 않았다. 나는 눈을 크게 뜬 채 꿈속에 나타났던 그 괴물을 응시하면서 꿈에서 깨려고, 제발 깨어나려고 안간힘을 썼다. 죽은 다음엔 깨어나면 된다. 꿈에서 괴물에게 죽임을 당한 후 그랬던 것처럼.

하지만 나는 이미 깨어 있었다.

3

　다음 날 아침, 폐허 속에서 빠져나와 잔해들을 하나씩 다시 주워 모았다.

　내 이름은 린다 콘라츠. 직업은 소설가. 매년 책을 한 권씩 쓰고 있다. 출간된 책들은 모두 베스트셀러가 되었다. 나는 부유하다. 더 정확히 말하자면 나는 돈이 많다.

　나이는 서른여덟. 나는 아프다. 나의 병에 관해 각종 추측성 기사가 나돌고 있고, 덕분에 자유롭게 움직일 수도 없는 신세가 됐다. 나는 십일 년 넘게 집 밖으로 나가지 않고 있다.

　나에게는 가족이 있다. 하지만 부모님을 못 뵌 지도 벌써 몇 년째다. 부모님도 나를 찾아오지 않고, 나도 뵈러 갈 수가 없다. 전화 통화도 거의 하지 않는다.

　별로 생각하고 싶지 않지만 아예 떠올리지 않을 수는 없는 사건이 있다. 동생에 관한 일. 벌써 오래전 일이다. 나는 동생을 사랑했다. 동생의 이름은 안나. 동생은 죽었다. 나보다 세 살 어렸던 동생. 십이 년 전에 죽었다. 그냥 죽은 게 아니라 살해됐다. 십이 년 전, 동생이 살해됐고 내가 동생을 발견했다. 나는 범인이 도망치는 걸 목격했다. 얼굴도 봤다. 남자였다. 범인은 나를 한 번 쳐다보고는 도망쳤다. 범인이 왜 그냥 가버렸는지 모른다. 왜 나를 공격하지 않았는지. 내가 아는 것은 동생은 죽었고 나는 죽지 않았다는 것뿐이다.

나의 담당 심리치료사는 내가 엄청난 정신적 충격을 받았다고 진단했다.

이게 내 삶이고, 이게 나다. 그 일에 대해선 별로 생각하고 싶지 않다.

기운을 차리고 양다리를 침대 가장자리로 휙 움직여 자리에서 일어났다. 아니, 그렇게 생각만 했을 뿐 실제로 내 몸은 단 1센티미터도 움직이지 않았다. 몸이 마비된 건가? 팔과 다리에 아무 힘이 없었다. 다시 한 번 시도했지만 마치 뇌가 내리는 명령이 너무 약해서 사지에 전달되지 못하는 것 같았다. 하긴 잠시 그냥 이렇게 누워 있어도 문제될 건 없다. 아침이 밝긴 했지만 이 텅 빈 집 말고는 나를 기다리는 게 없으니까. 용쓰기를 그만뒀다. 이상하게 몸이 무거웠다. 잠깐 다시 누웠지만 잠들지는 않았다. 얼마 후 협탁에 놓인 시계를 보니 여섯 시간이 지났다. 화들짝 놀랐다. 좋지 않은 징조다. 시간이 빨리 흘러갈수록 밤도 빨리 찾아온다. 집 안의 모든 조명을 다 켜두어도 밤이 무섭다. 여러 번 시도 끝에 겨우 욕실로, 또 계단을 통해 아래층으로 내려갈 수 있었다. 세상의 다른 끝으로의 탐험. 부코스키가 반갑게 꼬리를 흔들며 다가왔다. 부코스키한테 먹이를 주고, 그릇에 물을 따라주고, 잠시 돌아다니며 놀 수 있게 바깥에 풀어주었다. 그러고는 유리창을 통해 그 모습을 바라봤다. 평소에는 부코스키가 뛰노는 모습을 보는 게 즐거웠지만 이번에는 아무런 느낌이 없다. 오늘은 그저 부코스키를 빨리 들여보내고 침대에 다시 눕고 싶다. 나는 숲 초입에서 팔짝팔짝 뛰고 있는 작은 점을 향해 휘파람을 불었다. 부코스키가 스스로 돌아오지 않는다면 나로서는 어찌할 방도가 없다. 하지만 아직 그런 적은 없다. 부코스키는 항상 나에게로, 내 작은 세상으로 다시 돌아왔고 오늘도 역시 그랬다. 부코스키가 놀아달라는 듯 나에게 뛰어올랐지만 나는 그럴 수가 없었다. 결국 부코스키는 실망한 모습으로 포기하고 말았다.

미안해, 친구.

부코스키가 주방에서 자기가 가장 좋아하는 자리에 몸을 둥글게 말고 누워, 슬픈 눈으로 나를 쳐다본다. 나는 몸을 돌려 침실로 갔다. 들어가자마자 바로 침대에 누웠는데 아주 나약하고 연약해진 기분이 들었다.

어둠이 있기 전, 은둔 생활을 하기 전, 그러니까 내가 현실세계에 살았고 지금보다 강인했을 때는 심한 감기에 걸렸을 적에나 느끼던 기분이었다. 하지만 지금 감기에 걸린 게 아니다. 이건 우울증이다. 평소에는 생각하지 않으려고 극도로 조심하지만, 지금처럼 별수 없이 안나와 그때 일어난 사건을 떠올리게 되는 순간이면 찾아오는 우울증.

평온하게 살기 위해, 동생에 대한 생각을 억누르기 위해 내가 얼마나 노력해왔는데……. 그러나 이제 그 모든 노력이 허사가 되고 말았다. 긴 세월이 지났음에도 상처는 아물지 않았다. 시간이 약이라는 말은 다 거짓말이다.

너무 늦기 전에, 나를 암흑으로 이끄는 우울증의 소용돌이 속에 완전히 빠져버리기 전에 뭔가 해야만 했다. 의사를 만나 약이라도 처방받아야 하지만, 도무지 그럴 만한 마음의 준비가 되지 않는다. 그런 건 나에겐 상상 이상의 노력을 요구하는 일이다. 뭐 아무튼 상관없다. 어차피 우울증은 계속될 테니까. 어쩌면 나는 이렇게 쭉 침대에 누워 있을 수도 있다. 무슨 차이가 있을까? 집 밖으로 나가지도 못하면서 매번 침실 밖으로, 아니면 침대 밖으로, 그것도 아니면 지금 내가 누운 이 자리 밖으로 나갈 이유가 있을까? 어차피 해가 지면 밤이 찾아오는 건 똑같은데 말이다.

누군가에게 전화를 거는 방법도 있다. 예를 들면 노베르트. 그라면 와줄 것이다. 노베르트는 내 책을 출판하는 출판사 사장이자 친구이기도 하니까. 안면근을 마음대로 움직일 수만 있다면 노베르트를 생각하는 지금, 미소를 지을 텐데……. 지난번 노베르트와 만났을 때를 떠올렸다. 우리는 주방에 앉아 내가 직접 만든 볼로네즈 스파게티를 먹었고, 노베르트는 남프랑스 여행기, 출판사 돌아가는 일, 아내에 관한 험담 등을 늘어놓았다. 노베르트는 멋지고 목소리가 크고 재밌는 데다 항상 많은 이야기를 들려준다. 미소는 정말 최고다. 저쪽 세상과 내 세상 모두를 통틀어서 말이다.

노베르트는 나를 '극한 생물'이라 불렀다. 처음 그 말을 들었을 때는 무슨 뜻인지 인터넷에서 찾아봤다. 그리고 그게 나랑 얼마나 잘 어울리는지 알고 깜짝 놀랐다. 극한 생물이란 보통의 생물들은 살기 힘든 극한 환경에서 살아가는 생물을 말한다. 극도의 더위나 추위, 완전한 어둠, 방사능에 노출된, 혹은 강한 산성의 환경, 아니면 거의 완전한 고립 상태(바로 이것이 노베르트가 나를 그렇게 부르는 이유일 것이다). 극한 생물. 나는 이 단어가 좋고 노베르트가 나를 그렇게 부르는 것도 좋다. 그건 마치 내가 이 모든 걸 스스로 선택한 것처럼 들리기 때문이다. 마치 이런 극단적인 방법으로 살아가는 걸 아주 좋아하는 것처럼. 마치 내게 선택권이 있기라도 한 것처럼.

현재 내가 선택할 수 있는 거라고는 왼쪽으로 누울지 오른쪽으로 누울지, 엎드릴지 똑바로 누울지, 이런 것뿐이다. 아니면 하루를 쉴지 이틀을 쉴지 같은 것. 나는 아무 생각도 하지 않으려고 안간힘을 썼다. 잠시 후 자리에서 일어났다. 넓은 침실 벽을 따라 늘어선 책장으로 다가가 책 몇 권을 꺼내서 침대 위에 늘어놓았다. 그러고는 내가 가장 좋아하는 빌리 홀리데이 앨범을 무한 반복재생으로 설정한 뒤 다시 이불 속으로 기어들었다. 음악을 들으며 책을 읽기 시작했다. 얼마나 지났을까, 눈이 따끔따끔해졌고 빌리 홀리데이의 음악은 마치 뜨거운 목욕물처럼 나를 녹여버리려는 것 같았다. 책 읽기를 그만두고 영화나 한 편 보고 싶었지만, 텔레비전을 켤 수가 없었다. 도저히 그럴 만한 용기가 나지 않았다.

그때 발자국 소리가 들렸다. 나는 소스라치게 놀랐다. 조금 전 수많은 리모컨 중 하나로 음악 소리를 줄여놓았기 때문에 빌리 홀리데이의 목소리는 더 이상 들리지 않았다. 누구지? 한밤중인데. 왜 부코스키가 짖지 않는 거지? 몸을 일으켜 호신용으로 뭐라도 집어 들거나, 어딘가 숨거나, 다른 뭐라도 하고 싶었지만, 결국 토끼 눈을 한 채 가쁜 숨을 쉬며 그대로 누워 있을 수밖에 없었다. 누군가 문을 두드렸다. 나는 아무 말도 하지 않았다.

"계세요?" 누군가 소리쳤다. 모르는 목소리다.

잠시 후 또 들리는 목소리. "작가님, 안에 계세요?"

문이 열렸고, 나는 목청껏 소리치는 대신 신음 소리만 냈다. 샬로테, 도우미다. 물론 나는 샬로테의 목소리를 알고 있다. 겁에 질린 나머지 익숙한 목소리까지 낯설게 들렸나 보다. 샬로테는 일주일에 두 번씩 와서, 장보기나 편지 부치기 같은 일들을 처리한다. 바깥세상과의 '유료' 연결고리. 이제 샬로테는 망설이는 듯한 모습으로 문가에 서 있다.

"괜찮으세요?"

나는 생각을 재정리했다. 샬로테가 왔다면 지금이 밤일 리가 없다. 굉장히 오랫동안 침대에 누워 있었나 보다.

"이렇게 불쑥 들어와서 죄송해요. 벨을 눌렀는데 아무 대답이 없고, 걱정이 돼서 문을 열고 들어왔어요."

벨을 눌렀다고? 여러 꿈속을 헤매던 중에 무슨 소리가 들렸던 것도 같다. 이렇게 한참 만에 다시 꿈을 꾸게 되다니.

"몸이 좀 안 좋아요. 깊이 잠들어서 벨 소리를 못 들었나 봐요. 미안해요."

나는 약간 창피함을 느끼며 몸을 일으키지도 않고 그냥 그대로 누워 있었다. 샬로테가 불안해 보였다. 좀처럼 불안해할 줄 모르는 사람인데……. 샬로테를 도우미로 고용한 것도 바로 그런 이유 때문이다. 샬로테는 이십 대 후반 정도로 나보다 어리다. 카페 몇 군데와 시내 어딘가에 있는 영화관 창구를 전전하며 일을 하고, 일주일에 두 번은 나를 찾아온다. 나는 샬로테를 좋아한다. 블루 블랙으로 염색한 짧은 머리, 건강한 몸, 화려한 문신, 시시한 농담, 어린 아들 이야기까지. 자기 아들을 늘 악동이라 부르곤 했다.

샬로테가 긴장하는 걸 보니 내 몰골이 말이 아닌 게 틀림없다.

"뭐 필요하신 거 있어요? 약이나 뭐 그런 거요?"

"고맙지만 괜찮아요. 필요한 건 집에 다 있어요."

내 목소리가 마치 로봇처럼 이상하게 들린다. 나 스스로도 그걸 느꼈지만 달리 어쩔 수가 없었다.

"샬로테, 오늘은 부탁할 일이 없네요. 미리 연락했어야 했는데. 미안해요."

"괜찮아요. 장 본 건 냉장고에 넣어놨어요. 가기 전에 부코스키를 산책시킬까요?"

오, 맙소사, 부코스키. 대체 나는 얼마나 오래 여기 누워 있던 거지?

"그래주면 고맙겠어요. 그 전에 밥 먼저 좀 챙겨줄래요?"

"그럴게요."

나는 더 이상 할 말이 없음을 알리듯 이불을 코밑까지 끌어올렸다.

샬로테는 정말 나를 혼자 놔둬도 될지 망설이는 듯 문가에 잠시 머물렀다가 결국 돌아서서 가버렸다. 주방에서 샬로테가 부코스키에게 밥을 주는 소리가 들렸다. 다른 때 같으면 집 안에서 그런 소리가 나는 게 듣기 좋았을 텐데 지금은 아무런 감흥이 없다. 베개와 이불을 끌어당겨 어둠 속에 파묻혔지만 오늘은 도저히 잠이 오지 않는다.

4

어둠 속에 누워 내 인생에서 가장 암울했던 날을 떠올렸다. 동생이 땅에 묻히던 그때는 슬퍼할 수조차 없었다. 내 머리와 몸은 '왜?'라는 물음으로 가득 차 있었으니까. **왜? 왜? 왜? 대체 왜 안나가 살해당한거지?** 이 물음 외에는 그 어떤 생각도 비집고 들어올 자리가 없었다.

부모님, 안나의 친구, 동료들을 비롯한 조문객, 그밖에 내가 만난 모든 사람들이 나한테 같은 물음을 던지는 것만 같았다. 어쨌든 나는 그 현장에 있었으니 뭐라도 알아야 하는 것 아닌가. 도대체 무슨 일이 있었던 걸까? 안나는 왜 살해당했을까?

지금도 다 기억난다. 조문객이 눈물을 흘리던 모습, 관 위로 꽃을 던지고 서로를 붙들며 눈물을 훔치던 모습. 모든 게 너무나 비현실적이고 이상하게 왜곡된 기억으로 남았다. 소리, 색깔, 심지어 감정까지도. 늘어진 테이프를 틀어놓은 듯한 목소리로 말하는 목사. 만화경 속 세상에서 움직이는 것 같은 사람들. 무채색 장미와 백합꽃 장식.

아, 젠장, 꽃! 그 생각 때문에 다시 현실로 돌아와 상체를 일으켜 세웠다. 샬로테에게 온실 화분에 물을 주라고 했어야 했는데 깜빡하고 말았다. 샬로테는 이미 한참 전에 돌아갔다. 샬로테는 내가 화초를 애지중지하면서 직접 돌본다는 사실을 잘 알고 있기 때문에 나 대신 물을 줘야겠다는 생각까지는 하지 않았을 것이다. 어쩔 수 없이 직접 할 수밖에……. 끙 하는 소리를 내며 자리에서 일어섰다. 맨발로 디딘 바닥이 서늘했다. 한 걸음 한 걸음을 힘겹게 옮기며 복도를 따라 계단을 내려가 거실과 식당을 지났다. 그러고는 온실 문을 열고 정글로 입성했다.

내 집은 넓고 텅 빈, 생명력이라고는 전혀 느껴지지 않는(부코스키만 빼고) 곳이다. 그러나 이곳, 탐스럽고 무성한 녹색식물이 가득한 온실만은 활기가 넘쳤다. 야자수, 양치식물, 시계꽃, 극락조화, 안투리움과 수많은 난초들. 나는 이국적인 식물을 좋아한다.

자그마한 온실 안에 들어오니 후텁지근한 공기 때문에 금세 이마에 땀이 맺혔고, 잠옷으로 입고 있던 길고 헐렁한 티셔츠도 축축해져 몸에 달라붙었다. 나는 이런 초록의 우거짐을 사랑한다. 정돈된 건 싫다. 뭔가 정신없지만 생명력이 느껴지는 편이 좋다. 마치 숲을 거닐 때처럼 통로를 지날 때마다 가지와 잎사귀가 내 몸을 스치는 게 좋다. 꽃잎의 향기에 취하고, 그 화려한 색깔에 눈이 부시는 게 좋다.

잠시 서서 주위를 둘러본다. 평소 같으면 그 광경만으로도 기분이 좋았을 텐데, 지금은 아무런 감정도 느껴지지 않는다. 온실 안은 밝은 조명이 켜져 있지만 밖은 깜깜한 밤이다. 유리 천장 밖

으로 별들이 무심하게 반짝인다. 내가 그리도 즐기는 일을 오늘
만큼은 아주 기계적으로 해나갔다. 꽃에 물을 주고, 손으로 흙을
만져보는 일들을……(흙이 마른 상태이고 쉬 부스러지면 물을 더 줘
야 하고, 물기가 충분하면 손에 달라붙는다).

　무성한 잎사귀를 헤치고 온실 뒤쪽으로 향했다. 나만의 작은
난초 정원이 있는 곳. 선반마다 층층이 난초가 놓여 있고, 천장에
매달아둔 화분들도 있다. 여기저기에 꽃이 많이 피었다. 내가 가
장 아끼는 꽃이자 애물단지인 한 녀석도 바로 이곳에 있다. 그 작
은 난초는 화려하게 꽃을 피운 다른 난초들 사이에 있으니 초라
하고 못생겨 보였다. 두세 장밖에 안 되는 윤기 없는 어두운 녹색
잎, 마른 잿빛 뿌리. 꽃을 안 피운 지도 한참 됐고 꽃자루조차 나
오지 않았다. 다른 식물은 온실을 만들기 위해 구입한 것이지만,
그 난초만은 유일하게 이전부터 있었다. 그러니까 아주, 아주 오
래전 내 예전 삶, 현실세계로부터 온 것이다. 그래서인지 더는 꽃
을 피우지 못하리란 걸 알면서도 인정상 버릴 수가 없었다. 그 녀
석에게 물을 조금 줬다. 그런 다음 큼직한 흰색 꽃이 핀, 유독 아
름다운 난초 중 하나로 몸을 돌렸다. 나는 손으로 잎을 쓰다듬고,
마치 벨벳 같은 꽃을 조심스럽게 만져봤다. 아직 피지 않은 꽃봉
오리들은 딱딱하게 느껴질 정도로 단단했다. 그 터질 듯한 생명
력. 오래지 않아 그것들은 꽃을 피울 것이다. 꽃줄기 몇 개를 잘
라다가 안에 있는 꽃병에 꽂아둬도 좋겠다. 이런 생각을 하던 와
중에 또 갑자기 안나가 머릿속에 떠올랐다. 이곳에서도 안나에
대한 생각을 놓을 수가 없다니.

어렸을 때 안나는, 나나 다른 아이들과는 달리 꽃을 꺾는 걸 좋아하지 않았다. 그 예쁜 꽃의 머리를 뜯어내는 건 못된 짓이라고 하면서. 그때 일을 생각하니 입가에 미소가 번진다. 유별났던 안나. 갑자기 눈앞에 동생의 모습이 뚜렷하게 보였다. 금발머리, 선명한 파란색 눈, 작은 코, 큰 입, 흐릿한 눈썹 사이에 진 주름(화를 낼 때만 또렷하게 보이던). 왼쪽 볼 위, 정삼각형을 이루던 작은 점들. 평소에는 거의 눈에 띄지 않다가 한여름의 햇살이 아주 적당한 각도로 비출 때면 나타나던 양 볼의 금색 솜털. 그런 동생의 모습이 아주 선명하게 보였다. 또 그 낭랑한 목소리도 들렸다. 소녀다운 외모와는 전혀 안 어울리던, 사내아이처럼 능글맞은 웃음소리도. 안나는 내 눈앞에서 웃고 있었다. 나는 명치를 한 대 얻어맞은 것만 같았다.

안나가 세상을 떠난 지 얼마 되지 않아 심리치료사와 나눴던 대화를 떠올렸다. 경찰 수사는 진척이 없었고 내 설명을 토대로 만든 몽타주는 별로 도움이 안 됐다. 내가 목격했던 남자와 그 몽타주는 비슷하지도 않았다. 하지만 아무리 노력해봐도 그 이상 잘 설명할 수가 없었다. 당시 나는 담당 심리치료사에게 왜 그런 일이 일어났는지 알아야겠다고, 불확실한 건 못 견디겠다고 말했다. 그러자 심리치료사는 그런 감정이 지극히 정상적인 것이고 바로 그게 피해자 가족들이 가장 힘들어하는 이유라고 하며 '자조(自助) 모임'을 추천했다. 자조 모임이라니! 웃음이 터지려는 걸 참았다. 당시에는 원인만 밝힐 수 있다면 뭐든 하겠다고 말했다. 설령 그게 내 동생의 잘못이었다고 하더라도. 설령 그렇다고 해도.

왜? 왜? 왜?

"콘라츠 씨, 그 질문에 지나치게 집착하고 있어요. 좋지 않은 일입니다. 내려놓으셔야 해요. 당신 인생을 사세요."

나는 안나의 모습, 안나에 대한 모든 생각을 떨쳐버리려고 애썼다. 계속 거기에 빠져 있다가는 어떻게 될지 알기에 더는 떠올리고 싶지 않았다. 이미 한번 미쳐버릴 뻔한 적이 있었다. 안나가 죽었다는 생각, 또 범인이 여전히 저 밖 어딘가에서 자유롭게 활보하고 있을 거란 생각에 나는 제정신이 아니었다.

최악인 건, 내가 아무것도 할 수 없다는 것이다. 그러니 아예 생각을 안 하는 편이 나았다. 그저 안나를 잊는 편이…….

이번만큼은, 계속 노력하는데도 생각을 지울 수가 없다. 왜지?

그 순간 뉴스 기자의 얼굴이 눈앞에 번쩍 떠오르며 모든 게 분명해졌다. 나는 지난 몇 시간 동안 쇼크 상태에 빠져 있었던 것이다.

그러나 이제는 확실히 알 수 있다. 텔레비전에서 본 그 남자, 내가 보고 그토록 당황했던 그 남자는 진짜다.

악몽이 아니라 현실이다.

동생을 죽인 범인을 봤다. 십이 년 전 일이지만 정확히 기억할 수 있다. 그게 무엇을 의미하는지 나는 격렬히 자각했다.

방금 물을 채운 물뿌리개를 손에서 떨어뜨리고 말았다. 물뿌리개가 덜그럭 소리와 함께 바닥에 나뒹굴었고 내 맨발 위로 물이 쏟아졌다. 그대로 몸을 돌려 서둘러 온실에서 나오다 문턱에 발을 찧고 말았다. 발을 관통하는 강렬한 통증에도 아랑곳하지 않은 채 계속 걸음을 서둘렀다.

재빨리 일 층을 통과하고 계단을 올라 이 층 복도를 미끄러지듯 달렸다. 침실에 도착했을 때는 숨이 턱까지 차올랐다. 노트북은 침대 위에 놓여 있었다. 왠지 모르게 위협적인 빛을 뿜어내며. 잠시 망설이다가 자리에 앉아 떨리는 손으로 노트북을 내 쪽으로 끌어당겼다. 그러고는 누가 훔쳐보기라도 할까 두려워하며 조심스레 노트북을 열었다.

인터넷 창을 열고 구글에 접속한 뒤 그 남자가 나왔던 뉴스 프로그램의 제목을 입력했다. 긴장한 탓에 오타가 몇 번 났고, 세 번 시도한 끝에 결국 성공했다. 뉴스 편집국 홈페이지로 들어가, 직원들 이름을 하나씩 클릭했다. 다 정신 나간 짓일 뿐이라는, 그냥 꿈을 꾼 것이지 진짜 그 남자를 봤을 리 없다는 생각을 하면서.

바로 그때 그 남자가 나타났다. 몇 명 클릭하지도 않았는데 금방 찾아냈다. 괴물. 그의 사진이 갑자기 화면에 뜨는 순간, 화들짝 놀라 나도 모르게 왼손으로 사진을 가려버리고 말았다. 도저히 그를 볼 수가 없었다, 아직은. 또다시 벽들이 흔들리고 가슴이 쿵쾅댔다. 정신을 집중하고 호흡을 가다듬었다. 그리고 눈을 감았다. 아주 침착하게. 좋아. 다시 눈을 뜨고 화면을 응시했다. 남자의 이름과 이력을 읽어본다. 상도 몇 개 탔고 가족도 있다. 부족할 것 없는 성공적인 인생. 가슴 한구석이 찢어지는 듯했다. 수년 전에 느꼈던 그 기분, 탈 듯 뜨거운 기분. 나는 화면 속 사진을 가린 손을 천천히 내렸다.

그 남자를 쳐다봤다.

나는 지금 내 동생을 죽인 남자의 얼굴을 마주하고 있다.

분노의 감정이 목을 조여오고, 오로지 한 가지 생각밖에 나지 않는다.

널 잡고 말 거야.

노트북을 덮어 한쪽으로 치운 뒤 자리에서 일어났다.

머릿속이 혼란스럽고 심장이 쿵쾅댔다.

더 믿기 힘든 점은 그 남자가 여기서 아주 가까운 곳에 살고 있다는 것이다! 내가 평범했다면 별 어려움 없이 그를 만날 수 있겠지만 나는 집에 갇힌 몸이다. 그리고 경찰에 관해 말하자면, 그들은 당시에도 내 말을 믿지 않았다.

따라서 내가 그 남자에게 무슨 말을 하거나, 대면하거나, 문책이라도 하려면 이쪽으로 오도록 해야 한다. 어떻게 하면 그를 유인할 수 있을까?

다시 심리치료사와 나눴던 대화가 떠올랐다.

"대체 왜죠? 왜 안나가 죽어야만 했을까요?"

"그 답을 영영 찾지 못할 수도 있다는 걸 받아들여야 해요, 린다."

"그럴 수는 없어요. 절대로요."

"차츰 받아들이게 될 거예요."

전혀 그렇지 않아.

나는 머리가 터지도록 고민했다. 그 남자는 기자다. 그리고 나는 만나기 힘들기로 악명 높은 유명 작가다. 수년 전부터 유럽의 대형 신문사와 방송사가 나에게 인터뷰를 요청하고 있다(특히 새 책이 출간될 때면 더욱 쇄도한다).

또다시 심리치료사와의 대화를 떠올렸다. 치료사가 했던 조언도 기억났다.

"린다, 당신은 지금 스스로를 힘들게 하고 있어요."

"그 생각을 도무지 멈출 수 없는걸요."

"이유가 필요하다면 지어내기라도 해봐요. 책을 한 권 써보든가요. 어떻게든 당신 머릿속에서 그 생각을 씻어내고 거기서 벗어나야 해요. 부디 당신 인생을 살아요."

순간 목덜미의 털이 쭈뼛 섰다. 그래, 바로 그거야!

온몸에 닭살이 돋았다.

답은 너무나 명료했다.

나는 새 책을 쓸 것이다. 그때 그 사건을 범죄소설로 만드는 것이다.

범인을 유인하는 동시에 나에게는 치료제가 되도록.

몸을 짓누르던 무거운 짐을 내려놓은 기분이다. 나는 한층 가벼워진 발걸음으로 침실을 나섰다. 욕실에 들어가 샤워를 한 뒤

물기를 닦고 옷을 입었다. 곧 작업실로 들어가 컴퓨터를 켜고 글을 쓰기 시작했다.

《피를 나눈 자매》

린다 콘라츠 장편소설

Blood Sisters

요나스

　남자가 온 힘을 다해 손을 휘둘렀다. 바닥에 나동그라진 여자는 상체만 겨우 일으켜 겁에 질린 얼굴로 도망치려 했지만 도저히 그럴 수가 없었다. 남자가 여자보다 훨씬 빨랐으니까. 남자가 여자의 등을 무릎으로 눌러 몸을 짓누른 채 여자의 머리채를 잡고 바닥에 여러 번 있는 힘껏 내리쳤다. 여자의 절규는 흐느낌으로 바뀌더니 곧 잠잠해졌다. 남자가 여자의 몸에서 떨어졌다. 방금 전까지만 해도 맹목적인 증오로 일그러져 있던 남자의 얼굴에 믿을 수 없다는 표정이 서렸다. 남자는 이마를 찌푸리며 피가 잔뜩 묻은 양손을 내려다봤다. 남자의 뒤에는 커다란 은빛 보름달이 떠 있다. 키득대며 모여든 요정들이 죽은 듯 누워 있는 여자에게로 서둘러 모여들더니, 날씬한 손가락을 여자의 피에 담갔다가 마치 위장을 하듯 자신들의 창백한 얼굴 위에 문지르기 시작했다.

　요나스가 한숨을 내쉬었다. 연극을 마지막으로 본 게 언제였는지 기억조차 가물가물했고, 혼자였다면 결코 이곳에 올 생각을 하지 않았을 것이다. 매일 영화관만 갈 게 아니라 연극 한번 보러 가자고 한 건 미아였다. 미아의 친구가 셰익스피어의 〈한여름 밤의 꿈〉을 추천했고, 잔뜩 신이 난 미아가 당장 표를 예매했다. 요나스 역시 오늘 밤을 기대하고 있었다. 하지만 요나스는 가벼운 희극을 기대했다. 악몽에나 나올 법한 도깨비들이나 못된 요정들이 등장하리라고는, 또 어두컴컴한 숲을 배경으로 그토록 폭력과 가짜 피가 난무하는 가운데 연인 사이가 분열되는 내용을 보게 되리라고는 생각하지 못했다. 요나스가, 초롱초롱한 눈으로 배우들의 움직임을 뒤쫓는 아내를 쳐다봤다. 다른 관객들 역시 연극에 넋을 놓고 빠져 있었다. 요나스는 왠지 소외된 기분이 들었다. 무대 위에서 벌어지는 저 폭력적인 활극에 아무런 감흥도 못 느끼는 사람은 장내에 요나스 혼자뿐인 게 분명했다.

예전 같았으면 요나스도 다른 사람들과 똑같았을지 모른다. 공포와 폭력이란 것에 매료돼 재미있다고 느꼈을지도. 하지만 이제 그 시절을 기억해 낼 수 없었다. 아마도 너무 오래전 일이 돼버렸기 때문일 것이다.

요나스는 셰익스피어 연극에 집중하지 못하고 현재 최대 관심사로 생각을 돌렸다. 만약 미아가 알았다면 자기와 이 어두운 극장에 나란히 앉아 있으면서도 일 생각만 한다며 옆구리를 쿡 찔렀을 테지만, 설령 그런다 해도 별수 없는 일이었다. 최근에 다녀온 범행 현장을 떠올린 요나스는 동료들과 함께 각고의 노력 끝에 모은, 수천 개의 크고 작은 퍼즐 조각들을 머릿속으로 죽 훑어봤다. 그 덕분에 피살자의 남편은 곧 체포될 확률이…….

그때 갑자기 조명이 확 꺼졌다가 단숨에 눈이 부실 정도로 밝게 켜지며 귀청이 떨어질 듯한 박수 소리가 들렸고, 요나스는 소스라치게 놀랐다.

요나스를 제외한 모든 관객들이 마치 약속이라도 한 듯 기립 박수를 쳤고, 요나스는 자신이 세상에서 제일 외로운 사람이 된 것 같은 느낌이 들었다.

요나스가 밤거리를 달려 집 쪽으로 차를 모는 내내 미아는 아무 말도 하지 않았다. 연극에서 받은 감동은 극장의 외투 보관소 앞에서 차례를 기다렸다가 주차장으로 향할 즈음에 이미 사그라졌고, 이제 미아는 입가에 환한 미소를 머금은 채(요나스를 향한 건 아니었다) 라디오에서 흘러나오는 음악에 귀를 기울이고 있었다.

요나스는 우측 깜빡이를 켜고 진입로에 들어섰다. 어둠 속에 서 있던 요나스의 집이 전조등 불빛을 받자 겉면이 흑백으로 오돌토돌하게 보였다. 요나스가 막 핸드 브레이크를 잡아당겼을 때 휴대전화가 진동하기 시작했다.

전화를 받으면 옆자리에 앉은 미아가 낮은 소리로 투덜대거나, 한숨을 쉬거나, 아니면 적어도 눈알을 부라릴 것이라 예상했지만 아무 반응도 보이지 않았다. 미아가 새빨간 입술로 소리 없이 '굿나잇'이라 말한 뒤 차에서 내렸다. 요나스는 휴대전화를 통해 울려 퍼지는 동료의 목소리를 들으며 아내의 뒷모습을 바라봤다. 미아가 저만치 멀어지며 어둠 속으로 들어가는 동안 미아의 긴 금발머리, 딱 붙는 청바지, 진녹색 상의는 점차 흑백으로 변해갔다.

전에는 함께 있을 때 이렇게 불쑥 일이 터지면 요나스와 미아는 매번 다투고 힘들어했다. 그러나 시간이 지남에 따라 이제는 그것도 별일 아닌 것이 돼버렸다.

요나스는 전화 통화에 집중하려고 애썼다. 동료가 불러준 주소를 내비게이션에 재빨리 입력하고는 말했다. "응, 알았어요. 바로 갈게요."

요나스가 전화를 끊고 한숨을 내쉬었다. 결혼한 지 사 년밖에 안 됐는데 벌써 '예전'과 '지금'을 구분하게 되다니.

요나스는 미아가 들어간 대문을 바라보다가 결국 고개를 돌려 차에 시동을 걸었다.

5

내 세상에는 없는 것들이 있다. 나무에서 갑자기 떨어지는 밤송이, 바스락 소리를 내며 낙엽을 밟고 다니는 아이들, 가장을 한 채 전차를 타는 사람들, 숙명적이라 할 수 있는 우연한 만남, 마치 수상스키를 타듯 큰 개한테 오히려 끌려다니는 체구가 작은 여자들······.

별똥별, 수영하는 법을 배우는 오리 새끼들, 모래성, 연쇄추돌 사고, 깜짝 놀랄 만한 일, 등하교 교통안전원, 롤러코스터, 햇볕에 타는 일.

내 세상에는 색깔도 몇 개 없다.

음악은 나의 피난처다. 영화는 심심풀이용이고, 책은 내 사랑이자 열정이다. 그러나 음악은 내 피난처다. 즐겁고 기쁠 때는(솔직히 그런 때는 별로 없지만) 엘라 피츠제럴드나 사라 본의 노래처럼 밝은 분위기의 곡을 들으면 마치 누군가 나와 함께 기뻐하는 것 같은 기분이 든다. 반대로 슬프고 우울할 때는 빌리 홀리데이나 니나 시몬이 나의 동반자다. 때로는 이를 통해 어느 정도 위안을 얻기도 했다.

주방에 서 있다가 니나 시몬의 노래를 들으며 자그마한 구식 커피 그라인더에 커피콩 한 줌을 채웠다. 커피 향을 한껏 들이마셨다. 그 강하고 진한, 마음의 위로가 되는 향기. 수동으로 콩을 갈기 시작했다. 따닥따닥, 드르륵드르륵 부서지는 소리가 듣기 좋았다. 잠시 후 다 갈린 커피가 담긴 작은 나무 서랍을 빼내 커피를 필터에 쏟아부었다. 혼자서 커피를 마실 때면(대부분의 경우 그렇지만) 모든 과정을 내 손으로 직접 했다. 커피콩 채워 넣기, 갈기, 옮겨 붓기, 물 끓이기, 천천히 일정하게 커피 내리기, 잔에 똑똑 떨어지도록. 이건 하나의 의식이나 마찬가지다. 나처럼 조용한 삶을 사는 사람은 작은 일에 기뻐할 줄 안다.

필터를 비우고 잔에 담긴 새까만 커피를 잠시 바라보다가, 잔을 들고 주방 의자에 앉았다. 공기 중에 맴도는 커피 향에 마음이 좀 진정되는 기분이다.

창밖으로 진입로가 보였다. 아주 평화로운 광경이다. 하지만 곧 내 꿈속의 괴물이 저 길을 통해 오겠지. 그가 내 집 대문의 벨을 누르면 나는 문을 열어줄 것이다. 생각만 해도 두려운 일이다.

커피를 한 모금 마시고 얼굴을 찌푸린다. 보통 블랙으로 마시지만 오늘은 너무 진하게 느껴진다. 샬로테나 다른 손님이 올 때를 대비해서 사둔 커피 크림을 냉장고에서 꺼내 부었다. 그러고는 자잘한 크림 구름들이 잔 안에서 물결치는 모습에 매료된다. 서로 모였다 흩어졌다, 마치 아이들이 뛰노는 것처럼 전혀 예상

할 수 없는 움직임. 나는 문득 나 역시 물결치는 크림 구름과 같이 앞을 내다볼 수 없는, 통제 불가능한 상황에 처해 있음을 깨달았다. 그 남자를 내 집으로 유인할 수는 있다.

하지만 그다음엔?

구름이 움직임을 멈추고 아래로 가라앉았다. 스푼으로 커피를 휘저은 뒤 한 모금 마셨다. 눈으로는 여전히 집 앞 진입로를 주시한 채. 진입로 양쪽에는 고목들이 줄지어 서 있고, 얼마 안 있으면 노란색, 빨간색, 갈색의 밤나무 잎들이 그 길 위를 뒤덮을 것이다. 처음으로 나는 그 길이 위협적으로 느껴졌다. 순간 숨쉬기가 힘들어졌다.

못하겠어.

그 길을 쳐다보지 않으려 고개를 휙 돌린 다음 휴대전화를 집어 들었다. 이것저것 누른 끝에 발신번호표시 제한기능을 켰다. 자리에서 일어나 음악 소리를 작게 줄였다. 그러고는 다시 앉아서 예전에 안나의 살인 사건을 수사했던 경찰서의 번호를 눌렀다. 아직까지도 나는 그 번호를 외우고 있다.

신호음이 울리자 심장박동이 빨라졌다. 숨을 고르려 애쓰며 스스로에게 말했다. 옳은 일을 하는 거라고. 그래도 경찰을 믿고, 살인범 일은 그들에게 맡기라고. 이미 쓰기 시작한 원고는 책상 맨 아래 서랍에 넣어두거나 아니면 당장 갖다 버리고 다시는 그 일을 생각하지도 말라고.

두 번째 신호음이 울렸다. 길고 애타게.

나는 시험을 앞둔 사람처럼 잔뜩 긴장한 채 숨을 헐떡였다. 불현듯 경찰이 예전에 그랬듯이 이번에도 내 말을 안 믿으면 어쩌나 하는 생각에 마음이 동요했다. 그냥 끊어버릴까 고민하던 찰나, 누군가 전화를 받았고 여자 목소리가 들렸다. 나는 즉시 그게 누군지 알 수 있었다.

안드레아 브란트는 당시 살인 사건 수사반 소속이었다. 나는 브란트를 좋아하지 않았고, 그쪽에서도 마찬가지였다. 내 결심이 흔들리기 시작했다.

"여보세요?" 내가 바로 말을 시작하지 않자 브란트가 살짝 짜증이 난 듯 말을 길게 늘여서 했다.

용기를 내서 입을 열었다.

"안녕하세요. 율리안 슈머 형사님과 통화할 수 있을까요?"

"오늘 휴무이신데요. 실례지만 누구시죠?"

나는 브란트에게 말을 해도 될지(하필이면 브란트라니!) 아니면 그냥 끊어버릴지 고민하며 침을 꿀꺽 삼켰다.

"예전 사건에 관한 일이에요." 결국 나는 브란트의 질문은 못 들은 체하며 말했다.

도저히 내 이름까지 밝힐 수는 없었다. 아직은.

"십 년도 더 된 살인 사건이요."

"그런데요?"

브란트가 내 말에 완전히 집중하고 있는 걸 느낀 순간, 논리적인 준비도 없이 전화를 건 나 자신을 한 대 때려주고 싶었다. 예전의 그 충동적 성격이 하필 지금 다시 나오다니.

"만약에 말이에요. 십여 년이나 지나서 새로운 목격자 진술이

나오면 어떻게 되나요? 그 목격자가 살인범이 누군지 안다고 한
다면요?"

브란트가 잠시 망설였다.

"전화를 주신 분이 그 목격자이신가요?" 브란트가 물었다.

제길. 솔직히 말을 해, 말아? 나는 고심했다.

"목격자 진술을 하길 원하시면 언제든 경찰서로 와주세요."

"그런 오래된 사건들이 해결되는 경우가 얼마나 자주 있나
요?" 브란트의 말에는 아랑곳하지 않은 채 물었다.

나는 수화기 반대편의 브란트가 한숨이 나오려는 걸 간신히
참고 있음을 느끼며, 브란트가 이런 전화(정확한 내용은 절대로 털
어놓지 않는)를 얼마나 자주 받을지 상상해보려 애썼다.

"그건 정확한 수치로 말씀드리기 어렵습니다, 성함이……."

좋은 시도였지만, 나는 아무 말도 하지 않았다. 브란트는 잠시
그 불편한 침묵을 이어가다가 결국에는 내 이름 알아내기를 포
기했다.

"오래된 사건들, 소위 '콜드 케이스'가 유전자 지문이라고 하
는 DNA 정보의 도움을 통해 해결되는 경우가 그리 드물지는 않
습니다. 이 정보는 범행 시점으로부터 수십 년이 지난 시점에서
도 신뢰할 수 있거든요."

목격자 증언과는 정반대로 말이지, 나는 생각했다.

"하지만 말씀드렸다시피 진술을 원하신다면 언제든 오시면
됩니다. 정확히 어떤 사건에 관한 일이죠?"

"생각 좀 해볼게요."

"목소리가 귀에 익은데." 브란트가 불쑥 말했다. "혹시 전에 제가 뵌 적 있나요?"

순간 공황 상태에 빠져 전화를 끊어버렸다. 긴장한 나머지 그 짧은 통화가 이루어지는 동안 자리에서 일어나 방 안을 계속 걸어 다녔다는 사실을 그제야 알았다. 명치 부근에 불쾌한 느낌이 퍼졌다. 다시 주방 식탁 앞에 앉아 맥박이 진정될 때까지 기다렸다가 남은 커피를 마셨다. 다 식어서 아무런 맛이 없었다.

당시 수사를 진행했던 형사는 기억 속에 좋은 사람으로 남아 있지만, 같은 살인 사건 수사반 소속이었던 그 젊고 까칠한 브란트라는 여자 형사는 차라리 잊고 싶은 기억에 속했다. 당시 목격자 진술을 했을 때도 나는 브란트가 내 말을 믿지 않는다고 느꼈다. 심지어 한동안은 브란트가 속으로 나를 범인으로 여기고 있다는(그럴 만한 증거가 전혀 없는데도) 생각마저 들 정도였다. 그런데 하필이면 그 브란트에게 안나의 살인범이 뉴스에 나오는 저명한 기자라고 고백을 하려는 시도를 했다니. 그것도 십이 년이나 지난 지금에 와서. 브란트에게는 도저히 진술을 하지 못할 것 같다. 경찰서 문턱을 넘는 생각만 해도 이미 속이…….

안 돼.

그 남자를 추궁하려면 스스로 해야만 한다.

6

때로는 거울 속의 내 모습을 보고도 나인지 알아보기 힘들 때가 있다. 욕실 거울 앞에 서서 나 자신을 찬찬히 들여다봤다. 마지막으로 이렇게 해본 게 언제였는지. 물론 아침저녁으로 이를 닦거나 세수할 때 거울을 보긴 하지만, 그리 자세히 보지는 않는다. 하지만 오늘은 좀 달랐다.

디데이. 내가 인터뷰를 빌미로 초대한 기자가 아마 지금쯤 차를 타고 이쪽으로 오는 중일 것이다. 이제 곧 진입로를 따라 들어오겠지. 그러고는 대문에서 몇 미터 떨어진 곳에 차를 세운 뒤 와서 벨을 누를 것이다. 나는 모든 준비를 마쳤다. 그 기자에 관해서도 자세히 알아두었다. 그와 마주 앉았을 때 내가 뭘 보게 될지도 잘 안다. 반면에 그는 무엇을 보게 될까? 내 모습을 바라봤다. 내 눈, 내 코, 내 입, 내 볼과 귀 그리고 다시 내 눈. 내 외적 껍데기는 다소 놀라운 모습이다. '내가 이렇게 생겼구나. 이게 나야.'

초인종이 울렸을 때 화들짝 놀랐다. 계획했던 바를 머릿속으로 다시 한 번 되뇌고 어깨에 힘을 주어 대문 쪽으로 걸어갔다. 심장이 너무 크게 뛰어서 온 집 안이 다 울리고 창유리가 흔들릴 지경이다. 나는 한 번 더 숨을 고른 뒤 문을 열었다.

수년간 내 꿈속까지 쫓아왔던 그 괴물이 지금 내 앞에 서 있다. 그리고 나에게 손을 내민다. 소리를 지르며 도망치고 싶은, 차라리 기절해버리고 싶은 충동을 간신히 억눌렀다. 망설여서도, 떨어서도 안 된다. 그의 눈을 똑바로 쳐다보며 큰 소리로 정확하게 말해야만 했다. 그러기로 마음먹었고, 또 준비했으니까. 마침내 때가 왔고, 지금 여기 그가 서 있는 게 비현실적으로 느껴졌다. 나는 그의 손을 잡았다. 그리고 웃으며 말했다. "자, 안으로 들어오세요." 나는 망설이지도 떨지도 않은 채 그와 눈을 마주쳤고, 내 목소리는 강하고 크고 분명하게 들렸다. 이 괴물이 이 집에서 나를 어떻게 할 수는 없다. 그가 여기 있다는 걸 세상이 다 알고 있으니까. 출판사, 그가 속한 편집국……. 설령 우리 둘만 있다고 해도 그는 내게 아무 짓도 하지 못할 것이다. 아니, 아무 짓 안할 것이다. 그가 바보가 아닌 이상은. 그런데도 그에게 등을 보인 채 앞장서서 안으로 데리고 들어가는 데는 엄청난 노력이 필요했다. 나는 그와 대화를 나눌 방으로 먼저 걸어갔다. 미리 정해둔 장소는 식당인데, 거기로 정한 건 전략적인 게 아니라 순전히 직관적인 결정이었다. 우리를 뒤따라온 샬로테가 그의 외투를 받아들었고, 분주하게 움직이며 친근하게 말을 걸고 뭘 마실 것인지 묻는 등 자신의 매력을 십분 발산했다(다 내가 돈을 지불하는 일이다). 샬로테에게는 그런 것들이 단순한 일에 불과했다. 실제로 무슨 일이 일어나고 있는지 샬로테는 알지 못했지만, 샬로테의 존재 자체가 내 마음을 진정시켰다.

나는 긴장한 티를 안 내려고, 또 그를 빤히 쳐다보거나 주시하지 않으려고 애썼다. 그는 키가 컸고, 짧게 자른 어두운 머리색은 군데군데 희끗희끗했다. 하지만 가장 눈에 띄는 건 그의 초롱초롱한 회색 눈이었다. 방 안을 단 한 번 휘둘러보고도 모든 걸 파악하는 눈. 그는 회의할 때 써도 될 만큼 큰 식탁으로 다가갔다. 그러고는 가장 좋은 자리에 가방을 내려놓은 뒤 가방을 열어 안을 들여다봤다. 필요한 게 다 들어 있는지 확인하는 게 분명했다.

샬로테가 작은 물병과 잔을 가져왔다. 나는 동생의 살인 사건에 관한 신작 소설 몇 권이 놓인 탁자 쪽으로 걸어갔다. 그게 실은 소설이 아니라 고발하는 글이라는 걸 그도 나도 알고 있다. 물병 하나를 집어 들어 뚜껑을 열고 잔에 물을 따랐다. 내 손은 전혀 떨리지 않았다.

그 괴물은 텔레비전에서 봤던 모습과 똑같았다. 그의 이름은 빅토르 렌첸이다.

"멋진 집이군요." 렌첸이 이렇게 말하며 창가로 다가갔다.

렌첸의 눈길이 숲 쪽을 향했다.

"감사합니다. 마음에 드신다니 기쁘네요."

그냥 '감사합니다.'라고만 하면 될 것을. 나는 쓸데없는 말을 덧붙인 내 자신에게 화가 났다. 말은 분명하게 해야 했다. 망설이거나 떨지 않고, 렌첸의 눈을 보면서 큰 소리로 분명하게.

"언제부터 여기 사셨습니까?" 렌첸이 물었다.

"거의 십일 년 전부터요."

나는 커피잔으로 내 자리임을 표시한 곳에 가서 앉았다. 나에게 가장 큰 안정감을 주는 자리. 벽을 등지고 문이 보이는 자리. 만약 렌첸이 나와 마주보고 앉으려 한다면 문을 등지고 앉아야만 했다. 그런 자리는 사람들 대부분에게 긴장감을 유발하고 집중력을 약화시키게 마련이다. 렌첸은 스스럼없이 그것을 받아들였다. 혹여 그 역시 그런 사실을 알았다고 해도 지금 내 앞에서 티가 안 나게 행동하는 것이리라. 렌첸이 가방에서 수첩과 펜, 녹음기를 꺼낸 뒤, 의자 옆 바닥에 가방을 내려놓았다. 나는 그 안에 뭐가 더 들어 있을까 속으로 생각했다.

샬로테는 조용히 밖으로 물러났고 빅토르 렌첸과 나는 서로 마주 앉았다. 이제 게임을 시작할 시간이다.

지난 몇 달간 렌첸에 관해서 많은 걸 조사했다. 이제 그에 대해 꽤 잘 알고 있다. 이 방 안에서는 그가 기자로 앉아 있을지 모르나, 조사에 관한 한 나도 그 못지않다.

"뭐 좀 여쭤봐도 될까요?" 렌첸이 입을 열었다.

"그러려고 오신 거 아닌가요?" 나는 웃는 얼굴로 대답했다.

빅토르 렌첸의 나이는 쉰셋이다.

"그렇고말고요. 그런데 이 질문은 공식적인 인터뷰용 질문이라고는 할 수 없어서요."

빅토르 렌첸은 이혼했고 열세 살짜리 딸이 있다.

"그럼요?" 내가 물었다.

"그러니까 제가 여쭤보고 싶은 건, 콘라츠 씨는 다 알다시피 은둔에 가까운 삶을 살고 마지막으로 이렇다 할 인터뷰를 하신 지가 십 년도 더 되지 않았습니까."

빅토르 렌첸은 정치와 역사, 저널리즘을 전공했고 프랑크푸르트의 한 일간지에서 수습을 마쳤다. 뮌헨으로 건너간 후 빠르게 승진해 한 일간지의 편집국장이 됐다. 그 후 렌첸은 외국으로 나갔다.

"인터뷰는 계속 해왔는데요." 내가 말했다.

"지난 십 년 동안 정확히 네 번이었는데 그중 한 번은 전화로, 세 번은 이메일을 통해서였죠. 제가 알아본 내용이 맞는다면 말입니다."

빅토르 렌첸은 수년간 해외통신원으로 일했다. 극동 지역, 아프가니스탄, 워싱턴, 런던, 아시아까지.

"숙제를 제대로 하셨군요."

"콘라츠 씨가 실존 인물이 아니라고 믿는 사람들도 있습니다." 렌첸이 말을 이었다. "베스트셀러 작가 린다 콘라츠는 사실 다른 작가의 가명이라 생각하는 거죠."

"보시다시피 저는 온전히 살아 있는걸요."

"그러게 말입니다. 그리고 신간도 발간됐죠. 세계 각지에서 대화 요청이 쇄도하는데, 제가 그 기회를 얻게 됐습니다. 저는 아직 그런 부탁을 한 적도 없는데 말이에요."

여섯 달 전 빅토르 렌첸은 어느 독일 뉴스 채널로부터 일자리를 제안받았고, 그 이후로는 계속 독일에 머물며 텔레비전과 각종 출판 매체들을 위해 일하고 있다.

"질문이 뭔가요?" 내가 말했다.

빅토르 렌첸은 독일에서 가장 뛰어난 기자들 가운데 한 명으로 손꼽히며 지금까지 나라에서 주는 상을 세 번이나 받았다.

"왜 저를 찾으신 겁니까?"

빅토르 렌첸에게는 코라 레싱이라는 애인이 있다. 레싱은 베를린에 산다.

"아마 기자님의 실력에 감동해서겠죠."

빅토르 렌첸은 코라 레싱에게 충실하다.

"그럴 수도 있겠죠." 렌첸이 말했다. "하지만 저는 아직 한 번도 문화 분야를 담당한 적이 없습니다. 보통 외국의 정치 상황에 관한 보도를 주로 하죠."

빅토르 렌첸은 다시 독일에 상주하게 된 이후 매주 딸 마리를 보러 간다.

"기자님은 여기 있는 게 마음에 안 드시나요?" 내가 물었다.

"맙소사, 아닙니다, 오해하지 마세요. 물론 저로서는 영광스럽죠. 그냥 궁금해서 여쭤본 겁니다."

빅토르 렌첸의 어머니는 1990년대 초에 사망했고 아버지는 아직 빅토르 렌첸의 고향집에 혼자 살고 있다. 빅토르 렌첸은 정기적으로 고향집을 방문한다.

"공식적인 인터뷰용 질문에 속하지 않는 질문이 또 있나요?" 나는 재치 있게 말하려고 애썼다. "아니면 이제 시작할까요?"

빅토르 렌첸은 퇴근 후 동료들과 배드민턴을 친다. 빅토르 렌첸은 국제사면위원회를 후원하고 있다.

"시작하죠." 렌첸이 말했다.

빅토르 렌첸이 가장 좋아하는 밴드는 유투(U2)다. 그는 영화 관람을 즐기며 4개 국어(영어, 프랑스어, 스페인어, 아랍어)를 유창하게 구사한다.

"좋아요." 내가 말했다.

"아니 잠깐, 한 가지만 더요." 렌첸이 말했다. 그는 망설이고 있거나, 그게 아니면 망설이는 척하고 있다.

빅토르 렌첸은 살인범이다.

"혹시나 해서 말인데⋯⋯." 렌첸이 말끝을 흐렸고 방 안에는 위협적인 분위기가 감돌았다.

빅토르 렌첸은 살인범이다.

"우리 언제 만난 적 있나요?" 마침내 렌첸이 물었다.

나는 빅토르 렌첸의 눈을 쳐다봤고, 거기에는 방금 전과는 아예 다른 사람이 앉아 있었다. 나는 내가 완전히 잘못 생각했음을 깨달았다. 빅토르 렌첸은 바보가 아니다. 빅토르 렌첸은 미치광이다.

탁자를 넘어 렌첸이 나를 덮쳤다. 의자에 앉은 채 뒤로 넘어져 머리를 마룻바닥에 세게 찧었고 뭔가를 붙잡을 새도, 소리를 지를 새도 없이 그의 몸에 눌려버렸다. 렌첸의 양손이 내 목을 찾았고, 나는 발을 차고 구르고 저항하며 빠져나가려 했지만 그는 너무 무거웠다. 렌첸의 손이 내 목을 감싸고 조이기 시작했다. 숨, 숨을 쉴 수가 없었다. 그 즉시 공포감이 물밀 듯 밀려왔다. 나는 헛발질을 하고 허우적댔다. 아직 몸을 움직일 수는 있었고 살려는 의지가 있었으니까. 혈관을 흐르는 피가 너무 무겁고 뜨겁고 두껍게 느껴졌고, 귓속에서는 물이 찼다 빠지는 것 같은 솨솨 소리가 났다. 머리가 터질 지경이었다. 나는 눈을 번쩍 떴다.

나를 짓누르느라 힘들어서인지, 아니면 증오심 때문인지 렌첸이 눈물이 고인 눈으로 나를 응시했다. 이 남자는 나를 증오해, 대체 왜일까? 나는 이렇게 생각했고 렌첸의 얼굴이 내가 본 마지막 것이 됐다. 잠시 후에는 그조차 보이지 않았다.

나는 순진하지 않다. 일은 그렇게 진행될 것이다. 정확히 그렇게, 아니면 그와 비슷하게. 나는 빅토르 렌첸에 관한 모든 것을 알지만, 동시에 아무것도 모른다. 그래도 나는 이 일을 할 것이다. 안나에게 진 빚이 있으니까.

전화기를 들고 손으로 그 무게감을 느끼며 숨을 깊이 들이마셨다. 그러고는 빅토르 렌첸이 글을 기고하는 뮌헨의 신문사 전화번호를 누른 뒤 편집국으로 연결했다.

7

작업실 창문 밖으로 슈타른베르거 호수가 보인다. 이 집을 사던 당시 조망이 좋은지 주의 깊게 봤던 건 정말 잘한 일이다. 나만큼 조망에 신경 쓰는 사람은 드물다. 하지만 내 집의 조망이 마냥 좋다고만 할 수는 없는데, 그건 조망이 매일 바뀌기 때문이다. 호수는 때로는 차갑고 쌀쌀맞게 보였다가, 또다시 매력적이고 상쾌한 모습을 했다가, 또 어떤 때에는 정말 마법에 걸린 것처럼(이런 경우에는 이 지방의 옛이야기에 등장하는 인어들이 수면 바로 아래에서 헤엄을 치고 있는 것만 같다) 보이기도 했다. 오늘의 호수는 푸른 하늘에 수줍게 떠 있는 몇 점 안 되는 구름들을 위한 거울이 된 것만 같다. 나는 여름이면 대담한 곡예비행으로 호수를 화려하게 장식하는 칼새가 그리웠다. 칼새는 내가 가장 좋아하는 새다. 생활도 교미도 공중에서, 심지어 잠도 공중에서 자고 끝없는 하늘에서 끊임없이 움직이는, 자유롭고 길들여지지 않은 새.

책상 앞에 앉아 내가 시작한 일에 관해 생각했다. 몇 달만 있으면 빅토르 렌첸 기자는 베일에 싸인 베스트셀러 작가 린다 콘라츠와 인터뷰를 할 것이다. 콘라츠의 신작 소설이자 첫 범죄소설에 관한 인터뷰를. 콘라츠가 인터뷰를 한다는 것, 그 자체만으로도 세간의 이목을 끌 수 있다. 수년 전부터 각종 매체들이 계속해서 인터뷰 요청을 해왔고, 아주 높은 금액을 제시하기도 했지만 내가 매번 거절했기 때문이다. 언론에서 나를 열렬히 만나고 싶어하는 건 놀랄 일이 아니다. 린다 콘라츠라는 이름 뒤에 숨어 있는 나에 관해 알려진 게 거의 없으니까. 나는 오래전부터 낭독회도, 인터뷰도 하지 않은 채 은둔 생활을 해왔고 페이스북, 인스타그램, 트위터 따위의 계정도 없다. 그러니까 정기적으로 출간되는 책만 아니라면 사람들은 린다 콘라츠라는 사람이 존재하지 않는다고 생각할 수도 있다. 내 소설책 표지에 인쇄된 작가 소개와 사진 역시 별 내용이 없을뿐더러 십 년 넘게 그대로였다. 그 사진은 흑백인 데다가 멀리서 옆모습을 찍은 거라 내가 예쁜지 못생겼는지, 키가 큰지 작은지, 머리가 금발인지 갈색인지, 눈이 초록색인지 파란색인지 구분할 수도 없다. 또 작가 소개란에는 내가 태어난 해, 반려견과 함께 뮌헨 근처에 살고 있다는 내용만이 적혀 있고, 그 외에는 아무것도 없다.

전 해외통신원 빅토르 렌첸이 린다 콘라츠와 독점 인터뷰를 한다고 하면 모든 이들이 깜짝 놀랄 것이다.

나는 동생의 살인범에게 도전장을 내민다. 그것도 내가 할 수 있는 유일한 방법인 글쓰기를 통해. 책을 통해 동생의 살인범을 강하게 비난할 것이다. 그리고 그의 얼굴을 마주할 것이다. 나는 그 역시 내 얼굴을 보고, 내가 다른 사람들과는 달리 그를 꿰뚫어 보고 있음을 알기를 바란다. 나는 빅토르 렌첸의 유죄를 입증하고 왜 안나를 살해했는지 알아낼 것이다. 어떻게든.

이것은 내가 완전히 전념해야 할 대대적인 과제다. 동생이 살해된 사건을 아주 상세히 묘사한 범죄소설을 쓰는 일.

아직 단 한 번도 이런 복잡한 책을 써본 적이 없다. 한편으로는 진실과 최대한 가깝게 쓰면서도, 다른 한편으로는 마지막에 범인이 잡히도록(실제로는 아직 내게 허락되지 않은 결말) 그럴싸한 이야기를 꾸며내야 한다. 게다가 내 자신의 삶에 관한 글을 쓴다는 데에 드는 이상한 기분도 감수해야 한다.

나는 여태껏 한 번도 내 책 속에서 진실을 묘사해본 적이 없다. 그런 건 내게는 시간 낭비처럼 보였으니까. 예전부터 내 머릿속에는 항상 밖으로 표출되고자 하는 상상과 이야깃거리가 넘쳐났다. 부모님은 내가 유치원에 다닐 때부터 이야기를 잘 지어냈다고 했다. '린다의 이야기보따리', 우리 집안에 떠도는 말이었다. 초등학교 시절, 친구한테 엄마랑 숲에 산책하러 가서 산딸기를 따다가 작은 빈터에서 새끼 사슴을 봤다고 말한 적이 있다. 몸에 점이 난 자그마한 새끼 사슴이 풀 속에서 잠들어 있었다고. 내가 다가가서 쓰다듬으려고 하자 엄마가 나를 붙잡으며, 그랬다가는 새끼 사슴한테서 사람 냄새가 날 테고 그럼 엄마 사슴이 새끼를 돌보려하지 않을 테니 그냥 자게 놔두자고 했다고. 그러면서 엄마는 이런 어린 사슴을 보는 건 아주 드문 일이니 나보고 행운아라고 했다고. 이 이야기를 들은 친구는 감동한 듯했고, 자기도 숲에 자주 가지만 어른 사슴은 한두 번 봤어도 새끼 사슴을 본 적은 없다고 했다. 나는 그 일이 정말 굉장한 행운이었다는 생각에 우쭐한 기분을 맛봤다. 그런데 친구가 집으로 돌아가고 난 뒤 엄마가 나를 한쪽으로 부르시더니 왜 거짓 이야기를 지어냈느냐고 물었다. 거짓말은 나쁜 짓이라고. 나는 화가 나서 엄마한테 거짓말한 적 없다고, 나는 새끼 사슴을 본 일을 정확히 기억하는데 엄마는 기억나지 않느냐고 되물었다. 그러자 엄마는 고개를 절레절레 흔들며 (린다의 이야기보따리가 시작됐다고) 새끼 사슴은 얼마 전에 영화에서 본 것이라고 했다. 그제야 나는 기억해낼 수 있었다. 그래, 영화였지!

상상은 굉장한 것이며, 나는 그 굉장한 상상 덕분에 많은 돈을 벌었다. 내가 지금껏 써온 것들은 전부 내 현실, 나 자신과는 아주 동떨어진 이야기들이었다. 이제 와서 다른 사람들을 내 삶에 끌어들인다는 게 이상하게 느껴졌다. 나는 그것이 내 삶의 진정한 모습이라기보다는 일종의 변화된 현실 속으로 내가 들어가는 거라며 나를 위안했다. 많은 세부 사항들은 실제와 다른데, 이는 부분적으로는 내 결정에 따른 것이며 나머지는 백 퍼센트 확실하게 기억해낼 수가 없어서였다. 다만 모든 걸 바꿔놓은 오직 한 장(章)만은 현실과 한 치의 오차도 없이 똑같았다. 어느 한여름 밤, 안나의 방, 큰 소리로 웅웅대는 음악, 피와 텅 빈 눈동자.
사실 이 책은 이 장부터 시작해야 하지만, 나는 아직 그 장소로 돌아갈 준비가 되지 않았다. 어제는 이 장을 오늘 써야겠다고 마음먹었는데, 막상 오늘이 돼서는 또다시 내일로 미루고 있다.

글쓰기는 나를 힘들게 했다. 그러나 좋은 쪽으로. 그것은 매일 내 힘을 기르는 일이다. 목표, 진정한 목표를 가지고 있다는 건 나에게 긍정적인 영향을 미쳤다.

나 말고는 아무도 변화를 눈치채지 못했다. 모든 건 전과 같았다. '린다는 그 크고 고요한 집에 앉아 에이전트와 출판사에 새 책에 관한 소식을 알렸다. 그건 린다가 본래 일 년에 한 번씩 하는 일이었다. 특별할 것 없는 일.' 나는 이미 내 에이전트 피아에게 곧 새로운 원고를 보낼 거라고 알렸고, 피아는 좋아서 어쩔 줄 몰라 했다. 비록 내가 장르를 바꿔 갑자기 스릴러를 쓰겠다고 했을 때 좀 놀라긴 했지만. 샬로테에게도 평소와 다름없이 대했다. 샬로테 입장에서 기껏해야 눈에 띄는 점이라고는 내가 독서나 텔레비전을 멀리하고 그 대신 작업실에서 많은 시간을 보낸다는 것쯤 될까. 정원을 관리하는 정원사 페르디에게도 마찬가지였다. 내가 파자마 바람으로 돌아다니는 모습을 이전보다 덜 보여주긴 했지만 말이다. 모든 건 전과 같았다. 오직 부코스키만이 내가 뭔가를 계획하고 있다는 걸 눈치채고는 의미심장한 눈빛을 건넸다. 어제는 부코스키가 나를 그 크고 영리한 눈으로 걱정스러운 듯 쳐다보는데 가슴이 뭉클했다.

다 잘될 거야, 친구.

나는 누군가에게 이 일에 관해 털어놓을지 말지 오랜 시간 고민했다. 어쩌면 털어놓는 쪽이 옳은 건지도 모르니까. 하지만 결국에는 그러지 않기로 했다. 내가 계획한 일은 완전히 정신 나간 짓이고, 평범한 사람들이라면 그냥 경찰에 전화를 걸어 그를 신고할 것이다. 노베르트한테 털어놓더라도 그 역시 이렇게 말할 것이다. '경찰에 신고해, 린다!'

하지만 나는 그럴 수 없다. 설령 내 말을 믿는다고 해도 경찰은 우선 (그것도 운이 좋아야) 빅토르 렌첸을 심문하겠지. 그러면 그는 경각심을 느낄 것이고, 더는 렌첸에게 접근할 기회가 없을지도 모른다. 그럼 아마도 당시에 무슨 일이 있었던 건지 평생 모를 수도 있다. 그런 생각만으로도 견디기 힘들다. 아니, 이 일은 내가 직접 해야만 한다. 안나를 위해서.

다른 방법은 없다. 나는 렌첸의 눈을 똑바로 보면서 질문할 것이다. 그리고 그 질문은 오래전 사건을 맡았던 경찰이 의심할 여지가 없는 유명 기자에게 할 만한 공손한 질문("실례합니다만 선생께서는 ○년 ○월 ○일에 어디에 계셨는지…….")과 같은 방식은 결코 아닐 것이다.

올바른 질문. 그건 오직 나만이 할 수 있고 나 혼자서 해야 한다. 내가 누군가를 이 일에 끌어들인다면 그건 단순히 두려움과 이기심에서 비롯된 행동이겠지. 빅토르 렌첸은 위험인물이다. 나는 렌첸이 내가 아끼고 사랑하는 사람들과 만나기를 원치 않기에 혼자 행동하는 것이다. 어차피 따지고 보면(출판사 사장인 노베르트와 반려견인 부코스키만 빼면) 내가 백 퍼센트 신뢰할 만한 사람은 하나도 없다. 구십구 퍼센트라면 모르지만 백 퍼센트를? 나 자신도 백 퍼센트 믿을 수 있을지 모르는데 하물며 남을.

그래서 나는 모두에게 꼭 필요한 얘기만 했다. 에이전트와 출판사의 홍보담당자, 편집자와는 이미 말을 끝냈다. 하나같이 내가 범죄소설을 쓴다는 사실에 당황한 데다, 인터뷰를 한다니까 그보다 더 당황하는 눈치였지만 결국 아무 말 없이 받아들였다. 출판사 사장과는 따로 만나 얘기를 나눠봐야겠지만 기본적인 것들은 이미 준비가 이루어지고 있다. 원고 마감일과 완성된 책의 출간 일정까지 이미 나온 상태다.

좋은 일이다. 마감일을 두고 글을 쓴다는 건 지난 수년간 내 존재에 의미를 부여했고, 또 여러 번 나를 살리기도 했다. 아무도 없이 홀로 이 큰 집에 산다는 건 쉬운 일이 아니었고, 나는 종종 그냥 사라져버릴까 하는 생각을 하기도 했다. 수면제 한 줌을 삼킬까. 욕조에서 면도날로 손목을 그을까. 그런 생각이 들 때마다 나를 실행에 옮기지 못하게 막은 게 바로 원고 마감일 같은 별것 아닌 이유들이다. 그 모든 건 매번 아주 구체적이었다. 만일 원고를 넘기지 못한다면 출판사나 매년 내 책이 서점에 나오기만을 기다리는 사람들에게 얼마나 큰 실망감을 주게 될지를 매번 똑똑히 떠올렸다. 내가 연관된 수많은 계약과 계획이 있고, 그래서 나는 계속 살아남아서 글을 썼다.

어쩌면 이 책이 마지막 저서가 될지도 모르지만 그에 관해서는 이제 생각하지 않으려 한다.

출판사 편집부에 전화를 하는 순간부터 위험한 단계로 접어들었다. 이제 되돌릴 수 없게 됐다는 점에서 영리한 수를 둔 거다. 렌첸이 텔레비전뿐만 아니라 신문사 일도 한다는 걸 확인했다. 그건 다행이었다. 만약 렌첸이 텔레비전 팀 전체를 끌고 오면 내 계획에 악영향을 끼칠 게 분명하니까. 그래서 신문 인터뷰를 잡았다. 오직 렌첸과 나만의.

나는 다시 어두운 머리색과 심각한 눈빛(한쪽 눈은 갈색, 다른 쪽은 초록색)을 한 젊은 형사, 요나스 베버와 조피(이 책 속에서 나의 옛 자아를 이렇게 일컫기로 했다)에게로 돌아왔다. 조피는 예전의 나를 상기시켰다. 충동적이고, 장난기 많고, 무능력하고, 빈둥대며 시간을 보내던 나. 오전마다 숲에 놀러가기, 캠핑 여행, 탈의실에서의 섹스, 등산, 축구.

나는 조피를 내 관점에서 바라봤다. 조피는 도전받기를 즐기는, 아직 파괴되지 않은 모습이다. 지금의 나와는 전혀 다른 모습. 십이 년 전 죽은 안나를 발견했던 두 눈은 차츰 다른 눈으로 바뀌었고 이제 나에겐 없다. 내 입술은 이제 동생의 관이 무덤 속으로 내려갈 때 굳게 다물고 있던 그 입술이 아니다. 내 손은 이제 첫 면접을 볼 때 머리카락을 배배 꼬던 그 손이 아니다. 나는 전과 다른 사람이다. 완전히, 속속들이. 이건 은유가 아닌 진실이다.

우리 몸은 끊임없이 세포를 대체한다. 즉, 바꾸고 새것으로 교체한다. 칠 년이면 인간은 거의 새로운 몸이 된다. 나는 그런 것에 대해 아주 잘 안다. 지난 수년간 독서할 시간은 차고 넘쳤으니.

나는 지금 조피와 함께 어두운 계단에 앉아 오들오들 떨고 있다. 밖은 따뜻한데. 별이 빛나는 밤이다. 요나스와 조피가 담배를 나눠 피운다. 나는 내 이야기 속으로 빨려 들어갔다. 나 자신을 잃은 채. 낯선 사람과 담배를 나눈다는 건 뭔가 마법 같은 일이다. 글을 쓰며 그 두 사람을 관찰하다가 다시 담배를 피우고 싶은 욕구마저 들었다.

초인종 소리와 함께 그 장면이 산산조각 나고 말았다. 충격파가 사지로 전달됐다. 심장이 쿵쾅댔고, 나는 나의 새로운 결심과 두려움 사이를 갈라놓는 벽이 얼마나 쉽게 허물어질 수 있는지를 몸소 느꼈다. 노트북 자판 위를 움직이던 손은 얼어붙었고, 동상처럼 미동도 없이 두려움에 떨며 두 번째 벨 소리를 기다렸다. 하지만 막상 또다시 벨이 울렸을 때도 놀란 건 마찬가지였다. 세 번, 네 번. 무서웠다. 올 사람은 아무도 없다. 늦은 밤이고, 이 큰 집에는 나 혼자 작은 개 한 마리만 데리고 있다. 며칠 전 나는 동생의 살인범이 일하는 뉴스 편집국에 전화를 걸어 렌첸을 찾았다. 렌첸이 나를 주목하게끔 만드는 바보짓을 했고, 이제 와서 두려워하고 있다. 초인종이 계속 울렸고 머릿속은 터질 것만 같았다. 어떡하지, 어떡하지, 어떡하지? 제대로 생각을 할 수가 없다. 무시할까? 죽은 체할까? 경찰에 신고할까? 주방에 가서 칼을 가져올까? 어떡하지? 부코스키가 왈왈 짖기 시작했다. 손님 오는 걸 좋아하는 녀석이 꼬리를 흔들며 나에게 다가왔다. 부코스키가 재빨리 달려와 내 몸 위로 점프하는 동안 맹렬히 울리던 초인종 소리가 잠시 잠잠해졌다. 그사이 내 뇌가 다시 제 구실을 하기 시작했다.

침착해, 린다.

목요일 밤 열 시 반에 누군가가 내 집 초인종을 누르는 데는 백만 개쯤 되는 이유가 있을 수 있다. 그리고 그 셀 수 없는 가능성들 가운데 빅토르 렌첸과 관련된 것은 없다. 살인범이 굳이 초인종을 누를 이유가 없잖은가? 분명 아무 일도 아닐 것이다. 샬로테가 뭘 잊어버린 걸 수도 있고, 근처에 사는 에이전트가 잠깐 들른 걸지도 모른다. 늦은 시간에 온 적이 종종 있다. 아니면 이 부근에 무슨 일이 생겼나? 어쩌면 누군가가 도움을 요청하는 걸까. 다시 정신을 차리고 경직된 몸을 움직여 계단을 통해 서둘러 아래층으로 내려간다. 부코스키가 계속 짖어대며 따라왔다.

네가 있어서 참 좋아, 친구.

나는 대문을 열었다. 내 앞에는 한 남자가 서 있었다.

Blood Sisters

조피

공기가 마치 젤리 같았다. 조피는 에어컨이 켜져 있던 차에서 내리자마자 그걸 들이마셨다. 조피는 가만히 있어도 땀이 흐르는 열대야를 증오했다. 이런 무더운 밤이면 살이 끈끈하고 모기가 물어대서 잠을 잘 수가 없었다.

동생 집 대문 앞에 선 조피가 이미 초인종을 길게, 그리고 짜증스럽게 두 번이나 눌렀다. 주차할 때 브리타의 집에 불이 켜진 걸 보고 집에 있는 걸 확인한 것이다. 어쩌면 브리타가 일부러 문을 열어두지 않는 걸지도 몰라. 깜짝 방문을 그다지 좋아하지 않는 브리타는 오는 중에 휴대전화로라도 미리 연락을 해야지, 그렇지 않고 그냥 들이닥치는 건 굉장히 무례한 행동이라고 항상 사람들에게 말하곤 했으니까.

조피는 초인종에서 손가락을 떼고 문에다 귀를 대봤다. 안에서 음악 소리가 들렸다.

"브리타?" 조피가 소리쳤지만 아무 대답도 들리지 않았다.

조피는 불현듯 엄마 생각이 났다. 사소한 일에도 걱정을 하던 엄마. 딸들이 조금만 늦어도 수색대원들을 소집할 생각을 하고, 작은 기침만 해도 폐암을 떠올리던. 반면에 조피는 불행한 일은 나한테는 일어날 리 없다고 믿는 성격이었다. 조피는 별수 없다는 듯 어깨를 으쓱하고는 가방을 뒤져 브리타 집 보조 키가 달려 있는 열쇠 꾸러미를 찾았다. 이내 자물쇠에 열쇠를 넣고 돌려 문을 열었다.

"브리타?"

음악 소리를 따라 몇 걸음 걸으니 곧 거실에 다다랐고, 조피는 갑자기 그 자리에 뿌리를 내린 듯 우뚝 섰다. 조피의 두 눈이 이해하기에는 벅찬 광경이 앞에 펼쳐졌다.

거기에는…… 브리타가 있었다. 바닥에 등을 대고 누워 두 눈을 크게 뜨고 믿을 수 없다는 표정을 한 채로. 처음에는 단순히 동생이 넘어져서 일으켜줘야 하는 상황이라고 생각했다. 하지만 브리타에게로 한 발자국 다가간 순간 그 피를 목격한 조피는 얼어붙은 듯 움직일 수가 없었다. 마치 일순간 방 안의 산소가 다 사라진 것만 같았다. 흑백, 흑백의 광경. 공기도 소음도 색깔도 없는 소름 끼치는 정물화. 브리타의 밝은색 머리카락, 어두운색 옷, 흰색 카펫, 깨진 유리 조각들, 떨어진 유리잔, 흰색 꽃, 발에서 벗겨진 검은색 샌들, 피, 아주 새까만. 피는 브리타의 상체 주위로 퍼져나갔다.

조피는 겨우 다시 숨을 쉴 수 있었고, 음악 소리도 갑자기 위협적으로 웅웅대며 다시 들리기 시작했다. 올 유 니드 이스 러브, 라다다다다(All you need is love, la-da-da-da-da). 그 순간 색깔도 본래대로 돌아왔고, 조피가 보고 있는 건 짙고 선명한 빨강으로 변했다.

조피가 충격 받은 머리로 그 광경을 해석하려고 노력하는 찰나, 거실 한 구석에서 어떤 움직임이 느껴졌다. 깜짝 놀라 고개를 홱 돌린 조피는 테라스 문에 달린 커튼이 바람에 흔들린 것임을 알았다. 그런데 바로 그때 조피가 그 그림자를 봤다. 그림자는 마치 자기가 움직여야만 조피의 눈에 띄리라 생각하는 듯 매복하고 있는 동물처럼 미동도 없이 그 자리에 서 있었다. 그림자의 남자는 그렇게 열려 있는 테라스 문가에 서서 조피를 바라봤다. 그러더니 잠시 후 사라져버렸다.

8

나는 아직도 손가락을 초인종에 대고 있는 내 친구 노베르트를 놀란 얼굴로 쳐다봤다.

"때가 된 거지!" 노베르트가 이렇게 말하며 그 어떤 인사나 다른 의례적인 말도 없이 나를 지나쳐 현관으로 밀고 들어왔다. 노베르트와 함께 올해 처음으로 느껴보는 겨울의 숨결이 집 문턱을 넘어왔다. 나는 뭔가 말하려다가 이내 입을 닫아버렸다.

"이제 정말 완전히 미쳐버린 거야?" 노베르트가 화를 내며 말했다.

노베르트를 좋아하는 부코스키가 그를 향해 펄쩍펄쩍 뛰었다. 하긴 부코스키가 싫어하는 사람이 누가 있을까. 노베르트는 화가 아주 많이 난 게 분명했지만, 잠시 누그러진 마음으로 부코스키의 털 사이로 손을 넣어 힘차게 흔들고는 다시 미간을 찌푸리며 나를 봤다. 솔직히 말하자면 노베르트가 온 게 무척 기뻤다. 그가 화가 났든 안 났든 간에. 노베르트는 내가 아는 사람들 가운데 가장 다혈질인 동시에 마음이 선한 사람이다. 노베르트는 모든 일에 열을 낸다. 점차 멍청해져 가는 정치계, 부패해가는 출판계, 점점 더 탐욕스러워지는 작가들. 노베르트가 화를 잘 내고 또 그 화를 열정적인 장광설로 풀어낸다는 건 세상이 다 아는 사실이다. 노베르트는 특히 화가 많이 날 때면 자신의 두 번째 고향이라 일컫는 남프랑스의 욕까지 잔뜩 섞어서 말했다. 퓌탕(Putain: 창녀라는 뜻-역주)! 메에르드(Merde: 똥이라는 뜻-역주)! 더 심할 때는 이 두 가지를 함께.

"대체 무슨 일이에요?" 늦은 밤의 소란에 놀란 가슴이 다소 진정되고 나서 내가 물었다. "프랑스에 있는 줄 알았는데."

노베르트가 식식댔다.

"무슨 일이냐고? 내가 묻고 싶은 말이야!"

노베르트가 화를 내는 이유를 정말로 알 수가 없었다. 우리는 수년간 함께 일해왔다. 게다가 우린 친구다. 내가 무슨 잘못을 했나? 뭘 해주기로 해놓고 잊어버렸나? 새 책을 쓰느라 다른 중요한 일이 있는 걸 까먹었나? 머릿속이 텅 빈 것 같았다.

"일단 들어와요. 저 안에 가서 얘기해요." 나는 이렇게 말하며 앞장서서 주방으로 갔다.

커피 물을 올린 뒤 유리잔에 물을 따라 노베르트에게 건넸다. 내가 앉으라고 하기도 전에 알아서 테이블 앞에 앉아 있던 노베르트는 내가 그에게로 몸을 돌리자 다시 벌떡 몸을 일으켰다. 너무 화가 나서 앉아 있을 수도 없는 모양이었다.

"그래, 무슨 일인데요?" 내가 물었다.

"그래, 무슨 일인데요?" 되묻는 노베르트의 목소리가 크게 울려 퍼졌고, 당황한 부코스키가 몇 걸음 뒤로 물러섰다.

"십 년도 넘게 내가 출판을 담당해온 작가 린다 콘라츠가 이제 까지 아주 규칙적으로 잘 써왔던 그 문학적 가치가 높은 훌륭한 소설들을 뒤로하고, 또 독자, 비평가, 여기 있는 나까지 당황시키 면서 다음 작품으로 피 튀기는 스릴러를 쓰겠다는 대단한 생각 을 하다니. 논의도 하지 않고, 아무 말도 없이 그냥 그렇게 말이 야. 그것도 모자라 우리 작가님께서는 그 소식을 곧장 언론에까 지 흘리셨네! 출판사와는 단 한 마디 상의도 없이. 내가 무엇보다 도 자기와 자기 책을 위해서 매일같이 똥줄 타게 일하는 꽤 많은 직원들을 거느린, 꽤 크고 잘나가는 출판사의 사장이라서! 게다 가 줏대 없이 자기 개인용 인쇄기 역할이나 하니까! 퓌탕 보흐델 드 메흐드!"

노베르트의 얼굴이 시뻘겋게 달아올랐다. 그는 잔을 집어 들 고 물을 한 모금 마셨다. 그러고는 할 말이 남은 듯 입을 열었다 가, 이내 생각이 바뀐 듯 고개를 젓고는 남은 물을 벌컥벌컥 들이 켰다. 단 한순간도 그 일이 노베르트를 화나게 할 것이라고 생각 하지 못했던 나로서는 무슨 말을 해야 할지 알 수가 없었다. 그리 고 불현듯 노베르트가 굉장한 골칫거리가 될 수도 있을 것 같다 는 생각이 들었다. 책이 출간되고 언론에서 언급되도록 하는 건 내 계획의 필수였다. 책도, 인터뷰도 싫다니. 제길, 나는 이런 일 로 노베르트와 다투고, 나아가 다른 출판사를 알아볼 만한 시간 도 여력도 없었다. 내겐 다른 문제가 있었으니까. 물론 많은 출판 사들이 나를 섭외하려 안달할 것이고, 장르를 바꾼다고 해서 내

팬들이 떠나버리지 않으리란 확신도 있었다. 일부야 그럴 수도 있겠지만 그 정도는 새로운 팬들로 채워질 것이다. 하지만 중요한 건 그게 아니다. 렌첸만 유인할 수 있다면 책이 몇 권 팔리든 나하고는 아무 상관없는 일이다. 그러나 이런 얘기를 노베르트에게 할 수는 없다. 지금 책이 문제가 아니라는 얘기를.

나는 싸우고 싶지 않았다. 그것도 지구상에 얼마 안 되는 내 친구 중 한 명과. 머리가 빠르게 움직이기 시작했고, 나는 노베르트에게 사실대로 털어놓을지 말지를 신중히 고민했다. 모든 면에서. 나는 종종 이렇게 생각을 가지고 놀았다. 노베르트가 내 편이 돼준다면 정말 좋을 것 같았다.

"처음 했던 질문으로 되돌아가서." 노베르트가 물잔을 탁자 위에 놓으며 말을 거는 바람에 나는 화들짝 정신이 들었다. "이제 완전히 미쳐버린 거야?"

나는 신뢰할 수 있는 공모자가 한 명 있으면 좋겠다는 생각이 들었다. 위기 속에서, 예정된 진짜 위기 속에서 그 누구보다 노베르트가 내 곁에 있으면 얼마나 좋을까. 그에게 모든 걸 얘기해볼까. 나 혼자 이 일을 할 수는 없다는, 그러기에는 너무 두렵다는 생각이 들었다.

"그래서, 이제 어쩔 건데?" 노베르트가 참지 못하고 물었다.

말하면 뭐 어때. 나는 그한테 말할 것이다. 속으로 결심하고 숨을 깊이 들이쉬었다.

"노베르트……."

"잠깐, 가만있어봐." 노베르트가 날더러 조용히 하라는 듯 손을 들어 올리며 말했다. "잊은 게 있어."

노베르트가 서둘러 밖으로 나갔다. 나는 당황한 채 그가 대문을 열고 어둠 속으로 사라지는 발소리를 듣고 있었다. 잠시 후 노베르트가 손에 와인 한 병을 들고 다시 나타났다.

"네 거야." 노베르트가 이렇게 말하며 여전히 언짢은 표정을 한 채 와인을 테이블 위에 올려놓았다.

노베르트는 집에 올 때마다 거의 매번 남프랑스산 와인(내가 아는 한 최고의 로제 와인)을 한 병씩 들고 왔다. 하지만 그런 때에는 보통 오늘처럼 나한테 화가 나 있지 않았다. 노베르트는 혼란스러워하는 내 표정을 읽은 모양이었다.

"네가 못되게 행동한다고 해서 널 굶겨 죽이진 않아." 노베르트는 '내가 너한테 이렇게까지 잘하는데!'라고 말하는 듯한 눈빛을 던지며 말했다. 피식 웃음이 나오려는 걸 참고 나니 동시에 울음이 나올 것만 같았다. 노베르트한테 다 털어놓을 수 있다면, 그가 날 믿고 이해해준다면 얼마나 좋을까. 하지만 그건 너무 위험한 일이다. 노베르트를 이 일에 끌어들일 수는 없다. 빌어먹을. 이제 어쩌지?

그르렁대는 커피 머신 소리에 생각을 멈추고 커피를 두 잔 따랐다.

"이걸로 무마됐다고 생각하지 마." 노베르트가 말했다. "나한테 설명을 좀 해보라고."

나는 맞은편에 앉아 노베르트를 충분히 이해시키려면 어떻게 해명해야 할지 머리를 굴렸다.

"어떻게 우리 회사 편집자와는 이미 얘기를 했으면서 나한테는 아무 말 안 할 수가 있어?"

"이메일로 쓰긴 뭐한 일이라 당신 휴가가 끝나면 개인적으로 얘기하려고 했어요. 근데 당신이 먼저 선수를 친 것뿐이에요! 난 당신이 벌써 돌아온 것도 몰랐다고요!"

그건 사실이었다. 노베르트가 나를 뚫어져라 쳐다보며 물었다.

"그럼 왜 스릴러야? 좀 진지하게 말해봐!"

잠시 망설이다가 너무 많은 걸 발설하지 않는 선에서 최대한 진실하게 말해야겠다고 결심했다.

"노베르트, 형제가 있어요?"

"아니. 난 외아들이야. 내 아내는 내가 굳이 말 안 해도 사람들이 알 거라고 하던데."

나는 거의 웃을 뻔했지만 곧 다시 심각해졌다.

"나한테는 여동생이 있었어요. 이름은 안나였고요."

노베르트는 숱이 많은 눈썹을 찌푸렸다.

"있었다니?"

"안나는 죽었어요. 살해당했죠."

"맙소사! 대체 언제 있었던 일이야?"

"벌써 한참 전이에요. 올 여름이면 십이 년이 돼요."

"메흐드!" 노베르트가 말했다.

"그래요."

"범인은 잡혔어?"

"아뇨." 나는 이렇게 말하고는 침을 삼켰다. "아직요."

"퓌탕!" 노베르트가 낮게 중얼거렸다. "어떻게 그런 일이……."

우리는 잠시 동안 아무 말도 하지 않았다.

"왜 이런 얘기를 이제 와서야 하는 거야?"

"난 이런 얘기 하는 걸 별로 좋아하지 않아요. 잘 못하기도 하고요. 다른 사람한테 내 마음속에 있는 걸 털어놓는 일 말이에요. 어쩌면 그래서 그 일을 이렇게 못 잊고 있는 걸지도 모르죠. 그게, 내 방식은 다른 사람들과는 좀 다르잖아요. 나는 글쓰기를 통해서 과거의 일들을 극복해요. 지금 하고 있는 것도 바로 그런 거고요."

노베르트가 한참 동안 입을 꾹 닫고 있었다. 그러더니 고개를 끄덕였다.

"이해해." 결국 노베르트가 말했다.

노베르트에게는 그것으로 해명이 다 된 것 같았다. 자리에서 일어난 그가 서랍을 열고 병따개를 꺼내 와인을 땄다. 그러고는 병을 들고 다시 자리로 와서 와인을 두 잔 따랐다. 육중한 돌덩이가 내 가슴을 짓누르고 있는 것만 같았다.

한 시간 뒤, 에스프레소 세 잔과 최상급 프랑스산 로제 와인 한 병, 위스키를 반 이상 마신 우리는 계속 수다를 떨며 웃느라 배를 움켜쥐고 있었다. 언젠가 어느 바에서, 술에 취한 노베르트가, 뚱뚱한 데다 볼품없는 행색을 하고 있던 헤센 주(州)의 한 정치인을 덮치며 자빠지는 바람에 경찰 두 명한테 붙잡혔던 일, 다 찌그러진 그의 골프와 같은 빨간색이라는 이유만으로 같은 주차장에 세워져 있던 남의 포르셰에 자기 차 열쇠를 꽂으려 했던 일을 열 번은 족히 얘기했다. 나는 이 이야기를 들을 때마다 매번 처음 듣는 것처럼 웃었다.

나는 심지어 노베르트가 자신의 쉰 번째 생일 파티에서 밴드가 비틀스의 '올 유 니드 이스 러브'를 연주했다는 이유만으로 내가 이상한 행동을 보였던 일에 관해 말했을 때도 미소로 일관했다. 그날 밤 일은 내 기억 속에 흐릿하게 남아 있다. 안나가 죽은 뒤 얼마 되지 않았을 때였다. 충격과 붕괴의 사이, 즉 이미 정상이 아니었으면서도 어떻게든 현실에 발붙이고 살아가던 때.

당시에는 내가 노베르트의 출판사로 옮긴 지 얼마 안 된 때라 우리는 서로 친한 사이가 아니었고, 노베르트도 내 신상에 관해 아는 바가 없었다. 물론 여동생이 있었다는 것도 몰랐고. 당시 항우울제를 복용하고 있었는데도 프로세코 와인을 마셨다는 사실을, 또 당시 아무런 감정도 없었던 약혼자 마크와 춤을 추고 있었다는 사실을 기억한다. 본래는 검은색 옷만 고집하던 내가 그날은 드레스코드에 맞춰 흰색 옷을 입었다. 그리고 나는 내가 정말 그렇게 살아도 되겠다고, 그렇게 파티를 즐기고 프로세코 와인을 마시고 춤을 추고 엉뚱한 친구들의 악의 없는 장난을 받아주며 살아가도 되겠다고 생각했다. 그런데 내가 마크와 춤을 추고 있던 도중 그 노래의 첫 소절(러브, 러브, 러브)이 연주됨과 동시에 땅이 뒤흔들리기 시작했다. 순간 현실세계는 검고 탐욕스러운 소용돌이 속으로 빨려들었고 나 혼자만 과거로 되돌아갔다. 피, 안나와 피. 나는 숨을 가쁘게 몰아쉬며 그 검은 소용돌이에서 벗어나려 했지만 그 노래가 나를 움직이지 못하게 꽉 붙들었다. 눈을 크게 뜨고 필사적으로 현실을 직시하려 노력했다. 주위 사람들이 그 노래를 따라 불렀다. 숨을 헐떡이며 그만, 그만! 이라고 외쳤지만 목소리가 나오지 않았고, 사람들은 계속 노래했다. **올 유 니드 이스 러브, 라다다다**. 나는 최대한 큰 소리로 외쳤다. **그만, 그만, 그만!** 목이 타들어가는 느낌이 들 때까지 외치자 주위 사람들이 노래와 춤을 멈추고 나를 쳐다봤고, 밴드는 당황한 표정으로 연주를 멈췄다. **그만, 그만, 그만!** 나는 여전히 소용돌이 속에서 허우적대며 의지할 데 없이 홀로 안나의 집에 있었다. 나를 품에 안은 마크의 목소리가 들렸다. **쉿, 진정해, 괜찮아.** 이어서 마크가 큰 소리로 말했다. **죄송합니다, 제 약혼녀가 과음을 했나 봅니다. 실례지만 좀 지나가겠습니다.**

노베르트는 그때를 생각하며 배를 잡고 웃었다. 아무것도 모르는 그로서는 그저 내가 술을 너무 많이 마셔서 비틀스에 대한 이유 없는 혐오감이 생겼을 거라고 생각했으니까.

안나에게 일어났던 일에 관해 나는 당시에도 말하지 않았고, 오늘도 말하지 않을 것이다. 이제 나한테 여동생이 있었다는 것과 그 애한테 무슨 일이 있었는지를 아는 사람은 부모님 외에는 아무도 없다. 소꿉친구도, 동창도, 지인도. 내 주변 사람들에게 안나는 아예 없었던 사람이다.

노베르트가 무슨 수로 당시 나의 그런 행동을 동생의 죽음과 연관 지어서 생각할 수 있단 말인가? 그러니까 노베르트가 웃어도 난 아무렇지 않다. 그는 아무것도 모른다. 안나의 집에 들어간 내가 죽었는지 살았는지도 모를 모습으로 바닥에 쓰러져 있는 안나를 발견하고 살인범을 목격했던 그 순간에 대해. 밝은색 눈동자를 차갑게 뜬 채 숨어 있던 살인범과 순간적으로 몸이 굳어버렸던 나. 안나는 계속 그 모습 그대로였다. 모든 게 멈춰버린 것만 같았다. 나는 동상처럼 서 있었고, 미동도 없이 뻣뻣하게 누워 있는 안나는 끔찍한, 너무도 끔찍한 모습의 동상이었다. 방 전체가 얼어붙은 것 같던 그때, 한구석에서 포착된 유일한 움직임. 비현실적이고, 유령 같은. 레코드플레이어는 내가 안나에게 선물했던, 나의 오래된 레코드판 중 하나를 끝없이 돌리고 있었다. 너무도 잔혹하고, 너무도 어울리지 않는 노래. 비틀스. **올 유 니드 이스 러브, 라다다다다, 올 유 니스 이스 러브, 라다다다다, 올 유 니드 이스 러브, 러브, 러브 이스 올 유 니드.**

그 이후로 나는 혹시라도 그 노래가 나올까 봐 라디오를 절대 틀지 않는다.

그런 생각들을 저만치 몰아버리려 침을 꿀꺽 삼켰다. 노베르트가 웃으니 좋았다. 무엇 때문이든 상관없이.

이렇게 노베르트와 함께 있는 게 좋다. 그의 유머가 좋고, 인생을 진정으로 즐기며 살아가는 사람만이 보여줄 수 있는 신랄한 조소도 좋다. 나는 노베르트가 자고 가기를 바랐다. 손님방도 여러 개 있으니까. 하지만 노베르트는 내일 아침에 회의가 있어서 집에 가봐야 한다고 했다. 제길, 좀 전까지 정말 좋고, 정말 정상적이었는데. 큰오빠만큼 친한 친구와 마주 앉아 대화를 나누고, 그의 발치에는 놀라운 꿈이라도 꾸는 듯 눈썹을 치켜뜨고 자고 있는 나의 개가 누워 있고. 우리 셋뿐이지만 바로 지금 이 순간 집은 활기가 넘쳤다. 한숨이 나오려는 걸 간신히 참았다. 그래, 이런 순간이 계속될 수는 없지. 이런 기분 좋은 시간을 붙잡고 싶은 생각 자체를 버려야 해. 무언가가 곧 이 순간을 깨뜨려버릴 테니까. 그게 뭘까, 그게 뭘까, 그게 뭘까?

그건 바로 노베르트였다. 그가 자리에서 일어났다. 나는 노베르트에게 매달리고 싶은 충동을 억눌렀다.

"가지 말아요." 내가 작은 목소리로 말했다. "무섭단 말이에요."

노베르트는 내 말을 듣지 못했다. 아니, 어쩌면 내가 그 말을 입 밖으로 꺼내지 않은 건지도 모른다. 외투를 집어든 노베르트가 나를 째려보며, 꼭 그 망할 스릴러를 써야 한다면 원고가 재미있어야 할 거라고 으름장을 놓고는 비틀거리며 대문 쪽으로 향했다. 저렇게 취한 채로 운전을 하게 해서는 안 된다고 생각하며 노베르트를 따라갔다. 팔다리가 납덩이처럼 무거웠다.

노베르트가 뒤를 돌아 내 어깨를 잡고는 나를 뚫어져라 쳐다보았다. 위스키 냄새가 진동했다.

"책이란 우리 안의 언 바다를 깨부수는 도끼여야 해." 노베르트가 거의 비난에 가까운 말투로 말했다.

"카프카." 내가 말했고, 그는 고개를 끄덕였다.

"그 말을 끊임없이 했던 건 너야. 책은 도끼여야 해, 린다. 그걸 잊지 마. 스릴러든 아니든 난 너에게 진정한 걸 원해. 인생에 관해서, 영혼에 관해서, 혹은……."

알아들을 수 없는 말을 중얼거리며 내 어깨를 놓은 노베르트는 외투 단추를 채우느라 주의가 분산됐다. 첫 단추를 잘못 끼웠다가 풀고, 처음부터 다시 시작했다가 또 실수를 하고, 결국 화가 나려 하자 노베르트가 그만 포기하고 외투 앞섶을 그대로 열어놓았다.

"이 책이 바로 그 도끼예요, 노베르트."

노베르트가 의심 어린 눈빛으로 나를 쳐다보다가 이내 어깨를 으쓱했다. 나는 말로 다 할 수 없는 것들을 눈빛으로 전하려 노력했다. 그리고 소리쳤다. 너무 무섭다고, 죽기 싫다고, 대화할 사람이 필요하다고, 지금 당신이 이렇게 가버리면 나는 죽을지도 모른다고, 내가 세상에서 제일 외로운 사람이 된 것만 같다고. 하지만 내 외침이 충분히 크지 않았나 보다.

노베르트는 내 양쪽 볼에 가볍게 입을 맞추며 작별 인사를 한 뒤 비틀거리며 가버렸다. 나는 어둠 속으로 사라지는 노베르트의 뒷모습을 바라봤다. 노베르트가 가는 게 싫었다. 그에게 모든 걸 이야기하고 싶었다. 내 세상의 지진에 관해서. 안나에 관해서. 그리고 내 계획에 관해서. 내가 얼마나 외로운지에 대해서. 노베르트는 나에겐 마지막 기회이자 마른 땅, 움직이지 않는 닻이다. 노베르트를 부르려 입을 열었지만 그는 보이지 않았다. 더 이상은. 노베르트는 이미 갔고 때는 너무 늦어버렸다. 이미 밧줄은 풀렸고 나는 혼자였다.

Blood Sisters

요나스

두 손으로 권총을 움켜쥔 요나스 베버는 자세를 잡은 뒤 총을 들고 목표물을 향해 발사했다. 언젠가는 사람을 향해 총을 겨누어야 할 일이 있을 거라는 생각만 해도 기분이 좋지 않았고, 아직 한 번도 사람을 쏠 일이 없었다는 사실을 다행으로 여겼다. 경고 사격을 한 적은 한 번 있었지만 그게 다였고, 앞으로도 그 이상의 조치가 필요한 상황이 생기지 않기를 바랐다. 하지만 요나스는 사격장에서 사격 연습을 하는 건 좋아했고, 예전부터 총 쏘기를 즐겼다. 어렸을 때는 아버지의 공기총으로 통조림 캔을 맞혔고, 좀 더 커서는 역시 공기총을 들고 친구들과 함께 몰려다니며 참새나 비둘기를 맞히곤 했다. 그런데 이제는 직무용 권총으로 표적을 맞히고 있다. 요나스는 총기를 다룰 때 요구되는 그 신중함이 좋았다. 그 세심함과 관련된 모든 의식들도. 보통은 다른 생각이 나지 않을 정도였지만, 오늘만큼은 그 의식이 제대로 되지 않을 정도로 머릿속이 복잡했다.

요나스는 지난밤에 다녀온 범죄 현장을, 그 피를 떠올렸다. 시체의 모습과 피살자를 처음 발견하고 살인범을 현장에서 본 목격자를 떠올렸다. 정말 특이한 일이었다. 정리해야 할 사항들도 너무 많았고, 의문점들도(그가 아무리 노력해도 해답을 얻을 수 없을 확률이 높은) 한가득이었다.

밤은 길었다. 길 뿐만 아니라 힘들었다. 동트기 전에 집으로 돌아가 미아가 누워 있는 침대 속으로 들어가고 싶지만 그럴 수 없었다. 게다가 요나스는 멍청한 실수까지 저지르고 말았다. 아직까지도 어떻게 그런 일이 일어났는지 알 수가 없다. 본래는 피해자의 가족들을 만나도 항상 자신감 있고 여유로웠던 요나스가, 왜 이번만큼은 그리 감정적이 되는지 모를 일이었다. 물론 피해자의 상태가 좋지 않기는 했다. 칼에 일곱 번이나 찔렸으니. 하지만 그런 걸 처음 보는 것도 아니었다. 그래, 무척 피곤하기도 했다. 그러나 그런 데에는 이미 이골이 난 요나스였다.

아마 그건 그 여자 때문일 것이다. 요나스보다 한두 살 정도 어려 보였던 목격자. 여자는 동생이 칼에 찔려 죽어 있는 걸 발견했고 살인범이 도망치는 걸 목격했다. 요나스는 동료들과 대화를 나누던 도중에 여자를 쳐다봤다. 한 구급대원이 목격자 곁에 앉아 어깨에 담요를 덮어주었다(무더운 밤인 걸 감안하면 좀 이해가 안 가는 행동이었다). 여자는 멍하니 생각에 잠긴 채 앉아 있었다. 몸을 떨거나 울지도 않고. '충격을 받아서겠지', 요나스가 생각한 순간 여자가 갑자기 고개를 돌려 요나스를 이상하리만치 빤히 쳐다봤다. 울부짖음, 정신착란, 실신 등 충격을 받은 사람들이 흔히 보이는 증상은 전혀 없이, 너무도 아무렇지 않게. 그 순간이 자꾸 떠올랐지만 요나스는 그 생각에서 벗어날 수가 없었다. 여자가 담요를 홱 뿌리치더니 자리에서 일어나 요나스에게로 걸어왔다. 그러고는 요나스의 눈을 똑바로 보며 마치 문장 전체를 말할 힘이 없는 것처럼 단 한 마디만 했다.

"왜죠?"

요나스가 침을 꿀꺽 삼켰다.

"저도 잘 모르겠습니다."

하지만 자신의 대답이 충분치 않다고, 뭔가 다른 대답을 더 해줘야 한다고 느낀 요나스가 제대로 생각도 하지 않고 재빨리 덧붙여 말했다. "무슨 일이 있었는지는 모르지만 제가 꼭 알아내겠습니다, 약속드리죠."

요나스는 제 얼굴에 따귀라도 때리고 싶은 심정이었다. 어떻게 피해자 가족에게 약속이란 걸 할 수 있단 말인가? 어쩌면 범인을 영영 못 잡을지도 모르는데. 아직 사건의 배경에 관해서도 아는 바가 전혀 없는데. 어떻게 그런 아마추어 같은 짓을! 요나스는 자신이 저급 영화에 나오는 엉터리 형사가 된 것만 같았다.

요나스는 새 동료인 안토니아 부크가 그런 자신을 비난으로 가득찬 눈빛으로 쳐다보는 것 같았던 순간을 떠올렸다. 평소에는 프로답고 감정에 휘둘리지 않던 요나스였으니까. 요나스는 부크가 나중에 둘만 남았을 때 그 일에 관해 한마디하겠거니 예상했지만 그런 일은 없었다. 요나스는 그런 부크에게 고마울 따름이었다.

요나스는 총을 재장전하며 그런 생각들을 떨쳐버리고 현재에 집중하려 노력했다. 다른 문제들도 많은데 작은 실수 하나 가지고 마냥 자책하고 있을 수는 없었다. 요나스는 그 여자한테 진짜로 뭘 약속한 게 아니었다. 그럴 수도 없었고. 그 정도는 누구나 알고 있을 것이다. '약속한다'는 말이 때로는 별 뜻 없이, 일종의 표현으로 쓰이기도 하니까 말이다. 게다가 목격자 심문이 끝나고 나면 그 여자를 다시 볼 일이 없을지도 몰랐다. 요나스는 아무 생각도 하지 않으려 애쓰며 총을 들어 발사했다.

9

나는 도망치고 싶은 충동을 억누르려 애썼다. 그건 무척 힘든 일이었다. 심장이 점점 더 빠르게 뛰고 숨이 가빠지는 게 느껴졌다. 나는 신체감각들을 무시하지 않고, 배운 걸 활용해 그것들을 다스려보려 노력했다. 심장박동에 집중하고 호흡수를 세어봤다. 스물하나, 스물둘, 스물셋. 또한 속에서 치밀어 오르는 혐오감을 어차피 되지도 않을 노력으로 억누르는 대신, 거기에 완전히 집중했다. 그 혐오감은 내 가슴속, 두려움으로부터 약간 아래쪽에 자리 잡고 있었다. 끈적끈적한 점액처럼 딱 붙어서. 조심스럽게 만지자 혐오감은 마치 잇몸의 통증처럼 부어올랐다가 가라앉기를 반복했다. 피하고 싶고, 도망치고도 싶었다. 역시 내가 배운 바에 의하면 이런 감정은 정상적이다.

도피 본능은 지극히 정상적이다. 하지만 아픔과 두려움을 회피하려고만 하면 아무것도 얻을 수 없다. 나는 심리치료사와의 만남을 통해 배운 주문에 전적으로 의지하고 있다. 두려움에서 벗어나려면 그 두려움에 부딪쳐 극복하라. 두려움에서 벗어나려

면 그 두려움에 부딪쳐 극복하라. 두려움에서 벗어나려면 그 두려움에 부딪쳐 극복하라.

심리치료사는 허락을 구하는 듯한 눈빛으로 나를 쳐다봤다. 나는 말없이 고개만 끄덕여 준비가 됐음을 알렸다(속마음은 정반대였지만). 사실 나는 그 거미를 이미 끔찍하리만큼 오래전부터 바라보고 있었다. 유리통 속에 들어앉은 거미는 한참 동안 가만히 있다가 아주 가끔씩 느릿느릿 움직였는데, 그럴 때마다 내 머리털이 쭈뼛 곤두섰다. 도무지 정상인 게 하나도 없었다. 특이한 움직임, 몸통, 심하게 꺾인 다리의 마디들.

그 심리치료사는 참을성 있게 기다렸다. 이미 상당한 진척이 있었으니까. 처음에는 그와도, 거미와도 한방에 들어갈 수조차 없었다.

심리치료사에게 문을 열어주고, 나한테 자신감을 갖고 그와 인사하도록 설득했던 건 바로 샬로테였다. 샬로테는 내가 책을 쓰기 위해 조사를 한다고 생각했다. 오늘 일을 비롯해서 지난 몇 주간 이 집에서 했던 여러 정신 나간 일들이 다 소설을 쓰기 위한 조사의 일환이라고. 잘된 일이다. 샬로테는 내가 전직 경찰관과 방에 틀어박혀 심문 기법에 관해 공부하거나, 또 전직 연방 방위군에게 극심한 고문에도 기밀을 털어놓지 않고 견뎌냈던 정예 요원들의 강인한 정신력에 관한 설명 따위를 듣는 거라고 생각한다. 샬로테는 매일 집에 찾아오는 전문가들을 친절하고 조심스럽게 맞이한다. 그리고 오늘, 노출 치료법을 통해 공포증을 치료하는 심리치료사가 도착했을 때도 샬로테는 아무 말 하지 않았다. 샬로테는 내가 조사 중인 줄로만 알고 있을 뿐, 실은 내 자신이 과연 얼마나 큰 두려움까지 견딜 수 있는지 알아보고 있다는 건 모르니까.

　나는 나약하다. 그리고 나는 그 사실을 알고 있다. 지난 수년간 불쾌한 일들은 요리조리 피해가며 살아왔다. 이제는 너무도 유약해져서 따뜻한 물 대신 찬물로 샤워를 하려 해도 엄청난 결심이 필요한 정도에 이르렀다. 나는 강해지는 법을 배워야만 한다. 그래야만 내 동생의 살인범에게 맞설 수 있다.

　그래서 생각해낸 것이 거미였다. 그 이상 불쾌한 것은 없다. 거미는 내가 생각할 수 있는 가장 혐오스러운 것이다.

　심리치료사는 거미를 담아온 유리통의 뚜껑을 열어, 우선 내가 거미의 모습에 익숙해질 수 있도록 했다.

　"잠깐만요." 내가 말했다. "잠깐만요."

　심리치료사가 움직임을 멈췄다가 말했다.

　"너무 많은 생각을 하지 마세요. 그런다고 더 쉬워지지는 않습니다. 시간은 얼마든지 많으니 개의치 마시고요."

　심리치료사가 나를 가만히 쳐다보고 있었다. 내가 동의하지 않는 한 그는 어떤 행동도 하지 않을 것이다. 애초에 그렇게 약속했으니까.

　나는 조금 전 심리치료사와 이 방에 들어와 앉자마자 나눴던 대화를 떠올렸다.

"콘라츠 씨, 당신이 두려워하는 대상은 무엇입니까?" 심리치료사가 물었다.

"당연히 거미죠." 나는 대답했고, 무슨 그런 바보 같은 질문이 다 있나 싶어 살짝 짜증이 났다. "거미가 무서워요."

"제 가방에 든 통 안에 있는 거미 말인가요?"

"네!"

"지금 두려우신가요?"

"당연히 두렵죠!"

"만약 제 가방에 거미가 든 통이 들어 있지 않다면요?"

"무슨 말씀인지 모르겠네요."

"잠시만 거미가 없다고 가정해보는 겁니다. 제가 거미가 든 통을 가져오는 걸 깜빡했다고 말입니다. 그렇다면 당신이 두려워할 게 뭔가요? 거미는 있지도 않았는걸요. 실제로 존재하지 않았단 말입니다."

"하지만 저는 진짜 있다고 생각하는데요." 내가 말했다.

"바로 그겁니다, 그 생각. 두려움은 거기서부터 시작됩니다. 당신의 머릿속, 당신의 생각에서부터 말입니다. 거미랑은 전혀 관련이 없는 거죠."

나는 결단을 내렸다.

"좋아요……. 지금 해보죠."

심리치료사가 다시 유리통 뚜껑을 열어 천천히 옆으로 치웠다. 거미가 깜짝 놀랄 만한 속도로 움직이기 시작했다. 나는 거미가 움직이고, 나아가 심리치료사의 손 위를 기어다니는 모습에서 눈을 떼지 않으려고 애썼다. 마음 같아서는 벌떡 일어나 뛰쳐나가고 싶었다. 땀방울이 하나둘 등골을 타고 흘러내렸다. 식은땀. 나는 억지로 자리에 앉아 거미를 쳐다봤다. 거미는 그새 움직임을 멈추고 심리치료사의 손 위에 가만히 앉아 있다. 악몽에나 나올 법한 그 다리들, 털 그리고 흉측함.

지난 몇 주간 배운 바를 실천해보기로 했다. 몸에 온 정신을 집중했을 때, 내가 지금 얼마나 부자연스러운 자세를 취하고 있는지 알았다. 상체를 최대한 왼쪽으로 기울인 채 의자 한구석에 웅크리고 있었던 것이다. 나는 내 자신에게 '뱀 앞의 토끼'가 되고 싶은 건지 물었다. 지금도, 앞으로도 그렇게 살 거냐고. 잠시 후 자리에서 일어나 어깨를 쫙 펴고 턱을 들었다. 그러고는 손을 뻗어 심리치료사에게 내밀었다. 손가락이 떨렸지만 그대로 가만히 있었다.

"괜찮으시겠어요?" 심리치료사가 물었다.

나는 입을 다물고 고개를 끄덕이며 모든 에너지를 손에 집중시켰고, 결국 떨지 않게 됐다.

"좋습니다." 심리치료사가 이렇게 말하고는 자신의 손을 내 손 옆에 갖다 댔다. 거미는 처음에는 움직이지 않고 가만히 있었다. 나는 그 털이 수북한 굵은 다리들과 토실토실 살이 찐 몸통(몸통 역시 털이 잔뜩 나 있었지만 정 가운데는 털이 없이 민숭민숭했다)을 바라봤다. 다리는 줄무늬였다. 검은색과 밝은 갈색, 그 사이사이에는 주황색 점이 하나씩 나 있었다. 아까는 차마 보지 못했던 것이 이제야 눈에 띄었다. 거미는 여전히 심리치료사의 손 위에 가만히 앉아 있고, 나는 해냈다는 생각이 들었다.

바로 그때 거미가 움직였다. 그 광경은 도무지 현실 같지가 않았다. 속이 울렁거리고 눈의 초점이 흔들렸지만 가만히 미동도 없이 서 있었고, 거미는 내 손으로 기어올랐다. 거미가 더듬거리며 손바닥에 첫발을 내딛는 순간 소스라치게 놀랐지만 나는 움직이지 않았다. 거미가 계속 내 손으로 기어올랐다. 그 무게가, 다리들이 내 손에 맞닿는 게, 몸통이 손등을 스치는 게 느껴졌다. 순간 나는 거미가 계속 기어올라 팔을 지나 어깨와 목, 얼굴까지 오르는 소름 끼치는 상상을 했지만, 거미는 지금 내 손 위에 가만히 앉아 있다. 발만 느릿느릿 움직이면서. 나는 그 모습을 빤히 쳐다봤다. '이건 악몽이 아냐.' 나는 생각했다. '이건 현실이야. 바로 지금 일어나고 있는 현실. 그리고 넌 이걸 견디고 있어. 이게 너의 두려움이야. 그 촉감을 넌 견디고 있는 거야.' 머리가 어지러웠다. 차라리 기절해버리면 좋겠다고 생각했지만 그러지는 않았다. 나는 그 자리에 그대로 앉았다. 거미를 손에 올린 채로. 거미는 뭔가를 기다리듯 그냥 거기 가만히 앉아 있다. 내 두려움을 느껴본다. 내 두려움은 검은 샘이고 나는 그 속에 빠져 있다. 나는 곧추서서 물속을 떠다니며 발끝으로 바닥을 찾았지만 찾을 수가 없었다.

"제가 다시 가져갈까요?" 심리치료사의 질문이 멍한 상태에 빠져 있던 나를 깨웠다.

나는 이번에도 말없이 고개만 끄덕였다. 심리치료사가 거미를 두 손으로 조심스럽게 가져가더니 다시 작은 휴대용 테라륨(그가 스포츠 백에 넣어 가져왔던)에 집어넣었다.

나는 손을 물끄러미 내려다봤다. 가슴이 쿵쿵 뛰고, 혓바닥이 바싹 마르고, 근육들은 긴장됐다. 티셔츠는 땀에 젖어 몸에 달라붙었다. 금방이라도 울 것처럼 얼굴이 일그러졌지만 지난 몇 년간 그랬듯이 눈물은 나오지 않았고, 결국 나는 눈물 없이 울었다. 메마른, 고통스러운 흐느낌.

나는 해내고 말았다.

10

내가 가장 좋아하는 안락의자에 앉아 어두워진 창밖을 바라보며 해가 지기를 기다렸다. 저 멀리 숲이 보였다. 별들이 차갑게 반짝이는 이때 동물의 모습을 구경하고 싶었는데 아무런 움직임도 찾아볼 수가 없다. 지칠 줄 모르는 올빼미들만이 자꾸만 울어댈 뿐이다.

나무 꼭대기 위로 별이 빛나는 하늘이 펼쳐져 있다. 하지만 저 별들이 정말 그 자리에 있는지는 모를 일이다. 별들이 우리에게 더 이상 존재하지 않음을 알리는 유일한 방법은 반짝임을 멈추는 것이다. 그러나 만약 지구에서 몇 광년 떨어져 있는 어떤 별이 어제 소멸했다면, 이론적으로 우리는 몇 년이 지나서야 그 사실을 알게 될 것이다.

우리는 아무것도 모른다. 확실한 건 아무것도 없다.

창공에서 눈을 떼고 의자에 앉은 채 몸을 웅크리고 잠을 청해본다. 낮에는 흥미로운 시간을, 밤에는 일하느라 바쁘게 보낸 하루였다. 내일은 또 다른 전문가와 중요한 만남이 예정돼 있으니 준비를 잘해야만 한다.

얼마 지나지 않아 잠이 오지 않으리란 걸 확신하고 다시 눈을 떴다. 잠은 못 자더라도 기력이라도 보충하기 위해 의자에 앉은 채 최대한 편안하게 있으려고 노력했다. 눈은 집 앞의 풀밭, 숲, 반짝이는 호숫가에 고정된다. 한참을 그냥 그렇게 앉아 있었다. 그리고 얼마 후, 나는 처음에는 별빛이 조금 더 밝아지고 하늘이 아주 서서히 색깔을 바꾸기 시작했다고만 생각했다. 그런데 곧 창틈으로 새들이 지저귀는 소리가 들려오는 게 아닌가. 마치 보이지 않는 지휘자가 새들 앞에서 지휘봉을 휘젓듯, 그 소리는 아주 갑작스럽게 시작됐다. 그리고 해가 떴음을 알게 됐다. 처음에는 나무들 뒤로 빛나는 선처럼 보이던 해가 곧 타는 듯한 빛을 내며 힘차게 떠올랐다.

그건 기적과 같았다. 내가 사는 이 작은 행성은 엄청난 속도로 끝없는 우주를 떠다니며, 지칠 줄 모르고 태양 주위를 맴도는 목숨을 건 비행을 하고 있다. 미쳤어, 나는 생각했다. 우리가 존재한다는 그 자체, 지구, 태양, 별 그리고 내가 여기 이렇게 앉아서 그 모든 걸 보고 느낄 수 있다는 건 정말이지 믿을 수 없는 일이자 하나의 기적이다. 그게 가능하다니 불가능한 건 없다.

시간이 지나갔다. 아름답고 청명한 아침이 찾아왔다. 시계를 확인한다. 내게 심문 기법을 가르칠 전문가가 올 때까지는 아직 몇 시간이 더 남았다.

자리에서 일어나 차를 끓이고 작업실에서 노트북을 가져와 주방 테이블 앞에 앉는다. 지난밤에 썼던 글을 다시 한 번 훑어본다. 그때 부코스키가 나에게로 터벅터벅 걸어왔고, 문을 열어 밖으로 내보내 부코스키가 기뻐 날뛰며 새날을 맞이하는 모습을 지켜봤다.

약속한 시간이 거의 다 됐을 때, 해는 이미 정점을 찍고 넘어가기 시작했다. 그때 나는 장을 봐온 샬로테와 주방에 앉아 있었다.

"괜찮으면 가기 전에 개와 산책 한 번 더 해주겠어요?" 내가 물었다.

"그럼요, 괜찮고말고요."

샬로테는 내가 전문가들과 단둘이 만나는 걸 선호한다는 것을, 또 바로 그 이유 때문에 부코스키를 한 번 더 데리고 나가도록 시켰다는 것을 잘 알기에 아무것도 묻지 않고 집을 나섰다. 창밖을 내다보니 정원사가 잔디를 깎고 있다. 유리창 너머로 나를 발견한 정원사가 손을 들어 인사했다. 나도 정원사에게 손을 흔든 뒤, 곧 크리스텐센 박사를 맞이할 그 방의 창문을 닫았다.

삼십 분도 채 지나지 않아 나는 크리스텐센 박사와 마주 앉았다. 금발의 독일계 미국인인 크리스텐센은 차가운 푸른색 눈동자로 나를 쳐다보며 악수를 세게 했다. 지난 몇 주간 충분히 연습해온 덕분에 겨우 그의 눈빛을 견뎌낼 수 있었다. 샬로테는 이미 집으로 돌아간 뒤였고, 날은 어둑어둑해졌다. 이 개인 상담 시간은 몇 주 전에 이미 예약을 해뒀고, 크리스텐센을 이 집으로 오게 하기 위해 적지 않은 돈을 내야만 했다. 크리스텐센은 범인들에게 자백을 이끌어내는 데 있어서 최고 전문가다. 그의 특기는 독일에서는 공식적으로 허용되지 않은 심문 기법인 리드(REID) 기법인데, 이는 심리학적 도구는 물론 각종 속임수와 여러 가지 방법을 통해 결국 용의자를 무너지게 한다.

렌첸의 자백을 바라는 건 어쩌면 너무 순진한 바람인지도 모른다.

하지만 렌첸과 대화할 기회를 대비해 만반의 준비를 갖추고 있어야 한다. 어떻게든 인터뷰 외에 그와 마주할 기회를 잡아야만 한다. 렌첸에게 질문을 던지고, 모순에 빠지게 하고, 필요한 경우 도발도 해야 한다. 아무튼 렌첸을 꼼짝 못하게 해야만 한다. 범인에게 내 의지를 강요하고 자백을 얻어내는 방법을 가르쳐줄 수 있는 사람이 있다면, 그는 바로 크리스텐센 박사일 것이다.

그리고 이런 피나는 노력에도 렌첸을 잡는 데 실패할 경우를 대비해 나는 또 다른 수단을 준비해놓고 있다…….

내가 이론적인 것(여느 전문 서적에서도 충분히 찾아 읽을 수 있는)을 궁금해하는 게 아니라 아주 실질적인 것, 즉 범인을 무너뜨리고 범인의 자백을 받아내는 방법과 실제 상황에서 어떤 분위기로 몰아가야 하는지 알고 싶다고 물었을 때, 크리스텐센은 처음에는 조금 당황하는 모양새였다. 그러나 내가 지불한 돈의 액수와, 보다시피 내가 그저 병약한 작가일 뿐이라는 사실을 고려한 그는 자신의 능력을 내 앞에서 증명하기로 결심했다.

그래서 우리는 마주 앉았다. 나는 과제를 미리 해두었다. 크리스텐센은 자신의 심문 기법을 나한테 직접 적용해볼 것을 제안

했다. 그것이 내가 리드 기법을 몸소 체험해볼 수 있는 동시에, 범인이 어떤 기분을 느낄지를 가장 빠르고 명확하게 알아볼 방법이라는 생각에서였다. 크리스텐센은 상담 전에 미리 내가 말하기 부끄럽고 절대 남한테 알릴 수 없는 사실 한 가지를 생각해두라고 했다. 누구나 그렇듯 나에게도 그런 치부가 있다. 서로 마주 앉고 나자, 크리스텐센이 그 정보를 캐내려는 시도를 시작했다. 그는 점점 더 깊숙이 파고들었다. 한 시간도 채 되지 않아 그게 내 가족과 관련된 일이라는 걸 파악했다. 크리스텐센의 질문은 점차 신랄해졌고 나는 예민해져 갔다. 처음에는 별다른 인상을 못 받았던, 아니 한편으로는 꽤 호감형이라 생각했던 그가 그새 혐오스럽게 느껴졌다. 그의 질문들, 파고듦, 나를 도무지 가만히 놔두지 않는 행동들. 크리스텐센은 내가 화장실에 다녀오겠다고 할 때마다 다시 앉으라고 명령했고, 음료를 마시려고 할 때마다 자백을 해야 마실 수 있다며 호통을 쳤다. 또 추워서 팔짱을 끼고 있으면 방 안의 모든 창문을 다 열어버렸다.

크리스텐센은 나를 미쳐버리게 했다. 그는 계속해서 마른기침을 해대는 습관이 있었다. 처음에 나는 그걸 아예 눈치채지 못했다가, 알고 난 초반에는 그저 특이한 버릇이 있다고만 생각했지 그 어떤 반감도 갖지 않았다. 하지만 하도 기침을 계속 하니까 점점 당황스러웠고, 나중에는 그가 그 기침 소리를 낼 때마다 벌떡 일어나 제발 기침 좀 그만하라고 소리를 지르고 싶을 정도였다. 스트레스 상황에 빠지니 신경질과 다혈질을 비롯한 나의 모든 단점들이 다 드러났다. 누구나 별것 아닌 일로 확 돌아버리는 순간이 있다. 나는 특히 청각적인 것에 예민하다. 기침을 계속 하거나 코를 자꾸 훌쩍이는 것 같은. 껌을 씹으며 계속 풍선을 불어 터뜨리는 소리도 마찬가지다. 이는 안나가 끊임없이 하던 짓이었는데, 그 애는 내가 그걸 싫어하는 걸 알고는 일부러 더 해서 내 화를 돋우곤 했다! 이런 생각이 드는 찰나, 부끄러운 생각이 들었다. 내가 지금 무슨 생각을! 크리스텐센한테 입은 타격으로 서서히 물러지고 갈라졌다. 피곤하고 춥고 배고프고 목말랐다. 크리스텐센의 지시에 따라 나는 지난밤에 잠도 자지 않았고 하루 종일 거의 아무것도 먹지 않고 있었다. 크리스텐센이 말하길, 내가 만약 그의 감시 아래 구류돼 있는 상황이었다면 그는 친히 내가 최소한으로만 잠자고, 먹도록 조치했을 거라고 했다.

"우리 몸이 건재하는 데 필요한 지극히 기본적인 것들을 앗아 갔을 때 우리가 얼마나 쉽게 무너질 수 있는지, 정말 놀라울 따름입니다." 크리스텐센이 전화상으로 나에게 이렇게 말했고 나는 그의 말을 한마디라도 놓칠세라 주의 깊게 귀를 기울였다.

동생의 살인범을 못 자고 못 먹게 할 수 있는 상황은 안 된다 해도, 덕분에 나는 엄청난 스트레스 상황을 더 잘 견디는 법을 배웠다. 렌첸과의 인터뷰를 앞둔 며칠 전부터 잠이 잘 안 온다든가 음식이 잘 안 넘어갈 수도 있지 않은가.

크리스텐센의 질문은 끝날 줄을 몰랐다. 정말이지 지겨워 죽을 지경이다. 끝없이 되풀이되는 질문. 피곤하다. 무엇보다도 정신적으로 완전히 지쳤다. 차라리 그냥 다 말해버리고 끝내고 싶다. 어차피 연습인데 안 될 것도 없잖아!

이런 생각을 하던 중 내가 얼마나 위험한 생각을 하고 있는지 깨달았다. 바로 그러한 자기 정당화와 이 상황에서 벗어나려는 시도가 나를 무너지게 할 수 있는 것이다. 순간 추운 방 안에 있는데도 땀이 났다.

마침내 크리스텐센이 떠났을 때, 내 몸은 마치 고기 가는 기계를 통과한 것만 같았다. 정신적으로도 육체적으로도 진이 다 빠지고, 기력이 다 쇠하고, 텅 빈 느낌이었다.

"누구나 참을성에 한계가 있습니다." 크리스텐센이 상담이 끝나갈 무렵에 말했다. "어떤 사람은 그 한계에 좀 더 빨리 도달하고, 어떤 사람은 좀 더 늦게 도달하죠. 물론 그 시점을 결정하는 주된 요인은 그 비밀이 얼마나 중요한 것인가, 또는 자백을 할 경우 어떤 결과가 생기느냐 하는 겁니다."

대문을 열고 그를 배웅했다. 밤이 늦었다. 크리스텐센이 기운을 북돋우듯 내 어깨에 손을 얹었고, 나는 놀란 티를 내지 않으려고 안간힘을 썼다.

"오늘 아주 잘하셨습니다." 크리스텐센이 말했다. "꽤나 힘든 상대였어요."

나는 만일 그냥 다 털어놓았더라면 기분이 좀 더 나아졌을지, 마음이 좀 가벼워졌을지 자문했다. 한편으로는 내 비밀을 말해버리고 싶었다. 과연 빅토르 렌첸 같은 사람도 린다 콘라츠와 비슷한 생각을 하고 있을지. 나는 고백하고 싶었는데.

하지만 나는 내 비밀을 내주지 않았다. 아직 내 한계점에는 도달하지 않았으니까.

나는 다시 심신을 추스르려 애썼다. 창문을 닫고 몸을 따뜻하게 하고, 먹고 마셨다. 샤워기로 온몸의 식은땀을 씻어냈다. 하지만 아직 잘 수는 없다. 나는 하루 스물네 시간을 아주 엄격하게 구분 짓는다. 이른 아침에는 글을 쓰고, 그다음으로 각종 조사와 훈련을 하고, 끝으로 다시 책상 앞에 앉아 종종 밤늦게까지 글을 쓴다. 너무 피곤한 나머지 오늘 밤에는 좀 쉬고 싶었지만 마감 시한을 지키려면 아직 할 일이 많다. 마감을 어긴다는 건 안 될 말이다.

책상 앞에 앉아 노트북에 있는 문서 파일 하나를 열었다. 순서대로 하려면 이제 어려운 내용을 쓸 차례. 비탄과 죄책감에 관한. 나는 텅 빈 문서창을 응시했다. 지금은 도저히 쓸 수가 없을 것 같다. 이런 힘든 날에는 뭔가 유쾌한 내용을 쓰고 싶다. 끔찍한 이야기 속 단 하나의 유쾌한 장(章)을.

곰곰이 생각을 해본다. 십이 년 전을, 그때의 나를, 그때의 기분과 느낌을 떠올린다. 지금과는 다른 삶. 예전 집에서 살던 당시의 어느 하루를 떠올리자 얼굴에 어색한 엷은 미소가 슬며시 떠오르는 걸 느낀다. 행복한 기억이란 게 어떤 기분인지를 완전히 잊었던 것이다. 숨을 깊게 들이쉬고 글을 쓰기 시작했고, 곧 거기에 푹 빠져버렸다. 모든 게 총천연색으로 내 눈앞에 펼쳐졌다. 익숙한 목소리들을 듣고, 예전 집의 냄새를 맡으며 모든 걸 다시 한번 경험했다. 기분이 좋고 마치 실제 같아서 그 장을 거의 다 써내려갔을 즈음에는 현실로 돌아가고 싶지 않을 정도였지만, 달리 어쩔 방도가 없다. 내가 겨우 다시 고개를 들었을 때는 한밤중이었다. 얼마나 오래 앉아 있었는지, 허기와 갈증이 느껴졌다. 문서를 저장한 뒤 창을 닫았다. 그러나 이내 참지 못하고 다시 문서를 열어 읽으며 예전 삶에 대한 그 따스한 기억에 슬며시 젖어든다. 그리고 나서도 한 번을 더 읽고 난 후 나는 이것이 너무 내 개인적인 내용이라는 생각이 들었다. 내가 주인공도 아닌데. 이 책은 안나를 위해 쓰는 것이지 나를 위한 게 아니며, 따라서 이런 유쾌한 내용은 끼어들 자리가 없다. 문서를 닫아 휴지통으로 끌어당겼다가 생각을 고쳐먹고는 '니나 시몬'이라는 이름의 하위 폴더를 만들어 거기에 문서를 집어넣었다. 그러고는 새 문서창을 열어 정신을 차리고 정말 써야 할 내용을 시간순으로 써나가기로 마음먹었다.

내일이 아니라 바로 지금부터.

Blood Sisters

요나스

요나스의 집으로 통하는 계단에 누군가가 담배를 피우며 앉아 있었다. 날이 어두워진 지 한참 됐지만 요나스는 그 계단으로부터 꽤 먼 모퉁이를 돌자마자 이미 그 형체를 볼 수 있었다. 가까이 다가가자 그게 여자라는 것도 알았다. 여자가 담배를 입으로 빨자 어둠 속에서 여자의 얼굴만 환해졌다. 여자는 바로 그 목격자였다. 요나스의 심장이 빠르게 뛰기 시작했다. 대체 여기는 왜 온 거지?

불현듯 요나스는 여자와 이런 식으로 만나는 게 불편하게 느껴졌다. 요나스는 머리부터 발끝까지 땀범벅이었다. 미아가 친구들을 만나러 나간 덕분에 오랜만에 근처 숲길을 돌며 맘껏 조깅을 즐겼다. 요나스는 조깅을 하며 생각하는 시간을 가졌다. 미아와의 둘 사이 여러 가지 일들이 얼마나 빠르게 변해버렸는지를. 아무 이유도 없이 그냥 그렇게. 두 사람 사이에는 거짓말, 외도, 아이를 갖는 일이나 집을 사는 문제에 관한 다툼을 비롯해 그 어떤 극적인 사건도 없었다. 둘은 아직 서로를 좋아했다. 하지만 사랑의 감정은 더 남아 있지 않았다.

차라리 일시적인 외도 문제였다면 요나스는 지금보다 덜 힘들었을 것이다. 이건 어쩌면 요나스의 탓인지도 몰랐다. 두 사람의 관계가 어떻게 진행되는 것과는 상관없이, 요나스는 요즘 들어 자꾸만 이상한 기분이 들었기 때문이다. 마치 세상과 단절된 다이빙벨 속에 들어간 것처럼. 미아 탓이 아니다. 그런 기분, 뭐라 설명할 수 없는 환상통이 요나스에겐 익숙해져 있다. 그 누구도 이해할 수 없고, 또 아무에게도 이해받지 못하는 기분. 직장에서도, 친구들을 만나도 그랬고, 극장에 갔을 때도 마찬가지였다.

이따금씩 요나스는 다이빙벨 속에 있는 것 같은 그 기분이 정상인 건지 자문하곤 했다. 아니면 그게 바로 중년의 위기라는 건가? 만약 그렇다면 요나스의 경우에는 그 시기가 너무 이르다. 요나스의 나이는 겨우 서른이니까.

요나스는 이런 생각들을 떨쳐버리고 심호흡을 한 뒤 담배를 피우고 있는 여자에게로 다가갔다.

"안녕하세요." 여자가 말했다.

"안녕하세요." 요나스가 대답했다. "여긴 무슨 일로 오셨습니까? 성함이……."

"그냥 조피라고 불러주세요."

요나스는 이렇게 불쑥 집 앞에 찾아오는 무례를 범한 여자를 그 자리에서 그냥 돌려보내도 아무 문제없다는 걸 알고 있었다. 여자를 돌려보내고 집에 들어가 샤워를 하고, 이 이상한 만남을 잊어버려도 무방했다. 하지만 요나스는 결국 계단에 앉고 말았다.

"그래요, 조피. 여기서 뭘 하고 계시는 겁니까?"

조피는 잠시 생각하는 눈치였다.

"이제 어떻게 진행되는지 알고 싶어요." 조피가 말했다.

"네?"

"여기서 뭘 하냐고 물으셨잖아요. 저는 형사님께 앞으로 어떻게 진행될 것인지 여쭤보려고 왔어요. 그⋯⋯." 조피가 잠시 말을 멈췄다. "⋯⋯그 사건 말이에요."

요나스가 담배 연기에 둘러싸인 채 옆에 앉아 있는 조피를 쳐다봤다. 조피는 긴 다리를 마치 상처를 입은 메뚜기의 그것처럼 구부리고 있었고, 무더위에도 불구하고 추위에 떠는 사람처럼 팔로 몸을 감쌌다.

"내일 제 사무실에서 이야기하면 안 될까요?" 요나스가 물었다. 조피로부터 벗어나려면 좀 더 세게 나가야겠다고 생각했다.

왜 더 강하게 말 못해? 요나스는 스스로에게 물었다.

"이미 여기까지 왔으니 지금 얘기해도 되잖아요."

"뭐라 말씀을 드려야 할지 모르겠군요." 요나스가 한숨을 쉬었다. "저희는 계속해서 모든 증거들을 수집할 겁니다. 과학수사 결과도 아주 꼼꼼히 검토할 거고요. 또한 수많은 사람들을 만나 이야기를 나눠보는 등, 할 수 있는 건 다 할 겁니다. 그게 저희 일이니까요."

"살인범도 찾으실 거잖아요." 조피가 말했다.

그건 질문이 아니었다.

요나스는 다시 한숨이 나오려는 걸 간신히 참았다. 대체 내가 이 여자에게 무슨 약속을 한 건가? 그냥 가만히 있었어야 했는데. 그 범죄 현장은 과학수사를 벌이는 데 있어서는 최악의 상황이었다. 피해자인 브리타 페터스가 사망하기 불과 며칠 전에 브리타의 집에서는 친구 생일 파티가 열려, 거의 육십 명이나 되는 사람이 다녀갔다. 그 육십 명이 남기고 간 지문과 DNA 흔적들이 온 집 안에 셀 수 없이 널려 있었다. 몽타주를 토대로 한 범인 수배가 아무런 결실을 맺지 못하거나 피해자 주변에서 이렇다 할 단서가 나오지 않는다면 일이 어려워질 것이다.

"저희는 최선을 다할 겁니다." 요나스가 말했다.

조피가 고개를 끄덕였다. 그러고는 담배를 한 모금 빨아들였다.

"브리타의 집에서 뭔가 이상한 걸 느꼈어요." 조피가 말했다. "그게 뭔지는 잘 모르겠지만요."

요나스는 그게 어떤 기분인지 잘 알고 있었다. 불안한 긴장감. 그건 마치 귀가 아니라 가슴속에서 들려오는 저음 같은 것이다.

"저도 하나 주시겠습니까?" 요나스가 물었다. "담배 말입니다."

"이게 마지막이에요. 그래도 원하시면 피우세요."

요나스는 조피가 건넨 불이 붙은 담배를 받아들었고, 순간 두 사람의 손끝이 살짝 닿았다. 요나스가 깊숙이 한 모금 빨아들인 뒤 다시 담배를 돌려주었다. 조피는 그걸 입에 다시 물었다.

"제 생각에 브리타는 우발적으로 살해당한 것 같아요." 조피가 연신 담배를 피우며 말했다.

"왜 그런 생각을 하시는지 물어봐도 될까요?"

"브리타를 아는 사람이라면 그런 짓을 할 리가 없어요. 절대로요."

요나스는 침묵했다. 조피가 내민 담배를 또 한 번 피운 뒤 조피에게 돌려줬다. 조피는 말없이 담배를 눌러 꺼버렸다. 그러고는 잠시 어둠 속을 바라봤다.

"브리타에 관한 얘기를 좀 해드려도 될까요?" 마침내 조피가 물었다.

요나스는 도저히 거절할 수가 없어서 고개를 끄덕였다. 조피는 어디부터 시작해야 할지를 생각하는 듯 잠시 아무 말이 없었다.

"브리타가 다섯 살 때…… 다섯 살인가 여섯 살 때, 우리는 부모님과 시내에 갔었어요." 조피가 결국 입을 열었다. "손에 아이스크림을 들고 거리를 걷고 있었죠. 여름이었거든요. 마치 어제 일처럼 생생해요. 그런데 인도에 노숙자가 앉아 있는 거예요. 더럽기 짝이 없는 거지가 지저분한 개와 빈병들이 든 카트를 곁에 두고 있었죠. 우린 그때까지 노숙자를 한 번도 본적이 없었어요. 저는 그 남자한테서 나는 지독한 냄새와 병든 것 같은 모습 때문에, 또 그 개가 무서워서 깜짝 놀라고 말았죠. 하지만 브리타는 호기심 어린 눈빛으로 그 남자한테 '아저씨, 안녕하세요' 같은, 애들이 모르는 사람에게 건넬 만한 말을 했어요. 그러자 그 남자도 브리타에게 씩 웃으며 '안녕, 꼬마 숙녀'라고 했고요. 부모님은 서둘러 저희를 데리고 그 자리를 떠나셨지만, 브리타는 그 남자에 대한 생각을 떨칠 수가 없었나 봐요. 부모님께 몇 시간 동안이나 그 남자에 관해 물어봤거든요. 왜 그렇게 이상한 모습을 하고 있는지, 말은 왜 그렇게 이상하게 하는지, 왜 이상한 냄새가 나는지를요. 부모님께서는 아마 그 남자가 어디가 아프고 집이 없어서 그런 걸 거라고 말씀해주셨죠. 그 이후 우리가 시내에 나갈 때마다 브리타는 미리 먹을 걸 싸가지고 가서는 그 남자를 찾아다니곤 했어요."

"그래서 찾았나요?"

"아뇨. 하지만 그 남자뿐만이 아니었어요, 아시겠어요? 브리타가 어렸을 적에 상처를 입은 동물들을 집에 데려온 게 몇 번인지 셀 수도 없어요. 그럴 때면 부모님이 그 동물들을 돌봐주셔야 했죠. 브리타는 열두 살 때부터 동물보호소에서 자원봉사도 했어요. 그리고 도시로 이사하고 난 뒤에는 노숙자들을 대상으로 한 급식 봉사도 시작했고요. 브리타는 그때 만났던 그 남자를 결코 잊을 수가 없었던 거예요, 아시겠어요?"

요나스가 고개를 끄덕였다. 요나스는 지금 과학수사연구소에 누워 있는 그 어여쁜 금발의 여인이 살아 있다고 상상해보려 애썼다. 걸어서 돌아다니고, 일상적인 일들을 하고, 언니와 이야기꽃을 피우고, 웃고. 하지만 요나스는 도무지 그런 상상을 할 수가 없었고, 그건 이번만이 아니었다. 살인 사건의 피해자들은 죽은 뒤에 요나스와 만났고, 요나스의 상상력으로 그들을 되살려내기에는 역부족이었다.

"그런데 사람들은 그런 일을 아주 우습게 여겨요." 잠시 침묵하던 조피가 말을 이었다. "브리타 같은 사람들을 쉬이 업신여기고 사람 좋다는 식으로 비아냥거리죠. 하지만 브리타는 정말 좋은 사람이었어요." 요나스는 조피와 조피의 동생 브리타를 동시에 머릿속에 떠올렸다. 둘은 서로 너무도 달랐다. 요정같이 예쁜 긴 머리의 브리타는 요나스가 봤던 사진들 속에서 다소 수줍고 연약한 분위기를 풍겼다. 반면에 조피는 짧은 머리와 사내아이 같은 행동거지 때문인지 이런 상황 속에서도 강해 보였다.

"칼에 일곱 번이나 찔렸다고요." 조피가 말했고, 요나스는 화들짝 놀랐다. "신문에서 봤어요."

조피는 잠시 아무 말도 없었다.

"그걸 읽은 저희 부모님의 마음이 어떨지 상상이나 가세요?" 조피가 물었다.

요나스는 반사적으로 고개를 끄덕였다가, 금세 다시 고개를 저었다. 사실 그로서는 도저히 상상할 수 없는 일이었으니까.

"범인을 찾아주셔야 해요." 조피가 말했다.

요나스가 조피에게로 고개를 돌렸다. 요나스가 집에 가까이 왔을 때 켜졌던 센서등은 이미 꺼져버렸고, 조피의 눈이 어둠 속에서 빛났다. 요나스는 잠시 조피의 눈에 빠져들었다. 조피도 요나스를 쳐다봤고, 두 사람은 그대로 얼마간 멈춰 있었다.

"가봐야겠어요." 조피가 불쑥 말하며 자리에서 일어났다.

요나스 역시 몸을 일으키며 계단 위에 놓인 가방을 들어 조피에게 건네주었다.

"맙소사, 무척 무겁네요. 안에 쇳덩어리라도 들었어요?"

"책이 몇 권 있어요." 조피가 이렇게 대답하며 가방을 어깨에 멨다. "항상 읽을거리를 가지고 다녀야 마음이 편하거든요."

"이해합니다."

"그래요? 형사님도 책 읽는 걸 좋아하세요?" 조피가 물었다.

"그게, 사실대로 말씀드리면, 언제 마지막으로 책을 손에 잡았는지 가물가물하네요. 저는 소설은 잘 못 읽습니다. 한때는 시에 심취했었죠. 베를렌, 랭보, 키츠 같은 시인들 말입니다."

"세상에." 조피가 신음 소리를 냈다. "저는 학교 다닐 때부터 시가 싫었어요. 9학년 때는 릴케의 〈표범〉을 어찌나 지겹게 암송시키던지, 한 번만더 시켰다면 저는 아마 미쳐버렸을 거예요. '그의 눈은 스쳐 지나가는 창살로 너무도 지쳐, 아무것도 더는 보지 못한다……'"

조피가 소름이 끼친다는 듯 몸을 부르르 떨었다.

요나스는 피식 웃음이 나왔다.

"그 훌륭한 릴케를 그런 식으로 대우하시다니요." 요나스가 말했다. "언젠가는 제가 시에 관해 다시 생각해보실 수 있는 기회를 만들어볼 수도 있을 겁니다. 어쩌면 휘트먼이나 소로는 마음에 드실지도 몰라요."

요나스는 그 말을 함과 동시에 자신을 책망했다. '내가 지금 뭘 하고 있는 거지?'

"괜찮은 생각이네요." 조피가 말했다.

조피가 떠날 채비를 했다.

"시간 내주셔서 감사해요. 그리고 귀찮게 해드려서 죄송해요."

조피가 어둠 속으로 사라졌다. 요나스는 잠시 조피의 뒷모습을 바라보다가 몸을 돌려 대문으로 향하는 계단을 올랐다.

순간 깜짝 놀란 요나스가 걸음을 멈췄다.

다이빙벨 속에 들어 있는 것 같은 기분이 싹 사라진 것이다.

11

근육들이 타들어갔다. 디데이를 최대한 잘 준비하기로 결심했고, 신체를 단련하는 일 역시 그 일환이다. 극도의 스트레스 상황에서 기회를 포착하려면 정신적으로도 육체적으로도 준비가 돼 있어야 한다. 단련된 신체는 스트레스와 긴장감을 더 잘 극복해낼 수 있기에 나는 운동을 한다. 지하에는 몇 년 전에 만들어두고 잘 쓰지 않았던 피트니스실이 있다. 한동안 요통을 앓았던 적이 있는데, 그때 개인 트레이너와 기구를 이용한 엄격한 트레이닝 덕분에 나을 수 있었다. 그때 이후로는 내 몸에 신경을 써야 할 이렇다 할 이유를 찾지 못했다. 나는 마르고 꽤 건강한 편인 데다, 해변도 없는 내 세상에서 비키니를 입기 위해 몸매를 만들 필요는 없었으니까.

운동을 하니 기분이 좋았다. 이제야 제대로 된 몸 상태가 어떤 건지, 지난 수년간 얼마나 내 몸에 소홀했는지를 깨달을 수 있었다. 나는 온전히 머리로만 살았을 뿐 팔, 다리, 어깨, 등, 손, 발은 완전히 잊고 있었다. 드디어 기분 좋은 몸 상태가 돼 운동 강도를 높였고 아령을 반복해서 들어 올릴 때 느껴지는 통증을, 그 타는 듯한 느낌을, 마치 나에게 살아 있다고 외치는 것만 같은 그 기분을 즐겼다. 몸은 머리와는 다른 일들을 기억했다. 장거리달리기와 허벅지의 통증, 춤추며 지샌 밤들과 상처 난 발, 무더운 날 수영장에 뛰어들 때면 순간적으로 심장이 오그라들었다가 곧 다시 뛰던 그 기분, 몸은 사랑의 느낌 또한 상기시켰다. 그 진홍빛의 몽롱하고 어지러운 느낌을. 문득 누군가와 서로 몸을 맞대본 적이 벌써 한참 됐다는 생각이 들었다.

나는 스멀스멀 피어오르는 이러한 동물적 갈망에 찬 기분으로부터 아무렇지 않게 도망칠 수 있기를 바랐다. 하지만 지금 뛰고 있는 러닝머신처럼 아무리 빨리 뛰어봤자 제자리걸음이었다. 잡생각을 떨쳐버리려 러닝머신 속도를 더 올리고 경사를 높였다.

맥박이 고동쳤고, 숨이 가빴다. 불현듯 지난밤을 떠올렸다. 끔찍한 악몽을 꾸다가 숨을 헐떡이고 사지를 허우적대며 겨우 깨어났던 일을. 렌첸과 만나는 악몽이 처음은 아니었지만, 어제는 유난히 더 심했다. 모든 일이 완전히 엉망이 된 데다 너무나 현실 같았다. 나의 두려움, 렌첸의 웃음, 그의 양손에 묻은 샬로테의 피.

그 악몽에서 적어도 한 가지는 얻었다. 눈물을 머금고라도 샬로테를 그 자리에 있게 해서는 안 된다는 것. 정말 그러기 싫었지만 어쩔 수 없었다. 잠재의식 속에서는 이미 한참 전부터 자리 잡고 있던 생각이지만, 두려움 때문에 이기적이 된 나는 그 생각이 의식으로 표출되지 못하게 억누르고 있었다. 믿을 만한 사람 없이 나 혼자 렌첸과 만나고 싶지 않다는 이유로, 그런 살인범과 샬로테를 동시에 내 집 안에 둔다는 건 샬로테를 엄청난 위험에 빠뜨리는 일임을 간과했다. 나는 렌첸이 왜 살인을 했는지 모른다. 계획적이었는지, 아니면 충동적으로 그랬는지, 또 안나를 죽이기 전이나 후에 다른 사람도 죽였는지 아무것도 알지 못한다. 나는 샬로테가 렌첸과 만나는 걸 원치 않으며, 그런 일이 일어나지 않도록 주의할 것이다. 신체적 공격이 있을 가능성은 없어 보이지만, 혹시 모를 위험을 감수할 생각은 없으니까.

아침이 되자마자 수화기를 들고 샬로테에게 전화를 걸어 인터뷰 당일 오지 않아도 된다고 말했다. 즉, 그날 나는 렌첸과 단둘이 있게 될 것이다.

운동을 그만하기로 마음먹고 러닝머신을 멈춘 후 다 젖은 몸으로 걸어 내려왔다. 몸에 진이 다 빠진 그 기분을 만끽했다. 욕실로 가는 길에 복도 창문턱에 보일 듯 말 듯 수줍게 놓인 난초를 지나쳤다. 오래돼 다 시들어가는 그 난초를 왜 갑자기 안에 들여놓고 돌볼 생각을 했는지 알 수가 없다. 욕실로 가 어렵사리 땀에 젖은 티셔츠를 벗었다. 샤워기 아래에 서서 따뜻한 물을 틀고는 그 물이 피부를 타고 내리는 느낌을 즐겼다. 내 몸은 마치 오랜 세월 동안 마비됐다가 깨어난 것만 같았다.

순간 나는 더 많은 걸 느껴보고 싶은 욕구가 생겼다. 록 음악을 귀청이 떨어질 정도로 크게 틀어놓거나, 머리가 핑핑 돌 때까지 술을 진탕 마시거나, 혀가 아릴 정도로 매운 음식을 먹거나, 사랑을 하고 싶었다.

내 세상에는 없는 것들을 머릿속으로 떠올렸다. 사람을 잘 따르는 길고양이, 길가에 떨어진 동전, 불편한 침묵이 감도는 엘리베이터 타기, 가로등 기둥에 붙은 게시글('지난 목요일 콜드플레이 콘서트장에서 인파에 떠밀려 실종. 이름은 미리암, 갈색 머리, 초록색 눈. 연락처 0176……' 같은), 여름이면 풍겨오는 뜨거운 타르 냄새, 말벌에 쏘인 상처, 철도 파업, 급제동, 노천극장, 즉석 콘서트, 사랑.

물을 잠그는 동시에 그런 생각들도 머릿속에서 몰아냈다. 할 일이 너무도 많았다.

그로부터 십 분도 채 지나지 않아 다시 작업실에 앉아 글을 쓰기 시작했다. 창문에는 올해의 첫 성에꽃이 피고 있었다.

10

Blood Sisters

조피

완벽한 순간은 꿈을 꿀 때와 깰 때 사이다.

조피는 잠이 들기만 하면 매일 똑같은 악몽에 시달렸다. 꿈에서 깨고 나면 고통스러운 현실이 또다시 닥쳐왔다. 그런데 그사이의 짧은 순간은 완벽하게 평온했다.

오늘도 그 순간은 눈 깜짝할 사이에 지나갔고 모든 건 제자리로 돌아왔다. 브리타는 죽었다. 가슴속 절망감은 바로 그 사실에서 비롯됐다. 브리타는 죽었다, 브리타는 죽었다. 이제 모든 게 예전과 같을 수는 없다.

며칠 동안 잠을 자지 못했던 조피는 몇 시간을 침대에 누워 있던 끝에 겨우 눈을 감았다. 이제 조피는 눈을 껌뻑이며 자명종 라디오에서 붉게 빛나는 숫자를 읽으려고 애썼다. 네 시가 되기 조금 전이었다. 두 시간도 못 잔 조피는 더 누워 있어봤자 아무 소용이 없다는 걸 알고 있었다.

조피가 침대 가장자리로 두 다리를 휙 움직이다가 멈칫했다. 머릿속에 브리타의 집에서 봤던 광경이 스쳐 지나갔다. 뭔가 이상했다. 처음부터 뭔가 거슬렸다. 며칠 밤을 뜬눈으로 지새우며 고민해도 그게 뭔지 도무지 알아낼 수가 없었다. 꿈에 나타났던 것 같기도 해서 눈을 감고 숨을 멈춘 채 생각했지만, 역시 기억이 나지 않았다. 조피는 파울을 깨우지 않으려 조용히 나와 방문을 닫았다. 밖으로 나오자 안도의 한숨이 나왔다. 조피는 지금 이 순간 약혼자인 파울이 잠에서 깨어나 집착에 가까운 걱정으로 자신을 숨 막히게 하는 걸 전혀 원치 않았으니까. 파울이 한 번만 더 기분이 어떠냐고 묻는다면 그땐 정말 참기 힘들 것 같았다.

욕실로 들어간 조피가 옷을 벗고 샤워기 아래에 섰다. 한동안 먹은 게 없어서 그런지, 마치 방금 마라톤을 마친 사람처럼 다리가 덜덜 떨렸다. 조피가 물을 틀었다. 물은 아직 덜 굳은 젤리처럼 끈덕지고 더디게 흘러나왔다. 조피는 눈을 감고 흐르는 물줄기에 얼굴을 댔다. 알알이 떨어져 내린 물이 천천히 조피의 몸을 타고 내렸다. 꿀처럼 진득진득하게. 아니, 꿀이라기보다는 피에 가까운 느낌. 눈을 뜬 조피는 자신의 생각이 맞았음을 확인했다. 온통 피였다. 굵고 끈끈한 핏줄기가 조피의 몸을 타고 흘러내리다가 배꼽에 자그마한 웅덩이를 만들고 발가락 위로 똑똑 떨어졌다. 조피가 숨을 헐떡이며 두 눈을 질끈 감고 숫자를 셌다. 스물하나, 스물둘, 스물셋, 스물넷, 스물다섯. 그러고는 간신히 다시 눈을 떴다. 물은 다시 평범한 물이 됐고, 붉은색은 사라지고 없었다.

오 분도 채 지나지 않아 조피는 몸의 물기를 닦고 옷을 입은 뒤 화실로 들어갔다. 이미 그림이 그려진 캔버스들이 수도 없이 놓여 있었다. 마른 유화 물감과 아크릴 냄새. 최근 들어 작품 활동이 활발해진 덕분에 화실이, 아니 집 전체가 점차 작게 느껴졌다. 조피와 파울은 마음만 먹었다면 오래

전에 더 큰 집으로 이사할 수 있었다. 조피가 새로 옮긴 소속 화랑의 관장이 조피의 그림 여러 장을 상상도 못할 높은 가격에 팔아주었고, 파울이 운영하는 로펌 역시 잘 굴러가고 있었다. 조피는 그저 편의상 이 집에서 계속 살고 있었다. 공인중개사와 연락하고 어쩌고 할 생각이 없었기에. 하지만 이제 때가 된 것 같았다.

조피는 이젤 앞에 서서 물감을 섞은 뒤 붓을 물감에 묻혀 그림을 그리기 시작했다. 아무 생각 하지 않고 재빠르게, 거침없이 붓을 놀리며. 마침내 조피가 지친 모습으로 숨을 헐떡이며 붓을 내려놓았을 때, 캔버스 위의 브리타가 생기 없는 눈으로 조피를 바라보고 있었다. 한 걸음, 두 걸음 뒤로 물러선 조피가 몸을 돌려 비틀거리며 화실을 나왔다. 그림 그리는 일은 조피에게 항상 마음의 평안을 주는 피난처와 같았다. 하지만 최근 몇 주간 조피의 그림은 온통 피와 고통으로 가득 찼다.

주방으로 간 조피는 냉장고를 열려고 했지만, 냉장고 손잡이가 마치 푸딩처럼 마구 흔들렸다. 조피의 눈앞에서 별들이 빙글빙글 돌았다. 조피는 의자를 홱 끌어당겨 앉은 뒤 정신을 차리려고 노력했다.

먹을 수가 없다. 잠을 잘 수도 없다. 그림도 그릴 수 없고, 그 누구와도 말을 할 수가 없다. 그리고 저 밖 어딘가에는 브리타의 살인범이 돌아다니고 있다. 상황이 이러하니, 조피가 침대에서 일어나 할 수 있는 일이라고는 단 한 가지였다. 바로 살인범을 잡는 일.

조피가 벌떡 일어섰다. 작업실로 가서 새 공책을 한 권 꺼내고 노트북을 켜고는 조사를 시작했다.

<u>12</u>

내 방 한구석, 어둠 속에 뭔가가 있다. 어떤 그림자가.

나는 그게 뭔지 알았지만 일부러 쳐다보지 않았다. 두려워서 잠을 잘 수가 없다. 침대에 누워 이불을 턱까지 끌어올렸다. 지금은 한밤중이고 내일, 아니 정확히 말해 오늘은 바로 인터뷰 날이다. 이렇게 잠이 오지 않는 길고 우울한 밤이면 나는 보통 텔레비전을 보곤 했지만, 오늘은 그런 제어하기 어려운 정보의 홍수에 나를 떠밀면 안 된다. 내가 어떤 광경을 보고 어떤 생각을 하는지를 스스로 결정할 수 있어야만 한다.

잠에서 깨어나 아직 시간을 확인하기 전, 나는 여전히 눈을 감은 채 부디 '늑대의 시간'(새벽 세 시부터 네 시 사이의 음울한 시간)이 아니기를 간절히 바랐다. 그 시간에 깨면 어두운 생각들이 마치 거머리처럼 들러붙곤 하니까. 이건 누구에게나 마찬가지다. 이 시간에 기분이 좋지 않다고 느끼는 건 지극히 정상이다. 밤시간 중에서도 가장 춥고, 우리 몸의 반응속도도 가장 느릴 때. 혈압, 신진대사, 체온 등 모든 게 저하된다. 죽음에 가장 가까운 시간. 하루 중 이 시간에 사람이 가장 많이 죽는다고 하는 것도 그리 놀랄 일이 아니다.

이런 생각 끝에 눈을 뜨고 고개를 돌려 자명종 라디오에 적힌 숫자를 확인하고 침을 꿀꺽 삼켰다. 세 시가 조금 넘은 시각. 그럼 그렇지.

이제 나는 여기 이렇게 누워 '늑대의 시간'이란 단어를 곱씹어본다. 나는 그 시간에 대해 아주 잘 안다. 하지만 오늘은 뭔가 달랐다. 더 어둡고, 더 심오하다고나 할까. 방 한구석의 그림자가 움직였고 나는 여전히 그것을 똑바로 쳐다보지 못하고 있다. 혼란의 냄새가, 두려움과 피의 냄새가 났다. 이제 몇 시간만 있으면 인터뷰가 시작된다.

나는 마음을 진정시키려 애썼다. 반드시 성공할 거라고, 빅토르 렌첸도 나와 같은, 어쩌면 나보다 더한 심적 압박감을 느끼고 있을 거라고 스스로에게 말했다. 렌첸은 잃을 게 많은 사람이다. 커리어, 가족, 자유 등. 그런 면에서 나는 강점을 갖고 있다. 나로서는 잃을 게 전혀 없으니까. 그러나 이런 생각에도 불구하고 두려움은 사라지지 않았다.

내가 내일 계획하고 있는 일에 관해 안다면 나를 완전히 미쳤다고 여기는 사람들도 있을 것이다. 내가 봐도 내 행동은 모순 그 자체이니까. 그렇게 두려워하면서도 살인범을 내 집에 들이려 하고 있다. 내 자신이 아주 연약한 존재라고 느끼지만, 결국에는 내가 승리할 거라 믿는다. 내 인생에서는 더 나빠질 것도 없다. 그런데도 나는 질까 봐 두려워하고 있다.

나는 침대 옆 협탁에 놓인 조명을 켰다. 마치 그렇게 하면 우울한 생각들이 물러가기라도 할 것처럼. 이불을 몸에 꽁꽁 감싸고 있는데도 너무 추웠다. 오래전 어느 팬이 보내주었던 오래돼서 다 닳아 해진 시집을 집어 들었다. 그러고는 두꺼운 종이로 된 겉표지의 찢기고 갈라진 부분들을 손으로 만졌다. 나는 항상 운문이 아닌 산문을 선호해왔지만, 이 책만큼은 나에게 자주 의지가 됐다. 특히 내가 휘트먼의 〈나 자신의 노래〉만 하도 자주 읽은 탓에, 그 부분이 떨어져나가기 일보 직전이었다.

내가 나 자신과 모순될까?
그래, 나 자신과 모순될 수도 있지.
(나는 크고, 수많은 나를 담고 있으니까.)

나와 같은 감정을 느끼는 누군가의 글을 읽는다는 건 기분 좋은 일이다. 다시금 렌첸을 떠올렸다. 오늘 하루가 과연 어떻게 흘러갈지 전혀 예측할 수가 없다. 두려운 마음이 컸지만 차라리 빨리 하루가 시작되기를 바라는 마음도 컸다. 이렇게 불안해하며 가만히 기다리려니 꼭 내 몸이 갉아먹히는 기분이다. 동이 트려면 아직 먼 듯하다. 나는 해가, 빛이 그리웠다. 몸을 일으키고 책상다리를 하고는 마치 숄을 두르듯 이불을 어깨에 둘렀다. 시집을 뒤적이다가 내가 찾던 구절을 발견했다.

동트는 하늘을 바라본다!

첫 햇살이 거대하고도 투명한 세상의 어둠을 지워간다,

공기는 내 입맛에 상쾌하다.

밤중에서도 가장 어두운 이 시간, 나는 한 미국 시인이 백 년도 더 된 옛날에 쓴 일출에 관한 시를 통해 내 몸을 데웠다. 기분이 조금은 나아졌고, 몸도 좀 따뜻해진 것 같았다.

나는 또다시 곁눈질을 한다. 어두운 침실 한구석의 그 그림자가 움직였다.

마음을 굳게 먹고 다리를 침대 가장자리로 휙 움직여 일어났다. 그러고는 그 그림자를 향해 손을 뻗은 채 불안한 걸음을 옮겼다. 손에 닿는 거라곤 흰색으로 칠해진 벽뿐이었다. 그 구석은 텅 비어 있었고, 감금된 맹수의 냄새만 살짝 풍겼다.

13

간절히 기다리던 동시에 두려워했던 날이 밝았다.

침실 창가에서 아침을 맞았다. 지난 며칠간 꽤 따스한 날이 이어지더니, 오늘 날씨는 서늘하고 청명했다. 풀밭에 내린 두꺼운 서리가 햇빛을 받아 마치 유혹하듯 반짝였다. 등교 시간이 되면 아이들이 곳곳에 얼어붙은 웅덩이 위에서 넘어지거나, 혹은 장화 신은 발로 얼음을 톡톡 건드려 깨뜨리기도 할 것이다. 창밖을 쳐다보며 좋아하고 있을 시간이 없다. 낮에 렌첸이 오기로 했으니 오전 중에 처리해야 할 일들이 많다.

나는 만반의 준비를 갖추고 있을 것이다.

함정이란 뭔가를 붙잡기 위한, 또는 죽이기 위한 도구다.

좋은 함정이란 두 가지를 갖춰야 한다. 확실할 것, 그리고 간단할 것.

식당에 서서 미리 주문해둔 케이터링 음식들을 확인했다. 사람은 세 명(렌첸, 그가 데려올 사진가, 나)뿐이지만 음식 양은 제법 많았다. 렌첸과 같이 올 사진가는 한 시간 정도면 사진을 다 찍고 먼저 돌아갈 것이다. 주문한 단출한 점심 식사로는 작은 컵에 든 각종 샐러드와 여러 가지 핑거 푸드, 그리고 치킨채소랩이 있다. 또 세련된 도자기 그릇에 담긴 작은 케이크와 예쁘게 장식된 과일 바구니도 있다. 이 모든 음식은 내 입맛과는 전혀 상관없이, 오직 그걸 먹을 때 DNA를 남길 확률이 얼마나 높은가에 초점을 맞춰 고른 것이다. 샐러드를 조금씩 담은 것이나 케이크를 작게 자른 건 아주 이상적인 방법이다. 그걸 먹으려면 포크가 꼭 필요한데, 그렇게 되면 별수 없이 포크에 침을 묻히게 된다. 과일 접시 역시 기대를 걸어볼 만하다. 만약 렌첸이 먹던 사과를 놓고 간다면 난 그걸 연구소에 넘길 수 있다. 또 치킨랩은 입에 베어 무는 동시에 소스가 흘러나와 지저분해지기 십상이다. 따라서 랩을 먹은 뒤에는 냅킨으로 손과 입을 닦지 않을 수가 없다. 이런 경우에는 냅킨에 남은 흔적이 개체가 될 것이다.

나는 케이터링 업체에서 가져온 포크와 숟가락, 냅킨을 치워버렸다. 그러고는 일회용 라텍스장갑을 손에 낀 뒤 어제 소독해 둔 포크와 숟가락을 꺼내 음식들 옆에 올려놓았다. 새 냅킨도 포장을 벗겨 그 옆에 놓았다. 나는 한 걸음 뒤로 물러서 내 작품을 바라봤다. 아주 먹음직스럽게 보이는 한 상이다. 완벽해.

장갑을 벗어 주방 쓰레기통에 버린 뒤 새것으로 갈아 꼈다. 그런 다음 집에 딱 하나 있는 재떨이를 장에서 꺼내 렌첸과 내가 앉게 될 식탁 위에 놓았다. 거기에는 내 책 몇 권, 보온주전자에 든 커피, 크림, 설탕, 커피잔과 티스푼, 작은 생수병들과 유리잔도 이미 놓여 있다. 나는 렌첸이 담배를 피운다는 사실을 알고 있다.

렌첸이 담배꽁초라도 남기고 간다면 그야말로 복권에 당첨된 거나 마찬가지다. 담배를 피워도 되느냐고 물어볼 필요도 없이 그는 식탁에 놓인 재떨이를 발견하겠지.

나는 휴대전화를 흘긋 쳐다봤다. 렌첸이 올 때까지는 아직 시간이 꽤 남아 있다. 심호흡을 하며 끼고 있던 장갑을 벗어버렸다. 거실 소파에 털썩 앉아 두 눈을 감고 해야 할 일들을 속으로 쭉 한번 읊어본 결과, 빠진 건 아무것도 없었다.

다시 눈을 뜨고 주위를 둘러봤다. 며칠 전 말수가 적은 보안업체 직원 두 명이 와서 일 층 전체에 설치하고 간 카메라와 마이크들은 정말 어디 있는지 보이지가 않았다. 좋아. 그런 게 있다는 사실을 알고 있는 내 눈에도 안 띌 정도면 렌첸은 절대 못 찾을 거야. 이제 일 층 전체에서 도청이 가능하다. 렌첸이 자기 죄를 시인하리라 기대하는 건 어쩌면 순진한 생각일지 모른다. 하지만 심리학자들(크리스텐센 박사와 같은 다른 전문가들) 말에 따르면, 어떤 살인범들은 자백하고 싶은 마음을 갖고 있다고 한다.

나는 준비가 됐다. 아침에 일어나서 삼십 분간 러닝머신도 뛰었다. 삼십 분이면 뇌에 산소를 공급하기에 충분하면서도 지칠 정도는 아니다. 샤워도 하고, 옷도 신중하게 골라 입었다. 검은색 옷을 골랐다. 신뢰감을 주는 파란색도 아니고, 공격성과 열정을 뿜어내는 빨간색도 아니고, 순결함을 의미하는 흰색도 아닌, 검은색을. 진지함, 무게감, 그리고 애도의 표현. 아침도 양껏 먹었다. 전에 만났던 영양학 전문가가 뇌 활동에 좋은 음식이라고 추천해준 연어와 시금치로. 그러고는 부코스키에게 먹이를 준 뒤 위층으로 데려가 물, 간식, 장난감과 함께 침실 안에 들여놨다. 마지막으로 케이터링 음식을 체크했다.

그리고 지금은 이렇게 소파에 앉아 있다.

몇 주 전 연방범죄수사국의 케르너 박사와 했던 통화를 떠올렸다. 대화 주제와는 전혀 맞지 않았던 그의 해맑은 어조가 인상적이었다.

나는 고민 끝에 케르너 박사에게 비밀을 지켜줄 것을 부탁하고 모든 걸 털어놓기로 결심했다. 동생 안나에 관해, 그리고 미결된 안나의 살인 사건에 관해. 그리고 그에게 가장 중요한 질문을 했다. 사건 당시 현장에서 수집된 DNA 증거가 아직 남아 있는지를.

케르너 박사는 이렇게 대답했다. "남아 있고말고요!"

소파에 편히 앉아 잠시나마 휴식을 취해보려고 노력한다. 케르너 박사와 대화를 나눈 건 잘한 일이다. 한 가지 분명한 사실은, 나는 동생을 죽인 살인범이 내 앞에서 무너지는 모습을 보길 원한다는 것이다. 기억조차 하고 싶지 않은 그날 밤에 무슨 일이 있었는지 알아내야만 하고, 그건 그놈 입을 통해 직접 들어야 한다. 케르너 박사의 말이 나를 좀 더 안심시켰다. 그물 혹은 안전 장치와 같이. 아무튼 나는 렌첸을 붙잡고 말 것이다.

시계를 쳐다봤다.

열한 시가 조금 넘은 시각, 아직 한 시간 정도는 휴식을 취하며 모든 걸 다시 한 번 검토해볼 수······. 그때 초인종이 울렸다.

순간 놀란 나머지 자리에서 벌떡 일어났다. 아드레날린이 배 속에 차고 넘쳐 마치 차디찬 파도처럼 머리 위로 넘실대는 기분이다. 방금 전까지의 침착함은 온데간데없이 사라졌다. 비틀거리며 소파 팔걸이를 붙들고 세 번 심호흡을 한 뒤, 겨우 팔걸이에서 손을 떼고 대문을 향해 걸어갔다. 우편배달부일 거야. 외판원일지도. 그런데 외판원이 아직도 있던가? 대문을 열었다.

수년간 내 꿈속에까지 나를 쫓아왔던 그 괴물이, 지금 내 앞에 서 있었다.

"안녕하세요." 빅토르 렌첸이 민망한 듯한 미소와 함께 내게 손을 내밀었다. "빅토르 렌첸이라고 합니다. 저희가 좀 일찍 왔죠. 늦지 않으려고 뮌헨에서 일찌감치 출발했는데, 예상외로 길이 아주 잘 빠지지 뭡니까."

소리를 지르며 도망치고픈, 정신을 잃을 것만 같은 충동을 간신히 억눌렀다. 엄청나게 놀랐으면서도 그런 티를 내지 않으려 노력했다.

"괜찮아요. 저는 린다 콘라츠입니다."

렌첸의 손을 잡으며 미소를 지었다. '두려움에서 벗어나려면 그 두려움에 부딪쳐 극복하라.'

"자, 들어오시죠."

나는 망설이지도, 떨지도 않고 렌첸의 눈을 쳐다보며 크고 분명한 목소리로 말했다. 그제야 시야가 좀 넓어지나 싶더니, 사진가가 눈에 띄었다. 많아야 이십 대 중반밖에 안 돼 보이는 그 청년은 다소 긴장한 듯 보였고, 내가 악수를 건네자 안절부절못하며 열정적으로 내 팬이다 뭐다 하는 말을 쏟아냈다. 그러나 나로서는 사진가의 말에 집중하기가 힘들었다.

나는 그 두 남자를 안으로 들였다. 그들은 공손하게도 젖은 신발을 매트에 털고 들어왔다. 렌첸의 검은색 외투 속으로 흠잡을 데 없는 옷차림이 보였다. 어두운색 바지, 흰색 셔츠, 검은색 재킷, 노타이. 머리가 반백인데도 외모가 준수했고, 얼굴의 주름마저 그를 영리해 보이게 했다.

나는 렌첸의 젖은 겨울용 외투와 사진가의 파카를 받아 현관 옷걸이에 걸며 두 사람을 슬쩍 쳐다봤다. 빅토르 렌첸은 사진보다 실물이 훨씬 나은 사람이었다. 존재만으로도 그 공간의 분위기를 백팔십도 바꿔놓는 사람. 그는 독특하고도 위험한 느낌을 풍기는 놀라울 정도로 매력적인 남자였다.

나는 쓸데없는 생각을 하고 있는 자신에게 화를 내며 정신을 집중하려고 노력했다.

집 밖으로 절대 나가지 않는 폐쇄적인 여성 작가의 집으로 통하는 크고 우아한 현관에 선 두 남자는 다소 불편함을 느끼는 듯 보였다. 자신이 꼭 침입자가 된 듯한 기분. 하지만 그런 불편함은 나에게는 좋은 일이야. 나는 앞장서서 식당으로 향하며 마음을 다잡았다. 이제 시작이야. 그들이 약속 시간보다 훨씬 더 일찍 온 탓에(물론 이건 렌첸이 나를 당황시키고 자기가 주도권을 잡아 이 상황을 멋대로 제어하려는 의도에서 한 행동이 틀림없다) 잠시 혼란스럽긴 했지만, 이제 다시 정신을 차렸다. 나는 모든 게 시작되고 있는 지금 이 순간 별 감정이 느껴지지 않는다는 데 놀랐다. 꼭 배우가 된 듯한 기분이다. 마치 마취 상태에 빠진 듯, 나는 막이 오른 무대에서 린다 콘라츠 역을 연기하고 있다. 하긴 여기서 벌어질 일들은 집 안에 설치된 카메라와 마이크 앞에서 렌첸과 내가 벌이는 하나의 공연이나 다름없다.

두 남자를 데리고 식당으로 들어갔다. 인터뷰를 식당에서 하기로 한 건 전략적이라기보다는 순전히 직관적인 결정이었다. 일단 거실은 적합하지 않았다. 거기서는 나와 렌첸이 소파에 서로 가까이 앉아야 하기 때문이다. 푹신함, 부드러움, 그런 건 맞지 않았다. 내 작업실은 위층으로 올라가 복도를 따라 쭉 걸어가 맨 끝까지 가야 하니 너무 멀었다. 식당이 딱 알맞았다. 대문과도 가깝고, 서로 거리를 두고 앉을 수 있는 커다란 식탁도 있고. 게다가 장점이 또 하나 있다. 그 방은 내가 창밖으로 숲을 바라볼 때 외에는 거의 사용하지 않는 곳이라는 점. 혼자 있을 때면 주방에서 식사를 했다. 나는 혼자 있는 시간이 많았다. 나에게 별로 큰 의미가 없는 공간에서 렌첸과 마주하는 게 낫다고 생각했다. 식당 바로 옆 주방의 경우에는 내가 큰 의미를 두는 공간에 속했다. 노베르트와 로제 와인을 마시고 냄비에 든 음식을 휘저으며 대화를 하는 공간. 위층 서재도 마찬가지였다. 내가 여행하고, 꿈꾸고, 사랑하는, 즉 내가 살아가는 공간.

나는 편안하게 행동하려고 렌첸을 쳐다보지 않으려 애썼다. 곁눈질로 보니, 그는 식당 안을 획 한번 둘러봤다. 그러고는 회의할 때 써도 될 만큼 커다란 식탁으로 다가갔다.

렌첸이 가장 좋은 자리에 가방을 내려놓은 뒤 가방을 열어 안을 들여다봤다. 필요한 게 다 들어 있는지 확인하는 게 분명했다. 렌첸은 뭔가 좀 서툴고 긴장한 듯 보였고, 그건 사진가도 마찬가지였다. 뭣 모르고 봤다면 그들이 일을 잘해내야 한다는 압박감에 불안해하고 있다고 느낄 정도였다. 사진가의 경우는 정말 그럴지도 모르지만.

나는 새로 출간된 내 책 몇 권이 놓인 크고 텅 빈 식탁을 쳐다봤다. 물론 그 책들을 군이 식탁 위에 장식해둘 필요는 없었다. 렌첸은 분명 그 내용을 다 알고 있을 테니까. 하지만 고발장을 수중에 쥐고 있는 건 심리학적으로 볼 때 전혀 나쁘지 않은 행동이었다. 사진가는 내가 그 책들을 그저 홍보 목적으로, 사진에 함께 내려고 놔뒀다고 생각할 테니까. 괴물이 방 안을 둘러보고 있는 사이, 사진가가 가져온 장비들을 바쁘게 정리했다.

나는 자리에 앉았다. 그러고는 작은 물병을 들어 뚜껑을 열고 유리잔에 물을 따랐다. 손은 떨리지 않았다. 내 두 손. 나는 살인자와 악수를 한 게 오늘이 처음일지 생각했다. 그거야 알 수 없는 일이다. 과연 살면서 얼마나 많은 사람들과 악수를 했을까. 우선 내가 얼마나 오래 살았는지 자문했다. 그리고 대충 계산해봤다. 삼십팔 년, 약 1만 3,870일. 매일 한 사람과 악수했다고 치면 다 해서 거의 1만 4,000명과 한 셈이 된다. 살인자를 만날 확률이 얼마나 될까 생각하던 나는, 어쩌면 렌첸이 내가 악수를 나눈 사람들 중 첫 번째 살인자가 아닐지도 모른다는 결론에 도달했다. 하지만 내가 아는 사람 중에서는 유일한 살인자가 틀림없다. 렌첸이 내 쪽을 쳐다봤고, 나는 하던 생각을 떨쳐버리려 애썼다. 그 생각들은 마치 쫓기는 암탉들처럼 머릿속에서 한동안 푸드덕대다가 이내 잠잠해졌다. 화가 났다. 그리고 화가 난다는 사실에 또 화가 났다. 이렇게 방심했다가는 일을 다 망쳐버릴 수도 있다. 이제 집중해야 해. 안나를 위해서.

나는 괴물을, 빅토르 렌첸을 쳐다봤다. 그의 이름이 싫었다. 괴물의 이름이기 때문만은 아니다. '빅토르'가 '승리자'를 뜻한다는 걸 알았고, 또 이름에 담긴 신비한 힘을 믿었기 때문이다. 하지만 이번만큼은 일이 다른 식으로 진행될 것이다.

"멋진 집이군요." 렌첸이 이렇게 말하며 창가로 걸어갔다.

렌첸이 숲 쪽을 바라봤다.

"감사합니다." 나는 이렇게 말하며 자리에서 일어나 렌첸의 곁으로 다가갔다.

나는 창문을 열었고, 해는 구름층을 뚫고 땅으로 내리쬐고 있었다. 보슬비도 내렸다.

"삼월인데 꼭 사월 날씨 같네요." 렌첸이 말했다.

나는 아무 대답도 하지 않았다.

"언제부터 여기 사셨어요?" 렌첸이 물었다.

"십 년이 넘었어요."

그때 거실에서 들려오는 전화벨 울리는 소리에 화들짝 놀랐다. 집으로 전화를 걸 만한 사람은 아무도 없었다. 집 안 어디에 있든지 항상 휴대전화를 들고 다니기 때문에 나한테 전화하려는 사람들은 휴대전화로 걸곤 했다. 렌첸이 나를 흘긋 쳐다봤다. 전화벨이 계속해서 울렸다.

"안 받으세요?" 렌첸이 물었다. "저는 좀 기다려도 괜찮습니다."

내가 고개를 가로젓고 있는데 드디어 벨 소리가 멈췄다.

"별로 중요한 일 아닐 거예요." 나는 이렇게 말하며 내 말이 맞기를 바랐다.

숲을 바라보고 서 있다가 몸을 돌려 다시 식탁 앞, 커피잔을 놓아 선점한 자리로 돌아와 앉았다. 벽을 등지고 문과 마주보는 그 자리는 내게 가장 큰 안정감을 주는 자리였다.

만약 렌첸이 나와 마주보고 앉으려 한다면 문을 등지고 앉아야만 할 것이다. 그런 자리는 대부분의 사람들에게 긴장감을 유발하고 집중력을 약화시키게 마련이다. 렌첸은 스스럼없이 그걸 받아들였다. 혹여 그 역시 그런 사실을 알고 있다고 해도 지금 내 앞에서 티가 안 나게 행동하는 것이리라.

"시작할까요?" 내가 물었다.

렌첸이 고개를 끄덕이고는 맞은편에 앉았다.

렌첸이 가방에서 수첩과 펜, 녹음기를 꺼낸 뒤, 의자 옆 바닥에 가방을 내려놓았다. 나는 그 안에 뭐가 더 들어 있을까 속으로 생각했다. 렌첸이 물건들을 정리하는 사이 나는 몸을 바짝 세우고는, 다리를 꼬고 팔짱을 끼고 싶은 충동을 억눌렀다. 방어적인 자세는 금물이다. 두 다리를 엉덩이 너비만큼 벌리고 앉아 팔뚝을 식탁에 받치고 상체를 살짝 앞으로 기울였다. 강인함, 공간 장악력을 보여주는 자세로. 크리스텐센 박사는 이를 '파워 포즈'라 일컬었다. 나는 렌첸이 자료들을 똑바로 정리하고 녹음기를 식탁 가장자리에 정확히 맞춰놓는 모습을 쳐다봤다.

"자." 마침내 렌첸이 입을 열었다. "우선 이렇게 시간을 내주셔서 정말 감사드립니다. 인터뷰를 거의 안 하신다고 알고 있는데, 저를 이렇게 아름다운 집에 초대해주셔서 얼마나 영광인지 모릅니다."

"저는 기자님이 하시는 일이 아주 대단하다고 생각해요." 나는 이렇게 말하며 내 말이 그저 사무적으로 들리기를 바랐다.

"정말입니까?" 렌첸의 표정은 마치 그런 말을 들어 영광이라는 듯 미소를 짓는 것 같았다. 그는 잠시 아무 말이 없었고, 나는 렌첸이 좀 더 자세히 말해주기를 바랐다.

"그럼요. 아프가니스탄, 이란, 시리아 현지에서 쓰신 기사들. 정말 중요한 일을 하신 거예요."

렌첸이 스스로 얻어낸 칭찬이 듣기 불편했는지 눈을 내리깔고 겸연쩍은 미소를 지었다.

뭐 하자는 거죠, 렌첸 씨?

곧은 자세, 철저히 제어된 느린 호흡. 나는 집중하되 편안하게 있도록 내 몸에 온갖 신호를 보냈지만, 온 신경들은 팽팽하게 긴장됐다. 렌첸이 어떤 질문들을 준비했는지, 인터뷰를 어떻게 진행할지 알고 싶어 견딜 수가 없었다. 그 역시도 긴장하고 있을 테니까. 렌첸은 내 목적이 무엇인지 궁금할 것이다. 내가 어떤 패를 들고 있는지, 어떤 비장의 무기를 숨기고 있는지도. 사진가가 카메라를 들고 시험 삼아 몇 컷 찍어보고는 다시 노출계를 확인했다.

"자, 좋습니다." 렌첸이 말했다. "제 첫 번째 질문은 독자들 모두가 궁금해하고 있는 걸 겁니다. 콘라츠 씨는 지극히 문학적인,

거의 시적이라고도 할 수 있는 소설로 정평이 났습니다. 그런데 이번 《피를 나눈 자매》를 통해 처음으로 스릴러를 집필하셨죠. 장르를 바꾸신 이유가 뭡니까?"

첫 질문으로 내가 예상하고 있던 질문이 나오자, 긴장이 조금은 풀리는 느낌이었다. 하지만 내가 대답을 하기도 전에 현관에서 갑자기 무슨 소리가 들려왔다. 누군가 열쇠로 문을 열고 집 안으로 들어오는 소리. 숨이 멎는 것만 같았다.

"실례하겠습니다." 나는 이렇게 말하며 자리에서 일어섰다.

렌첸을 잠시 혼자 놔둬야만 했다. 물론 사진가가 곁에 있긴 하지만. 만약 사진가가 그와 한통속이라면? 아니, 그럴 리는 없다. 현관으로 나간 나는 가슴이 철렁 내려앉았다.

"샬로테!" 나는 놀란 감정을 차마 감추지 못하고 소리쳤다. "여기서 뭐 하는 거예요?"

샬로테가 흠뻑 젖은 외투를 입은 채 이마를 찌푸리며 당황한 듯 나를 쳐다봤다.

"오늘 인터뷰하시는 날이잖아요?"

식당에서 들려오는 두 남자의 목소리에 샬로테는 당혹스러운 눈빛으로 시계를 확인했다.

"맙소사, 제가 늦은 건가요? 열두 시에 시작한다고 알고 있었는데!"

"난 당신이 올 거라고 생각 못했어요." 나는 렌첸에게 들리지 않도록 조용히 말했다. "음성 사서함에 메시지 남겨뒀는데, 못 들었어요?"

"아, 내가 요즘 휴대전화를 잘 확인하지 않아서……." 샬로테가 아무렇지 않게 말했다. "그래도 기왕 이렇게 왔으니……."

샬로테가 나는 아랑곳하지 않은 채, 열쇠 꾸러미를 대문 옆 작은 탁자 위에 내려놓고 모자가 달린 얇은 외투를 옷걸이에 걸었다.

"뭘 하면 될까요?"

나는 샬로테의 어깨를 붙잡아 흔들고, 따귀를 때리고, 강제로 내보내고 싶은 마음을 애써 억눌렀다. 식당에서 들리던 목소리는 더 이상 들리지 않았고, 두 남자는 아마 대문 앞에서 무슨 일이 벌어지는지 귀를 기울이고 있을 것이다.

정신을 차려야만 했다. 샬로테가 내 지시를 기다리며 서 있었다. 그 짧은 침묵의 순간에 또다시 전화벨이 울리기 시작했고, 나는 그것을 무시하려 노력했다.

"필요한 준비는 내가 이미 다 했어요. 커피나 좀 끓여주면 좋을 것 같네요."

나는 이미 커피를 타서 보온주전자에 담아 식탁 위에 놓아두었다. 아무렴 어떤가. 샬로테와 렌첸이 만나는 걸 막을 수 있을지 모르겠지만 나로서는 최선을 다해 막아야만 했다.

"그러죠." 샬로테가 이렇게 말한 뒤 전화벨이 쩌렁쩌렁 울리는 거실 쪽을 흘긋 쳐다봤지만, 더는 아무 말도 하지 않았다.

"내가 곧 커피를 가지러 갈게요." 나는 샬로테의 뒤에다 대고 소리쳤다. "그때까지는 방해하지 말아줘요."

샬로테는 평소와 다른 나의 행동에 이마를 찌푸렸지만, 곧 그것을 특수한 상황 탓으로 돌리는 듯(보통 때 같으면 내가 모르는 사람을 집 안에 들이는 일도 없고, 더구나 인터뷰도 하지 않았으니까) 아무 말도 없이 가버렸다. 벨 소리가 멈췄다. 잠시 누가 그렇게 계속 전화를 거는지 확인해볼까 하다가 그만뒀다. 지금 이 집에서 일어나는 일보다 더 중요한 일은 없으니까.

잠깐 눈을 감았다 뜨고 식당으로 되돌아갔다.

Blood Sisters

조피

　조피는 운전석에 앉아 그 집 앞 풀밭에서 제 몸을 한껏 문지르고 있는 붉은색 고양이와 흰색 줄무늬 고양이를 바라봤다. 조피가 브리타가 살던 건물로 다시 한 번 들어가려고 용기를 내어 시도한 게 벌써 십 분 전이다.

　오늘은 시작부터가 불쾌했다. 뜬눈으로 밤을 지새운 뒤 겨우 잠깐 졸고 있는데, 어떤 기자가 동생에 관해 이야기하고 싶다며 전화를 걸어온 탓에 잠에서 깨고 말았다. 조피는 화를 내며 전화를 끊었다. 그러고는 언제 브리타의 개인 소지품들을 가져올 수 있는지 묻기 위해 집주인한테 전화를 걸었다. 조피는 부재중인 집주인 대신 그의 아들과 잠깐 통화를 했는데, 그는 조피에게 조의를 표하고는 곧장 자기 남동생도 학창 시절에 차 사고로 목숨을 잃었다는 얘기를 늘어놓았다. 조피가 지금 어떤 기분일지 누구보다 잘 안다며.

　지금 조피는 여기 이렇게 앉아 있다. 날은 더웠고, 햇빛은 검은 자동차 지붕 위를 태워버릴 듯한 기세로 내리쬈다. 조피는 차에서 내리고 싶지 않앉다. 그냥 이렇게 앉아서 고양이나 쳐다보고 싶었다. 조금만 더. 하지만 조피의 생각을 읽은 것인지, 고양이는 관찰당하고 싶지 않다는 듯 우아하게 일어나 깔보는 것 같은 눈빛으로 조피 쪽을 흘긋 쳐다보고는 사뿐사뿐 걸어가버렸다.

조피는 한숨을 내쉬며 결국 차에서 내렸다.

대낮이었고, 근처 어딘가에서(아마도 집 뒤쪽에서) 아이들 노는 소리가 들렸다. 그 집에서 끔찍한 일이 일어났음을 알려주는 건 아무것도 없었다. 그런데도 조피는 차마 떨어지지 않는 발걸음을 억지로 옮겨 겨우 대문으로 다가갔다. 마침내 그 다세대주택 대문 앞에 선 조피는 침을 꿀꺽 삼키며 문패들을 훑어봤다. 브리타의 것도 아직 있었다. 소녀다운 글씨로 써서 투명 테이프로 붙여둔 문패. 조피는 다른 데로 눈길을 돌리고 입을 앙다문 채 이층에 사는 어느 나이든 여자 집의 초인종을 눌렀다. 잠시 후 딸깍 소리와 함께 스피커가 켜졌다.

"누구세요?" 연약한 목소리가 들렸다.

"안녕하세요, 조피 페터스예요. 브리타 페터스의 언니요."

"아, 어머나. 올라오세요, 페터스 양."

윙 소리가 나면서 문이 열렸고, 문을 열고 들어가자 계단이 보였다. 조피는 이를 악물고 일 층 브리타의 집으로 향하는 문 앞을 최대한 빨리 지나쳐 계단을 올랐다. 이 층으로 올라가니 단정한 짧은 머리에 진주 목걸이를 한 나이든 여자가 조피를 맞았다. 조피가 손을 내밀었다.

"자, 안으로 들어와요."

조피가 여자를 따라 자그마한 현관을 지나 구식으로 장식된 거실로 들어갔다.

파스텔 색상들, 가구들을 덮고 있는 레이스 도일리, 구식 조립식 장롱과 공기 중에 감도는 삶은 감자 냄새. 그 집에는 왠지 모르게 마음을 진정시켜주는 뭔가가 있었다.

"이렇게 빨리 와주다니 고마워요." 여자가 조피에게 소파 자리를 권하고 차를 내주며 말했다.

"별말씀을요. 자동 응답기에 남겨주신 메시지를 듣자마자 달려왔는걸요."

조피가 조심스럽게 차를 후 불어 한 모금 마셨다. 여자가 고개를 끄덕였다.

"이웃 사람들이 그러던데, 이곳 사람들한테 뭐 본 게 없느냐고 물어봤다고요?" 여자가 물었다.

"제 생각에 경찰보다는 여기 사시는 분들이 어쩌면 더 많은 걸 알고 계실 것 같아서요. 그러다 무슨 단서라도 찾게 될지 누가 알아요. 솔직히 말씀드리면 집에 있으면 속이 답답해 미칠 지경이에요."

"나도 이해해요." 나이든 여자가 고개를 끄덕였다. "나도 젊었을 때 그랬으니까. 항상 뭔가를 하고, 하고, 또 해야 했죠."

여자가 차를 한 모금 마셨다.

"아가씨가 여기 왔을 때 나는 병원에 갔었어요. 그래서 날 못 만났던 거예요."

"그렇군요. 목격하신 것에 관해 경찰한테도 말씀하셨어요?" 조피가 물었다.

"아, 그게……." 나이든 여자가 손을 휘휘 내저으며 애매하게 말했다.

조피가 눈살을 찌푸렸다.

"누굴 보셨다면서요?"

나이든 여자가 입고 있는 원피스 위에 뭔가가 묻은 듯 손으로 문질러댔다. 조피는 찻잔을 한쪽으로 밀어버리고 잔뜩 긴장해 상체를 앞으로 숙였다. 손이 떨리는 건 어쩔 수가 없었다.

"제 여동생을 죽인 남자를 봤다고 하셨잖아요." 여자가 입을 열 생각을 하지 않자, 안달난 조피가 먼저 말했다.

여자가 한동안 조피를 쳐다보더니 훌쩍거리며 울기 시작했다.

"난 아직도 믿을 수가 없어요. 그런 착한 처녀가 어떻게! 그 아가씨는 항상 나 대신 장을 봐주곤 했어요. 내가 나이가 들어서 잘 걷질 못하거든."

울고 있는 여자를 잠시 바라보던 조피는, 지금으로서는 그 여자가 자기보다 더 큰 슬픔을 느끼고 있음을 깨달았다. 결국 조피가 가방에서 티슈를 꺼내 여자에게 건넸다. 여자는 그걸로 눈가를 톡톡 두드렸다.

"누굴 봤다고 말씀하셨잖아요." 조피는 여자가 다소 진정되고 나자 다시 한 번 말했다.

대답을 기다리는 동안 조피의 온몸의 근육들은 팽팽히 긴장돼 있었다.

얼마 후 차를 고속도로 방향으로 몰다가 좀 전의 대화를 다시금 떠올린 조피는 끓어오르는 화를 간신히 억눌렀다. 그 대화는 결국 조피에게 크나큰 실망감만을 안겨주었다. 홀로 외롭게 지내던 그 나이든 여자는 단지 누군가와 브리타에 대한 얘기를 나누고 싶었던 것이었다. 정기적으로 그 여자의 집에 찾아와주고, 장을 볼 때마다 도와준 브리타에 대해. 게다가 그 여자는 백내장이 있어서 거의 장님이나 다름없었다. 얼마간 여자의 말을 들어주고 있다가 기회가 오자마자 그 집에서 도망쳐 나왔다.

조피는 앞차를 추월하며 브리타를 생각했다. 그 나이든 여자가 장을 보는 걸 도와주고, 천사 같은 인내심으로 여자의 이야기를 다 들어주었을 브리타.

조피가 멍한 상태로 운전을 하다 마침내 속도를 줄이고 깜빡이를 켰다. 목적지에 도착한 것이다.

문을 열어준 젊은 여자가 조피를 보자마자 와락 껴안았다.

"조피!"

"안녕, 프리데리케."

"와줘서 기뻐. 어서 들어와. 주방으로 가자."

조피가 프리데리케를 따라갔다.

"어떻게 지내? 부모님은? 다들 어떻게 견디고 계신 거야?"

그새 그런 질문에 익숙해진 조피는 매번 그럴듯한 상투적인 대답을 했다.

"할 수 있는 대로 해보는 거지 뭐." 조피가 말했다.

"장례식 때도 다들 굉장히 씩씩해 보이셨어."

프리데리케의 아랫입술이 떨렸다. 조피는 가방을 열고, 오늘 오후에만도 벌써 두 번째로 티슈를 꺼내 프리데리케에게 건넸다.

"정말 미안해." 프리데리케가 울면서 말했다. "정작 위로받아야 할 사람은 넌데!"

"브리타는 너랑 가장 친했잖아." 조피가 대답했다. "그러니까 너도 나만큼 슬퍼할 권리가 있지."

프리데리케가 티슈로 코를 닦았다.

"장례식 때는 정말 이상했지 뭐야." 프리데리케가 말했다. "관 위에 꽃을 던지는 거 말이야. 브리타는 꺾은 꽃을 싫어했는데."

"그러게." 조피가 이렇게 말하며 피식 웃었다. "부모님하고 나도 장례식을 계획할 때 그 생각을 했었어. 브리타가 꺾은 꽃을 싫어한다고 장의사한테 말했더니 우리를 이상하게 쳐다보더라고. '어떻게 그럴 수가 있어요? 여자들은 다 꽃을 좋아한다고요!'라면서."

프리데리케 역시 코를 훌쩍거리며 살짝 웃어 보였다.

"브리타는 아니지." 프리데리케가 말했다. "'불쌍한 꽃들. 네가 꽃이라고 상상해봐. 풀밭에서 한들거리며 편안하게 서 있었는데 누군가 다가와 머리를 똑 떼어갔다고 말이야!'"

두 여자가 웃음을 터뜨리고 말았다.

"가끔은 그런 정말 황당한 소리를 하곤 했다니까." 조피가 말했다.

프리데리케가 미소를 지었다. 하지만 즐거운 회상의 순간은 올 때와 마찬가지로 재빨리 사라졌고, 프리데리케의 눈에는 또다시 눈물이 가득 고였다.

"너무너무 끔찍해. 내 머리로는 도저히 이해를 못하겠어."

프리데리케가 눈물을 닦았다.

"정말 그 남자를 봤어?"

"응."

"세상에."

프리데리케의 눈물이 다시 차올랐다.

"너라도 무사해서 정말 다행이야."

프리데리케가 잠시 훌쩍이며 울다가 이내 어렵사리 울음을 그쳤다.

"내가 제일 그리운 게 뭔지 알아?" 프리데리케가 물었다.

"뭔데?"

"조언이 필요할 때 브리타한테 전화를 걸었던 일이야." 프리데리케가 대답했다. "이상하지. 내가 세 살이나 더 많은데도 브리타가 훨씬 더 어른 같

있어. 그 애 없이는 뭘 어떻게 해야 할지 모르겠어."

"그 마음 나도 이해해." 조피가 말했다. "다른 사람들이 생각만 하고 마는 말들을 브리타는 말로 표현했지. '배가 많이 나왔네, 언니. 먹는 것에 신경을 좀 써야겠어!' '언니, 파울 오빠가 정말 언니 짝 같아? 난 오빠가 언니랑 같이 있을 때 다른 여자들을 쳐다보는 시선이 마음에 안 들던데.' '언니, 이 가방 진짜 가죽이지? 이런 걸 메도 된다고 생각해?'"

프리데리케가 피식 웃었다.

"정말 브리타 같아." 프리데리케가 키득댔다. "정말 웃기지. 전에는 그런 말들이 가끔 짜증나기도 했는데, 지금은 브리타가 해양 오염이나 동물 대량 사육의 잔인성에 관해 줄줄이 늘어놓는 걸 듣고 싶어 죽겠다니까."

코를 훌쩍이던 프리데리케가 큰 소리로 코를 풀었다.

"근데 무슨 말을 하려고 온 거야, 조피?"

"뭘 좀 물어보려고."

"그래, 말해봐."

"브리타가 최근에 누구 만나던 사람 있어?"

"남자 말이야?"

"그래."

"아니. 레오가 떠난 후로는 없는데."

조피가 한숨을 내쉬었다. 경찰은 이 사건을 치정에 의한 범행이라 믿었지만(조피는 그들과의 대화를 통해 이를 추측할 수 있었다), 그럴 가능성은 점점 희박해졌다. 브리타는 살해당했을 당시 사귀던 남자도 없었기 때문이다.

"레오하고는 왜 헤어졌는데?" 조피가 물었다. "브리타가 그 일에 관해서는 한마디도 한 적이 없어."

"레오 그놈이 멍청이니까 그렇지. 근데 그 자식이 브리타가 자기를 배신했다고 했대."

"뭐라고?"

"그랬다니까!" 프리데리케가 식식대며 말했다. "브리타가 자기를 배신했다고! 그게 말이 돼? 자기는 지금 만나고 있는 그 바네사라는 애랑 오래 전부터 그랬으면서, 헤어진 원인을 브리타의 잘못으로 돌렸다니까."

"왜 그랬을까?" 조피가 물었다.

프리데리케는 어깨만 으쓱할 뿐이었다.

"이제는 다 소용없는 일인걸." 프레데리케가 말했다.

조피가 천천히 고개를 끄덕였다. 축 처지는 기분이었다. 비록 자신은 치정 살인일 거라 믿지 않았지만 그래도 경찰의 추측이 맞기를 바랐다. 브리타가 조피도 모르게 누군가를 만나고 있었기를. 치정 살인의 경우 사건이 해결될 가능성은 높다. 그러나 범인과 피해자 간에 명백한 관계가 없다면 수사관들은 어려움을 겪게 되고, 해결될 확률도 대폭 낮아진다.

"그런데." 프리데리케가 말을 이었다. "브리타가 누굴 만났다고 해도 말이 안 됐을 거야. 굳이 왜 그랬겠어?"

"그게 무슨 뜻이야?" 조피가 물었다.

"어머, 세상에. 너 모르고 있었어?"

14

절대 이 자리에 끌어들이고 싶지 않았던 샬로테가 지금 주방에서 커피를 끓이고 있다는 사실을 납득하기 힘들었다. 하지만 이제 와 뭘 어쩌겠는가.

식당에 들어서자, 빅토르 렌첸이 눈썹을 살짝 치켜뜨고 나를 바라봤다.

"괜찮으세요?" 렌첸이 이렇게 물었고 나는 그의 냉정함에 놀랐다. 당연히 안 괜찮다는 걸 다 알고 있으면서 그런 말을 하다니.

렌첸은 아까와 마찬가지로 녹음기와 스마트폰이 앞에 놓인 자기 자리에 앉아 있었고, 사진가는 카메라를 바닥에 내려놓은 채 케이크를 먹었다.

"괜찮고말고요." 나는 이렇게 대답하며 내 몸짓이 그 반대의 대답을 하지 않도록 일부러 더 의연하게 행동했다. 그러고는 내 자리에 놓인 물잔을 바라보며 자리를 비웠다 왔으니 저건 절대로 마시지 말아야겠다고 마음먹었다.

순간 나는 렌첸도 같은 생각을 하고 있지 않을까 하는 생각이 들었다. 내가 자기를 독살하려 한다고 생각해서 아무것도 먹지 않고 있는 건 아닐까?

내가 렌첸 맞은편에 다시 앉으려 하던 찰나, 사진가가 나를 불러 세웠다.

"작가님, 사진 먼저 찍으시는 게 어떨까요? 인터뷰 도중에 찍으시려면 불편하실 테니까요."

사진 찍히는 걸 싫어했지만, 물론 그런 말은 하지 않았다. 카메라를 두려워하는 건 하나의 약점이었다. 별로 큰 건 아니지만 약점은 약점이다.

"좋아요. 어디서 찍을까요?"

사진가가 잠시 생각했다.

"이 집에서 작가님이 가장 좋아하는 공간이 어딘가요?"

그건 당연히 서재였다. 하지만 서재는 위층에 있었고, 나는 절대로 두 남자가 자유롭게 내 집 안을 걸어 다니며 내 가장 성스러운 공간에 발을 들이도록 하지는 않을 것이다.

"주방이요."

"그럼 주방으로 가시죠."

"이따 뵙죠." 렌첸이 말했다.

나는 사진가가 렌첸을 쳐다보는 눈빛을 목격했다. 아주 잠깐이었지만 두 남자는 서로를 그다지 좋아하지 않는 게 분명했다. 그 사실만으로도 나는 갑자기 사진가가 좋아졌다.

내가 앞장서고, 사진가가 뒤를 따라왔다. 렌첸은 혼자 식당에 남았다. 곁눈질로 보니 렌첸이 스마트폰을 만지작거리고 있었다.

한시라도 렌첸을 내 눈에서 떼어놓고 싶지 않지만 다른 방도가 없었다. 시작부터 일이 다 꼬였다.

주방에 들어서자 커피를 내리는 샬로테가 보였다. 그르렁대는 커피 머신 소리, 그 향기. 익숙하고도 편안한 느낌.

"사진 몇 장만 찍을게요." 내가 말했다.

"금방 하고 나갈게요." 샬로테가 대답했다.

"원한다면 그냥 여기서 구경해도 돼요." 샬로테가 혹시나 식당으로 갈까 봐 이렇게 말했지만 내 말이 이상하게 들린다는 걸 곧장 알아챘다. 내가 사진 찍히는 걸 샬로테가 옆에서 보고 있을 이유가 없잖은가?

"부코스키가 어디에 있나 한번 보고 올게요. 어디 있나요?" 샬로테가 물었다.

"침실에요. 밖으로 나오지 못하게 조심해줘요. 방해가 되니까." 나는 이렇게 말하며 샬로테가 이상하다는 듯 쳐다보는 눈빛은 못 본 체했다.

샬로테가 주방에서 나갔다. 사진가가 나를 식탁 앞에 세우고 자세를 잡아준 뒤, 내 앞에 신문과 커피잔을 갖다 놓고 셔터를 누르기 시작했다.

사진 촬영에 집중하기가 힘들었다. 온 정신이 식당에 있는 렌첸에게 가 있었기 때문이다. 그는 지금 뭘 하고 있을까? 무슨 생각을 할까? 어떤 전략을 머리에 담고 왔을까?

렌첸이 나에 대해 얼마나 알고 있을까 자문했다. 렌첸이 내 책을 읽은 것만은 분명했다. 렌첸은 자신이 저지른 살인이 그 책에 나온다는 것을 알아챘을 것이다. 나는 렌첸이 책을 읽으며 어떤 기분을 느꼈을지 여러 가지 추측만 하고 있을 뿐이다. 책을 읽은 뒤 몇 시간, 며칠, 몇 주 후에는 어땠을까? 발각에 대한 두려움? 불안함? 렌첸에게는 두 가지 선택권이 있다. 인터뷰를 거절하고 나를 피하거나, 내 집에 와서 나에게 맞서거나. 렌첸은 후자를 택했다. 숨어버리지 않고 내가 던진 미끼를 덥석 물었다. 이제 렌첸이 내 계획이 뭔지, 어떤 패를 쥐고 있는지 알아내려 들겠지. 렌첸은 전에 자신을 목격했던 여자에 관해 자주 떠올렸을 것이다. 십 년도 더 된 그날, 동생의 죽음으로 폐허나 다름없게 된 그 집에서, 우리가 서로 눈을 마주쳤던 그 끔찍한 찰나의 순간을. 렌첸은 죄책감을 느끼고 있을까? 발각될까 봐 두려웠을까? 자신을 목격했던 그 여자를 찾아내려 했을까? 그래서 결국 찾아냈을까? 그 여자를 없애버리려고 생각했을까? 그 여자, 바로 나를?

"이런 분이실 거라고는 전혀 상상 못했습니다." 사진가의 말에 나는 화들짝 정신이 들었다.

현재에 집중해, 린다.

"아 그래요? 그럼 어떻게 상상했는데요?"

"그게, 훨씬 더 연로하고 살짝 제정신이 아닌 분일 거라 생각했죠. 이렇게 아름다우시리라고도 생각 못했고요."

다소 서툰 대답이었지만 진심이 느껴졌기에 나는 싱긋 웃어 보였다.

"늙은 여자일 줄 알았다고요?" 나는 일부러 놀란 척하며(은둔 생활을 하고는 있지만 절대 미친 베스트셀러 작가가 아니라는 걸 보여주려면 이런 반응을 해야만 할 것 같았다) 새침하게 말했다. "아까는 내 팬이라고 하지 않았나요?"

"그럼요, 작가님 책들은 정말 최고예요." 사진가가 카메라로 초점을 맞추며 말했다. "하지만 저는 그 책들을 연세가 좀 있으신 분이 썼을 거라 생각했어요."

"무슨 말인지 이해해요."

내 말은 사실이었다. 언젠가 노베르트도 내게 여든다섯의 할아버지 영혼을 갖고 있는 것 같다는 말을 했으니까. 나는 영적인 사람이다. 내 또래 여자들과의 공통점이라고는 찾아볼 수가 없으며, 내 실제 삶은 평범한 서른여덟 살 여성과는 전혀 다르다. 오히려 나는 할머니 같은 삶을 살고 있다고 해도 과언이 아니다. 자식들은 출가하고, 남편은 물론 친구들 대부분과도 오래전에 사별하고, 노쇠하고, 집에만 붙어 있는. 몸을 움직이지 않고 섹스와도 무관한. 이게 영적인 게 아니면 무엇인가. 이게 내 삶이고, 나 자신이고, 내가 느끼는 바다. 따라서 서른여덟 살짜리 작가가 글을 써도 그런 느낌이 날 수밖에 없다.

"게다가." 사진가가 말을 이었다. "보통 집 밖으로 나가지 않는 여자라고 하면 고양이를 한 스무 마리쯤 키우는 괴팍한 노파를 떠올리잖아요. 아니면 마이클 잭슨 같은 완전히 정신 나간 괴짜나."

"내가 그 예상에 부합하지 못해서 미안하네요."

나는 본의 아니게 좀 퉁명스럽게 말했고, 사진가는 별다른 대꾸를 하지 않았다. 그는 다시 카메라에 집중했고 촬영이 계속됐다. 나는 사진가를 바라봤다. 건강미 넘치는 모습, 구릿빛 피부와 탄탄한 체격. 겨울인데도 티셔츠 차림이었다. 왼손에는 작은 상처가 나 있었는데, 아마 스케이트보드 같은 걸 타다 다친 모양이었다.

사진가가 잔 하나를 집어 들더니 거기에 김이 나는 커피를 따라 나에게 건넸다.

"김이 얼굴로 피어오르면 분위기 있어 보일 거예요. 제가 잘 포착해보죠."

나는 잔을 받아들어 커피를 한 모금 마셨고, 사진가는 셔터를 눌렀다.

사진가를 보며 나이를 가늠해봤다. 꽤나 어려 보였다. 이십 대 중반 정도. 나와 십 년 정도 차이밖에 안 나는데도 기분상으로 내가 백 년은 더 늙은 것 같았다.

사진 촬영이 끝났고, 사진가가 내게 감사의 말을 전한 뒤 장비를 챙겼다. 나는 앞장서서 거실 쪽으로 걸어나왔다.

위장이 힘껏 쪼그라드는 기분이었다. 샬로테가 렌첸과 마주 앉아 있는 게 아닌가. 샬로테의 얼굴 표정은 뭔가…… 평소와 달랐다. 샬로테의 눈, 입술, 손, 샬로테의 온몸과 자세 역시 뭔가…… 잘못돼 있는 것 같았다. 나를 본 샬로테가 벌떡 자리에서 일어났고, 두 사람의 대화는 끊겼다. 제길. 둘이 얼마나 오래 얘기를 했을까. 사진 촬영에 꽤 긴 시간이 걸렸는데. 그사이에 무슨 일이 있었던 거야! 나는 그 악몽을 떠올렸다. 렌첸의 피 묻은 손,

샬로테의 베인 목, 피 웅덩이에 앉아 있던 샬로테의 어린 아들 '악동', 자기 손을 내려다보며 씩 웃던 렌첸. 샬로테가 나에 대해 어디까지 알고 있는지, 또 혹시 나를 힘들게 만들 만한 말을 해버린 건 아닌지 생각했다. 하지만 다행히도 샬로테는 집 안에 마이크와 카메라가 설치된 걸 알지 못한다, 다행히도. 그러나 샬로테는 지금 내 동생의 살인범과 마주서서 그에게 눈길을 보내고, 흘러내린 머리카락을 귀 뒤로 넘기며 목을 살짝 만졌고, 렌첸은 그런 샬로테를 보며 미소를 지었다. 그러자 그 얼굴의 잔주름들이 깊게 패였다. 웃을 때 생기는 잔주름, 나는 그게 꼴 보기 싫다. 웃을 자격이 없는 인간이니까. 나는 잠시 샬로테의 눈으로 렌첸을 바라봤다. 재치 있는 중년 남자, 똑똑하고 세상 경험이 많은. 그제야 샬로테가 평소와 달라 보이는 이유가 뭔지 알 수 있었다. 샬로테는 애교를 부리고 있던 것이다. 나는 이제껏 샬로테의 단면만 봤을 뿐, 샬로테가 다른 사람들과 어울리는 모습을 처음 봤다는 걸 깨달았다. 또 내가 얼마나 세상 물정을 모르는지, 사람과 관계에 대해 얼마나 아는 게 없는지도. 내가 사람과 관계에 대해 아는 거라곤 먼 기억 속에서 온 것, 그리고 책에서 읽은 게 전부다. 샬로테가 렌첸과 대놓고 시시덕대고 있다! 내가 돌아온 걸 알아챈 렌첸이 내 쪽을 돌아보며 상냥하게 웃었다.

"저 다시 나갈까요?" 나는 최대한 유머러스하고 가볍게 들리기를 바라며 이렇게 물었지만, 결과는 안타깝게도 실패였다.

"죄송해요." 샬로테가 죄책감을 느끼는 듯 말했다. "제가 방해해서는 안 되는 거였는데."

"괜찮아요." 내가 대답했다. "그런데 내 생각에 오늘은 더 이상 해줄 일이 없을 것 같네요. 일찍 들어가 보는 게 어때요?"

이제 그만 가줬으면 하는 내 마음을 읽을 법도 한데, 샬로테는 쉽사리 응하지 않았다.

"부코스키한테 가봐야 하지 않을까요?" 샬로테가 물었다.

"부코스키가 누구죠?" 렌첸이 끼어들었다.

심장이 쪼그라들었다.

"작가님이 키우시는 개예요." 샬로테는 내가 뭐라 대답하기도 전에 먼저 종알종알 떠벌였다. "얼마나 착하고 귀여운지 상상도 못하실걸요."

렌첸이 흥미롭다는 듯 눈썹을 치켜 올렸다. 나는 울고 싶은 기분이었다. 렌첸은 샬로테와 한 공간에 있어서도, 부코스키에 대해 알아서도 안 된다. 이 끔찍한 순간에 나는 잃을 게 아무것도 없다는 내 생각이 틀렸음을 깨달았다. 내가 아끼고 사랑하는 것이 적어도 몇 가지는 있었으니까. 지킬 게 있으면 잃을 것도 있는 법. 그리고 이제 괴물도 그 사실을 알게 됐다.

렌첸이 미소를 지었다. 그 미소 속에 숨은 위협은 나만이 알아볼 수 있다.

순간 엄청난 어지럼증이 찾아왔다. 나는 발을 헛디디지 않고, 내 자리를 찾아가는 데 온 정신을 집중해야만 했다. 다행히 렌첸은 나에게 주의를 기울이지 않았다.

"다 끝났나요?" 렌첸이 나를 뒤따라 이제 막 방 안에 들어선 사진가에게 물었다. 샬로테가 어정쩡한 미소와 함께 조심스럽게 사진가 곁을 지나쳐 방에서 나갔다.

"거의요. 인터뷰하시는 모습 몇 장만 더 찍으면 될 것 같아요. 괜찮으실까요, 작가님?"

"그럼요."

나는 식탁 가장자리를 꽉 붙들었다. 마음을 진정시켜야만 했다. 어쩌면 뭘 좀 먹어야 할지도. 식탁에서 손을 떼고 두 다리에 다시 내 몸의 무게가 실리는 걸 느끼며 음식이 놓인 곳으로 비틀비틀 걸어갔다. 그러고는 치킨랩 하나를 집어 한입 베어 물었다.

"여기 음식 좀 같이 드시죠." 나는 렌첸과 사진가 쪽을 쳐다보며 말했다. "안 그러면 다 남겠어요."

"기꺼이 그래야죠." 사진가가 이렇게 대답하고는 렌틸콩 샐러드가 든 작은 유리컵을 집어 들었다.

그리고 정말 다행스럽게도 렌첸 역시 음식이 놓인 곳으로 다가왔다. 나는 렌첸이 치킨랩을 집어서 선 채로 먹기 시작하는 동안 숨을 멈추고 있었다. 렌첸을 너무 빤히는 쳐다보지 않으려 애쓰면서도, 그의 윗입술에 커리 소스가 묻는 것을, 그가 그걸 혀로 핥은 뒤 남은 치킨랩을 꿀꺽 삼키는 것을 봤다. 그리고 렌첸이 냅킨으로 손을 닦고, 식탁으로 어슬렁거리며 되돌아오는 도중에 입까지 닦는 걸 내내 긴장하며 지켜봤다.

이해가 가지 않았다. 렌첸이 이렇게 쉬운 상대인가? 내가 자리에 앉자 렌첸이 나를 쳐다봤다. 우리는 체스 시합의 결승 진출자들처럼 서로 마주 앉아 있다. 렌첸의 얼굴에서 더는 미소가 보이지 않았다.

Blood Sisters

요나스

조피는 자리에 가만히 앉아 있었다. 뭘 모르는 사람이 봤다면 조피가 그저 마음 편히 앉아 있는 줄 알았을 것이다. 그러나 요나스는 안토니아 부크가 질문을 할 때마다 조피의 턱뼈가 잔뜩 긴장하는 걸 볼 수 있었다. 조피는 속으로 힘들어하며 이를 악물었다. 그 모습이 보기 딱했던 요나스는 고개를 돌려버렸다. 요나스는 목격자의 눈으로 사건을 바라보기 위해 끊임없이 노력해왔는데, 그러다 보면 그 여파가 지나치게 오래갈 때가 많았다. 조피가 동생 집에서 살해당한 동생을 발견한 일을 다시 한 번 상세하고도 정확하게, 눈물도 한 방울 보이지 않고 설명했다. 다만 손가락뼈가 하얗게 튀어나오도록 주먹을 불끈 쥔 모습에서 그녀가 실은 무척 긴장하고 있음을 알 수 있었다. 요나스는 조피를 그저 심문 중인 목격자로만 바라보려고 갖은 애를 썼다. 오래전부터 그가 느꼈던 이상한 기분을 사라지게 해준(몇 마디 말, 몇 번의 눈맞춤, 한 번의 미소와 담배 반 개비로), 요나스의 집 앞 계단에 앉아 있던 여자가 아니라 단순한 살인 사건의 목격자로 생각하려고.

그냥 목격자일 뿐이야, 요나스는 속으로 이렇게 되뇌었다.

부크가 다음 질문을 하려던 찰나, 조피가 먼저 입을 열었다.

"한 가지 더 있어요. 중요한 일인지는 잘 모르겠지만요."

"모든 게 다 중요합니다." 요나스가 말했다.

"어제 저는 브리타와 가장 친했던 친구 프리데리케의 집에 갔어요. 그런데 프리데리케가 말하길, 브리타가 다른 도시로 이사할 계획이었다는 거예요."

"그런데요?" 부크가 물었다.

"글쎄요. 제 생각에는 좀 이상했어요. 브리타는 뮌헨을 좋아했거든요. 떠날 생각 같은 건 전혀 안 했죠. 몇 년 전 대학을 갓 졸업했을 때는 파리에 좋은 일자리가 났는데도 다른 도시로 가기 싫다고 거절했었어요."

조피가 머뭇거렸다.

"말씀드렸다시피 이게 중요한 건지는 잘 모르겠어요. 하지만 어쩌면 무슨 관계가 있을지도 모르잖아요. 브리타가 어떤 위협을 느껴서 뮌헨을 떠나려 했을 수도 있고요."

"동생 분이 위협받고 있다는 말을 한 적이 있나요?" 요나스가 물었다.

"아뇨! 전혀요! 이미 수천 번 말씀드렸잖아요." 조피가 버럭 화를 냈다.

"그런데도 그런 생각을 하신다니……." 부크가 입을 열었지만 조피가 다시 끼어들었다.

"이보세요! 저는 지푸라기라도 잡는 심정으로 말씀드린 거예요."

"두 분이 아주 친하게 지냈다고 하셨죠?" 부크가 물었다.

조피는 한숨이 나오려는 걸 참았다. 요나스는 조피의 인내심이 바닥을 드러내고 있음을 눈치챘다.

"네." 조피가 짧게 대답했다.

"그 시간에 동생 분한테는 왜 가셨나요?" 부크가 물었다.

"특별한 이유는 없어요. 약혼자와 다퉈서 브리타랑 얘기나 하려고 갔었죠."

"약혼자 분과는 왜 다투셨는데요?" 부크가 물었다.

요나스는 조피가 앉은 자세를 살짝 바꾸는 걸 지켜봤다. 그건 불편한 질문을 연속해서 받은 사람들이 흔히들 보이는 반응의 초기 증상 같은 것이다. 요나스가 부크를 흘긋 쳐다봤다. 심문만 시작하면 부크는 사냥개처럼 돌변하는 스타일이었다.

"그게 제 동생이 살해된 일과 무슨 상관인지 모르겠네요." 조피는 눈에 띄게 긴장한 모습으로 대답했다.

"질문에 대답해주시죠." 부크가 차분하게 말했다.

"저기요. 제가 동생 집에서 도망친 남자에 대해서 말씀드렸잖아요. 제 연애사보다는 거기에 더 관심을 두셔야 하는 것 아닌가요?"

"물론입니다." 부크가 조피의 말에 아랑곳하지 않고 말했다. "몇 가지만 더 여쭤보죠. 동생 분 집에 도착하신 시간이 몇 시였나요?"

"그건 이미 다 말씀드렸는데요." 조피가 이렇게 말하고는 자리에서 일어섰다. "저는 이제 부모님께 가봐야겠어요. 할 일이 많아서요. 브리타 집도 비워야 하고……."

조피가 말끝을 흐렸다.

"아직 안 끝났습니다." 부크가 이의를 제기했지만 조피는 이를 무시하고 옆자리에 놔뒀던 열쇠 꾸러미를 집어 들었다.

"무슨 소식 있으면 알려주세요. 부탁드려요."

조피가 마지막으로 요나스의 눈을 쳐다본 뒤 문을 열고 나갔다.

부크가 넋이 나간 듯한 표정으로 요나스를 쳐다봤다.

"무슨 소식 있으면 알려주세요?" 부크가 조피의 말을 되풀이했다. "그게 무슨 뜻이죠? 언제부터 우리 경찰이 목격자들 심부름꾼이 됐냐고요."

요나스는 어깨만 으쓱할 뿐이었다. 부크는 그 목격자가 불과 며칠 전 요나스의 집 앞 계단에 앉아 있었다는 사실을 알지 못했다. 차라리 모르는 편이 나았다. 요나스가 수사 중인 사건의 목격자와 사적으로 대화를 나눴다는 말이 돌면 심각한 문제가 발생할 수 있기 때문이다.

"저 여자 말을 믿으세요?" 부크가 물었다.

"믿고말고요." 요나스가 대답했다. "당신도 믿잖아요. 좋아하진 않지만."

부크는 킁 하고 콧소리를 냈다.

"맞아요. 난 저 여자가 마음에 안 들어요."

요나스가 웃는 얼굴로 부크를 바라봤다. 이따금씩 부크가 화를 잔뜩 돋울 때도 있지만, 그래도 요나스는 부크의 직설적인 성격이 꽤나 마음에 들었다. 부크는 팀에 합류한 지 몇 달 안 됐지만 특유의 열정과 투지 덕분에 단시간에 팀에서 없어서는 안 될 사람이 됐다.

"이제 말 좀 놓을 때도 되지 않았나?" 요나스가 물었다.

순간 부크의 표정이 밝아졌다.

"토니."

"요나스라고 불러."

부크가 마치 둘 사이에 무슨 협정이라도 체결한 듯 정중히 악수를 청했다.

"그건 그렇고." 곧이어 부크가 이렇게 말하며 시계를 쳐다봤다. "이제 가봐야지. 팀 회의가 있잖아.”

“그렇지. 먼저 가. 나도 곧 갈 테니. 담배 한 대 피우고.”

“알겠어.”

요나스는 부크가 하나로 묶은 머리를 좌우로 흔들며 회의실 쪽으로 사라지는 걸 바라봤다. 생각은 조피에게로 옮겨갔다. 조피는 심문하는 동안 내내 아주 잘 견뎌냈다. 감정의 폭발도, 눈물도 없이. 요나스는 생각에 잠긴 채 밖으로 걸어나오며 담배를 입에 물고는 라이터를 찾았다. 요나스가 막 라이터를 켜려는 순간, 조피가 눈에 들어왔다. 조피가 건물 앞의 풀밭이 시작되는 지점의 작은 턱에 걸터앉아 있었다.

완전히 무너진 채로. 조피의 얼굴은 두 손에 파묻혔고, 어깨가 떨리는 정도로 볼 때 얼마나 심하게 울고 있는지 알 수 있었다. 요나스가 제자리에 멈춘 채 조피의 움직임을 바라봤다. 조피는 요나스를 보지 못했다. 요나스는 조피에게 가볼까 잠시 고민했지만 결국 그러지 않기로 마음먹었다.

회의실로 돌아와 늦게 온 동료들이 들어오는 모습을 지켜보는 와중에도 요나스는 조피에 관한 생각을 멈출 수 없었다. 불현듯 요나스는 익숙하디익숙한 이 방 안에 있는 것이(형광등 아래서 플라스틱 냄새를 맡으며 커피 한잔을 앞에 두고) 매우 불편하게 느껴졌다. 그때 주위가 갑자기 조용해졌고, 요나스는 사람들이 전부 자신이 입을 열기를 기다리고 있음을 깨닫고는 집중하려고 노력했다.

“자.” 요나스가 주위를 둘러보며 말했다. “누가 먼저 할 거야?”

부크가 가장 먼저 나섰다.

“브리타의 전 남자친구를 조사했는데 그 남자친구는 범행이 일어난 시각에 국내에 있었을 가능성이 희박해요. 저희가 좀 더 자세히 알아봤는데요.” 부크는 특유의 딱딱 끊어지는 말투로 말을 시작했고, 요나스는 순간 부크가 어렸을 때 어땠을지 확실히 알 수 있을 것만 같았다. 조숙하고, 과하게 열정적인 노력파. 그래도 사랑스러운 아이. 하나로 묶은 금발머리, 안경, 정갈한 글씨체로 필기된 캐릭터 노트들.

요나스는 다른 데로 흘러가는 생각을 굳이 붙잡지 않았다. 팀원들이 피살자나 그 주변 인물들에 관해 조사한 내용은 이미 다 읽었다. 브리타 페터스, 스물네 살, 어느 신생 기업의 그래픽디자이너, 싱글, 건강상의 문제는 없음. 일곱 군데 자상을 입고 죽음에 이름. 성폭행 흔적 없음. 살인 도구로 추정되는 식칼은 발견되지 않음. 이 모든 사실로 미루어볼 때 브리타는 평소 알고 지내던 상대와 다투다가 상대의 갑작스러운 분노와 흥분, 순간적으로 끓어올랐다가 다시 순식간에 사라지는 화로 인해 살해당했을 가능성이 높다. 애인. 이런 일이 있을 때 가장 먼저 주목할 사람은 바로 애인이다. 생판 모르는 사람 손에 죽는 건 영화에서나 나오는 일이다. 하지만 피살자의 언니는 현장에서 낯선 남자를 봤다고 했다. 언니뿐만 아니라 브리타의 지인들도 브리타가 싱글이었다고 했다. 쓰디쓴 이별을 하고 난 뒤로는 데이트에 관심을 갖지 않고 오로지 일, 일, 일만 했다고.

그때 융통성 없는 걸로 유명한 요나스와 동갑인 동료, 폴커 침머의 목소리에 요나스는 다시 현실로 돌아왔다. 보아하니 방금 부크가 정작 요나스는 듣지 못한 일방적인 보고를 끝낸 모양이었다.

“나는 피살자가 살던 건물과 그 부근 집들을 돌며 조사해봤어.” 침머가 말했다. “처음에는 별다른 수확이 없었지. 그런데 피살자의 바로 윗집에 사는 젊은 여자와 이야기를 나누었지.”

요나스는 침머가 요점을 말할 때까지 참을성 있게 기다렸다. 침머는 같은 말도 복잡하게 하는 버릇이 있지만, 그래도 꼭 해야 할 말만 하는 사람이라는 걸 알았기 때문이다.

"그 젊은 여자는 브리타가 집주인에게 화가 나 있었다고 하더군. 자기가 없을 때에 자기 집에 들어온 적이 한두 번이 아니라고. 단순히 불쾌한 정도가 아니었던 게 분명해. 그러니 생각 끝에 이사까지 고려했겠지."

"이해가 가네요." 부크가 끼어들었다.

"집주인도 그 건물에 살아?" 요나스가 물었다.

"응." 침머가 대답했다. "맨 꼭대기 층에 큰 집이 있어."

"만나봤어?" 요나스가 물었다.

"집에 없더라고. 나중에 다시 가볼 생각이야."

요나스가 조심스럽게 고개를 끄덕이며 다시 생각에 빠졌다. 그리고 그 사이 요나스보다 나이가 많은, 항상 웃는 얼굴로 다니는 미햐엘 드제르제프스키가(그는 요나스와 가끔 축구도 했다) 피살자의 직장에서 조사한 내용을 보고했다.

회의가 끝나고, 팀원들은 각자 전 남자친구, 집주인, 직장의 남자 동료들을 더 조사해보기 위해 흩어졌다. 요나스가 전문가다운 열의로 일하러 가는 그들의 뒷모습을 바라봤다. 요나스는 조피를, 또 조피와의 약속을 떠올렸고 과연 그 약속을 지킬 수 있을지 생각했다.

요나스가 사무실로 돌아와 책상 앞에 앉았다. 눈길이 책상 위에 놓인 액자로 향했다. 그 속에는 요나스와 미아가 행복했던 시절에 찍은 사진이 들어 있었다. 잠시 넋 놓고 사진을 보던 요나스는, 지금이 다 허물어져가는 부부 관계에 관해 생각하기에 적당한 시간이 아니라는 걸 깨닫고는 곧 일에 집중했다.

15

빅토르 렌첸의 눈은 정말 경이로웠다. 너무도 맑고, 너무도 차가운 눈. 햇볕에 그을린 얼굴에 패인 수많은 주름들과는 무척 대조적이었다. 렌첸은 우아하게 나이든 늑대 같았다. 렌첸이 나를 쳐다봤고, 나는 그런 눈빛이 아직도 익숙하지 않았다. 내가 없던 사이 그는 재킷을 벗어 의자 등받이에 걸어두었다. 흰색 셔츠의 소매가 살짝 올라갔다.

내 눈길이 렌첸의 팔뚝과 피부에 머물렀다. 세포 하나하나가 다 눈에 보이는 듯했다. 그의 툭 튀어나온 혈관을 손으로 쓰다듬는 상상을 하며 거기서 발산되는 온기를 느꼈다. 지금 상황에서 전혀 도움이 안 되는 그 기분이 내 목을 조르는 것만 같았다. 혼자 지낸 지도 벌써 한참이나 됐다. 지난 수년간 타인과 나눈 스킨십이라고는 악수나 가벼운 포옹 정도가 다였다. 그런데 왜 하필 지금 이런 생각이 드는 걸까?

"시작할까요?" 렌첸이 물었다.

드디어 시작이다. 집중해야만 한다. 사진 촬영도 다 끝났고 이제 진짜 인터뷰를 할 차례다.

"준비됐습니다." 내가 말했다.

몸이 긴장하고 있음을 의식하며 똑바로 앉았다.

렌첸이 가볍게 고개를 끄덕였다. 자료들이 앞에 놓여 있었지만, 렌첸은 그쪽을 전혀 쳐다보지 않았다.

"콘라츠 씨, 이런 아름다운 집에 초대해주셔서 다시 한 번 감사드립니다."

"별말씀을요."

"요즘 어떻게 지내십니까?"

"네?" 렌첸의 질문에 놀라 이런 반응이 나왔고, 왼쪽에서는 그 순간을 포착하려는 사진가가 셔터를 눌렀다. 어지럽고 속이 메스꺼운 느낌이 계속됐지만, 나는 그런 티를 내지 않으려고 노력했다.

"콘라츠 씨가 외부와 완전히 단절된 삶을 사신다는 건 세상이 다 아는 사실이잖습니까. 분명 수많은 독자들이 콘라츠 씨가 어떻게 지내시는지 궁금할 겁니다."

"저는 잘 지내고 있어요."

렌첸은 보일 듯 말 듯하게 고개를 끄덕였다. 렌첸은 메모해둔 내용은 보지도 않고 내게서 눈을 떼지 않았다. 내 마음을 읽으려는 건가?

"콘라츠 씨는 아주 성공한 소설가이시죠. 그런데 왜 장르를 바꿔 스릴러를 쓰시게 된 겁니까?"

그건 아까 이미 받았던, 하지만 샬로테가 불쑥 들어오는 바람에 대답하지 못한 질문이었다. 좋아. (방금 전의 그 이상한 질문과는 달리) 이 질문에 대한 답은 준비가 돼 있다. 그저 미리 외워둔 대답을 그대로 읊기만 하면 된다.

"기자님께서 이미 언급하셨듯이 제 생활 환경은 전혀 평범하지 않아요. 저는 집 밖으로 나가지 않고, 직장에 다니거나 빵집에 가거나 슈퍼마켓에 가지도 않으며, 여행도 안 하고, 카페나 클럽 같은 곳에서 친구들과 어울리지도 않죠. 남들과 완전히 동떨어져서 아주 간소한 삶을 살다 보니 지루함을 피하기가 쉽지 않아요. 글쓰기는 그런 일상으로부터 잠시나마 도망치는 저만의 방법이죠. 전 그저 뭔가 새로운 걸 시도해보고 싶었어요. 물론 제 예전 글들을 좋아해주셨던 분들 중 일부는 그런 변화에 깜짝 놀라실 수도 있겠죠. 하지만 그런 문학적 변화가 제게는 꼭 필요했답니다."

내가 말을 하는 동안 렌첸이 물 한 모금을 마셨다. 아주 좋아. 흔적를 많이 남기면 남길수록 좋지.

"그럼 하고 많은 장르들 가운데 왜 하필 스릴러인가요?"

"아마 그게 지금껏 제가 써온 글들과 가장 대조적이기 때문일 거예요."

그럴듯한 대답이었다. 우선은 인터뷰를 아주 평범하게 이끌어 가는 게 중요했다. 렌첸이 내 계획을 짐작하지 못하도록. 그러다가 그가 예상치 못했던 순간에 공격을 개시할 것이다.

렌첸이 잠시 자료로 눈을 돌리는 사이, 나는 재떨이 쪽을 쳐다봤다. 그러고는 또 다른 시도를 감행했다.

"실례지만 담배 가지고 있으시면 한 대만 주실 수 있을까요?"
내가 물었다.

렌첸이 놀란 얼굴로 나를 바라봤다.

"그럼요." 그가 말했다.

렌첸이 가방에서 파란색 골루아즈(Gauloises: 프랑스 담배 브랜
드-역주) 갑을 꺼내 내밀었고, 내 심장은 콩닥콩닥 뛰었다. 나는
거기서 담배 한 개비를 빼냈다. 애연가라면 그 순간 자기도 하나
꺼내 무는 게 당연한 반응일 것이다.

"불은 있으세요?" 렌첸이 물었다.

나는 고개를 가로저었다. 부디 담배를 피우는 순간 기침이 나
오는 일은 없기를. 나는 오래전에 담배를 끊었다. 부디 이 모든
게 쓸데없는 시도가 되지 않기를. 렌첸도 어서 한 대를 입에 물기
를. 렌첸이 재킷 가슴팍에 달린 주머니를 뒤져 라이터를 찾아냈
다. 렌첸이 책상 너머로 라이터를 건넸고, 나는 자리에서 일어나
그쪽으로 몸을 숙였다. 렌첸의 얼굴이 점점 가까워질 때마다 가
슴이 더 빨리 쿵쾅거렸다. 놀랍게도 렌첸의 얼굴에는 주근깨가
있었다. 주름 사이에 몇 개 나 있는 주근깨들. 우리는 눈이 마주
쳤고, 나는 눈을 내리깔았다. 담배에 불이 붙었고 사진가가 셔터
를 누르는 소리가 들려왔다.

침이 나오는 걸 간신히 참았다. 폐가 타들어가는 느낌이다. 렌
첸이 손에 든 담뱃갑을 한두 번 빙빙 돌리더니 옆에 내려놓았다.

"저는 담배를 좀 줄여야 합니다." 렌첸이 이렇게 말하고는 다

시 앞에 놓인 자료로 눈을 돌렸다.

이런 안타까운 순간이!

나는 담담하게 천천히 담배를 피웠다. 역겨운 맛이 났다. 머리가 어지러웠고, 익숙지 않은 니코틴에 대해 내 몸이 저항하고 있었다. 나는 약해진 기분이 들었다.

"어디까지 했더라……." 렌첸이 입을 열었다. "아, 그렇지. 장르의 변화요. 평소에 스릴러를 좀 읽으시나요?"

"저는 모든 장르의 책들을 읽습니다." 늑대 같은 렌첸의 눈빛에 차츰 익숙해지기를 바랐지만, 전혀 그렇게 되지 않았다. 아까부터 머리를 쓸어넘기는 행동을 하지 않으려 노력했지만(그것이 불안을 나타내는 몸짓임을 알기에), 더는 참을 수가 없었다. 카메라 셔터 소리가 또다시 들렸다.

"최근에는 어떤 스릴러가 기억에 남던가요?" 렌첸이 물었다.

나는 실제로 내가 좋아하는 몇몇 작가들의 이름을 댔다. 미국 출신, 스칸디나비아 출신, 독일 출신 등.

"이렇게 극도로 세상과 동떨어진 삶을 살고 계신데 영감은 어디서 얻으십니까?"

"좋은 이야기들이란 사실상 길에 널려 있어요." 나는 이렇게 말하며 담배를 비벼 껐다.

"콘라츠 씨는 길에 전혀 나가지 않으시잖습니까." 렌첸이 냉소적으로 물었고, 나는 그 말을 무시해버렸다.

"저는 세상에서 일어나는 일들에 관심이 아주 많아요. 신문도 읽고, 뉴스도 보고, 인터넷도 많이 하면서 정보들을 수집하죠. 세상은 이야깃거리로 가득 차 있어요. 눈만 크게 뜨고 있으면 다 보여요. 현대적인 통신수단과 미디어 덕분에 저는 집에서도 세상을 다 볼 수 있답니다."

"그럼 조사는 어떻게 하시나요? 역시 인터넷을 이용하시나요?"

내가 막 대답을 하려던 찰나, 그 소리가 들려왔다. 숨이 턱 막히고 심장이 쿵쾅대기 시작했다.

그럴 리 없어. 이건 네 상상일 뿐이야.

나는 이를 악물었다.

"보통은 조사를, 그러니까……." 나는 이렇게 말하며 정신을 집중하려 애썼다. "이 책의 경우에는, 음……."

그건 내 상상이 아니라 실제였다. 음악이 들려왔다. 모든 게 빙빙 돌아 머리가 어지러웠다.

"저는 인간의 정신에 대해 많은…… 저는……."

러브, 러브, 러브. 음악 소리가 점차 커졌다. 내 눈이 깜빡였고, 숨이 가쁘다 못해 호흡곤란이 오기 일보 직전이었다. 내 정면에 앉아 있는 렌첸이 그 차가운 밝은색 눈으로 잔인할 만큼 끊임없이 나를 주시했다. 나는 숨을 헐떡이는 걸 마치 헛기침을 하는 것처럼 위장했다. 일순간 전기가 나간 듯 눈앞이 깜깜해졌다. 숨쉬고 진정해! 나는 식탁 위를 더듬어 물잔을 붙잡았다. 매끄럽고 시원한 느낌. 나와, 나오란 말이야! 손안의 이 매끄럽고 시원한 느낌이 진짜고, 음악은 가짜야, 진짜가 아냐. 하지만 음악 소리는 멈추지 않고 계속 들렸다. 그 멜로디는, 그 끔찍한 멜로디는 아주 분명하게 내 귀에 들려왔다. **만들어질 수 없는 걸 당신이 만들 수는 없어요. 구할 수 없는 사람을 당신이 구할 수는 없어요. 당신이 할 수 있는 게 아무것도 없다 해도 결국에는 당신의 참모습을 발견하게 될 거예요. 쉬운 일이죠. 올 유 니드 이스 러브, 라다다다다. 올 유 니드 이스 러브, 라다다다다. 올 유 니드 이스 러브, 러브, 러브 이스 올 유 니드……**.

목이 바짝 말랐다. 잔을 들어 입으로 가져가려다가 손을 떠는 바람에 물을 조금 흘렸다. 그렇게 애를 쓰던 도중에 불현듯 아까 이 물을 마시지 않겠다고 결심했던 게 생각나 다시 잔을 내려놓았다.

"죄송합니다." 나는 간신히 말했다.

렌첸이 뭐라고 대답했지만 마치 귀를 솜으로 막은 듯 그의 목소리를 잘 들을 수 없었다. 나는 아주 희미하게 보이는 사진가에게 집중하려 애쓰며 그에게 초점을 맞췄다. 그러고는 겨우 그 수렁 밖으로 빠져나왔다. **라다다다다**, 음악이 여전히 들려왔지만, 나는 빠져나왔다. 나는 사진가를 쳐다봤다. 그리고 렌첸도. 그들은 아무런 반응도 보이지 않았다. 음악은 나에게만 들릴 뿐, 그들에게는 들리지 않는 모양이었다. 나는 그에 대해 감히 물어볼 용기가 나지 않았다. 아니, 그러고 싶지 않았다. 미친 사람 취급받기는 싫으니까.

"실례지만 방금 하신 질문이 뭐였죠?" 나는 이렇게 말한 뒤 잠긴 목을 풀기 위해 헛기침을 했다.

"이번에 쓰신 책에 관한 조사는 어떻게 하신 겁니까?" 렌첸이 물었다.

정신을 차리고 미리 준비해둔 대답을 했고, 사진가가 우리 주위를 돌며 셔터를 눌러댔다. 나는 현실로 돌아와 비행기의 자동 조종 장치처럼 이미 머릿속에 입력된 말을 늘어놓았지만, 내적으로는 충격을 받은 상태였다. 감각들이 나를 희롱했고 나는 있지도 않은 소리를, 그 끔찍한 소리를 듣고 말았다. 그것도 하필 지금, 정신을 바짝 차리고 있어도 모자란 이 순간에 말이다.

제길, 린다. 제길.

렌첸이 계속해서 그리 중요치 않은 질문들을 건넸고, 나는 그에 대답했다. 이제 음악은 멈췄다. 세상은 다시 본래대로 돌아가고 있었다. 사진가가 카메라 화면을 들여다보자, 렌첸이 기대에 찬 표정으로 그를 쳐다봤다.

"다 끝났나요?" 렌첸이 물었다.

"네." 사진가가(그의 이국적인 이름은 이미 내 머릿속에서 잊혀졌다) 렌첸에게는 눈길도 주지 않은 채 대답했다.

"감사합니다, 작가님." 사진가가 말했다. "만나 뵙게 돼서 영광이었습니다."

"저도 반가웠어요." 나는 이렇게 대답하며 자리에서 일어났다. 갓 태어난 송아지처럼 무릎에 힘이 하나도 없었다. "문 앞까지 바래다드리죠."

그렇게 자리에서 일어나 몇 미터 걷는 게 도움이 됐는지, 몸에 피가 다시 제대로 도는 느낌이었다. 방금 전까지는 거의 실신할 지경이었는데 가까스로 그 위기를 모면했다. 정말 가까스로. 렌첸과 함께 있는 지금 그런 일이 일어나서는 절대로 안 된다.

사진가가 카메라 가방을 어깨에 멨다. 그는 렌첸에게 목례를 한 뒤 나를 따라 대문 쪽으로 걸어나왔다. 내 어지럼증은 언제나 불쑥 찾아왔다가 서서히 잦아들곤 했다.

"또 봬요." 사진가가 이렇게 말하며 옷걸이에서 파카를 집어들었다. 그는 따뜻한 손을 나에게 내밀며 잠시 내 눈을 쳐다봤다. "몸조심하세요." 사진가는 이 말을 남기고 이내 사라졌다.

16

잠시 사진가의 뒷모습을 바라보고 서 있다가 이내 어깨를 빳빳이 세우고 식당 쪽으로 힘차게 발걸음을 옮겼다. 그때 렌첸의 외투가 눈에 들어왔고 나는 제자리에 우뚝 섰다. 잠깐 만져봐도 아무도 모를 것이다. 식당 쪽을 흘긋 본 뒤 가만히 귀를 기울여봤지만 아무런 소리도 들리지 않았다. 재빨리 렌첸의 외투 주머니를 뒤졌다. 하지만 주머니 속에는 그 무엇도 없었다. 그 순간 뒤에서 들려오는 소리에 심장이 쿵 내려앉았다. 나는 뒤를 돌아봤다. 내 앞에 빅토르 렌첸이 서 있었고, 내 심장은 멈춰버린 것만 같았다.

렌첸이 나를 미심쩍은 눈빛으로 바라봤다.

"괜찮으세요?" 렌첸이 물었다.

속을 알 수 없는 눈빛으로 나를 쳐다보며.

"괜찮고말고요. 손수건을 찾고 있었어요." 나는 이렇게 말하며 그의 외투 옆에 걸린 내 니트 재킷을 손으로 가리켰다.

잠시 동안 우리는 아무 말도 없이 그 상태로 마주섰다.

시간은 무척 더디게 흘러갔다. 렌첸이 밝은 표정을 지으며 나를 향해 웃어 보였다. 배우가 따로 없었다.

"저는 식당에 가서 기다리고 있겠습니다."

렌첸이 이 말과 함께 뒤돌아 걸어가버렸다.

심호흡을 하고 오십까지 센 뒤 다시 식당으로 들어갔다. 식탁 앞에 앉아 있던 렌첸이 내가 들어서자 미소를 띤 얼굴로 쳐다봤다. 인터뷰를 계속하자고 렌첸에게 말하려던 찰나, 또다시 전화 벨이 울렸다. 나는 신음했다. 대체 누구야?

"받아보시는 게 좋을 것 같은데요." 렌첸이 말했다. "중요한 전화 같군요."

"네, 그래야 할 것 같네요. 실례하겠습니다."

거실로 가서 정신없이 울려대는 전화기로 다가갔다. 뮌헨 지역 번호가 뜬 걸 보고는 이마를 찌푸렸다. 얼마 전에 걸었던 번호라 어딘지 잘 알았다. 떨리는 손으로 수화기를 들었다. 렌첸이 내가 하는 말을 엿들을 수도 있다는 걸 잔뜩 의식하면서.

"린다 콘라츠입니다."

"콘라츠 씨." 케르너 박사가 말했다. "통화가 돼서 다행입니다."

케르너 박사의 목소리가 조금 이상하게 들렸다.

"무슨 일이세요?" 마음이 급해져 물었다.

"안타까운 소식을 전하게 됐지 뭡니까."

나는 숨을 멈췄다.

"동생 분이 살해된 현장의 DNA 증거에 관해 문의하셨죠. 그게, 저도 궁금해서 그 사건을 다시 한 번 확인해봤는데 말입니다."

케르너 박사가 망설였다. 안 좋은 예감이 엄습해왔다. 내가 지금 짐작하는 내용을 그가 말하려는 거라면, 차라리 듣고 싶지 않았다. 그것도 지금 이 순간에는.

"그 현장의 DNA 증거들이 안타깝게도 다 못 쓰게 됐습니다."

눈앞이 캄캄해졌다. 나는 맨 바닥에 주저앉아 숨을 헐떡였다.

케르너 박사의 말이 마치 저 멀리서 들려오는 것처럼 먹먹하게 들렸다. 케르너 박사는 증거가 오염되거나 분실되는 일이 간혹 발생하기도 한다고, 그 역시도 매우 안타깝게 생각하며 만약 그 사건이 자신이 있을 때 일어난 사건이었다면 절대로 그런 일은 없었을 거라고 했다. 그 사실을 나에게 알려야 할지 한참 고민했지만 누구나 진실을 알 권리가 있다는 생각에(설령 그게 안 좋은 일이라 해도) 말하게 된 거라고.

나는 다시 숨을 쉬어보려고 노력했다. 옆방에는 괴물이 나를 기다리고 있다. 위층에서 부코스키와 놀고 있는 샬로테만 빼면 이 큰 집 안에 우리 둘만 있는 셈이다. 내 계획은 물거품이 됐다. 내 세상에서 얻은 DNA 표본은 전혀 쓸모가 없게 됐고, 이제 그어떤 연결 고리도, 이중 장치도 없다. 오직 렌첸과 나만 있을 뿐.

"정말 유감입니다, 콘라츠 씨. 그래도 아셔야 한다고 생각했어요."

"감사합니다." 나는 힘없이 말했다. "안녕히 계세요."

잠시 가만히 앉아 있었다. 눈길이 창밖으로 향했다. 이른 아침에는 춥고 해가 나는 날씨였는데 그새 구름이 잔뜩 낀 흐린 날이 돼 있었다. 어디서 그런 힘이 났는지는 몰라도 나는 몸을 일으켜 다시 식당으로 돌아갔다. 내가 방 안에 들어서자 렌첸이 고개를 돌려 나를 쳐다봤다. 이 위험한 남자가 이토록 침착하고 태연하게 내 식탁에 앉아 있다는 사실이 도무지 믿기지가 않았다. 렌첸이 마치 매복하고 있는 뱀처럼 내 움직임 하나하나를 지켜보고 있었고, 나는 생각했다.

'어떻게든 자백을 받아내야 해.'

Blood Sisters

조피

거리 맞은편 집들 위로 두껍고 둔중한 구름들이 걸려 있는 광경은 드라마틱하고도 묵직했다. 조피는 창밖으로 칼새 몇 마리가 날아다니는 하늘을 바라봤다. 저 밖, 이 하늘 아래 어딘가에 브리타의 살인범이 숨을 쉬며 살아가고 있다. 그 생각을 하면 목에서 차가운 금속 맛이 났고, 조피는 몸이 부르르 떨렸다.

조피는 집 밖으로 아예 나가지 않으면 어떨까 생각했다. 저 무서운 세상으로 더는 나가지 않아도 된다면 어떨까. 조피는 이내 그런 생각을 접고 손목시계를 봤다. 파티에 늦지 않게 도착하려면 서둘러야 했다. 전에는 조피도 파티를 좋아해서 몇 번은 직접 열기도 했다. 하지만 브리타가 세상을 떠난 후로는 웃고 떠들지 않아도 된다는 게 오히려 기뻤다. 그런데 오늘 조피가 해야 하는 게 바로 그 웃고 떠드는 일이다. 조피가 얼마 전 새로 옮긴 화랑의 관장, 알프레드가 쉰 번째 생일을 맞아 성대한 가든파티를 연다. 좋은 점은 시내 예술계의 내로라하는 유명 인사들(괴짜 화가들, 돈 많은 예술 애호가들, 즉 그림을 사랑한다는 점만 빼면 조피와 공통점이 전혀 없으며 조피가 알지도 못하는 사람들)이 다 모인다는 것이다. 그들 중에 조피의 동생이 얼마 전 사망했다는 사실을 아는 사람은 아무도 없으며(파티 주최자도 포함해서), 따라서 어색한 위로의 대화 같은 데 얽히지 않아도 된다. 적어도 그 점은 확실하다. 그럼에도 불구하고 조피는 할 수만 있다면 그 파티에 가고 싶지 않았다. 하지만 파울은 그건 예의 없는 행동이며, 이런 기회에 기분 전환을 하는 것도 나쁘지 않다고 했다.

이제 옷장 앞에 선 조피는 어려운 과제에 직면했다. 파티의 드레스코드에 맞춰 여름철에 어울리는 흰색 옷을 골라 입어야 한다. 지난 몇 주간 오로지 검은색 옷만 입다가 갑자기 흰색 옷을 입자니 꼭 변장을 하는 듯한 느낌이 들었다. 조피는 한숨을 푹 내쉬며 흰색 리넨 바지와 흰색 민소매 상의를 집어 들었다.

눅눅한 늦여름 밤이었다. 구름은 비를 내리거나 무더위를 식혀주지도 않고 그저 흘러갈 뿐이다. 조피와 파울이 알프레드의 빌라에 도착했을 때는 이미 파티 분위기가 무르익은 뒤였다. 넓은 정원은 나무와 덤불로 빽빽하게 둘러싸여 있어, 마치 그 자체가 숲속 어딘가에서 뿜어져 나오는 자연광 같았다. 덤불과 나무 사이사이에서 수많은 조명들이 빛을 발했고, 그로 인해 정원과 그 안을 가득 채운 사람들은 뭔가 비현실적으로 보였다. 앉을 곳이라고는 정원 한쪽 구석에 있는 작은 그네뿐이었는데, 그마저도 무아지경으로 입을 맞추고 있는 두 남자가 이미 차지했다. 잘 익은 열매 대신 조명등을 주렁주렁 매단 커다란 밤나무 아래로 댄스 플로어가 설치돼 있었고, 그 옆에는 라이브 밴드를 위한 작은 무대가 있었지만 아직은 아무도 보이지 않았다. 수많은 벌들이 윙윙대는 것 같은 사람들의 뒤섞인 목소리가 정원 전체에 배경음악처럼 깔려 있었다. 그래서 스피커 박스에서 흘러나오는 작은 음악 소리는 잘 들리지가 않았다. 손님들은 음료와 한입 거리 음식들이 담긴 쟁반을 들고 주방에서 정원으로 이동하는 웨이터들에게 열심히 길을 내주었다. 웨이터들 역시 드레스코드에 맞게 흰색 옷을 입고 있어서, 머리에 한 뿔 장식만 아니었다면 손님들과 거의 구분이 가지 않을 뻔했다.

조피는 파울의 부탁에 따라 할 수 있는 한 파티를 즐기기로 마음먹었다. 칵테일을 한 잔 마신 조피는 곧 두 잔, 세 잔을 마셨다. 음식도 조금 먹었다. 알프레드 관장에게 축하 인사도 건넸으며 술 한 잔을 더 마셨다.

마침내 알프레드는 그 작은 무대로 올라가 짤막하게 감사의 말을 전한 뒤, 댄스 플로어를 오픈하고 동시에 밴드를 무대로 불렀다. 그러고는 오늘의 첫 곡을 아내에게 바친다고 말했다. 조피는 알프레드와 그의 아내(유일하게 흰색이 아닌 새빨간 옷을 입은)가 허공에다 대고 서로에게 키스를 보내는 모습을 보며 웃을 수밖에 없었다. 하지만 4인조 밴드가 비틀스의 '올 유 니드 이스 러브'의 첫 소절을 연주하기 시작한 순간, 조피의 웃음은 싹 사라졌다. 세상이 무너져 내렸고, 조피는 커다랗게 입을 벌린 심연 속으로 빨려 들어갔다. 털 한 오라기도 남김없이 완전히.

17

식당으로 돌아왔을 때까지도 그 멜로디는 여전히 내 머릿속을 맴돌았다. 나는 다시는 아까처럼 정신 못 차리는 일은 없으리라 마음먹으며 자리에 앉았다.

렌첸이 또다시 미소 띤 얼굴을 하고 있었다.

"얼굴이 창백해 보이시네요. 잠시 쉬어가고 싶으시면 그러셔도 됩니다. 저는 시간이 많으니 염려 마시고 하고 싶은 대로 하세요."

렌첸이 늑대의 탈을 쓰고 있다는 걸 내가 몰랐다면, 그가 정말로 내 걱정을 하는 줄로 믿었을 것이다.

"괜찮습니다." 나는 냉정하게 말했다. "계속하셔도 돼요."

하지만 속으로는 정말 쉬고 싶었다. 나는 크리스텐센 박사한테 배웠던 모든 것을 기억에서 불러내려 애썼다. 그러나 충격이 너무 컸는지 머릿속은 뭔가 휩쓸고 간 듯, 텅 빈 것만 같았다.

"그럼 좋습니다. 글 쓰는 일은 어떤가요? 글쓰기를 즐기시나요?"

나는 렌첸의 눈을 쳐다봤다.

"그럼요." 기계적으로 대답했다.

내 동생의 이름은 안나다.

"문장을 쥐어짜내는 작가는 아니라는 말씀이군요?"

어렸을 때 나는 안나(Anna)의 이름이 앞에서 읽든 뒤에서 읽든 똑같다는 점을 부러워했다. 안나 역시 그걸 매우 자랑스럽게 여겼다.

"전혀 아니에요. 제게 글쓰기는 샤워나 양치질과 다를 바 없죠. 그러니까, 일상적인 위생 관리에 속한다고나 할까요. 글을 쓰지 않으면 몸에 있는 모든 모공이 막혀버리는 기분이 드니까요."

안나는 피를 혐오했다.

"언제 글을 쓰시나요?"

어렸을 적 나는 무릎에 상처가 나도 별 상관을 하지 않았다. 손을 베면 그 자리를 입으로 빨며 쇠 맛이 난다는 데 한 번 놀라고, 쇠 맛이 무슨 맛인지 안다는 데에 또 한 번 놀랐다. 반면에 안나는 무릎에 상처가 나거나 손을 베면 소리를 지르며 고통스러워했고, 나는 그런 동생에게 "애처럼 굴지 마!" 하고 말하곤 했다.

"이른 아침에 시작하는 게 가장 좋아요. 그때는 머릿속이 아직 생생하니까요. 뉴스나 전화 통화 같은, 일상에서 보고 읽고 듣는 것들에 정신을 빼앗기기 전이죠."

"글 쓰는 과정은 어떻게 되나요?"

동생 안나는 일곱 군데 자상을 입고 살해당했다.

"항상 비슷해요. 책상에 앉아 메모해둔 것들을 펼쳐놓고 노트북을 열어 글을 쓰죠."

"아주 간단하게 들리는데요."

"가끔은 그렇죠."

"그렇지 않을 때는 언제인데요?"

인간의 몸은 사 리터에서 육 리터 정도의 피를 담고 있다.

나는 어깨를 으쓱해 보였다.

"매일 글을 쓰시나요?"

내 동생 정도 체구의 여성의 몸에는 피가 오 리터가량 담겨 있다. 출혈이 전체 혈액의 삼십 퍼센트 이상 되면 쇼크 상태에 빠진다. 혈액순환이 느려진 다. 그러면 피가 상처 밖으로 뿜어져 나오는 속도가 줄어들고, 에너지 및 산소 요구량도 저하된다.

"네, 거의 매일이요. 물론 책 한 권을 다 쓰고 나서는 새로운 아 이디어를 찾는 기간이 있긴 해요. 그때는 다음 프로젝트를 준비 하고 그와 관련된 조사를 합니다."

"다음 프로젝트는 어떤 방식으로 결정하시죠?"

안나가 마지막으로 본 건 자신을 죽인 살인범이다.

"그냥 감으로요."

"출판사 측에서는 그에 관해 전혀 관여를 안 하나요?"

나는 운전면허를 따기 전에 응급처치 교육을 이수했다.

"이제는 그래요."

"소설의 등장인물들에 본인의 모습을 어느 정도나 투영시키 십니까?"

하지만 나는 그 교육을 받는 내내 교관과 연애하는 데만 관심이 있었다.

"한 번도 의식적으로 그렇게 하려고 한 적은 없어요. '이 인물 은 내 감정의 삼십 퍼센트만 닮아야 해' '나와 같은 어린 시절의 기억을 가지고 있어야 해' 같은 생각은 하지 않아요. 하지만 물론 어떤 인물이든 조금씩은 저와 비슷한 면을 지니고 있겠죠.”

“소설 한 권을 쓰는 데 얼마나 걸리십니까?”

응급 구조대원과 경찰 모두, 안나는 내가 집 안에 들어갔을 때 이미 죽어 있었다고 말했다.

“반년이요.”

“그리 긴 시간은 아니군요.”

“맞아요, 길진 않죠.”

나로서는 그들의 말을 확신할 수 없다.

“어떻게 이 책을 쓰게 되셨나요?”

어쩌면 안나가 마지막으로 본 건 아무짝에도 쓸모없는 언니의 모습일지도.

나는 대답을 하지 않았다. 그러고는 새 물병을 따서 떨리는 손으로 물을 한 모금 마셨다. 렌첸의 눈이 나의 행동을 쭉 지켜보고 있었다.

“대체 어떤 병이 있으신 거죠?” 렌첸이 지나가는 말로 물으며 잔에 물을 따랐다.

교활한 늑대 같으니. 마치 내 병이 뭔지 이미 다 알려져 있는데 잠깐 생각이 안 나는 것처럼 말했다. 그러나 내가 어디가 아픈지에 대해 공개적으로 이야기한 적은 단 한 번도 없었고, 그건 우리 둘 다 잘 아는 사실이다.

“그것에 관해서는 말하고 싶지 않은데요.”

“마지막으로 집 밖에 나가신 게 언제였습니까?”

“십일 년 전쯤이요.”

렌첸이 고개를 끄덕였다.

"당시에 무슨 일이 있었나요?"

나는 그 질문에 대답할 말이 없었다.

"그것에 관해서는 이야기하고 싶지 않습니다."

렌첸이 아무 말 없이 눈썹을 살짝 치켜떴다.

"집 안에 갇혀 지내는 생활은 어떤가요?"

나는 깊은 한숨을 내쉬었다.

"어떻게 말씀을 드려야 할까요? 직접 경험해보지 않은 분에게 어떻게 설명을 드려야 할지 잘 모르겠네요. 우선은 세상이 갑자기 아주 작아지죠. 그리고 시간이 지남에 따라 내 자신의 머릿속이 곧 하나의 세상이 되고 그 외에는 아무것도 존재하지 않는 것 같은 느낌이 들어요. 유리창을 통해 보이고 들리는 모든 것, 그러니까 쏟아지는 빗소리, 숲 주변의 노루들, 호수 위의 태풍 같은 것들이 아주 먼일로만 느껴져요."

"고통스러운 일인가요?" 렌첸이 물었다.

"처음에는 아주 고통스러웠죠, 정말로요. 하지만 초반에는 못 참겠다고 생각했던 상황이 얼마나 빨리 일상으로 변했는지 놀라울 따름이에요. 저는 인간이 무슨 일이든 감내할 수 있는 존재라고 생각해요. 익숙해질 수는 없을지 몰라도, 감내할 수는 있죠. 고통, 절망, 노예 신분……."

나는 대답을 할 수 있는 한 상세하게 하려고 노력했다. 물 흐르듯 흐르는 대화, 아주 평범한 인터뷰. 렌첸이 경계심을 늦추지 않도록. 의구심과 초조함에 몸부림치도록.

"가장 그리운 게 무엇입니까?"

잠시 생각에 잠겼다. 내 세상에는 없는 것들이 너무도 많았다. 길을 지나다 볼 수 있는 불이 환하게 켜진 남의 집 거실, 길을 묻는 관광객들, 비에 젖은 옷, 도둑맞은 자전거. 뜨거운 아스팔트 위에 떨어져 다 녹아버린 아이스크림, 마이바움(Maibaum: 독일에서 오월에 꽃이나 리본으로 장식해 마을 광장에 세우는 나무 기둥-역주). 주차 공간을 둘러싼 다툼, 꽃밭, 아이들이 아스팔트 위에 분필로 그린 그림, 교회 종소리.

"전부 다요." 마침내 내가 말했다. "그리 대단한 일들도 아니에요. 케냐의 사파리나 뉴질랜드에서의 스카이다이빙, 떠들썩한 결혼식 같은 것들도 물론 없어서 안타깝지만, 가장 아쉬운 건 사소하고 평범한 일들이에요."

"예를 들면요?"

"길을 걷다 마음에 드는 누군가와 마주치고, 그에게 미소를 건넸을 때 그 역시 미소로 화답하는 일. 한동안 비어 있던 가게에 괜찮은 레스토랑이 새로 문을 연 걸 보는 일."

렌첸이 웃었다.

"어린아이들이 가끔씩 빤히 쳐다보는 눈빛."

렌첸이 내 말이 무슨 뜻인지 정확히 알겠다는 듯 고개를 끄덕였다.

"꽃집에서 나는 향기……. 뭐 그런 것들이요. 다른 사람들과 똑같은 경험을 하고 그것을 통해서, 이 말이 맞는지 모르겠지만, 사람들과 유대 관계를 느끼는 것 말이에요. 삶과 죽음, 일과 여가, 젊음과 늙음, 기쁨과 분노를 비롯한 모든 부분에서요."

나는 잠시 말을 멈추었다. 이 자리가 진짜 인터뷰가 아닌데도 불구하고 질문에 성실하게 대답하려고 애쓰는 내 자신을 발견했던 것이다. 나 스스로도 그 이유를 알 수가 없었다. 하지만 이야기를 하다 보니 기분이 좋았다. 어쩌면 이렇게 내 말을 들어주는, 나한테 질문을 해주는 누군가를 만난 게 너무 오랜만이라서 그런지도 몰랐다.

제길, 린다.

"물론 자연도 그리워요. 아주 많이요."

마치 가슴앓이를 할 때처럼 그리움의 감정이 목구멍에서부터 끓어오르는 통에 한숨이 나오려는 걸 간신히 참았다. 하필 지금 이 순간에. 빌어먹을.

렌첸이 보기 역겨운 존재였다면 일이 더 쉬웠을 텐데.

렌첸은 방금 내가 한 말을 곱씹어보려는 듯 입을 다물었고, 잠시 생각에 잠긴 것처럼 보였다.

하지만 그는 보기 역겹지 않다.

"외로우신가요?" 렌첸이 물었다.

"저는 제 자신을 외롭다고 묘사하고 싶지는 않아요. 저도 사람들과 관계를 맺고 있고, 그 사람들이 제 집에 꾸준히 드나들지는 않지만 요즘에는 직접 만나지 않고도 관계를 유지할 수 있는 다양한 방법들이 있잖아요."

렌첸은 존재감이 뚜렷한 사람이다. 그리고 상대방의 말을 경청하는 태도가 아주 뛰어나다. 렌첸이 나를 계속 쳐다봤고, 나는 본의 아니게 그가 뭘 보고 있는 건지 지켜봤다. 렌첸의 눈빛은 내 눈에 중심을 두고 내 입술과 목을 흘긋거리고 있었다. 두려움과, 또 뭔지 모를 감정이 내 가슴을 빨리 뛰게 했다.

"콘라츠 씨의 삶에서 가장 중요한 사람은 누구입니까?" 마침 내 렌첸이 물었고, 그 즉시 머릿속에는 경고음이 울렸다.

살인범에게 내 약점을 드러내는 일은 결코 하지 않으리라 결심했다. 거짓말을 할 수도 있었지만, 비밀을 잘 털어놓지 않는 유명 작가인 양 연기하는 게 더 영리한 방법이라는 생각이 들었다.

"기자님. 질문이 점점 더 사적인 부분으로 넘어가려고 하네요. 앞서 합의했던 바대로 제 책에 관해서만 질문해주셨으면 합니다."

나는 부지런히 머리를 굴렸다. 어떻게든 렌첸도 질문만 할 게 아니라 내 질문에 대답을 하도록 해야만 했다.

"죄송합니다. 사적인 영역을 침범하려는 의도는 아니었습니다."

"괜찮아요."

"연애 중이신가요?" 렌첸이 물었고, 나는 이맛살이 절로 찌푸려졌다.

그 모습을 본 렌첸이 곧장 다른 질문을 했다.

"이렇게 오랜만에 인터뷰를 하시게 된 계기가 뭔가요?"

렌첸이 마치 자기가 왜 여기 와 있는지 잘 모른다는 듯 물었다.

"출판사가 원했던 일이에요." 나는 눈 하나 깜짝하지 않고 거짓말을 했다.

렌첸의 입가에 미소가 슬쩍 번졌다.

"좀 전의 질문으로 돌아가 보죠." 렌첸이 반격을 해왔다. "혹시 연애 중이신가요?"

"방금 전에 사적인 영역을 침범하지 않겠다고 말씀하지 않으셨나요?"

"아, 죄송합니다. 애인이 있느냐는 질문이 그 정도로 사적이라고는 생각 못했습니다."

렌첸은 뉘우치는 듯한 얼굴 표정을 지어 보였지만, 눈으로는 웃고 있었다.

"그럼 책으로 돌아가서, 주인공 조피는 동생의 죽음으로 인해 무너져 내리는 인물입니다. 저는 독자들을 조피의 정신세계 속으로 빠져들게끔 하는 그 구절들이 참 마음에 들더군요. 그렇게 망가진, 심지어 마지막에는 자기 파괴적 성향까지 보이는 인물의 정신세계를 어쩌면 그리 실제적으로 묘사하셨죠?"

예상치 못한 순간에 갑자기 들어온 강타였다. 조피, 그 망가진 여성은 바로 나였다. 나는 마른침을 꿀꺽 삼켰다. 그러고는 지금부터 시작될 대화는 꼭 해야만 하는 대화임을 마음속에 새겼다. 나는 고발자이자, 배심원이자, 또 판사의 자격으로 이 자리에 앉아 있다. 고발, 논증, 판결.

그래, 좋아.

"등장인물들의 감정을 특별히 잘 표현할 수 있는 건 제가 지닌 장점들 중 하나라고 생각해요." 나는 애매하게 말했다. "하지만 제 생각에 조피는 절대로 무너진 게 아니에요. 동생의 죽음 때문에 거의 파멸에 이를 뻔한 건 맞지만, 동생의 살인범을 붙잡기 위해 다시 정신을 차렸고 결국 성공했으니까요."

'내가 성공을 앞두고 있듯이 말이야.' 이게 방금 내가 한 말 속에 숨은 의미였고, 빅토르 렌첸도 그걸 알고 있었다. 내색하지 않고 있을 뿐.

"제가 볼 때 또 다른 흥미로운 인물은 바로 형사입니다. 실제 인물을 기반으로 한 건가요?"

"아뇨." 나는 거짓말을 했다. "기자님께는 실망스러운 대답일 수도 있겠네요."

"책을 쓰시면서 진짜 경찰에게 조언을 구하신 적이 있나요?"

"없어요." 내가 말했다. "물론 그런 수고를 아끼지 않고 아주 철저한 조사를 하는 작가들에 대해서는 대단하게 생각해요. 하지만 저는 그런 것보다 인물들 간의 역학 관계를 더 중요시합니다. 기술적인 섬세함보다는 심리학에 더 관심을 둔다고 해야 할까요."

"책을 읽는 동안 저는 주인공과 그 기혼 형사가 점차 가까운 사이가 돼 결국에는 사랑 이야기로 발전하지 않을까 생각했습니다." 렌첸이 말했다.

"아, 그러셨어요?"

"네! 무슨 일이 있었을 수도 있을 거라는 느낌을 받았어요."

"기자님은 작가인 저보다 더 많은 걸 알고 계시네요. 그 두 사람은 서로에게 호감을 느끼고, 그건 이 이야기에서 중요한 요소죠. 서로 마음이 통하는 순간이 몇 번 있지만, 그 이상은 아니에요."

"사랑 이야기로 발전하는 걸 일부러 피하신 건가요?"

렌첸이 무슨 의도로 그런 질문을 하는 건지 알 수가 없었다.

"솔직히 말씀드리면 거기까지 생각할 시간이 없었어요."

"만일 콘라츠 씨가 평범한 삶을 사셨다면 쓰시는 책의 내용도 달라졌을 거라 생각하십니까?"

"한 사람이 하는 모든 행동과 경험은 그 사람이 창출하는 작품에 영향을 끼치게 마련이죠, 맞습니다."

"만약 콘라츠 씨가 연애 중이셨다면 이 책의 여주인공과 형사도 결국에는 서로 엮였을까요?"

나는 치밀어 오르는 화를 억눌렀다. 대체 나를 어떻게 보고? 하지만 렌첸이 또다시 사적인 주제를 들이밀었으니 나에게도 생각이 있었다.

"그런 결말은 상상이 잘 안 되는데요. 그리고 이미 말씀드렸다시피 사적인 얘기는 하고 싶지 않습니다."

나는 이번에는 렌첸이 그냥 물러서지 않기를 내심 바랐다. 렌첸은 분명히 편집국으로부터 사적인 얘기를 최대한 많이 뽑아내라는 주문을 받았을 테니까. 새 책도 새 책이지만, 베일에 싸인 유명 작가, 린다 콘라츠의 정신세계를 들여다보는 일이 훨씬 더 흥미진진할 테니까.

"작품과 작가를 분리해서 생각하기란 어려운 일입니다." 렌첸이 말했다.

나는 이해한다는 듯 고개를 끄덕였다.

"그렇지만 처음 뵙는 분과 사적인 얘기를 나누는 건 불편한 일이라는 것도 이해해주셔야죠."

"알겠습니다." 렌첸이 망설이며 말했고, 마치 이제 어떻게 진행해야 하는지 고민하는 눈치였다.

"제가 제안 하나 할까요?" 나는 이렇게 말한 뒤 잠시 뜸을 들였다.

이제 막 좋은 생각이 떠오른 것처럼.

"기자님이 질문을 하실 때마다 제게도 질문할 기회를 주신다면, 질문에 대답하겠어요."

렌첸이 잠시 당황하는 것처럼 보였지만, 이내 흥미롭겠다는 표정을 지었다.

"저한테도 질문을 하신다고요?"

나는 고개를 끄덕였다. 렌첸의 눈이 반짝반짝 빛났다. 렌첸도 탐색전은 이제 끝났음을 알아차렸고, 내가 다음 단계의 포문을 열어주기를 기대하고 있었다.

"공평하게 들리는군요." 렌첸이 말했다.

"자, 그럼 먼저 질문하시죠." 내가 말했다.

"콘라츠 씨의 삶에서 가장 중요한 사람은 누구입니까?" 렌첸이 망설임 없이 물었다.

나는 자신이 살인범(어쩌면 사이코패스일지도 모르는)과 대면한 줄도 모르고 아직 집 안 어딘가에 있을 샬로테를 떠올렸다. 또 어딘가에서 화를 내고 있을 노베르트와 부모님을 떠올렸다. 그리고 오래전에 죽은 동생도(동생은 죽은 뒤에야 내 삶에서 가장 중요한 사람이 됐다). 마치 귀에 완전히 박혀버린 선율처럼, 나는 벗어나려야 벗어날 수 없었다.

러브, 러브, 러브, 라다다다다.

"이제는 함께 일하는 사람들이 가장 중요하죠. 출판사 사람들, 에이전트들과, 손에 꼽히는 친구들이요."

애매모호한 대답이었다. 좋아. 이제 내 차례였다. 나는 일단 가벼운 질문을 통해 렌첸이 긴장하지 않을 때는 어떻게 대답하고 반응하는지 알아본 뒤에 도발적인 질문으로 넘어가기로 마음먹었다. 거짓말탐지기를 쓸 때처럼.

"나이가 어떻게 되세요?" 내가 물었다.

"몇 살로 보이나요?"

"제가 질문드렸는데요."

렌첸이 씩 웃었다.

"쉰셋입니다."

렌첸이 눈을 가늘게 떴다.

"연애 중이신가요?" 그가 다시 물었다.

"아뇨."

"와우!" 렌첸의 탄성이 터졌다.

나는 순간 당황스러웠다.

"와우, 라고요?"

"그렇잖습니까. 이렇게 젊고 아름다운 데다 엄청난 성공을 거두신 분이 혼자라니요. 연애도 하지 않으시면서 어떻게 인간관계를 그토록 잘 묘사하실 수 있는 거죠?"

나는 방금 렌첸이 한 말을 잊어버리려고 노력했다. 그게(예를 들어 나에게 아름답다고 말한 게) 렌첸의 진심인지 생각하지 않으려고.

"제 차례예요." 나는 다른 말은 하지 않았다.

렌첸이 어깨를 으쓱해 보였다.

"자라신 곳이 어디죠?" 내가 물었다.

"뮌헨입니다."

렌첸이 의자에 등을 기댄 채 다소 방어적인 자세를 취했다. 아마 내가 제안한 질문 놀이가 예상했던 것보다 더 불편하게 느껴지는 모양이었다. 아직 제대로 시작도 안 했는데. 이번에는 렌첸의 차례였다.

"연애도 하지 않으시면서 어떻게 인간관계를 그렇게 잘 묘사하실 수 있죠?"

"저는 작가예요. 그냥 할 수 있어요. 게다가 평생 지금처럼 살아온 것도 아니고요."

내 차례.

"형제가 있으신가요?"

가벼운 일격. 죽은 내 동생을 떠올리게 하는. 렌첸은 내가 주제에 점차 가까이 다가가고 있음을 깨달았을 것이다. 하지만 렌첸은 눈 하나 깜짝하지 않았다.

"네. 형이 한 명 있습니다. 형제가 있으신가요?" 렌첸이 되물었다.

냉혈한 같으니. 나는 동요하지 않으려 애썼다.

"네."

"남자 형제, 아니면 자매?"

"기자님 차례가 아니에요."

"아주 엄격하시군요, 콘라츠 씨." 렌첸이 씩 웃으며 내 말에 순응했다.

"자매요." 나는 이렇게 대답하며 굳은 눈빛으로 렌첸을 쳐다봤다.

렌첸은 내 눈을 피하지 않았다.

"부모님과는 사이가 좋으신가요?" 내가 물었다.

"네. 어머니는 이미 돌아가셨고, 아버지와는 사이가 좋습니다. 어머니가 살아계셨을 때는 어머니와도 잘 지냈고요."

렌첸이 관자놀이를 문질렀고, 나는 그 모습을 놓치지 않고 지켜봤다. 하지만 그건 포커에서의 텔(tell: 포커 게임에서 들고 있는 패에 따라 바뀌는 표정이나 몸짓 등을 나타내는 말-역주)과 같은, 그가 거짓말을 하고 있음을 나타내는 몸짓은 아니었다. 렌첸이 아직은 거짓말을 하지 않고 있었으니까. 나는 빅토르 렌첸에 관해 많은 걸 알고 있다. 나는 그가 나와 똑같은 질문을 되묻지 않기를 바랐는데, 지금은 부모님에 관해 생각하고 싶지 않았기 때문이다.

"연애하고 싶지 않으세요?" 렌첸이 물었다.

"가끔은요." 나는 이렇게 말한 뒤 곧바로 물었다. "자녀가 있으세요?"

"딸이 하나 있습니다."

렌첸이 물을 한 모금 마셨다.

"가정을 꾸리고 싶다는 생각은 안 해보셨나요? 남편과 자식이 있으면 좋겠다는?"

"아뇨." 내가 말했다.

"아니라고요?"

"네." 내가 말했다. "결혼하셨나요?"

"이혼했습니다."

"어쩌다가 이혼하시게 됐죠?"

"제 차례입니다." 렌첸이 말했다. "섹스가 그립지 않으세요?"

렌첸이 다시 몸을 앞으로 숙였다.

"네?"

"섹스가 그립지 않으세요?" 렌첸이 질문을 되풀이했다.

나는 두려웠지만 그런 내색을 하지는 않았다.

"별로요." 내가 말했다. 그리고 질문을 계속했다. "어쩌다가 이혼하시게 됐나요?"

"일이 너무 많아서였던 것 같지만, 정확한 건 제 전 부인한테 물어보시는 게 더 나을 겁니다."

렌첸의 손이 다시 관자놀이 쪽으로 움직였다. 그는 그 질문을, 아니, 가족에 관한 질문들 모두를 불편하게 여기고 있는 게 분명했다. 그래도 나는 렌첸에게서 거짓말을 이끌어내야만 했다. 렌첸이 거짓말을 할 때 어떤 행동을 보이는지 알기 위해서. 하지만 이번에는 그의 차례였다.

"부모님과는 잘 지내시나요?"

"네."

나는 벌써 세 번째 거짓말을 했다.

"바람을 피우신 적이 있나요?"

"아뇨." 렌첸이 대답하고는 곧장 질문을 쏟아냈다. "어렸을 때는 어땠나요?”

“사나웠어요. 남자아이 같았죠.”

렌첸이 충분히 상상이 간다는 듯 고개를 끄덕였다.

“매춘부와 관계를 하신 적이 있나요?” 내가 물었다.

“아뇨.”

렌첸의 대답이 진실인지 알 길은 없었다.

“동생 분과는 친하게 지내십니까?” 렌첸이 물었다.

경고음.

“그건 왜 물으시죠?”

“책에 나오는 자매 간 관계가 참 대단하다고 생각했는데, 콘라츠 씨가 좀 전에 말씀하시기를 여동생이 있다고 하셨잖아요. 그래서 자매 간 사랑을 그토록 잘 묘사하셨나 싶어서 여쭤본 겁니다. 어떻습니까?”

“네, 아주 친한 사이죠.”

나는 침을 꿀꺽 삼켰다. 아무 감정도 느껴선 안 돼. 고통스러워하지도 마. 그냥 계속해.

“본인이 좋은 아버지라고 생각하시나요?” 내가 물었다.

렌첸의 손이 또다시 관자놀이로 움직였다. 그건 버릇이 틀림없다.

“네, 그럼요.”

약점. 좋아. 부디 내가 이런 질문 공세를 하는 이유가 뭔지 고민하고 있기를, 부디 그것이 렌첸을 긴장시키기를. 긴장은 좋은 것이니까. 렌첸을 당황하게 만드는 것 외에는 아무런 목적이 없다는 사실을 그가 알아서는 안 된다.

"실제 일어났던 일들로부터 영감을 얻으십니까?" 렌첸이 물었다.

"그럴 때도 있고, 아닐 때도 있어요."

"이번 책은요?"

마치 아무것도 모르는 것처럼 말하는군.

"전자에 속해요."

이제 일격을 가할 시간이다.

"여자를 폭행한 적이 있으신가요?" 내가 물었다.

렌첸이 이마를 찌푸리며 충격을 받은 표정으로 나를 쳐다봤다.

"무슨 그런 질문을 하십니까? 콘라츠 씨가 제안하신 이 '마인드 게임'이 자꾸 불편해지려고 합니다."

렌첸이 정말로 화가 난 것처럼 보였다. 나는 박수라도 치고 싶은 심정이었다.

"그냥 없다고 말씀하세요." 내가 말했다.

"없습니다."

렌첸이 여전히 화가 안 풀린다는 듯 미간을 찌푸렸다. 잠시 침묵이 이어졌다.

"반려견 이름이 뭐라고 했죠?" 마침내 렌첸이 물었다.

"그게 질문인가요?" 나는 놀라며 물었다.

"아뇨, 갑자기 생각이 안 나서요."

지금 나를 위협하는 건가? 내가 부코스키를 얼마나 사랑하는지, 또 부코스키한테 무슨 일이라도 생기면 얼마나 힘들어할지 알고서 일부러 반려견 얘기를 꺼낸 걸까?

"부코스키요." 이렇게 말한 뒤 곧바로 다음 질문을 하려던 찰나, 샬로테가 문가에 불쑥 나타났다.

샬로테의 존재를 까맣게 잊고 있던 나는 화들짝 놀라고 말았다.

"또 방해하게 돼서 죄송해요." 샬로테가 말했다. "더 시키실 일이 없으면 이제 정말 가보려고 하는데요."

"그래요, 샬로테. 이만 가봐요."

"오늘 밤에는 비바람이 몰아친다니까 주무시기 전에 창문을 다 닫으셔야 할 거예요."

"알겠어요. 고마워요."

이 집 안에 렌첸과 단둘이 있다는 생각도 불쾌했지만, 그보다 훨씬 더 불쾌한 건 샬로테를 쳐다보는 렌첸의 위험한 눈빛이었다. 샬로테가 렌첸에게 다가가 악수를 청했고, 렌첸이 예의 바르게 자리에서 일어나 샬로테의 손을 잡았다.

"만나 뵙게 돼서 정말 반가웠어요." 샬로테가 이렇게 말하고는 있지도 않은 잔머리를 귀 뒤로 넘겼다. 붉게 달아오른 얼굴로.

렌첸이 살며시 미소를 지으며 자리에 앉아 다시 내 쪽을 쳐다봤다. 나는 다시금 샬로테의 눈으로 렌첸을 바라봤다. 렌첸의 차분함과 카리스마. 그와 같은 사람들은 어떤 위기든 교묘히 빠져나가는 재능을 가지고 있다.

"기회가 된다면 또 봬요." 샬로테가 애교 섞인 말투로 말했다.

렌첸이 아무 말 없이 그저 능숙한 미소로 화답했다. 순간 나는 교태를 부린 건 그가 아니라 샬로테였음을 깨닫는다. 렌첸은 샬로테에게는 별다른 관심을 보이지 않은 채 오로지 나에게만 주의를 기울이고 있다. 샬로테가 잠시 할 일 없이 식당 안을 서성였지만, 렌첸은 이미 아까부터 나만 쳐다보고 있었다. 결국 샬로테가 다시 한 번 목을 끄덕여 인사하고는 밖으로 나가버렸다. 그제야 나는 한숨이 나왔다.

"아까 도우미 분과 잠시 얘기를 나누다 우연히 알게 됐는데, 저희 집에서 불과 몇 블록 떨어진 곳에 사시더군요." 렌첸이 아무렇지 않게 이야기했다. "이상하죠, 뮌헨에서 한 번도 마주치지 않았다는 게 말입니다. 하지만 아시다시피, 이렇게 알게 된 이상 앞으로는 마주칠 일이 많아지겠죠." 나를 보며 씩 웃던 렌첸이 자리에서 일어나 음식이 놓인 테이블로 걸어갔다. 그러고는 치킨랩 하나를 집어 들어 한입 깨물더니 우걱우걱 씹어 먹었다. 우위를 차지했다는 표현일까.

나는 렌첸이 나를 위협하고 있음을 잘 알았다. 그는 내가 샬로테를 중요하게 생각하는 걸 파악하고 있다. 그리고 내게는 렌첸을 샬로테로부터 멀리 떨어뜨려 놓을 만한 힘이 사실상 없다는 걸, 렌첸이 내게 알려주고 있었다.

Blood Sisters

요나스

요나스는 자신이 자제력을 잃었음을 깨달았다. 비이성적으로 돼가고 있음을. 하지만 이미 엎질러진 물이었다. 사실 이 일로 요나스가 잃을 건 아무것도 없었다. 목격자의 집에서 그가 뭘 어쩌겠는가?

하룻밤 사이에 이 도시 위를 뒤덮고 있던 기류에 뭔가 변화가 생겼다. 빛도 달라졌다. 아직 단풍이 들기 시작한 건 아니지만, 거리를 지나던 요나스는 느낄 수 있었다. 늦여름이 끝나가고 가을이 오고 있다는 걸 말이다.

주차를 하고 차에서 내린 요나스가 초인종을 눌렀다. 윙 소리와 함께 문이 열렸다. 요나스가 계단을 통해 사 층으로 올라갔다. 조피는 문가에서 요나스를 기다렸다.

"형사님!" 요나스를 본 조피가 말했다. "부디 범인을 잡았다고 말해주세요!"

요나스가 침을 꿀꺽 삼켰다. 조피가 수사에 무슨 진척이 있어서 자신이 찾아왔다고 생각할 줄은 예상하지 못했기 때문이다.

"아뇨. 유감스럽지만 그것 때문에 온 게 아닙니다."

"그럼 뭐 때문에 오셨죠? 아직도 질문이 남았나요?"

"그런 건 아닙니다. 좀 들어가도 될까요?"

조피가 한 손으로 머리를 쓸어넘기며 잠시 머뭇거렸다.

"그럼요." 결국 조피가 말했다. "들어오세요. 막 커피를 내리던 참이었어요."

요나스는 조피를 따라 포장 상자들이 놓인 복도를 걸어 들어갔다.

"이사라도 가시나요?"

"아뇨." 조피가 짧게 대답했다. "제 약혼자가 나가요."

조피가 당혹스러운 듯 코로 흥 소리를 내고는 고쳐 말했다.

"제 전 약혼자가요."

요나스는 무슨 말을 해야 좋을지 몰라 입을 닫고 있었다.

"앉으시겠어요?"

조피가 주방 의자들 가운데 하나를 가리키며 말했다.

"그냥 서 있을게요. 감사합니다."

요나스는 천장이 높은 크고 밝은 주방 안을 둘러봤다. 흰색으로 칠한 벽, 인쇄 그림이 든 액자 몇 점. 에곤 실레였던가, 요나스는 생각했다. 창턱에는 난초 하나가 외로이 서 있고, 그 옆에는 빈 커피잔이 놓여 있었다. 식기세척기 돌아가는 소리가 왠지 모르게 안정감을 주었다.

"우유랑 설탕은요?" 조피가 물었다.

"우유만 넣어주세요."

우유갑을 연 조피가 얼굴을 찌푸렸다.

"제길, 상했잖아."

조피가 화를 내며 우유를 싱크대에 부어버렸다.

"빌어먹을!" 뒤로 홱 돌아선 조피는 양손을 골반에 받친 채 잠시 그대로 서서 일그러진 얼굴로 나오려는 눈물을 참았다.

"블랙도 좋습니다." 요나스가 말했다. "카페인만 들어 있으면 되죠, 뭐."

다시 감정을 추스른 조피가 애써 미소를 지어 보이며 커피 한 잔을 따라 요나스에게 건넸다.

"감사합니다."

요나스가 커피를 한 모금 마시고는 커다란 창문 쪽으로 다가갔다. 햇살이 내리쬐는 파란 하늘이 멋지게 펼쳐졌다.

"경치가 참 좋네요." 요나스가 말했다.

"네."

조피가 요나스의 곁으로 다가갔다. 두 사람은 잠시 아무 말이 없었다.

"가끔은 그냥 이 안에서 평생 살면 어떨까 하는 생각을 해요." 조피가 불쑥 입을 열었다. "더 이상 밖에 나가지 않고요. 몇 년 치 식료품을 쟁여두고 문밖으로 아예 안 나가는 거죠."

"괜찮게 들리는데요." 요나스가 웃으며 대답했다.

"그렇죠?" 이렇게 말한 조피가 피식 웃고는 이내 다시 심각한 표정으로 돌아갔다.

조피의 눈길이 하늘을 향했다.

"저게 뭔지 아세요?" 조피가 쏜살같이 날아가는 두 마리 새를 보며 말했다. 그 새들은 몸을 돌려 아찔한 곡예비행을 하며 건너편 집 지붕을 간신히 피해갔다.

"칼새예요." 요나스가 말했다. "평생 공중에서 살아가죠. 짝짓기나 수

면도 공중에서 하고요.”

“음.”

요나스가 미소 띤 얼굴로 칼새들을 바라보는 조피를 찬찬히 뜯어봤다. 조피는 약혼자와 헤어졌다고 했다. 그게 무슨 의미일까? 요나스가 커피를 한 모금 들이켰다.

“무슨 일로 오신 건지 말씀해주시겠어요?” 조피가 이렇게 물으며 요나스에게로 돌아섰다.

“네, 그럼요.”

요나스가 헛기침을 했다.

“그 전에 먼저 말씀드릴 게 있습니다. 저는 당신이 얼마나 힘들었을지 충분히 이해합니다. 정말이에요. 하지만 독단적으로 수사를 하는 일은 당장 그만두셔야 합니다.”

조피가 마치 따귀라도 한 대 얻어맞은 표정으로 요나스를 쳐다봤다. 조피의 눈빛은 공격적으로 번뜩였다.

“어떻게 제가 혼자서 수사를 하고 있다고 생각하시게 된 거죠?”

요나스는 한숨이 나오려는 걸 애써 참았다.

“불만을 제기한 사람들이 있습니다.”

조피가 이마를 찌푸리며 다시 양손을 골반에 걸쳤다.

“아, 그래요? 대체 누가요?”

“조피, 저는 당신이 좋은 사람이라고 생각해요. 그 일은 그만두세요. 경찰 수사에 방해가 될 뿐만 아니라 최악의 경우에는 당신이 위험에 처할 수도 있어요.”

잠시 동안 식기세척기 돌아가는 소리만이 주방 안을 채웠다.

"아무것도 안 하고 가만히 앉아 있을 수는 없다고요." 결국 조피가 말했다. "제가 불법적인 일을 한 것도 아니잖아요. 사람들과 얘기하는 것까지 못하게 막으시면 안 되죠."

조피가 요나스에게서 몸을 돌려 화가 난 얼굴로 창밖을 응시했다.

"당신을 누가 고발했어요." 요나스가 말했다.

"뭐라고요?"

깜짝 놀라 뒤를 돌아본 조피가 눈을 동그랗게 뜨고 요나스를 쳐다봤다.

"그런 일은 제 담당이 아니지만 우연히 알게 됐어요. 곧 그 일로 경찰이 찾아올 거예요. 어떤 남자가, 당신이 그를 쫓아와서 신체적 공격을 가했다고 했답니다. 정말이에요?"

"신체적 공격이라니! 저는 그 남자의 팔을 붙잡았을 뿐이에요. 저보다 머리통 하나 반은 더 큰 남자를 무슨 수로 공격했겠어요?"

"왜 그를 붙잡았죠?" 요나스가 이미 대답을 아는 질문을 던졌다.

조피는 대답하지 않고 창밖만 바라봤다.

"그날 밤에 봤던 그 남자라고 생각해서 그랬어요?" 요나스가 물었다.

조피는 조용히 고개만 끄덕였다.

요나스는 부크가 했던 말을 떠올렸다. '그 여자, 제정신이 아니야. 누굴 봤다는 게 진짜인지 알 게 뭐야.'

요나스는 그런 생각을 떨쳐버리려 애썼다.

"저는 그 남자를 봤어요." 조피가 마치 그의 머릿속을 꿰뚫어보듯 불쑥 말했다. "지금 제가 형사님을 보는 것처럼 아주 분명하게요."

요나스가 마른침을 삼켰다.

"제 말 믿으시죠?"

조피가 홱 그를 돌아보다가 팔꿈치로 창턱에 놓여 있던 빈 커피잔을 치고 말았다. 바닥에 떨어진 잔이 쨍그랑 소리를 내며 산산조각이 났다.

"빌어먹을!" 조피가 소리쳤다.

요나스와 조피는 동시에 그 조각들을 주우려 무릎을 꿇다가 서로 머리를 부딪히고 말았다. 두 사람은 당황한 표정으로 웃으며 이마를 문지르고는, 깨진 조각들을 주워 모았다. 다시 자리에서 일어난 그들은 마주서서 서로를 바라봤다.

요나스는 갑자기 주방 안이 후끈해진 느낌이 들었다. 조피는 아무 말 없이 그냥 그렇게 서서 쳐다보고만 있어도 전혀 불편하지 않은, 아주 보기 드문 사람이었다. 어떻게 그럴 수가 있을까?

초인종이 울리는 소리에 그 순간이 끝나버렸다.

조피가 머리를 쓸어넘겼다.

"제 친구 카렌일 거예요. 같이 조깅을 하기로 했거든요."

"어차피 저도 가봐야 합니다."

조피는 고개만 끄덕였다. 요나스가 나가다가 말고 문가에서 발걸음을 멈췄다.

"저는 당신을 믿습니다."

이 말을 남긴 요나스가 쿵쾅거리는 가슴을 안고 조피의 집을 나섰다.

18

렌첸이 샬로테에게 해를 가할 수도 있다는 생각에 메스꺼운 기운이 내 온몸을 훑고 지나갔다. 어쩌면 빈말일지도 모르지만 그 모든 건 이미 내 머릿속에서 도무지 잊혀질 생각을 하지 않았다. 나는 빅토르 렌첸을 쳐다봤다. 그는 얼굴에 자만심 가득한 미소가 떠오르려는 걸 간신히 참고 있는 모습이었다. 드디어 나타났다. 내가 수많은 밤 꿈속에서 봤던 그 괴물이.

비는 점차 세차게 내렸고, 창밖으로 빗방울들이 수천 개의 탄환이 돼 호수 위를 마구 쳐대는 모습이 보였다. 실제 세상에 사는 사람들은 이런 날씨를 불평할 게 뻔했다. 준비성이 있는 사람들은 바람에 휘는 우산을 쓰고 마치 살아 있는 거대한 버섯처럼 거리를 활보할 것이다. 그 외에 다른 사람들은 겁먹은 동물처럼 지붕이 있는 곳을 찾아 바삐 옮겨 다니다가 머리가 다 젖고 말겠지.

"동물을 좋아하시나요?" 나는 렌첸이 다시 자리에 앉기도 전에 물었다. 다시 시작. 질문 게임은 계속됐다.

"네?"

렌첸이 자리에 앉았다.

"제 차례잖아요. 아까 대화가 끊기기 전에 기자님이 제 반려견의 이름을 물어보셨고, 저는 '부코스키'라고 대답했죠. 이번에는 제가 기자님께 동물을 좋아하시는지 여쭤보는 겁니다."

"아, 그 게임이 계속되는 겁니까?"

나는 아무런 대답도 하지 않았다.

"정말 특이하신 분이군요, 콘라츠 씨."

나는 아무런 대답도 하지 않았다.

"좋습니다. 그다지 좋아하지는 않아요. 반려동물이나 그 비슷한 건 한 번도 키워본 적이 없습니다."

렌첸이 자기가 메모해둔 내용을 흘긋 보고는 다시 내 눈을 쳐다봤다.

"솔직히 이런 대화는 좀 불편하군요. 제가 먼저 시작한 거라면 사과드리겠습니다."

나는 무슨 말을 해야 좋을지 몰라 그냥 고개만 끄덕였다.

"콘라츠 씨의 창작 활동에 관한 이야기로 돌아가죠. 글을 쓰는 게 가장 좋을 때가 언제인가요?"

"저만의 현실을 만들어낸다는 게 좋아요. 물론 책을 통해 독자들에게 기쁨을 줄 수 있다는 것도 좋고요." 나는 진심으로 말했다. "기자님은요? 이 일이 가장 좋을 때가 언제인가요?"

"인터뷰할 때요." 렌첸이 이렇게 말하며 씩 웃었다.

렌첸이 앞에 놓인 자료를 바라봤다.

"콘라츠 씨가 대중에 전혀 모습을 드러내지 않는데도, 아니 어쩌면 바로 그런 이유 때문에 언론이나 인터넷에는 콘라츠 씨에 관한 글이 많이 올라오더군요."

"그래요?"

"본인에 관한 기사를 읽으시나요?"

"가끔 지루할 때요. 대부분이 소설 그 자체더군요."

"사실과 다른 기사를 읽으면 불쾌하신가요?"

"아뇨. 재미있어요. 말도 안 되는 얘기일수록 더 좋던걸요."

그 역시 진심이었다.

"제 차례예요." 내가 말했다. "저도 두 번 질문하겠어요."

나는 잠시 생각에 잠겼다.

"본인이 좋은 사람이라고 생각하세요?"

난관에 봉착했다. 지금껏 내가 했던 질문들은 그를 불안하게 만들기에는 역부족이었고, 나는 내가 뭘 하고 있는지 알 수가 없었다. 사실 나는 체계적으로 접근하려 했다. 렌첸이 진실을 말할 때와 거짓말을 할 때 각각 어떤 행동을 보이는지 알아본 뒤에 압박을 가하기. 그러나 렌첸은 능구렁이 같았다. 어쩌면 다시 한 번 그를 도발해보는 편이 나을지도 모를 일이다.

"좋은 사람이요?" 렌첸이 되물었다. "맙소사, 또 질문을 하시는군요. 아뇨. 아마 아닐 겁니다. 하지만 매일 그러려고 노력은 하죠."

흥미로운 대답이다. 자기가 한 대답을 곱씹어보는 듯 잠시 아무 말도 하지 않던 렌첸은 이내 적절한 대답이었다고 판단한 듯 보였다. 곧장 다음 질문을 던졌다.

"살면서 가장 후회하는 일은 뭔가요?"

"잘 모르겠습니다."

"잘 한번 생각해보세요."

렌첸이 마치 생각에 잠긴 듯 행동했다.

"결혼 생활을 망쳐버린 일일 겁니다. 콘라츠 씨는요? 뭐가 후회되시죠?"

"동생을 구하지 못한 일이요."

그건 진심이었다.

"동생 분이 돌아가셨습니까?"

나쁜 자식.

"그 얘긴 그만두죠."

렌첸이 눈살을 찌푸리며 잠시 당황한 표정을 짓다가 재빨리 말을 꺼냈다.

"어디까지 했었죠? 아, 인터넷에 퍼져 있는 글들에 별로 신경 쓰지 않는다고 하셨죠. 비평은 신경 쓰이시나요?"

"정당한 비평인 경우에는요." 내가 말했다. 그러고는 곧 다시 물었다. "하지 않아서 가장 후회되는 일은 무엇인가요?"

렌첸이 다시 아까처럼 묻는 말에 즉시 대답했다.

"딸아이가 어렸을 때 좀 더 많은 시간을 함께 보내지 못했던 거요." 렌첸이 이렇게 말하고는 또 곧장 질문했다. "어느 비평가는 콘라츠 씨의 소설에 나오는 등장인물들은 뚜렷한 개성을 지니고 있는 반면 줄거리는 힘이 없다고 평했습니다."

"질문이 뭐죠?" 내가 말했다.

"일단 들어보세요. 저는 콘라츠 씨 소설의 등장인물 두 명이 줄거리보다 더 큰 문제점을 보이고 있다고 생각합니다. 그들은 다른 인물들에 비해 그다지 특색 있게 느껴지지 않았는데, 공교롭게도 바로 살인 사건의 피해자와 살인범이 그랬습니다. 피해자의 경우, 극단적으로 말씀드려서 죄송합니다만, 그저 사랑스럽고 순진하디순진한 여성이며, 그에 반해 살인범은 젊은 여자들을 죽이는 데 혈안이 된 비정한 소시오패스죠. 등장인물들에게 아주 정교한 특색을 부여하기로 정평이 나신 분이, 그 둘은 어떻게 그렇게 전형적인 인물로 만드신 거죠?"

목덜미의 털들이 곤두서는 기분이었다.

"그건 간단해요. 저로서는 그들이 틀에 박힌 전형적인 인물이라고 생각하지 않기 때문이죠."

"아, 그렇습니까? 그럼 피살자를 한번 예로 들어보죠. 책에는 브리타라고 돼 있죠."

두피가 꽉 조이는 느낌이다. '책에는 브리타라고 돼 있죠'라니. 그건 브리타가 실존인물이고 실명은 브리타가 아니라는 걸 알고 있다는 말이나 마찬가지였다.

"그럼 브리타라는 인물이 실제로 존재한다고 생각하시나요?" 렌첸이 물었다.

"그럼요."

당연했다. 브리타가 곧 안나고, 안나는 브리타니까. 지금도 존재하고, 과거에도 존재했고, 내가 내 자신보다도 더 잘 아는 인물.

"브리타는 오히려 아주 이상적인 젊은 여성을 형상화한 것 아닌가요? 순백의 꿈. 너무나도 매력적이고, 영리하고, 귀엽고, 게다가 무척 도덕적이기까지 한. 브리타가 어렸을 적 노숙자를 만났던 대목만 봐도 노숙자를 거리에서 데려오려고……."

렌첸이 말도 안 된다는 듯 피식거렸고, 나는 그에게 덤벼들어 얼굴을 한 대 후려갈기고 싶은 걸 간신히 참았다. 나는 렌첸의 말을 끊지 않고 그가 계속 질문을 하도록 놔둘 생각이다. 렌첸의 대답보다는 질문을 통해서 알게 되는 것들이 더 많았으니까.

"저는 브리타가 무척이나 아는 체하는 사람이라는 느낌을 받았습니다." 렌첸이 말을 이었다. "어느 회고 장면에서 브리타는 자신이 동물을 사랑한다는 이유로 언니한테 가죽 가방을 메지 말라고 설득했는데, 제 눈에는 그게 우스꽝스러워 보이기까지 하더군요. 브리타는 끊임없이 다른 사람들에게 훈계를 하고 어떻게 행동해야 하는지 설명하곤 하죠. 콘라츠 씨는 그런 브리타를 긍정적인 인물로 묘사했지만, 실제로 그런 사람이 있다면 아주 짜증날 뿐만 아니라 책에서처럼 그렇게 사랑받는 존재가 되지도 못할 겁니다. 물론 그토록 완전무결한 사람이 존재한다면 말입니다. 이에 대해 어떻게 생각하시나요?"

나는 심호흡을 하며 렌첸의 도발에 흔들리지 않으려 갖은 애를 썼다. 이 쓰레기 같은 자식.

"저는 브리타 같은 사람이 존재한다고 생각해요." 겨우 입을 열었다. "세상에는 아주 선한 사람과 아주 악한 사람이 있고, 그 중간 정도 되는 사람들도 있죠. 어쩌면 우리는 그 미세한 차이를 너무 크게 생각하고 중간에만 머물러 양극단에 있는 사람들을 보지 못하는 걸지도 몰라요. 진부하고 비현실적이라고 치부하면서요. 하지만 그런 사람들도 분명 있어요. 아주 드물지만, 분명히요."

"콘라츠 씨의 여동생 같은 사람 말인가요?" 렌첸이 물었다.

순간 방 안의 온도가 치솟는 느낌이었다. 몸에서 땀이 흐르기 시작했다.

"뭐라고요?"

"저는 지금 콘라츠 씨가 동생 분에 관해 이야기하고 있다는 느낌을 받았습니다."

"아, 그래요?"

맞은편 흰색 벽이 흔들렸다.

"네, 그냥 제 생각이니 틀렸다면 말씀해주세요. 하지만 콘라츠 씨는 그런 이해하기 힘들 만큼 이상적인 자매 간 관계에 관해 쓰셨고, 좀 전에는 여동생이 있다고, 여동생을 구하지 못했다고 하셨잖습니까. 어쩌면 여동생 분은 돌아가셨을 수도 있겠죠. 아니면 작가님이시니 구한다는 의미를 은유적으로 사용하셨을 수도 있고요. 마약이나 폭력적인 남성으로부터 구하지 못했다는 말이었을 수도 있고요."

"왜 그런 생각을 하세요?"

입안에 고인 침에서 짠맛이 났다.

"저도 잘 모르겠습니다. 콘라츠 씨는 분명 이 브리타라는 인물에 크나큰 애착을 갖고 있는 것처럼 보여요. 사실 아주 끔찍한 캐릭터인데 말입니다."

"끔찍하다고요?"

일순간 엄청난 두통이 찾아왔다. 맞은편 벽은 마치 안에 든 뭔가가 터져 나오려는 듯 나를 향해 부풀어올랐다.

"네!" 렌첸이 말했다. "그토록 착하고, 예쁘고, 순수하고. 완전히 디즈니 만화 속 공주님이잖아요. 그런 여성이 실제로 존재한다면 정말이지 참기 힘들 겁니다!"

"그래요?"

"제가 정말 놀랐던 대목이 있는데, 브리타의 언니…… 실례지만 이름이 뭐였죠?"

나는 머리가 터질 것만 같았다.

"조피." 나는 툭 내뱉다시피 말했다.

"조피가 브리타라는 인물과 아무 문제없이 잘 지내는 게 정말 놀라웠어요. 브리타는 언니의 약혼자를 보고 언니랑 어울리지 않는다고 했죠. 언니가 좋은 일자리를 구했을 때도 질타를 해댔습니다. 또 언니의 몸무게와 외모를 가지고 끊임없이 트집을 잡았고요. 그 거만한 동화 속 공주님, 브리타가 말입니다. 제 진심을 말해볼까요? 제가 여자라면, 제가 조피라면 브리타가 정말 짜증났을 겁니다. 어쩌면 더 나아가 미워했을 수도 있고요."

나도 그랬어, 나는 생각했다.

방금 떠오른 그 생각은 내게는 하나의 충격이었다. 이런 생각이 어디서 왔을까? 느낌상, 그건 새로운 생각은 아니었다. 또렷하지는 않지만 전에도 자주 해왔던 생각. 은연중에. 내가 느꼈던 고통과는 별개로.

넌 대체 어떤 사람이야, 린다?

그러면 안 되는데, 나는 또다시 그 생각을 하고 있었다. 그래, 나는 동생을 미워했어. 그래, 동생은 자만심이 강하고 거만했어. 그래, 동생은, 그 고귀한 안나는 남들 위에 군림하곤 했어. 남자들로부터 시를 헌정받곤 했던 안나. 자기가 원하기만 하면 마크가 날 떠날 수도 있음을 내게 매번 상기시켰던 안나. 캠핑 여행을 다녀와서도 머리에서 샴푸 향기가 나던 안나. 뒤에서부터 읽든, 앞에서부터 읽든 똑같은 이름을 가졌던 안나. 안나, 안나, 안나.

지금 무슨 일이 일어나고 있는 거지?

그런 생각 속에서 허우적대다 겨우 빠져나와 다시 정신을 차렸다. 난 그게 무슨 일인지 잘 알았다. 그건 바로 죄책감이었다. 엉큼하고도 야비한 나의 죄책감. 안나를 구하지 못한 데 대한 죄책감. 그 죄책감은 나를 조금씩 갉아먹었고, 나는 완전히 침식당하지 않기 위해 탈출구를 마련해둔 것이다. 비록 그 탈출구라는 건(동생이 그다지 착하지는 않았다는 생각) 작고 초라하기 그지없었지만.

얼마나 작고 초라하면 렌첸이 당장에 건드렸겠는가. 얼마나 작고 초라하면 내가 이렇게 민감하게 반응하겠는가. 나는 너무 흥분했고, 너무 지쳐 있고, 너무 허점이 많다. 머리가 지끈거렸다. 정신을 차려야만 했다. 렌첸이 체스판에서 내 룩 중 하나를 넘어뜨리긴 했지만 킹과 퀸은 아직 남아 있다. 나는 온 신경을 집중했다. 그러는 사이, 나는 방금 내가 무슨 얘기를 들은 건지 깨달았다. 그가 무슨 말을, 어떤 식으로 했는지를. 그는 마치 브리타에게(안나에게) 앙심을 품은 사람 같다. 그제야 확실히 알게 됐다. 맙소사.

나는 그런 생각은 단 1초도 해본 적이 없었다. 나는 줄곧, 범인이 안나와 알던 사이였다면, 즉 안나가 우발적 살인을 당한 게 아니었다면 경찰이 범인을 잡았을 거라고 생각해왔다. 안나처럼 젊고 예쁜 여자가 일 층 집에 혼자 사는 데다 종종 테라스 문까지 열어놓았으니 누군가의 표적이 됐던 거라고. 그러나 내 생각이 틀렸을 수도 있다. 어쩌면 잔인한 우연이 아니었을지도. 그게 가능할까? 정말 안나가 이 괴물과 서로 아는 사이였을까?

"어쨌든." 렌첸이 내 내면의 혼란은 전혀 눈치채지 못한 것처럼 말을 이었다. "저는 살인에 대한 묘사, 그러니까 조피가 동생을 발견하는 대목을 아주 흥미진진하게 읽었습니다. 너무 현실적이라 읽기가 고통스러울 정도더군요. 그 대목을 쓸 때 어떠셨나요?"

내 왼쪽 눈꺼풀에 경련이 났고, 나로서는 그걸 막을 방도가 없었다.

"힘들었죠." 짧게 대답했다.

"콘라츠 씨, 부디 제가 콘라츠 씨의 책을 마음에 들어 하지 않는다고는 생각지 말아주시길 바랍니다. 그건 사실이 아니니까요. 예를 들면 주인공 조피 같은 경우는 독자로서 충분히 이해할 수 있는 캐릭터였어요. 하지만 소설 속에서 다소 눈에 거슬리는 대목이 몇 군데 있었습니다. 저는 이 일생일대의 기회를 통해 작가님께 직접 물어볼 수 있게 된 걸 정말 기쁘게 생각합니다. 왜 하필 그 대목들을 그렇게 쓰셨는지 말입니다."

"아, 그러세요?" 메스꺼운 속을 다스리려면 시간이 좀 필요했다. "피해자 말고 또 뭐가 눈에 거슬리셨는데요?"

"음, 예를 들면 살인범이요."

"그래요?"

일이 점점 더 재미있어진다.

"네. 범인은 비정한 괴물로 묘사됩니다. 전형적인 사이코패스로요. 또 그가 범행 현장에 뭔가를 남겨두고 온 걸로 꾸민 대목도 그렇고요. 사실 저는 린다 콘라츠 정도 되는 작가이니 뭔가 더 차별화되는 등장인물을 창조했을 거라 기대했거든요."

"소시오패스는 실제로 존재해요." 내가 말했다.

바로 지금 내 앞에 앉아 있는 당신처럼.

"물론 그렇긴 하죠. 하지만 그 수가 아주 적은 데 반해 전체 범죄소설이나 스릴러의 구십 퍼센트 가량이 범인을 소시오패스로 그리고 있어요. 콘라츠 씨는 범인을 왜 그리 일차원적인 인물로 묘사하신 겁니까?"

"세상에 선이 존재하듯 악도 존재한다는 걸 보여주고 싶었어요."

"악이요? 정말인가요? 사람이면 누구나 악한 면을 지니고 있는 것 아닌가요?"

"그럴지도요. 정도의 차이는 있겠죠."

"콘라츠 씨의 소설에 나오는 범인과 같은 사람에게는 어떤 매력이 있을까요?"

"그런 건 없어요."

나는 거의 내뱉다시피 말을 이었다.

"전혀요. 그런 냉정하고 병든 정신을 지닌 살인범한테 무슨 매력이 있겠어요. 평생 감옥에서 썩게 하는 것만이 상책이죠."

"적어도 책 속에서는 그렇게 하셨더군요." 렌첸이 냉소적으로 말했다.

나는 아무 말도 하지 않았다.

두고 봐.

정말 그렇게 될까? 내 마음 한구석에서 이렇게 되물었다. 어떻게 하려고?

"좀 더 심리적으로 복잡한 살인 동기가 있었다면 더 재미있지 않았을까요?" 렌첸이 계속해서 물었다.

나는 렌첸이 더 이상 내 책이 아니라 자기 자신에 관해 말하고 있다는 걸, 게다가 자신을 변호하려는 시도까지 하고 있다는 걸 이미 알고 있었다. 나는 렌첸이 알고 있다는 사실을 알았고, 우리는 서로가 알고 있다는 사실을 알았다. 어쩌면 이제 말할 때가 됐는지도 모른다. 모든 은유와 제한들을 쓸어버릴 때가.

"예를 들면 어떤 동기요?" 내가 물었다.

내 서툰 속임수를 꿰뚫어본 듯 렌첸의 눈빛이 변했다. 내가 그의 동기에 대해 질문한 것임을, 우리 둘 다 알고 있었다.

렌첸은 어깨만 으쓱해 보였다. 능구렁이 같으니.

"저는 작가가 아니라서요." 렌첸이 영리하게 대꾸했다. "그런데 왜 마지막에 주인공이 죽지 않죠? 그게 더 현실적이었을 텐데 말입니다. 드라마틱하기도 하고요."

렌첸이 나를 빤히 쳐다봤다.

나 역시 그를 쳐다봤다.

렌첸이 또 다른 질문을 했다.

내 귀에는 그것이 들리지 않았다.

러브, 러브, 러브.

오, 안 돼.

러브, 러브, 러브.

제발 이러지 마.

러브, 러브, 러브.

제발, 더는 견딜 수 없어.

불가능한 일을 당신이 할 수는 없어요. 부를 수 없는 노래를 당신이 부를 수는 없어요. 당신이 할 수 있는 말이 아무것도 없다 해도, 제대로 사는 법을 배우게 될 거예요. 쉬운 일이죠.

나는 신음했다. 책상 가장자리를 손으로 꽉 붙들며. 음악 소리가 대체 어디서 들려오는 건지 두려움에 가득 찬 눈으로 방 안을 둘러봤지만, 아무것도 보이지 않았다. 눈에 띈 거라고는 바닥을 기어가는 커다란 거미 한 마리뿐이었고, 나는 거미 다리가 바닥에 끌리는 소리를 들을 수 있었다. 스윽, 스윽, 스윽, 스윽.

렌첸의 얼굴이 내 얼굴 앞으로 바짝 다가와 있었고, 나는 하얗디하얀 그의 두 눈동자에 있는 미세한 혈관까지도 볼 수 있었다. 꿈속에서 수없이 봤던 그 괴물이, 내 바로 앞에 있다. 그의 숨결이 내 얼굴에 닿았다.

"죽음이 두려우신가요?" 렌첸이 물었다.

나는 두려움이라는 깊은 샘에 빠져버렸다. 물속에서 수직으로 표류하며 발끝으로 바닥을 찾아 헤맸지만 거기에는 아무것도 없었다. 오직 암흑뿐.

나는 물에 잠기지 않기 위해, 의식을 잃지 않기 위해 몸을 흔들었다.

"방금 뭐라고 하셨죠?" 내가 물었다.

렌첸이 이마를 찌푸리며 나를 쳐다봤다.

"아무 말도 안 했는데요. 괜찮으십니까?"

나는 숨을 헐떡였다. 어쩐 일인지는 몰라도 다시 정신을 차릴 수가 있었다.

"그게 말입니다." 렌첸이 냉담하게 말을 이었다. "제가 가장 놀랐던 건 바로 결말 부분이었습니다. 책을 읽는 내내 저는 정말로 범인이 따로 존재하는 게 아니라, 완전히 파멸해버린 것처럼 보였던 언니가 살인범이었음이 밝혀질 거라고 생각했거든요."

그 순간 땅이 무너져 내렸다. 내 밑에는 어둠뿐이었다. 마리아나 해구(태평양 북마리아나 제도 동쪽에 있는 세상에서 가장 깊은 해구-역주), 1,000미터 아니 1만 미터의 암흑. 조롱하듯 웃는 안나의 얼굴, 칼을 쥔 내 손, 차디찬 분노, 나는 칼로 찌른다.

칼로 찔러? 내가? 아니, 아니야. 그건, 아니야. 아주 잠깐 끔찍한 생각을 떠올린 것뿐이야. 그런 일은 없었어! 음악 때문이야! 저 괴물이 있어서야! 잔뜩 신경을 쓰고 있어서야! 어쩌면 렌첸이 나한테 몰래 뭘 먹였는지도 몰라! 난 제정신이 아냐! 지금 제정신이 아니라고! 그 짧은 끔찍한 시간 동안 나는 내 이런 엄청난 죄책감이 안나를 구하지 못했다는 사실 때문이 아니라 내가……. 그래, 어쩌면 도망친 남자는 아예 존재하지 않는 건지도 몰라. 도망친 남자는 그저 작가의 머리로 잘 꾸며낸 이야기에 불과할지도.

나쁘지 않은 스토리였다. 도망친 남자, 숲속 빈터에서 본 새끼 사슴 이야기만큼이나 비현실적인. 린다와 이야기보따리.

나는 마음을 추슬렀다. 아냐. 그건 새끼 사슴 얘기와는 달라. 나는 거짓말쟁이가 아냐, 미치지도 않았어. 나는 살인범이 아냐. 나는 어두운 생각들을 떨쳐버렸다. 그러고는 다시 렌첸에게로 눈을 돌렸다. 렌첸의 술책에 거의 넘어갈 뻔했다. 그는…… 유쾌한 표정을 짓고 있다. 소름이 끼친다. 렌첸의 밝은색 눈은 보일 듯 말 듯 차가운 미소를 짓고 있다. 렌첸의 머릿속에서 무슨 일이 벌어지고 있는지는 알 수 없었지만, 그가 나를 죽이러 왔다는 것만은 확신할 수 있었다. 내 생각과는 달리 렌첸은 효과적이고 신속한 살인을 선호하는 늑대가 아니었다. 오히려 그는 지금 이 순간을, 이 게임을 즐기고 있었다.

렌첸의 목소리가 내 머릿속에 울려 퍼졌다. "죽음이 두려우신가요?"

빅토르 렌첸이 나를 죽이려 한다. 그의 손이 물 흐르듯 재킷 안으로 들어간다. 칼! 맙소사.

이제 내게는 다른 선택권이 없다.

나는 식탁 밑에 테이프로 고정해두었던 권총을 잡아 뜯었다.

그러고는 빅토르 렌첸을 향해 겨누고 방아쇠를 당겼다.

Blood Sisters

조피

조피는 브리타의 집에 대한 생각을 도무지 떨쳐버릴 수가 없었다. 더 고통스러운 건 범행 현장, 즉 브리타의 집에서 뭔가 이상한 점을 느꼈는데 그게 뭔지 알 수가 없다는 것이었다. 거기에는 뭔가가 있었다. 조피는 현장에서 그걸 목격했고 후에 악몽에서도 그걸 봤지만, 그게 뭐였는지 기억해내려 할 때마다 실패했다. 조피는 그 무언가가 이 사건을 푸는 열쇠라고 확신했다. 하지만 조피의 머릿속은 다른 일들로도 이미 너무나 복잡해서, 그에 관해 냉정하게 생각을 해보기는 힘들었다. 어제만 해도 정말 많은 일들이 있었다. 처음에는 형사가 찾아와 조피에게 훈계를 하고 가더니, 곧이어 조피의 아버지가 심근경색 징후를 보여 병원에 실려 갔다. 다행히 아버지는 아무 이상이 없었지만, 조피의 어머니는 신경이 과민해져 있었다. 조피는 여전히 마음이 초조했다. 잠을 잔다는 건 생각도 할 수 없었다. 게다가 밤에는 너무도 조용했다. 낮고 고른 숨소리로 침실 안을 가득 채우던 파울이 더는 조피 곁에 없기 때문이다. 사실 조피는 파울이 떠나버린 게 차라리 기뻤다.

파울은 결혼을 해서 아이를 낳기를 바랐지만 조피는 그런 생각을 하기에는 심적으로 너무 황폐해져 있었다. 조피는 자기 자신에 대한, 이 세상에 대한 분노로 가득 차 있었다. 심리치료사는 그것을 슬픔이 표출되는 한 형태라고 했다. 지극히 정상적인 거라고. 하지만 조피는 전혀 정상적으로 느껴지지 않았다. 지금으로서는 모든 사람과 모든 일에 대해 화가 났으니까. 단, 늘 맞는 말만 해대면서도 상대방을 불편하게 하지 않고 오히려 진정시키는 재능을 가진 젊은 형사만 빼고.

조피는 안절부절못했다. 끊임없이 뭔가를 해야만 했다. 언젠가 조피는 끔찍한 상실을 경험한 사람들 중 다수는 좌절하거나 심신이 말 그대로 얼어버려 모든 감각이 둔해진다는 말을 들은 적이 있다. 지난 몇 주간 조피는 그 두 가지 경우를 다 목격했다. 아버지는 순간 귀머거리가 된 듯 아무것도 들리지 않는다고 했고, 어머니는 좌절감에 정신이상 증세를 보였다(지금은 진정제 덕분에 그리 많은 감정을 느끼지 않아도 됐다). 반면에 조피는 모든 걸 느끼고 있었다.

조피는 오늘 밤에도 잠이 오지 않으리라 확신하고 침실을 나와 작업실로 들어갔다. 각종 인쇄물들과 오려둔 신문 조각들로 가득찬 책상 앞에 앉아 컴퓨터 전원을 켰다.

지난 며칠간 조피는 밤낮을 가리지 않고 동생의 삶에 대해 아주 자세히 조사했다. 울음을 감추지 못하던 브리타의 친구들과 만나서 대화를 나누고, 충격을 받은 브리타의 전 남자친구도 만나봤지만 아무런 소득이 없었다. 브리타의 친구들이야 본래 조피도 잘 아는 사람들이고, 그들 중 브리타에게 나쁜 짓을 할 만한 사람은 아무도 없었다. 어쩌면 브리타는 도둑과 맞닥뜨렸을 것이다. 아니면 어떤 정신 나간 놈에게 스토킹을 당했거나. 모르는 사람, 잔인한 우연, 그 외에 다른 가능성은 없다고 다들 한결같이 말했다. 하지만 브리타가 스토커나 그 비슷한 것에 대한 불만을 토로한 적은 한 번도 없었다. 브리타는 그 어떤 걱정도 하지 않던 아이였다. 브리타의 친구들도 조피와 마찬가지로 어찌할 바를 몰랐고, 이제 남은 가능성은 한 가지뿐이다.

인터넷에 접속한 조피는 브리타가 일했던 회사의 홈페이지를 클릭했다. 브리타의 삶에서 조피의 삶과 겹치는 부분이 없는 유일한 영역이 바로 브리타의 직장이었다. 브리타가 범인과 아는 사이였다면, 범인은 직장 동료일 수밖에 없다. 브리타와 알고 지내던 그 밖의 모든 남자들은 조피도 잘 알고 있었으니까. 조피는 테라스 문가에 서 있던 그 그림자를 아주 잠깐 목격했을 뿐이지만, 그 얼굴은 절대로 잊을 수가 없었다. 그랬기에 조피가 보기에는 그 젊은 여형사의 바보 같은 질문들(브리타와 조피의 가족과 지인들에 관해 묻는)이 그저 우습고 쓸데없어 보였다. 조피는 자신이 무엇을 목격했는지 잘 알았다. 그건 바로 모르는 사람의 얼굴이었다.

브리타가 거의 일 년간 그래픽디자이너로 일했던 그 신생 인터넷기업의 홈페이지를 찾아낸 조피는 시계를 흘긋 봤다. 곧 두 시였다. 조피는 브리타가 종종 밤늦게까지 사무실에 남아 있었으며, 마감에 맞춰 프로젝트를 완성하기 위해 가끔은 밤샘 작업까지 했다는 걸 기억했다. 과연 브리타의 동료들도 이 야심한 시간까지 일을 할까? 조피는 생각했다. 결국 조피는 수화기를 들고 홈페이지에 나와 있는 회사 전화번호를 눌렀지만 아무리 기다려도 받는 사람은 없었다. 안타까웠다. 브리타의 직장 동료들은 조피가 알아볼 수 있는 마지막 가능성이었으니까. 그 밖에는 조피로서도 어쩔 방도가 없었다. 그때 조피에게 어떤 생각이 떠올랐다. 기업 홈페이지들 중에는 간혹 직원들의 사진과 약력을 볼 수 있게 해둔 곳이 있다. 특히 브리타가 일했던 회사처럼 생긴 지 얼마 안 된 소규모 기업의 경우에는 그럴 확률이 더욱 높았다. 조피는 다시 그 홈페이지를 열었다. 조피의 예상대로 '팀'이라고 적힌 버튼 하나가 보였다. 조피는 떨리는 손으로 그것을 클릭했다.

사진을 본 조피는 명치를 얻어맞은 느낌이었다.

브리타의 활짝 웃는 얼굴이 조피를 쳐다보고 있었다. 금발머리, 커다란 파란색 눈, 코에 난 주근깨. 항상 좋은 향기가 났던 브리타, 조피가 그리도 무서워하던 거미를 매번 오래된 마멀레이드 병에 잡아넣고 조심스럽게 밖으로 가지고 나가 풀밭에 풀어주곤 했던 브리타, 군것질을 좋아해 끊임없이 풍선껌을 씹어대던 브리타.

조피는 브리타의 사진에서 애써 눈을 떼고 다른 직원들의 사진을 들여다봤다. 그중 세 장은 여자라 굳이 볼 필요가 없었다. 다음 여섯 명은 남자였다. 사장 두 명, 아트디렉터, IT기술자 세 명. 조피는 첫눈에 그들 중 누구도 브리타의 집에서 본 남자가 아님을 알 수 있었다.

계속 아래로 스크롤을 하던 조피가 깜짝 놀라며 동작을 멈췄다. 거기에는 사진 없이 두 개의 대체 기호가 표시돼 있었고, 두 사람의 이름과 직책만이 적혀 있었다. 조피는 심장이 빠르게 뛰는 걸 느끼며 그 이름을 메모했다. 지몬 플라첵, 소셜미디어. 안드레 비알코프스키, 프로그래머.

조피가 다시 시계를 봤다. 이런 한밤중에 사무실에 사람이 있을 확률이 얼마나 될까? 아마 거의 없을 것이다. 하지만 다른 대안이 있나? 그냥 다시 침대에 누워 천장만 멀뚱멀뚱 쳐다볼까? 그럴 수는 없었다. 조피는 옷을 입고 차 열쇠를 챙겨 집을 나섰다.

시내에 있는 브리타의 회사 건물 근처 주차장에서 걸어나오던 조피는 이상하리만치 몸이 가벼운 기분이었다. 잠을 못 잔 지 사흘째. 조피는 주위를 둘러봤다. 눈앞에 보이는 네 개의 회사 건물들 중 불이 켜진 곳은 단 한 군데뿐이었다. 불과 몇 시간 후면 바쁘게 일하는 사람들로 가득 차게 될 이곳이 지금은 완전히 버려진 듯했다. 보이는 거라고는 검은 아스팔트, 외로이 서 있는 가로등 몇 개, 서둘러 지나가는 택시 몇 대뿐. 조피는 불빛이 보이는 건물 쪽으로 걸어갔다가 이내 실망하며 발걸음을 멈췄다. 그 건물은 6-10번지였는데, 브리타의 회사는 2-4번지(불이 켜진 건물 바로 옆, 인기척이라고는 찾아볼 수 없는 깜깜한 유리 건물)였기 때문이다. 낙담한 조피가 다시 차로 돌아갔다. 엘리베이터를 타고 내려가 지하 주차장에 들어서자 배기가스 냄새에 숨이 막힐 지경이었다. 가방을 뒤져 열쇠를 찾으며 거의 차 가까이 갔을 때쯤, 조피가 어떤 기운을 느꼈다. 뭔가 이상한 기운. 조피는 혼자가 아니었다. 본능적으로 걸음을 멈췄다. 그랬다. 조피는 살인범의 얼굴을 보고도 누구인지 몰랐고, 그런 이유로 그 역시 조피를 모를 거라고 생각해왔다.

만일 조피의 생각이 틀렸다면?

그렇다면 살인범이 조피의 뒤를 쫓을 것이다. 목격자인 조피를 죽이려 들겠지. 조피는 한 대 맞은 느낌이었다. 지금 조피의 바로 뒤에, 누군가가 있었다. 조피는 통증이 느껴질 정도로 가슴이 세차게 뛰는 걸 느끼며 뒤로 고개를 돌렸다. 아무도 없다. 서둘러 차를 향해 달려가는 조피의 발소리와 숨을 헐떡이는 소리가 인적 없는 주차장 안에 울려 퍼졌다. 하지만 차를 불과 몇 걸음 앞에 두었을 때 조피가 또다시 걸음을 멈췄다. 차 뒷좌석에 뭔가가 있었다. 웅크린 그림자가. 정말인가? 아니, 착각일 뿐이다. 정말?

그 그림자가 움직였다. 조피의 심장이 순간 멈췄다가 다시 쿵쾅대기 시작했다. 살인범이 나도 죽일 거야, 조피가 무감각해진 머리로 생각했다. 조피는 살아남을 수 없을 것이다. 소리 한번 못 지른 채, 조피는 그냥 그렇게 서서 지켜볼 수밖에 없었다. 그러다 곧 정신이 확 들었다. 도망쳐, 조피는 생각했다. 여기서 도망쳐야 해. 너무 가까워, 지금은 너무 가까워. 세 걸음만 더 가면 살인범이 있어. 세 걸음만 더 가면 살인범이 나를 죽일 거야. 조피의 뇌가 제 역할을 한 결과, 조피는 다른 생각은 할 새도 없이 오직 공포의 감정만을 온몸으로 느끼게 됐다. 몇 걸음만 더 가면. 죽음에 대한 두려움은 마치 차디찬 파도처럼 밀려와 조피의 몸을, 옷을, 머리를 적셨고, 조피는 순간 숨이 멎는 것만 같았다. 겨우 그런 상태에서 빠져나온 조피의 몸이 '생존 모드'를 발동해 뒤돌아 내달렸다. 그러자 웅크리고 있던 그림자도 조피의 차에서 떨어져 나와 달리기 시작했다. 조피는 그가 빠르게 다가오는 걸 소리로 알 수 있었다. 얼마나 빨리 달릴 수 있어, 조피? 얼마나 빨리? 조피는 출구를 향해 달렸고 칼을 든 남자는 조피를 계속 뒤쫓았다. 조피의 심장이 머릿속에서 쿵쿵대는 기분이었고, 숨이 차올랐다. 헐떡이며 달려가다 엘리베이터 문에 몸을 부딪힌 조피가 공포에 떨며 단추를 눌렀다. 뒤에서 뛰어오는 발소리가 들렸지만 지옥의 오르페우스를 생각하며 돌아보지 않았다. 돌아보면 죽어, 돌아보면 죽어. 엘리베이터가 왜 안 오지? 왜, 왜, 왜, 왜. 비상구 쪽으로 달려간 조피는 삐거덕거리는 철문을 열고 들어가 계단을 한꺼번에 몇 층씩 뛰어올랐다. 뒤에서 쾅 하고 문이 닫히는 소리가 들렸다. 칼을 든 남자는 엘리베이터를 탔을까? 칼을 든 남자가 엘리베이터를 탔으면 어쩌지? 어쩌지? 칼을 든 남자가 벌써 위에서 조피를 기다리고 있다면, 만약……? 날카로운 삐걱 소리와 함께 아래쪽에서 비상구 문이 열리고 계단을 뛰어올라오는 발소리가 들렸다. 조피는 계속 달렸고 입에서는 쇠 맛이 났다. 발을 헛디뎌 비틀거리다가도 재빨리 몸을 일으켜 다시 달렸다. 조피를 쫓는 칼을 든 남자가 점점 더 가까이, 점점 더 가까이 다가왔다. 돌아보지 마, 돌아보지 마, 돌아보면 죽어. 만약 그가 칼을 그냥 던지면 어쩌지? 등에다 그냥 던져버리면? 지하 주차장 출구에 다다른 조피가 문을 향해 세차게 몸을 던졌다. 문이 안 열려, 안 열려, 안 열려, 어떻게 이럴 수가 있지? 안 열려, 안 열려, 제발 제발 제발. 그가 널 잡기만 하면 넌 죽어. 제발 제발 좀 열려, 안 열려, 안 열려. 조피 바로 뒤에, 칼을 든 남자는 조피 바로 뒤에 있다! 얼마 남지 않은 거리를 전력 질주하듯 발소리가 점점 더 가까워졌다, 점점 더. 다시 한 번 문으로 몸을 던진 조피가 밖으로 팅겨져 나왔다. 문은 잠겨 있지 않았다. 손잡이를 충분히 세게 누르지 않았던 것 뿐. 바보같이 문도 하나 못 열고. 뛰어, 제길, 조피, 아무 생각 말고 뛰어! 공터로 나온 조피는 다시 달렸다. 황량한 건물 앞을 지나, 황량한 거리를 따라, 칼을 든 남자의 발소리를 들으며 달렸다. 검은 피, 브리타의 크게 뜬 눈, 브리타의 얼굴에 서린 놀란 표정 그리고 어둠 속에 숨어 있던 그 형체. 조피는 달리고, 달리고, 달리고, 달렸다, 어딘지 모를 곳에 다다를 때까지. 조피 자신의 발소리와 숨소리 외에는 아무것도 들리지 않을 때까지. 그제야 조피가 제자리에 멈춰 섰다.

19

아니, 나는 총을 쏘지 않았다. 총을 꺼내 떨리는 손으로 렌첸에게 겨누기는 했지만 방아쇠를 당기지는 않았다. 그러지 않기로 맹세했으니까. 그 총은 단지 렌첸을 압박하기 위한 수단일 뿐이었다. 나는 무기보다는 말로 하는 걸 더 선호하는 사람이라 총을 구할 것인가에 관한 문제로 아주 오랫동안 고민했지만, 결국 총이 필요하리라는 결론을 내렸다.

그리고 지금이 내 예상이 적중하는 순간이다.

비록 총을 쏘지도 않고 눈앞에 내보이기만 했지만, 효과는 쐈을 때와 별반 다르지 않았다. 렌첸이 죽은 사람처럼 완전히 얼어버렸다. 표정 없는 눈으로 나를 쳐다본 채로. 나는 묵직한 권총을 손에 꽉 쥐고는 렌첸을 응시했다. 렌첸도 나를 응시했다. 상황을 파악한 듯 눈을 깜빡거리며. 우리가 앉아 있는 식탁이 빙빙 도는 느낌이었다.

"맙소사." 렌첸이 말했다. 그의 목소리가 떨렸다. "그건……." 렌첸이 침을 꿀꺽 삼켰다. "……진짜 총인가요?"

나는 대답하지 않았다. 이제 그 어떤 질문에도 대답하지 않을 생각이다. 이제 실전이다. DNA 검사나 자백과 같은 깔끔하고 우아한 해법은 이미 물건너갔다. 나는 실전이란 말을 경솔하게 쓰지 않는다. 이제 내 손을 더럽힐 마음의 준비가 돼 있다. 탐색전이나 게임 같은 건 더 이상 없다.

렌첸이 양손을 들어 올린 채 내 앞에 앉아 있다.

"하나님, 맙소사!" 렌첸이 말했다. 목이 잠겨 쇳소리가 났다. "대체 지금 뭐 하시는 건지……." 말문이 막힌 렌첸이 더 이상 말을 잇지 못한 채 침착하려 애썼다.

렌첸의 이마에는 땀이 맺혔고, 가슴이 오르내릴 정도로 숨을 헐떡였다. 완전히 충격에 빠진 모습이었다. 내가 무장하고 있을 수도 있다는 생각을 정말 한 번도 안 했던 걸까? 자기가 죽인 여자의 언니 집에 오면서 그런 가능성도 고려하지 않았다니! 아연실색한 렌첸의 얼굴이 오히려 나를 당황시켰다. 혹시……?

나는 모든 의심을 내려놓았다. 렌첸은 자백을 한 뒤에야 이 집에서 나갈 수 있을 것이고, 다른 출구는 없다.

크리스텐센 박사에게 배웠던 내용을 떠올렸다. 리드 심문 기법, 스트레스 유발하기, 끊임없는 질문으로 괴롭히기, 이탈 행동을 할 때마다 벌주기, 안이하고 느긋한 태도를 보이면 스트레스를 주는 도발적인 질문으로 대응하기, 거짓 증거 들이밀기, 협박, 폭력 등 모든 것이 허용됨.

스트레스, 괴롭히기, 스트레스, 괴롭히기, 적당한 때에 자백을 해결책으로 제시하기, 스트레스, 괴롭히기 그리고 결국에는 무너짐.

하지만 그 전에 먼저 그도 혹시 무장을 하고 있지는 않은지 확인해야만 했다.

"일어나요!" 내가 말했다. "당장!"

렌첸이 내 말을 따랐다.

"재킷을 벗어서 식탁 위에 올려요. 천천히."

렌첸이 순순히 따랐다. 렌첸에게서 눈을 떼지 않은 채 그의 재킷을 집어 들었다. 오른손으로는 총을 든 채, 왼손으로 재킷을 만져봤다. 주머니에는 아무것도 없었고, 나는 재킷을 바닥에 떨어뜨렸다.

"바지 주머니에 있는 걸 다 꺼내요. 천천히."

렌첸이 순순히 내 말에 따라 라이터를 식탁 위에 올려놓았다. 그러고는 불안한 얼굴로 나를 쳐다봤다.

"뒤로 돌아요!"

렌첸이 뒤를 돌았다. 차마 렌첸의 몸을 만질 수는 없었지만, 바지나 벨트에 무기를 숨긴 것 같지는 않았다.

"가방을 이리 밀어요. 천천히."

렌첸이 가방을 들어 내 쪽으로 밀었다. 나는 조심스럽게 가방을 들어 올린 뒤 열어서 안을 뒤져봤으나, 무기가 될 만한 건 없었다. 렌첸에게 무기는 없었다. 하지만 그렇다고 해서 달라지는 건 아무것도 없다. 내가 아는 한 그는 맨손으로도 나를 죽일 수 있는 인간이니까. 나는 총을 꽉 쥐었다.

"자리에 앉아요."

렌첸이 자리에 앉았다.

"몇 가지 물어볼 테니까 솔직하게 대답해요."

렌첸은 아무 말도 하지 않았다.

"알아들었어요?"

렌첸이 고개를 끄덕였다.

"대답해요!" 내가 소리쳤다.

렌첸이 침을 꿀꺽 삼켰다.

"네." 그의 목소리는 잠겨 있었다.

나는 렌첸을 똑바로 쳐다봤다. 동공의 크기, 얼굴 피부, 목동맥의 맥박이 뛰는 모습. 렌첸은 놀라긴 했지만 정신을 잃을 정도는 아니었다. 좋은 징조다.

"나이가 어떻게 되죠?"

"쉰셋입니다."

"어디서 자랐나요?"

"뮌헨이요."

"아버지 연세는?"

렌첸이 두려움에 가득 찬 눈빛으로 나를 쳐다봤다.

"원한다면 짧게 할 수도 있어요. 당신이 왜 여기 왔는지 알고 있나요?"

"인터뷰 때문이잖습니까." 렌첸이 떨리는 목소리로 말했다.

내가 무슨 말을 하고 있는지 정말 모른다는 듯.

"그러니까 내가 왜 당신을 내 집으로 불렀는지 모른다는 말이군요? 왜 하필 당신을 불렀을까요?"

렌첸은 마치 내가 알아들을 수 없는 언어로 말하고 있다는 듯
나를 쳐다봤다.

"대답해요!" 내가 소리쳤다.

렌첸은 틀린 대답을 했다가는 그 즉시 총을 맞을까 봐 두려운
듯 잠시 망설였다.

"아까 제가 한 일들을 높이 사서 절 부른 거라고 하셨잖아요."
렌첸이 침착하게 말하려고 애쓰며 대답했다. "하지만 그게 진짜
이유가 아니었다는 생각이 자꾸 드는군요."

나는 렌첸이 아직도 아무것도 모르는 사람처럼 연기를 하고
있는 건지 뭔지 알 수가 없었다. 화가 치밀어 오른 나머지 잠시
감정을 추스를 시간을 가져야만 했다. 좋아, 나는 생각했다. 원한
다면야.

"좋아요. 다시 처음부터 해보죠. 나이가 어떻게 되죠?"

렌첸이 즉시 대답을 하지 않았고, 나는 총을 살짝 들어 올렸다.

"쉰셋이요."

"어디서 자랐나요?"

"뮌헨이요."

렌첸은 총구 대신 나를 쳐다보려 무척이나 애쓰는 눈치였다.

"형제가 있나요?"

하지만 렌첸의 눈길은 자꾸만 총구를 향했다.

"형이 한 명 있습니다."

"부모님과는 사이가 좋은가요?"

"네."

"아이가 있나요?"

렌첸의 손이 관자놀이로 움직였다.

"저기요, 그건 이미 다 물어본 거잖아요!" 렌첸이 말했다. 침착하게 보이려고 노력하며. "대체 왜 이러는 겁니까? 장난하는 거예요?"

"장난 아니에요." 나는 총을 살짝 들어 올리며 말했다.

렌첸의 눈이 조금 커졌다.

"아이가 있나요?"

"딸 하나요."

"딸의 이름이 뭐죠?"

렌첸이 머뭇거렸다. 아주 잠깐이었지만, 나는 그의 반항심을 느낄 수 있었다.

"사라."

"가장 좋아하는 축구팀은요?"

렌첸은 내가 더는 딸 얘기를 하지 않자 속으로 안도하는 눈치였다. 좋아.

"1860 뮌헨이요."

이제 일격을 가할 차례.

"다른 사람한테 고통을 주는 걸 좋아하시나요?"

렌첸이 경멸하듯 콧소리를 냈다.

"아뇨."

"동물을 학대한 적이 있나요?"

"아뇨."

"어머니의 처녀 때 이름이 뭐죠?"

"니체."

"아버지 연세는 어떻게 되죠?"

"일흔여덟."

"자신이 좋은 사람이라고 생각하나요?"

"최선을 다하고 있습니다."

"개와 고양이 중에 어느 걸 더 좋아하나요?"

"고양이요."

렌첸은 내가 대체 왜 이러는지, 또 무엇보다도 어떻게 하면 나를 무장해제시킬 수 있을지 고민하느라 열심히 머리를 굴렸다. 나는 식탁에 몸을 기댄 채 오른손으로 총을 들고 있었다. 조금의 흐트러짐도 없이 똑바른 자세로. 우리가 마주 앉아 있는 식탁은 크기가 커서, 렌첸이 손을 뻗는다 해도 나나 내 총에 닿을 일은 없었다. 그러려면 렌첸은 식탁을 돌아와야 했다. 렌첸에게는 기회가 없었고, 그건 나도 그도 다 아는 사실이었다. 나는 좀 더 속도를 냈다.

"좋아하는 영화가 뭐죠?"

"카사블랑카."

"딸은 몇 살인가요?"

"열두 살이요."

"딸의 머리색은?"

렌첸이 이를 악물었다.

"금발."

딸에 대한 질문만 나오면 잔뜩 긴장했고, 그런 감정은 숨기기
가 힘든 모양이었다.

"딸의 눈동자 색은?"

"갈색이요."

"아버지 연세가 어떻게 되시죠?"

"일흔일곱이요."

"좀 전에는 일흔여덟이라고 했잖아요."

실수를 하면 벌주기.

"일흔여덟. 그래요, 일흔여덟입니다."

"지금 이게 장난 같아요?"

렌첸은 아무 대답도 하지 않고 그저 나를 노려봤다.

"지금 이게 장난 같아요?" 나는 다시 물었다.

"아뇨. 그냥 실수였어요."

"정신 차려요." 내가 경고했다.

스트레스, 괴롭히기.

"어머니의 처녀 때 이름이 뭔가요?"

"니체요."

"아버지 연세는?"

렌첸이 끙 하는 소리를 냈다.

"일흔여덟이요."

"가장 좋아하는 밴드는?"

"유투. 아니, 비틀스요."

흥미롭군.

"비틀스의 노래 중에 어떤 걸 제일 좋아해요?"

"올 유 니드 이스 러브."

옳거니. 나는 아무런 내색도 하지 않으려 애썼지만 그럴 수가 없었다. 렌첸이 알 수 없는 눈빛으로 나를 쳐다봤다. 매복하는 뱀처럼.

이제 슬슬 렌첸의 숨통을 조일 시간이다.

"렌첸 씨, 당신은 거짓말을 했어요. 하지만 상관없어요. 당신 딸 이름이 사라가 아니란 건 이미 알고 있으니까."

잠시 렌첸의 반응을 지켜봤다.

"있잖아요." 내가 말했다. "나는 당신에 대해 꽤 많은 걸 알고 있어요. 당신이 생각하는 것 이상으로요. 오래전부터 당신을 지켜봤죠. 일거수일투족을 말이에요."

그건 거짓말이었지만, 그런 건 아무 상관없다.

"당신은 미쳤어요." 렌첸이 말했다.

그의 말을 무시했다.

"정확히 말하면 나는 당신한테 했던 모든 질문에 대한 대답을 이미 다 알고 있어요. 그리고 지금부터 할 질문들에 대한 대답도요."

렌첸이 식식댔다.

"그럼 왜 물어보는 겁니까?"

그제야 렌첸의 행동을 어느 정도 예측할 수 있었다.

"당신한테 직접 대답을 듣고 싶어서요."

"무슨 대답이요? 왜요? 나는 이게 다 뭔지 정말 이해가 안 갑니다!"

렌첸의 절망적인 말 중 적어도 일부는 진심처럼 들렸다. 지금 휴식 시간을 허락해서는 안 될 일이다.

"몸싸움에 관여한 적이 있나요?"

"아뇨."

"사람의 얼굴을 때린 적이 있나요?"

"아뇨."

"여자를 때린 적이 있나요?"

"'사람'이란 말에는 여자도 포함된다고 생각하는데요."

렌첸이 다시 자신감 있는 태도를 보였다. 제길. 폭력이란 주제에는 전혀 겁먹지 않는군. 냉혈한 같으니.

"여자를 성폭행한 적이 있나요?"

렌첸의 얼굴에는 이제 아무런 표정도 떠오르지 않았다.

"아뇨."

이제까지 발견한 그의 유일한 약점은 바로 딸이었다. 나는 난처하고 도발적인 질문들을 딸에 관한 질문들 중간 중간에 끼워 넣기로 마음먹었다.

"딸은 몇 살이죠?"

"열두 살이요."

렌첸의 턱 근육이 잔뜩 긴장했다.

"몇 학년인가요?"

"7학년이요."

"딸이 가장 좋아하는 과목은?"

좀 전까지만 해도 못 봤는데, 렌첸의 관자놀이에 툭 튀어나온 혈관이 위아래로 움직였다.

"수학이요."

"딸의 말 이름은 뭐죠?"

그 혈관이 계속 움직였다.

"루시."

"당신이 좋은 아빠라고 생각하나요?"

렌첸이 이를 악물었다.

"네."

"여자를 성폭행한 적이 있나요?"

"아뇨."

"딸의 가장 친한 친구 이름이 뭐예요?"

"모릅니다."

"아니카." 내가 말했다. "아니카 멜러."

렌첸이 침을 꿀꺽 삼켰다. 나는 아무 감정도 느껴지지 않았다.

"딸이 가장 좋아하는 색은?"

"주황색이요."

딸에 대한 질문을 받느라 지친 모양인지, 렌첸의 손이 관자놀이로 움직였다. 좋아.

"딸이 가장 좋아하는 영화는?"

"인어공주요."

"사람을 죽인 적이 있나요?"

"아뇨."

렌첸이 다른 대답들과 마찬가지로 이번에도 재빠르게 대답했다. 우리의 대화가 본론으로 접어들고 있다는 걸 그도 잘 알고 있을 것이다. 렌첸이 어떤 희망을 갖고 있는 걸까? 이 상황에서 어떻게 빠져나가려는 걸까?

"죽음이 두려운가요?"

"아뇨."

"이제껏 겪은 일 중에 가장 충격적인 일이 뭐였어요?"

렌첸이 헛기침을 했다.

"지금 여기서 일어나는 일이요."

"살인을 할 수 있을 만한 동기라는 게 있을까요?"

"아뇨."

"딸을 위해 살인을 할 수 있나요?"

"네."

"하지만 방금은……."

렌첸이 평정을 잃고 말았다.

"내가 방금 뭐라고 했는지는 잘 압니다!" 렌첸이 소리쳤다. "맙소사! 내 아이를 지키기 위해서라면 당연히 뭐든지 할 거예요."

렌첸이 다시 마음을 진정시키려 애쓰지만 잘되지 않는 눈치였다.

"지금 이게 다 뭔지 좀 설명해주시죠!"

렌첸이 으르렁댔다.

"뭐 하자는 겁니까? 게임인가요? 새로운 범죄소설이라도 쓰려는 건가요? 내가 실험용 토끼가 된 겁니까? 그런 거예요? 빌어먹을!"

렌첸이 불끈 쥔 주먹으로 식탁을 내리쳤다. 그의 분노는 마치 불가항력처럼 느껴져서 나는 손에 총을 들고 있음에도 불구하고 두려움을 느꼈지만, 겉으로는 내색하지 않았다. 밖에는 다시 해가 났고 나는 볼에 내리쬐는 햇살을 느꼈다.

"진정하시죠, 렌첸 씨." 나는 이렇게 말하며 위협하듯 손을 들어 올렸다. "이건 장난감이 아니에요."

"나도 압니다!" 렌첸이 화를 내며 으르렁대듯 말했다. "내가 무슨 아무것도 모르는 어린애인 줄 알아요? 진짜 총이 어떻게 생겼는지 정도는 잘 안다고요. 알제리에 있을 때 납치당할 뻔한 적이 두 번 있었고, 아프가니스탄에서는 그 망할 군 지도자에 관한 보도도 했어요. 그러니 물총이랑 진짜 총쯤은 구분할 줄 안다고요."

렌첸의 머리가 새빨개졌다. 그는 지금 제어력을 잃고 있다. 그게 과연 좋은 일인지 아니면 나쁜 일인지, 나로서는 아직 알 수가 없다.

"이 상황이 마음에 안 드시겠죠." 내가 냉정하게 말했다.

"제길, 그래요! 적어도 뭐라고 말을······." 렌첸이 말을 시작했다.

"원한다면 언제든 이 상황을 끝내실 수 있어요." 그의 말을 가로막았다.

나는 그 말을 최대한 침착하게 하려 애썼다. 집 안에 설치된 마이크를 이토록 의식한 적은 없는 것 같다.

"어떻게요?" 렌첸이 흥분하며 물었다.

"내가 원하는 걸 해주신다면요."

"대체 당신이 원하는 게 뭔데요?"

"진실……. 나는 당신이 자백했으면 해요."

렌첸이 나를 빤히 쳐다봤다. 내 총과 나도 그를 쳐다보고 있었다. 렌첸이 눈을 깜빡거렸다.

"자백을 원하신다고요?" 렌첸이 믿을 수 없다는 듯 내 말을 되풀이했다.

내 안의 모든 것이 진동했다. 그래.

"바로 그게 내가 원하는 거예요."

렌첸이 깊은 탄식을 쏟아냈다.

그가 웃고 있음을 알아챌 때까지는 잠시 시간이 걸렸다. 아무 재미없는 히스테리적인 웃음.

"그럼 내가 대체 뭘 자백해야 하는지도 좀 알려주시죠! 내가 당신한테 무슨 짓을 했나요? 인터뷰를 해달라고 부탁한 적도 없잖아요!"

"내가 무슨 말을 하는지 모르겠어요?"

"전혀 모르겠어요."

"그건 말도 안 되는……"

내 말은 거기서 끊겼다. 쏜살같은 움직임. 렌첸이 순식간에 식탁을 넘어와 의자에 앉아 있던 나를 덮쳤고, 나는 머리를 바닥에 박은 채 그의 밑에 깔렸다. 그때 총이 발사됐고 나는 뇌가 폭발하는 기분이었다. 빨간색 점들이 눈앞에 아른거렸고, 머리는 삐 소리로 가득 찼다. 발을 걸어차고 허우적거리며 렌첸의 몸을 밀어내려 안간힘을 썼지만 그는 너무 무거웠다. 그에게서 벗어나고만 싶었다. 의도적이라기보다는 본능적으로 총을 렌첸의 머리에

다 내리쳤다. 절규와 함께 렌첸의 몸에 힘이 풀렸고, 그를 옆으로 밀어버리고 자리에서 일어나 뒷걸음질을 치다가 의자에 걸려 거의 넘어질 뻔했다. 다행히 넘어지지 않았고 나는 숨을 헐떡였다. 그리고는 렌첸을 향해 총을 겨눴다. 순간 나는 아주 침착했고, 내 가슴속에는 분노가 아닌 차디찬 증오만이 남았다. 그냥 방아쇠를 당겨버리고 싶었다. 렌첸은 내 앞에 가만히 웅크리고 앉아 총구를 응시했다. 그의 휘둥그레진 눈, 얼굴에 번들거리는 땀, 오르내리는 가슴, 이 모든 게 마치 슬로모션처럼 보였다. 총을 들고 있는 오른손이 떨려와 총을 살짝 내렸다. 나는 숨을 참고 있었다는 걸 느끼며 다시 호흡을 시작했다. 렌첸은, 아니 우리 둘 다 헐떡이고 있었다. 그의 머리에 난 상처에서 피가 줄줄 흘렸다. 무릎을 꿇은 렌첸이 금속처럼 차갑게 보이는 눈으로 나를 쳐다봤다. 상처 입은 동물처럼.

"일어나요." 내가 말했다.

렌첸이 일어났다. 머리를 만져본 그는 놀란 얼굴로 새빨간 피를 쳐다봤다. 나는 메스꺼움을 억눌렀다.

"뒤로 돌아서 대문 쪽으로 가요. 천천히."

렌첸이 무슨 일이냐는 듯 나를 쳐다보고 있었다.

"어서 가요." 내가 재촉했다.

렌첸은 내 말에 따랐고, 나는 총을 들고 떨리는 다리를 움직여 그의 뒤를 따라가며 손님용 욕실(다행히 식당 바로 옆에 있는)로 렌첸을 인도했다. 그리고는 그에게 수건을 적셔 지혈을 하도록 시켰다. 잠시 후에 보니 상처는 아주 작았다. 내가 제대로 쏘지 못했기 때문이다. 우리는 둘 다 그저 숨만 헐떡이고 있었다.

다시 렌첸을 앞세워 식당으로 들어와 그를 자리에 앉힌 뒤에 맞은편으로 가서 앉았다.

두꺼운 구름층이 해를 가려 식당 안이 어두워졌다. 이미 날은 저물었고, 우리는 낮과 밤 사이의 얼마 안 되는 시간 속에 있었다. 멀리서 천둥 치는 소리가 들렸다. 샬로테가 예견했던 대로 정말 비바람이 몰아치려는 모양이다. 아직은 먼일이겠지만, 방 안의 공기는 번개라도 맞은 듯 찌릿찌릿한 느낌이었다.

"제발 부탁입니다. 나가게 좀 해주세요."

렌첸을 쳐다봤다. 무슨 생각을 하는 거지?

"지금 이게 다 무슨 일인지 모르겠습니다. 당신이 나한테 뭘 원하는지도 모르겠고요. 무슨 게임인지는 모르지만 당신이 이겼어요."

렌첸의 눈에 눈물이 글썽였다. 나쁘지 않군. 머리를 얻어맞은 게 효과가 있었나 보네.

"이게 무슨 일인지 모르겠다고요?" 내가 물었다.

"네!"

렌첸이 거의 절규하듯 말했다.

"왜 아까 내 책에 나오는 피살자의 언니가 살인범인 것 같다고 한 거죠? 나를 도발하려던 건가요?"

"도발이라뇨? 나는 당신을 이해할 수가 없어요!" 렌첸이 소리쳤다. "당신 책에 대해 얘기하자고 했던 건 바로 당신이에요!"

나쁘지 않아.

"그럼 샬로테는요?"

렌첸이 마치 알아들을 수 없는 언어를 들은 것처럼 나를 빤히 쳐다봤다.

"샬로테요?"

"도우미 말이에요. 그건 뭐였죠?"

렌첸이 괴로운 듯 신음했다. 그는 차분하게 대답하려 애썼다.

"잘 들어요. 당신 도우미는 노골적으로 내게 꼬리를 쳤어요. 거기다 대고 내가 뭘 어쩌겠어요? 난 그저 친절하게 대해준 것뿐이에요. 그 일을 트집 잡아 내게 해를 입힐 생각은 하지 말아요, 나는……."

"내 개에 대해서는 왜 물어봤는데요?"

"콘라츠 씨, 그 질문은 그 어떤 의도도 없었습니다. 부디 잘 생각해보세요. 나는 당신이 원해서 여기 온 겁니다. 당신이 나를 초대했다고요. 나는 당신과의 인터뷰로 돈을 버는 사람이고요. 난 매 순간 당신에게 공손하게 대했습니다. 이런 행동을 정당화할 수 있는 짓은 아무것도 하지 않았다고요."

"내 개에 대해서는 왜 물어봤죠?" 나는 다시 물었다.

"우린 인터뷰 중이었습니다, 그렇죠?" 렌첸이 말했다.

렌첸은 마치 언제든 자신을 덮칠 수 있는 위험한 동물을 쳐다보듯 나를 봤다. 나는 그가 평정을 유지하기 위해 얼마나 애쓰고 있는지 느낄 수 있었다.

나는 대답을 하지 않았다.

"당신이 먼저 개를 기르고 있다고 말했잖아요. 그럼 나로서는 당연히 그 개에 대해 물어볼 수도 있는 거 아닙니까."

이제 렌첸은 내가 정말 미쳤다고 생각하는 모양이었다. 전혀 예측이 불가능하다고. 좋은 일이었다. 운만 좀 따른다면 곧 그의 자백을 받아낼 수 있을 것이다.

"왜 나한테 죽음이 두렵냐고 물었죠?"

"뭐라고요?"

"왜 나한테 죽음이 두렵냐고 물었죠?" 나는 다시 물었다.

또다시 저 멀리서 천둥소리가 들렸다. 마치 거인이 고함을 치는 듯 위협적인 우르릉 쾅쾅 소리가.

"그런 말은 한 적 없는데요."

렌첸은 어안이 벙벙한 표정이었다. 이번에도 나는 하마터면 자리에서 일어나 그에게 박수갈채라도 보낼 뻔했다.

"제발 저를 내보내주세요." 렌첸이 애원했다. "여기서 있었던 일은 벌써 다 잊었습니다. 그러니⋯⋯."

"난 당신을 보내줄 수 없어요." 그의 말을 끊었다.

당황한 얼굴로 렌첸이 나를 쳐다봤다.

나는 렌첸의 위선적인 태도, 거짓 눈물, 끊임없는 탄식, 이 모든 게 다 역겨웠다. 그의 발 앞에다 토하고 싶은 걸 간신히 참았다. 칼로 일곱 번이나 찔러놓고, 작은 상처 하나에 벌벌 떨다니. 나는 숨을 깊이 들이쉬었다.

"자녀가 있나요?" 내가 물었다.

렌첸이 신음하며 양손에 얼굴을 파묻었다.

"제발요."

"자녀가 있나요?" 다시 물었다.

"제발 제 딸은 이 일에서 빼주십쇼." 렌첸이 탄식했다.

렌첸이 눈물을 흘리고 있었다.

"딸의 이름이 뭐죠?"

"내 딸한테 뭘 원하는 겁니까?"

거의 애원조였다. 그제야 깨달았다. 렌첸은 정말 내가 자기 딸한테 무슨 짓을 할 거라고 생각하는 건가? 그래서 자꾸 딸에 관해 묻는 거라고? 이게 일종의 협박이라고 생각하나? 그런 생각은 안 해봤는데. 하지만 좋아. 나는 그의 눈물에 대해서는 신경쓰지 않기로 마음먹었다. 어쩌면 이제 내가 원하는 걸 해줄 준비가 된 건지도 모르니까.

"내가 뭘 원하는지 당신은 알고 있잖아요."

내 말 속에는 '내가 원하는 걸 해주면 딸은 건드리지 않을게'라는 말이 숨어 있었다. 렌첸도 나도 다 아는 사실이다. 그런 일로 양심의 가책을 느낄 만한 시간은 없었다.

"자백." 렌첸이 말했다.

렌첸의 공격을 받았을 때 내 몸속에서 확 솟구쳤다가 그 이후로 다소 진정된 아드레날린의 물결이 순간적으로 다시 치솟는 느낌이었다. 몸이 후끈거렸다.

"자백." 나는 렌첸의 말을 확인해줬다.

"하지만 제가 뭘 자백해야 하는지……."

또 시작인가? 대체 이 짓을 얼마나 더 하자는 걸까?

"그렇다면 제가 도와드리죠."

렌첸이 불안한 얼굴로 나를 쳐다봤다.

"십이 년 전에 어디 사셨죠?"

렌첸이 잠시 생각했다.

"뮌헨이요. 그해가 뮌헨에서 산 마지막 해였어요."

"안나 미햐엘리스를 아시나요?"

렌첸의 눈에서는 아무것도 읽을 수가 없었다, 아무것도.

"아뇨. 그게 무슨 이름이죠?"

거짓말쟁이. 나는 거의 감탄할 지경이었다. 총 앞에서도 렌첸은 굉장히 오래 버티고 있었다. 어쩌면 정말로 죽음이 두렵지 않은 걸지도.

"왜 거짓말을 하시나요?"

"좋습니다, 좋아요. 생각할 시간을 좀 주십쇼. 귀에 익은 이름인 것 같긴 합니다."

대체 뭐 하자는 거야, 빅토르 렌첸?

"조사 중에 당신의 본래 성이 미햐엘리스라는 걸 알게 됐습니다. 콘라츠는 예명이라는 걸요. 당신이 좋아하는 작가, 조지프 콘래드(Joseph Conrad)의 이름을 딴 거죠?"

화가 치밀어 오르는 걸 애써 억눌렀다. 렌첸이 아직도 나를 갖고 놀았다.

"안나 미햐엘리스는 친척인가요?" 렌첸이 물었다.

"2002년 8월 23일에 어디 있었죠?" 내가 반격했다.

렌첸이 당황한 얼굴로 나를 쳐다봤다. 그는 누구에게라도 동정할 만한 모습으로 앉아 있었다. 피를 흘리고, 코를 훌쩍대며.

"2002년 8월 23일에 어디 있었죠?" 내가 다시 물었다.

스트레스, 괴롭히기, 무너짐.

"제길, 이제 와서 그걸 어떻게 기억합니까?"

"잘 생각해보세요."

"모르겠다고요!"

렌첸이 다시 양손에 얼굴을 파묻었다.

"안나 미햐엘리스를 왜 죽였죠?"

"뭐라고요?"

렌첸이 벌떡 일어섰고, 그 바람에 그의 의자가 넘어졌다. 그 갑작스러운 움직임과 시끄러운 소리 때문에 나는 화들짝 놀랐다. 잠깐이지만 그가 또다시 날 공격하려 한다고 생각했고, 렌첸을 따라 벌떡 일어나 뒤로 몇 발짝 물러났다. 하지만 렌첸은 그저 충격을 받은 표정으로 나를 쳐다보고 있었다.

"나는 왜 당신이 내 동생을 살해했는지 알고 싶어요."

렌첸이 나를 빤히 쳐다봤다. 나도 렌첸을 쳐다봤다. 아무런 감정도 느껴지지 않았다. 내 안의 모든 것은 차갑게 얼어버렸고, 오직 손에 든 총에서만 이글거리는 열기가 뿜어져 나왔다.

"뭐라고요?" 렌첸이 말했다. "당신 이제 결국……."

"왜 내 동생한테 그런 짓을 했죠?" 나는 그의 말을 끊었다. "왜 안나였냐고요?"

"오, 하나님." 렌첸이 생기 없는 목소리로 말했다.

렌첸이 비틀거리고 있었다.

"내가 당신 동생을 죽였다고 생각하는군요?"

렌첸이 얼빠진 듯한 모습으로 숨을 헐떡였다. 더는 나를 쳐다보지 않고 멍한 눈으로 바닥을 내려다봤다.

"알고 있다고요." 내가 렌첸의 말을 고쳐 말했다.

빅토르 렌첸이 휘둥그레진 눈으로 다시 나를 쳐다봤다. 식탁 가장자리를 붙들고 서 있던 그는 내게서 고개를 돌리더니 웩 소리를 내며 토하기 시작했다. 나는 놀란 나머지 그를 빤히 쳐다보고 있었다. 피를 흘리고, 울며, 토하다니.

다시 고개를 든 렌첸이 헐떡이는 소리로 기침을 하며 나를 바라봤다. 렌첸의 인중에는 땀이 송골송골 맺혀 있다. 두들겨 맞은 어린아이와 같은 표정. 순간 내 눈에 그는 이제까지 나와 마주 앉아 있던 괴물이 아닌 한 인간으로 보였고, 내 가슴속에는 동정심마저 일었다. 나는 렌첸의 얼굴에서 근심을 읽을 수 있었다. 그 자신에 대한 근심, 하지만 그보다 더한 건 딸에 대한 근심이었다.

그 얼굴. 다시금 나는 렌첸의 주근깨에 주목했다. 불현듯 그가 어렸을 때는 어떤 모습이었을지 떠올렸다. 삶의 풍파를 겪기 전, 주름이 생기기 전에. 렌첸의 주름은 흥미로운 모양을 하고 있었다. 그의 얼굴을 한번 만져보고 싶다고 생각하는 나 자신을 발견했다. 저 주름들을 쓰다듬으면 기분이 어떨까. 나는 얼굴에 주름이 잔뜩 졌던, 고왔던 우리 할머니를 떠올렸다. 할머니의 사랑스러웠던 주름살들. 렌첸의 얼굴은 그와는 다른 느낌이겠지. 좀 더 단단한 느낌.

나는 그런 생각을 떨쳐버렸다. 내가 지금 뭘 하는 거지? 대체 무슨 생각을 하는 거야? 나는 호랑이가 사람을 잡아먹는다는 사실을 아는 나이인데도 동물원의 호랑이를 만져보고 싶어하는 아이나 다름없다.

정신 차려, 린다.

동정심에 휘둘려서는 안 돼.

렌첸이 또다시 구역질을 했다.

"당신은 살인자야." 내가 말했다.

렌첸은 멍한 상태로 고개만 절레절레 저었다.

무척 당황스러웠다. 빅토르 렌첸은 인내심의 한계가 없는 사람이거나, 그게 아니면……. 나는 차마 그 생각을 끝까지 할 수가 없었다. 만약 빅토르 렌첸이 인내심의 한계점에 이미 도달한 거라면? 만약 그가 정말 자백할 게 없어서 아직도 자백을 안 하고 있는 거라면?

아냐!

나는 그게 얼마나 위험한 생각인지 깨달았다. 정신을 차려야만 했다. 크리스텐센 박사한테서 배웠던 걸(그런 생각이 사람을 좌절하게 만든다는 것) 떠올리며. 지금 상황은 렌첸뿐만 아니라 나까지도 신경을 곤두서게 했다. 나는 현재 위치에서 한 걸음도 물러나서는 안 되고, 그 어떤 동정도 보여서는 안 되며, 의심을 해서도 안 된다. 아직도 의심을 품고 있다는 자체가 안 될 말이다. 빅토르 렌첸에게는 죄가 있다. 그리고 어떤 사람이든 인내심의 한계는 있게 마련인데, 렌첸은 아직 그 한계에 도달하지 않은 것뿐이다. 렌첸이 직접 말했듯, 그는 이미 극한 상황에 처한 적이 많았으니까. 어쩌면 이제 렌첸에게 해결책을 제시할 시간이 된 걸

지도 모른다. 자백을 유도하는 확실한 자극을 줄 때인지도.

"렌첸 씨, 약속하는데 내가 원하는 걸 해주면 보내드리죠."

렌첸이 다시 헐떡이며 기침을 하고는 나를 쳐다봤다.

"내가 원하는 걸 해주면, 이 악몽은 끝날 거예요." 내가 다시 말했다.

렌첸이 침을 꿀걱 삼키는 소리가 들렸다.

"자백을 원한다면서요!" 그는 여전히 내게서 고개를 돌린 채 손으로 명치를 만지며 말했다.

"그래요."

나는 렌첸이 이제 무슨 말을 할지 알 것 같았다. '내가 자백하고 나면 곧바로 총을 쏠 거잖아요! 어떻게 당신을 믿습니까?' 물론 그에 대해 내가 할 수 있는 대답은 한 가지밖에 없었다. '렌첸 씨, 지금으로서는 당신한테 다른 선택권이 없을 텐데요.'

렌첸은 침묵했다. 그러더니 나를 빤히 쳐다봤다.

"난 자백할 게 없습니다."

"렌첸 씨, 생각을 제대로 안 하고 있군요. 당신에게는 두 가지 옵션이 있어요. 첫 번째, 내게 사실을 말하기. 내가 원하는 건 그것뿐이에요. 나는 십이 년 전 그날 밤 내 동생한테 무슨 일이 있었는지 알길 원해요. 그걸 말해주면 보내줄게요. 그게 첫 번째 옵션이에요. 두 번째는 여기 이 권총이고요."

렌첸이 총구를 응시했다.

"그리고." 나는 총을 살짝 들어 올리며 덧붙였다. "내 인내심에는 한계가 있어요."

"제발. 당신은 애먼 사람을 잡고 있는 겁니다!"

탄식이 나오려는 걸 간신히 억눌렀다. 렌첸이 얼마나 더 자기 죄를 부인하려는 걸까? 나는 전략을 바꾸기로 결심했다.

"입 닦을 수건 필요해요?" 내가 물었다. 한층 밝고 부드러워진 목소리로.

렌첸이 고개를 가로저었다.

"물 한잔 줄까요?"

렌첸이 또다시 고개를 저었다.

"렌첸 씨, 난 당신이 왜 그렇게 부인하는지 이해해요. 내가 원하는 걸 말해주었을 때 내가 정말 당신을 보내줄지 믿기가 힘들겠죠. 당신 입장이라면 충분히 이해가 가요. 하지만 그건 진심이에요. 당신이 내가 원하는 걸 말해준다면 난 당신을 보내줄 거라고요."

다시 침묵이 흐르고, 렌첸의 거친 숨소리만이 방 안을 채웠다. 그는 구부정하게 앉아 있었고, 그래서인지 갑자기 확 작아진 느낌이었다.

"당신을 속일 생각은 없어요. 물론 경찰에는 알리겠지만, 당신은 무사히 이 집에서 나가게 될 거예요."

그제야 내 말에 솔깃해졌는지, 렌첸이 나를 쳐다봤다.

"나는 살인범이 아닙니다." 렌첸이 말했다. 그의 눈에 눈물이 글썽였다. 그게 구역질 때문인지, 아니면 또다시 울려고 하는 것인지 알 수가 없었다. 아무튼 지금 렌첸의 모습은 정말 보기 안쓰러웠다.

의자에 앉은 렌첸이 몸을 똑바로 세우더니 배를 쥐고 있던 손을 떼고, 고개를 들어 나를 쳐다봤다. 그의 눈에는 핏줄이 서 있었고, 아까보다 더 늙어 보였다. 웃을 때 패이던 주름은 이제 보이지 않았다. 나는 렌첸이 그 세련된 셔츠 소매로 입을 닦고 싶은 충동을 억누르고 있음을 알 수 있었다. 그의 발치에서 토사물 냄새가 났다. 그것은 마치 두려움의 냄새 같았다.

나는 일이 잘 진행되고 있다고 속으로 생각하며 동정심을 갖지 않으려 애썼다. 렌첸이 불쾌함을 느낄수록 내겐 이익이다. 체면이 깎이는 이런 상황이 그를 괴롭히고 있다. 좋아! 나는 손의 뼈가 하얗게 튀어나올 정도로 총을 꽉 쥐었다. 렌첸이 말없이 나를 바라봤다. 나는 먼저 입을 열 생각이 없었다. 렌첸이 어떻게 이 상황을 벗어날지 지켜볼 생각이다. 사실 출구는 이미 마련돼 있다. 렌첸은 자백만 하면 된다.

방 안에 정적이 흘렀다. 창밖의 하늘에서 빛이 번쩍였다. 내 숨소리와, 렌첸의 헉헉대는 거친 숨소리가 들렸다. 한참 그렇게 숨소리만 나더니, 얼마 후 밖에서 천둥소리가 들렸다. 그 외에는 여전히 조용했다.

렌첸이 두 눈을 꼭 감았다. 마치 그렇게 하면 이 악몽에서 벗어날 수 있을 것처럼. 숨을 깊게 들이쉰 렌첸이 다시 눈을 뜨더니 입을 열었다. 드디어.

"콘라츠 씨, 부디 제 말을 잘 들으세요."

나는 아무 말 없이 렌첸을 쳐다봤다.

"뭔가 착오가 있었던 겁니다! 내 이름은 빅토르 렌첸이에요.

기자고요. 한 가정의 가장입니다. 특별히 훌륭하지는 않지만 그래도……."

렌첸이 쓸데없는 말을 하고 있었다.

"나는 폭력을 혐오합니다. 평화주의자라고요. 게다가 인권운동가예요. 이제껏 살아오면서 그 누구한테도 해를 가한 적 없습니다."

렌첸의 눈빛은 강렬했고 나는 동요했다.

"제 말을 믿어주셔야 합니다!"

하지만 나는 흔들려서는 안 된다.

"한 번만 더 거짓말을 했다가는 쏴버릴 거예요."

내 목소리가 낯설게 들렸다. 내 말이 진심인지 아니면 그냥 말뿐인 건지, 나조차도 알 수가 없었다.

"한 번만 더 거짓말을 했다가는 쏴버릴 거예요." 나는 같은 말을 되풀이했다. 그렇게 하면 백 퍼센트의 확신을 얻을 수 있다는 듯.

렌첸은 아무 말도 없었다. 그저 나를 빤히 쳐다볼 뿐.

나는 기다렸고, 날씨는 점차 거칠어져 폭풍우가 치기 시작했다. 오래 기다렸고, 결국 그가 더는 말을 하지 않기로 결심했다는 걸 알 수 있었다.

이제 내가 나설 차례였다.

Blood Sisters

요나스

어떤 사건이 비교적 빨리 해결될 것인가 혹은 미결로 남을 것인가 하는 예감은 보통 금방 찾아온다. 요나스의 직감에 따르면, 자기 집에서 칼에 찔린 채 발견된 아름다운 여성에 관한 사건은 그리 금방 해결될 것 같지는 않았다. 그러나 요나스의 동료들은 생각이 다른 것 같았다. 동료들은 목격자도 있는 걸 볼 때 질투심 많은 애인이나 정신 나간 전 남자친구가 곧 범인으로 판명되리라 기대했다. 하지만 요나스의 마음속에 슬며시 자리 잡은 그 어둡고 무거운 불쾌감은, 그에게 그 어떤 종류의 낙관론도 허락하지 않았다. 어느 모로 보나 치정에 의한 범행으로 추정되긴 했다. 게다가 범인의 몽타주도 있었다. 그러나 피해자 주변에서 용의자로 보이는 사람은 아직 아무도 없다. 정말 치정 살인이라면 어떻게 그럴 수가 있단 말인가? 물론 남들이 모르는 비밀스러운 관계였을 수도 있지만, 그런 건 브리타 페터스의 성격과는 맞지 않았다.

요나스는 심호흡을 한 뒤 회의실로 들어갔다. 회의실 안은 PVC 바닥재 냄새와 커피 향이 뒤섞여 아주 독특한 냄새가 났다. 팀원들은 이미 빠짐없이 다 모였다. 미하엘 드제르제프스키, 폴커 침머, 안토니아 부크, 그리고 얼마 전 육아휴직에서 복귀한 인기 많은 동료, 닐뀐 아슬란까지. 그들은 어제 있었던 축구 경기, 영화 관람, 술집에서 있었던 일 등을 주제로 웅성대고 있었다. 요나스는 밖이 환한데도 누군가 습관적으로 켜놓은 형광등을 꺼버리고는 동료들 앞에 나섰다.

"다들 좋은 아침." 요나스가 말했다. "그럼 시작해봅시다. 폴커!"

요나스가 청바지와 검은색 폴로셔츠를 입고 있는 동료를 가리켰다.

"나는 피해자의 집주인을 만나봤어." 침머가 말했다. "이웃집 여자 말로는, 브리타 페터스가 집주인이 말도 없이 자기 집에 들어왔다며 불평했다고 했거든."

"그건 우리도 잘 알고 있어." 요나스가 재촉하듯 말했다.

"근데 그 집주인, 이름이 한스 펠트만인데, 그에게 씌울 수 있는 죄목이라고는 딱 하나였어. 스웨덴 휴가 때 찍어온 사진들을 아들과 며느리한테 세 시간이나 보여주며 지겨워 죽을 지경으로 만들었다는 것."

"알리바이가 있다는 건가?" 요나스가 물었다.

"응. 그날 밤 아들과 며느리가 그의 집에서 묵었다고 하더군."

"잠깐 나갔다 왔을 수도 있잖아?" 요나스가 물었다.

"그럴 가능성도 배제할 수는 없지. 하지만 목격자의 증언을 믿는다는 가정하에, 한스 펠트만은 목격자가 본 남자가 아냐. 펠트만은 일흔이 넘었거든."

"그렇군." 요나스가 말했다. "미하엘?"

"전 남자친구도 제외 대상이야." 미하엘 드제르제프스키가 말했다.

"그 어렸을 때 만났다는 남자요?" 부크가 물었다.

"그래. 둘은 오래 사귀었지만 안 좋게 헤어졌다더군. 그런데 먼저 헤어지자고 한 건 피해자가 아니라 그 남자였다는데?" 드제르제프스키가 말했다.

"그래, 혐의가 줄어들긴 하는군." 요나스가 말했다. "하지만 그렇다고 해서 완전히 배제시킬 수는 없어."

"유감스럽지만 아냐. 그는 사건 당시 여행 중이었어. 바네사 슈나이더라는 새 애인과 몰디브에서 낭만적인 휴가를 보냈더군."

"좋아, 그다음?" 요나스가 물었다.

"잠깐만, 그 전 남자친구에 관해 하나만 더 물어볼게." 닐권이 말했다. "왜 그가 피해자와 헤어진 건지는 밝혀졌어?"

"그의 말로는 피해자가 자기를 속였다고 하던데." 드제르제프스키가 대답했다. "하지만 피해자의 친구들이나 언니는 하나같이 그건 말도 안 되는 얘기이고, 그가 '비겁한 놈'이라 변명을 늘어놓는 거라고 했어."

"그래." 요나스가 대답했다. "비겁한 놈이든 아니든, 그는 아웃이군. 또 뭐가 있나?"

"별것 없어." 부크가 말했다. "애인이나 남자친구가 더 있었던 것도 아니고, 직장에서의 불화도 없었고, 빚도 없었고, 적이나 다툼 같은 것도 없었고. 브리타 페터스는 굉장히 지루한 사람이었다, 이 말이죠."

"아니면 무척 선한 사람이었거나." 요나스가 말했다.

팀원들이 침묵했다.

"좋아." 요나스가 말했다. "그럼 이제 우리는 목격자가 현장에서 봤다는 그 미지의 남자를 계속 찾아보는 수밖에 없겠군."

"본 게 아니라 보고 싶었던 거겠지." 부크가 말했다. "나는 그 언니라는 사람이 거짓말을 하고 있는 것 같아요. 그러니 다들 주의했으면 해요. 몽타주 화가도 그 여자가 즉석에서 그 얼굴을 꾸며내는 것처럼 들렸다고 했다니까요."

요나스가 한숨을 내쉬었다.

"사람 얼굴을 잘 기억 못하는 사람들도 있어." 요나스가 말했다. "그런 스트레스 상황에서는 더더욱 그렇고. 조피 페터스가 왜 자기 동생을 죽였겠어? 동생을 발견하자마자 경찰에 신고까지 했는걸. 옷에도 핏자국 하나 없었지. 또 피해자 몸에 난 자상들로 미루어 볼 때 범인은 조피 페터스보다 훨씬 키가 큰 남자인 게 거의 확실해. 게다가……."

"나도 다 알아." 부크가 요나스의 말을 가로막았다. "내가 피해자의 언니가 살인범이라고 말한 건 아니잖아. 하지만 만약 그 언니가 범인을 숨겨 주고 있다면? 그러는 당신도 그 미지의 남자 얘기를 백 퍼센트 믿는다고 말할 수는 없잖아."

"누굴 염두에 두고 있는 거야?"

"나도 모르겠어. 어쩌면 그 약혼자일 수도 있고. 내가 조피 페터스한테 약혼자와 왜 다퉜냐고 물었을 때 어떻게 반응했는지 기억해?"

요나스는 조피의 집에 있던 이삿짐 상자들을 떠올렸다. 조피의 약혼자가 이사를 간다고 했다. 그들의 헤어짐은 무슨 의미일까?

"조피 페터스와 약혼자는 그새 헤어졌다던데." 요나스가 말했다.

"그것 봐." 부크가 소리쳤다. "그것 보라고!"

요나스가 진정하라는 듯 손을 들어 보였다.

"조피 페터스의 약혼자가 피해자와 내연 관계였다는 단서라도 있어?" 요나스가 물었다.

폴커 침머가 입을 열려던 찰나, 부크가 먼저 끼어들었다.

"브리타 페터스와 친한 친구가 말하길, 그 파울 알브레히트라는 남자가 브리타한테 완전히 빠져 있었고 조피 페터스 역시 그 사실을 알았을 거라고 했어. 브리타 페터스한테 직접 들은 얘기라면서."

"모두에게 미안하지만." 그제야 발언권을 되찾은 침머가 말했다. "내가 이 희망적인 분위기를 망쳐놓게 돼버렸네. 난 어제 그 약혼자란 남자에 대해서도 조사해봤어. 사건 당일 밤 그는 정말로 조피 페터스와 다퉜다더군. 조피 페터스가 화를 내며 동생을 만나러 나가버린 뒤에 그는 술집에서 로펌 동료 두 명을 만나 술을 마셨는데, 웨이터 말로는 셋 다 하도 취해서 택시를 잡아 보냈다고 하더라고. 즉 그는 현장에 있을 수가 없었어. 완전히 배제 대상이라고."

"제길." 부크가 말했다.

모두가 할 말을 잃은 채 잠자코 있었다.

"잘 알겠어." 요나스가 말했다. "안토니아, 미하엘, 피해자의 동료들을 한 번 더 만나줘. 피해자가 정말 다른 도시로 가려고 했는지, 혹은 벌써 일을 그만뒀던 건 아닌지 알아봐. 아마 뭔가 알아낼 수도 있을 거야. 폴커랑 닐귄은 피해자의 전 남자친구를 다시 한 번 만나보도록 하고. 그를 통해서 브리타 페터스에게 다른 남자가 있었던 건 아닌지 알게 될지도 모르지. 왜 그 남자친구가 브리타한테 속았다고 생각하는지도 물어봐. 나는 과학수사반과 좀 더 얘기를 해볼 테니까."

팀원들이 각자 자리로 돌아가는 사이, 요나스는 밖에 나가 담배를 한 대 피우고 싶은 욕구와 씨름하고 있었다. 요나스의 직감은 점차 사실화돼가고 있었다. 범인을 피해자 주변에서 찾을 수 없다면 일은 점점 더 어려워지게 된다. 그렇게 되면 그는 조피에게 했던 약속을 지킬 수 없을 것이다.

20

빅토르 렌첸이 눈을 내리깐 채 나를 쳐다보며 침묵했다. 나도 그를 쳐다봤다. 무슨 일이 있어도 나는 절대 물러서지 않을 거야.

우리는 다시 자리에 앉았다. 내가 총을 들어 보이며 그러라고 시켰다.

"십이 년 전에 어디 살고 있었죠?" 내가 물었다.

렌첸이 고통스러운 듯한 소리를 냈지만 아무 말도 하지 않았다.

"십이 년 전에 어디 살고 있었죠?"

나는 언성을 높이지도, 화를 내지도 않고 그저 배운 대로 다시 물었다.

"안나 미하엘리스를 아나요?"

렌첸이 나를 빤히 쳐다봤고, 나도 그에 지지 않았다.

누군가의 눈을 그리 오랫동안 쳐다보자니 다소 당혹스러웠다. 렌첸의 눈은 아주 밝은 회색이라 거의 흰색처럼 보였다. 하지만 그 회색은 다양한 색조를 띠었다. 초록색과 갈색의 반점 몇 개가 흩뿌려져 있고, 테두리는 검은색 원으로 둘러싸여 있었다. 렌첸의 눈은 마치 일식과 비슷했다.

"안나 미햐엘리스를 아나요?"

침묵.

"2002년 8월 23일에 어디 있었죠?"

침묵.

"2002년 8월 23일에 어디 있었죠?"

렌첸이 말없이 이마만 찌푸렸다. 이제야 뭔가 기억나려 한다는 듯이.

"잘 모르겠습니다." 렌첸이 힘없이 말했다.

드디어 입을 열었군. 좋아.

"왜 나한테 거짓말을 하나요, 렌첸 씨?"

영화에서라면 지금쯤 나는 내 말을 강조하기 위해 총을 쏠 준비를 하겠지.

"십이 년 전에 어디 살고 있었죠?" 내가 다시 물었다.

렌첸은 침묵했다.

"말해요, 제길!"

"뮌헨에요." 렌첸이 말했다.

"안나 미햐엘리스를 아나요?"

"아뇨."

"왜 거짓말을 하죠, 렌첸 씨? 아무 소용없는데."

"난 거짓말하지 않았습니다."

"왜 안나 미햐엘리스를 죽였죠?"

"난 아무도 죽이지 않았어요."

"다른 여자들도 죽였나요?"

"난 아무도 죽이지 않았어요."

"당신은 뭐죠?"

"뭐라고요?"

"당신은 뭐냐고요? 성폭행범이에요? 도둑이에요? 안나를 알고 있었나요?"

"안나." 렌첸이 말했고, 순간 내 목덜미의 털들이 곤두섰다. "아뇨."

뒤에서부터 읽든 앞에서부터 읽든 똑같아서 동생이 자랑스러워했던 이름, 안나. 그 이름을 그가 소리 내어 말하는 걸 들으니 기분이 이상했다. 몸이 떨렸고, 피를 그토록 무서워했으면서 피웅덩이에 누워 있던 안나가 눈앞에 떠올랐다. 나는 절대로 렌첸을 그냥 보내주지는 않을 거야. 빅토르 렌첸은 자백을 하거나 죽게 될 거야.

렌첸은 아무 말도 없었다.

"안나 미햐엘리스를 아나요?"

"아뇨. 나는 안나 미햐엘리스라는 사람을 모릅니다."

"2002년 8월 23일에 어디 있었죠?"

다시 침묵.

"2002년 8월 23일에 어디 있었죠?"

"난……." 렌첸이 머뭇거렸다. "난 확실히 모르겠어요."

화가 치밀어 올랐다. 렌첸은 2002년 8월 23일에 자기가 어디 있었는지 잘 알고 있다. 내가 뭘 원하는지도 정확히 알고 있다.

벌써 다 말했으니까. 그래, 이제는 어쩐다?

"그게 무슨 말이에요?" 나는 조급한 마음을 숨기지 못한 채 물었다.

"콘라츠 씨, 부디 잘 들어요. 제발요. 부탁입니다."

나는 렌첸에게 질려버렸다. 그를 무너뜨려야 하는데 오히려 내가 녹초가 돼 있었다. 그의 눈빛, 목소리, 거짓말을 더는 견딜 수가 없었다. 렌첸이 자백을 할 것인지도 이제 확실치 않았다.

"좋아요." 내가 말했다.

"나는 당신이 동생을 잃었다는 사실을 몰랐습니다." 렌첸이 말했고, 렌첸의 가식이 총을 들고 있는 내 손을 떨리게 했다.

'잃었다'니. 마치 그 누구에게도 잘못이 없다는 듯이. 나는 아까보다 더 세게 그를 한 대, 아니 여러 대 쳐주고 싶었다.

렌첸이 내 눈빛을 읽었는지 진정하라는 듯 양손을 들어 올렸다. 얻어맞은 어린아이처럼 자기 자신을 초라하게 만들고, 굽실거리고, 내 동정에 호소하려 하다니. 비열한 놈.

"난 몰랐습니다." 렌첸이 다시 말했다. "그리고 그에 대해 무척 유감으로 생각합니다."

그를 쏴버리고 싶었다. 어디 너도 당해봐.

"정말 내가 범인이라고 생각하신다고요?"

"난 당신이 범인임을 알아요." 나는 고쳐 말했다. "그래요."

렌첸은 잠시 말이 없었다.

"어떻게요?" 결국 그가 물었다.

나도 모르게 이마를 찌푸렸다.

"어떻게 아시죠?"

뭐 하자는 거야, 빅토르 렌첸? 넌 알고 있어. 나도 알고 있고. 그리고 넌 내가 안다는 것도 알고 있잖아.

"어떻게 아시죠?" 렌첸이 다시 물었다.

내 안의 뭔가가 부서져 내리는 기분이었고, 더는 참을 수가 없었다.

"내가 널 봤으니까!" 내가 큰 소리로 외쳤다. "지금 널 보고 있듯이 그때도 널 똑똑히 봤으니까. 그러니 거짓말과 가식적인 행동일랑 집어치워. 난 널 봤다고."

심장이 쿵쾅댔고, 나는 달리기 경주를 끝낸 사람처럼 숨을 헐떡거렸다. 렌첸은 믿을 수 없다는 얼굴이었다. 그는 다시금 날더러 진정하라는 듯 양손을 들어 올렸다.

몸이 부르르 떨렸다. 지금 그를 쏴버리면 안나가 왜 죽었는지 결코 알지 못할 거라고 다시금 내 자신을 설득했다.

"그럴 수는 없습니다, 콘라츠 씨." 렌첸이 말했다.

"정말 그랬다고."

"난 당신의 동생을 몰라요."

"그럼 왜 죽였지?"

"난 아무도 죽이지 않았어요! 당신이 잘못 안 거라고요!"

"그렇지 않아!"

렌첸이 마치 이성적으로 사고하기를 거부하며 고집부리는 아이를 쳐다보듯 나를 봤다.

"당시에 무슨 일이 있었던 겁니까?" 렌첸이 물었다.

나는 잠깐, 아주 잠깐 눈을 감았어요. 망막 앞에서 빨간 점들이
춤을 췄다.

"어떤 상황에서 동생이 죽은 건데요? 장소는 어디고요?" 렌첸
이 물었다. "그 일에 대해 좀 더 알면 내가 당신을 설득할 수 있을
지도……."

하나님, 부디 저 놈을 그냥 쏴버리지 않도록 저를 붙들어주소서.

"난 텔레비전에서 널 보고 단번에 알아봤어."

나는 툭 내뱉듯이 말했다.

"당신이 정말 누굴 봤을지도 모르지만……."

"제길, 맞다고! 내가 봤어!"

"하지만 난 아니라고요!"

어떻게 저런 말을 할 수 있지? 어떻게 저런 말을? 우린 둘 다
거기 있었는데, 어떻게 그는 저런 말을 하면서 이 상황을 모면할
수 있을 거라고 믿는 거지? 그 더운 여름날, 쇠 냄새가 진동하는
그 공간에 나랑 함께 있었으면서?

그때 렌첸이 자리에서 벌떡 일어섰고, 화들짝 놀라 본능적으
로 그의 가슴을 향해 총을 겨누며 몸을 일으켰다. 그가 어떤 행동
을 하든 적시에 제어할 준비가 돼 있어야 하니까. 렌첸이 두 손을
들었다.

"생각해봐요, 린다. 자백할 게 있다면 난 벌써 했을 거예요."

총은 무거웠다.

"생각해봐요, 린다. 이건 사람의 목숨이 달린 일이에요. 당신
은 배심원이고요, 이제 그건 알겠어요. 당신은 나를 살인범이라

생각하는 배심원이에요. 맞나요?"

나는 고개를 끄덕였다.

"그럼 적어도 내가 스스로를 변호할 수 있는 권리는 허락해줘야죠."

나는 마지못해 다시 고개를 끄덕였다.

"나를 봤다는 사실 말고 내가 살인범이라는 다른 증거를 가지고 있나요?"

나는 대답을 하지 않았다. '아니'라고 말하기는 힘들었으니까.

"생각해봐요, 린다. 십이 년 전이라고 했죠? 그렇죠?"

나는 고개를 끄덕였다.

"십이 년이나 지난 일이에요. 그런데 동생의 살인범이 어느 날 갑자기 텔레비전에 나왔다고요? 그럴 확률이 얼마나 될까요?"

그 질문을 무시해버리고 싶었다. 나 역시도 내 세계에 지진이 있었던 그 이후 수많은 밤을 고민했던 질문. 속이 메스꺼웠다. 머리가 터질 것만 같았다. 모든 게 빙빙 돌고 있었다.

"생각해봐요, 린다. 그럴 확률이 얼마나 될까요?"

나는 대답을 하지 않았다.

"린다, 내가 범인이라고 확신해요? 확신에 가깝다, 구십구 퍼센트 확신한다, 이런 것 말고 추호의 의심도 없이 확실히 확신해요? 그렇다면 지금 당장 날 쏴요."

모든 게 빙빙 돌았다.

"잘 생각해봐요. 사람 목숨이 걸린 일이에요. 당신과 나의 목숨이요. 정말 확신해요?"

나는 대답을 하지 않았다.

"확실히 확신해요, 린다?"

속이 메스꺼웠다. 머리가 터질 듯했고, 내가 서 있는 방은 타원을 그리며 느릿느릿 돌고 있었다. 불현듯 믿기 힘든 속도로 이 차갑고 텅 빈 우주 안을 돌아다니는 지구가 떠올랐다. 나는 현기증이 났다.

"2002년 8월 23일이 동생이 살해당한 날인가요?" 렌첸이 물었다.

"그래요." 내가 짧게 대답했다.

렌첸이 숨을 깊이 들이마시고, 내쉬었다. 뭔가를 생각하는 눈치였다. 침묵. 잠시 후 그는 어떤 결정에 도달한 듯 보였다.

"그날 내가 어디 있었는지 알 것 같아요." 결국 렌첸이 입을 열었다.

나는 잔뜩 긴장한 채 그를 쳐다봤다. 그는 양손을 들어 올린 채 내 앞에 서 있었다. 잘생기고 똑똑한 남자. 그 매력적인 외모 뒤에 숨겨진 실체를 몰랐다면 내가 좋아했을 수도 있는 남자. 나는 날 안심시키려는 그의 술수에 넘어가서는 안 된다고 마음먹는다.

"동생이 어디서 살해됐습니까?" 렌첸이 물었다.

"그건 당신도 아주 잘 알고 있을 텐데요."

나는 어쩔 수 없이 통제력을 잃어가고 있었다.

"난 정말 모릅니다. 당신에 관해 조사할 때도 동생이 살해당했다는 내용은 없었으니까요."

"내 동생이 어디서 살해됐는지 알고 싶어요? 뮌헨에 있는 자기 집에서요."

렌첸이 안도한 듯 한숨을 내쉬었다.

"난 그때 뮌헨에 없었어요." 렌첸이 말했다.

내 숨이 거칠어졌다.

"그때 난 뮌헨에 없었어요, 증명할 수도 있습니다."

나는 렌첸을 빤히 쳐다봤다. 그는 장난기라고는 찾아볼 수 없는 안도의 미소를 살짝 지어 보이더니, 스스로도 믿기 힘들다는 듯 다시 한 번 말했다. "증명할 수 있어요."

렌첸이 자리에 앉았다.

나는 그런 어설픈 사기극에 속지 말자고 마음먹으며 조심스럽게 앉았다. 렌첸이 다시 미소를 지었다. 히스테리적인 미소. 그는 마치 끔찍한 일로 인해 삶을 거의 포기했다가 한 줄기 희망의 빛을 보게 된 사람처럼 보였다.

지금 무슨 일이 일어나고 있는 거지?

"그때 뮌헨에 없었다면 어디 있었다는 거죠?"

렌첸이 빨갛게 충혈된 눈으로 나를 쳐다봤다. 그는 완전히 지쳐 보였다.

"아프가니스탄." 렌첸이 말했다. "난 아프가니스탄에 있었어요."

24

Blood Sisters

조피

조피는 지난밤에 있었던 일이 꿈만 같았다. 조피의 차 안에 웅크리고 있던 그림자, 조피를 바짝 뒤쫓던 발소리, 그 원시적이고도 엄청난 두려움. 브리타도 마지막 순간에 그와 같은 두려움을 느꼈을까.

조피는 그 일을 경찰에 알려야 할지 고민했다. 하지만 뭐라고 할까? 자신조차도 비현실적으로 느껴지는 일인데. 요즘에는 요나스 베버 형사와 통화를 하려 해도 자꾸만 그 거만한 젊은 여형사와 먼저 연결이 된다. 여형사한테 그일을 어떻게 설명할까? 또 조피가 인정하고 싶지 않은 사실 한 가지가 있다. 여전히 조피를 의심하는 경찰의 시선이 그리 곱지 않다는 것. 물론 지하 주차장에서 조피를 쫓아왔던 그 남자가 감시 카메라에 찍혔기를 기대해볼 수도 있다. 그렇기만 하다면 그의 존재를 확실히 증명할 수 있을 것이다.

단 하나의 문제는 이렇게 밝은 대낮에, 이 안전한 집 안에서 생각하니 그 모든 게 너무도 비현실적으로 느껴진다는 점이었다. 만약 경찰이 감시 카메라 영상을 돌려봤는데 아무도 찍히지 않았다면 어떻게 될까? 조피에 대한 신뢰가 완전히 무너져버리는 건 아닐까?

조피는 그럭저럭 다시 마음을 추슬렀다. 그 누구의 도움도 없이. 조피가 책상 앞에 앉았다. 책상은 여러 장의 메모와 사건 관련 신문 기사 스크랩들로 넘쳐났다. 모순된 혹은 방향을 잘못 잡은 정보들로 가득한, 빠져나가기 힘든 미로.

조피는 양손에 얼굴을 파묻었다. 삶이 추락하고 있는 걸 느꼈다. 그동안은 할 일이 너무 많아서, 또 생각하지 않으려고 자꾸만 도망치다 보니 느끼지 못했을 뿐이었다. 하지만 더는 할 일이 없었다. 조피는 평정을 되찾으려 애썼다.

이제 남은 건 아무것도 없었다. 브리타가 알고 지냈던 사람들도 전부 만났고, 브리타가 죽기 전 며칠간 뭘 했는지 상세히 조사도 했다. 브리타의 회사 동료 두 명(인터넷에 사진이 올라가 있지 않았던) 중에도 조피가 브리타의 집에서 순간적으로 마주쳤던 그 남자는 없었다. 조피는 심지어 브리타가 죽기 얼마 전에 한 친구를 위해 열었던 파티에 왔던 손님들까지 하나하나 조사했지만, 역시 헛수고였다. 또 브리타의 소셜미디어 프로필에서 새 친구 목록을 샅샅이 뒤져봤지만 알아낸 건 아무것도 없었다. 아무것도. 일이 어느 정도 진척을 보인다고 느낄 때마다 희망은 금세 사라져버렸다. 게다가 경찰은 폭력적인 애인과의 다툼이라는 말도 안 되는 가설에 빠져 있었고, 좀 연로한 것 외에는 눈에 띄는 점이 전혀 없는 브리타의 집주인을 걸고 넘어졌다. 이제 그 어떤 희망도 보이지 않았다. 경찰은 범인을 결코 잡지 못할 것이다.

조피의 휴대전화가 울렸고, 발신자는 부모님이었다. 조피는 전화를 받고 싶은 마음이 전혀 없었다. 마지막으로 통화했을 때 어머니는 조피에게,

동생이 죽었는데 울지도 않다니 어쩜 그럴 수 있느냐고, 또 온 도시를 휘젓고 다니며 '제임스 본드' 흉내를 내지 말고 집으로 들어오라고 했다. 어머니는 정말 '제임스 본드 흉내'라고 말했다. 잠시 후 벨 소리가 잠잠해졌다. 조피는 그 살인 사건에 관해 수집한 모든 정보와 단서를 표시해둔 게시판을 쳐다봤다. 조피의 작업실 대부분을 차지할 만큼 커다란 게시판. 조피가 이해하기 힘든 것들이 너무도 많았다. 어떻게 아무도 범인을 못 봤을 수가 있을까? 왜 살인자는 목격자인 조피를 공격하지 않았을까? 조피가 그렇게 불쑥 나타나지 않았다면 그가 무슨 짓을 더 했을까? 왜 살인자는 누군가 집에 들어오는 소리를 듣고도 즉시 도망가지 않았을까? 그는 도둑이었을까? 만일 그렇다면 왜 아무것도 훔쳐가지 않았을까? 조피가 아무리 머리를 쥐어짜봐도 기억이 나질 않는, 현장에서 느꼈던 이상한 점은 대체 뭘까? 어쩌면 결코 해답을 얻지 못할지도 모르는 수많은 고통스러운 질문 가운데서도 조피를 가장 괴롭혔던 건 바로 '왜'냐는 것이었다. 왜 브리타가 죽어야만 했을까? 누가 브리타를 그토록 증오했을까? 누구의 말이든 잘 들어주던 브리타, 배려심이 깊었던 브리타, 그런 브리타를! 조피는 여전히 범인은 브리타와 모르는 사이였을 거라 믿고 있었다. 그런데 그런 범인을 대체 어떻게 찾는단 말인가?

불현듯 조피는 집 안 공기가 답답하게 느껴져 참기 힘들 정도였다. 운동화를 신고 밖으로 나가 거리를 달리기 시작했다. 토요일이었고, 축구 경기가 있는지 조피가 지하철역에 도착했을 때 그곳은 사람들로 꽉 차 있었다. 인파에 이끌려 정처 없이 에스컬레이터를 따라 내려간 조피는 시내 방향 열차가 정차하는 승강장에 이르렀다. 주위에는 온통 축구팬들뿐이었고, 그들의 입에서 풍기는 맥주 냄새와 공격적인 노랫소리가 승강장에 가득했다. 조피는 또다시 인파에 떠밀리다시피 열차 안으로 들어갔다. 조피는 거구 세 명 사이에 완전히 끼어버린 상태였고, 열차는 덜컹이며 출발했다. 열차가 곡선 구간을 지나자 앞에 선 남자의 배낭 지퍼에 조피의 볼이 꽉 눌렸다. 유리창에는 김이 서렸고, 열차 안에 있는 사람들은 이제 개인적인 존재라기보다는 똑같이 축축하고 불결한 공기를 들이마시고 있는 군중의 일부가 돼버렸다. 조피는 팔꿈치를 움직여 여유 공간을 확보해보려고 시도했지만, 조피 주위의 사람들은 꿈쩍도 하지 않았다. 열차 안의 공기는 더 이상 공기라기보다는 뜨겁고 끈끈하고 단단한 그 무엇이었고, 누군가 커다란 휴대용 오디오로 '세븐 네이션 아미(Seven Nation Army: 미국의 록밴드 화이트 스트라입스의 노래로 축구 응원가로 자주 쓰인다-역주)'를 틀자 열차 안의 군중은 희열에 가득 차 포효하기 시작했다. 조피가 이를 악물었다. 조피의 몸은 폭탄이 된 듯 금방이라도 터질 것만 같았다. 중앙역에 도착하자 조피는 열차 안의 축축한 열기로부터 승강장으로 내던져지다시피 빠져나왔고, 출구로 향하는 사람들을 따라 휩쓸려갔다. 겨우 사람들 틈을 비집고 나온 조피가 달리기 시작했다. 미술관에 다다랐을 때에야 숨을 크게 내쉬었다. 미쳐버리지 않기 위해 지금 조피에게 필요한 게 바로 거기 있었다. 조피가 가장 좋아하는 화가들의 그림을 단 몇 시간만이라도 감상하는 것. 라파엘과 루벤스와 반 고흐의 아름다운 작품들 속에서 잠시나마 현실을 잊는 것. 표를 끊고 들어간 조피는 안을 돌아다니다가 반 고흐의 〈해바라기〉 앞에서 걸음을 멈췄다. 조피가 그 화려한 색, 또 그 그림을 볼 때마다 느껴지는 활기찬 분위기에 감탄하며 근심과 걱정을 잠시 내려놓고 있던 찰나, 브리타의 집에서 그토록 이상하게 여겨졌던 그 뭔가가 머릿속에 번쩍 떠올랐다.

21

다시 날씨가 바뀌었고, 렌첸과 나 사이의 세력 관계도 다시 내게 불리하게 기울었다. 렌첸은 더는 얻어맞은 개처럼 웅크리지 않았다. 자신감을 어느 정도 되찾은 모습이었다.

"나에겐 알리바이가 있어요." 렌첸이 말했다.

우리는 어두워진 방 안에 앉아 있다. 나는 점차 가까이 다가오는 천둥소리를 들으며 불현듯 그것이 바로 여기까지 온다면 뭔가 끔찍한 일이 일어날 것만 같은 불편한 기분이 들었다. 그런 두려움은 그저 할머니한테서(천둥번개를 무서워하셨던) 물려받은 것이고 미신일 뿐이라고 나 자신을 다독이며, 그 생각을 떨쳐버렸다.

렌첸은 거짓말을 하고 있었다. 거짓말이 분명했다. 내가 렌첸을 봤으니까.

"나에겐 알리바이가 있어요." 렌첸이 다시 말했다.

"어떻게 증명할 수 있죠?"

내 목소리는 잠겨 있었다. 속에서 두려움이 솟아올랐다. 차갑고 무자비하게.

"난 그해 여름을 기억합니다." 렌첸이 말했다. "2002년. 한일 월드컵. 브라질과 독일이 결승에 진출했죠."

"알리바이가 있다는 걸 어떻게 증명할 수 있죠?" 내가 참지 못하고 다시 물었다.

"나는 8월 20일에 아프가니스탄으로 출국했어요. 정확히 기억합니다. 전 부인 생일이 8월 21일인데 내가 파티에 참석도 못 한다며 엄청 화를 냈거든요."

내 세상이 흔들렸다.

총을 꽉 쥔 채 잠시 시간을 끌었다. 또 하나의 핑계에 불과해.

"그걸 어떻게 증명하죠?"

호흡을 고르게 유지하려 애쓰며.

"그 당시 나는 매일 기사를 썼어요. 현지에서요. 아프가니스탄에 파병을 한 지 얼마 안 됐을 때라 사람들이 그 지역에서 무슨 일이 벌어지고 있는지 궁금해했죠. 난 군인 몇 명을 따라다니며 그들의 일거수일투족을 관찰했고, 그에 관한 기사는 인터넷에 나와 있을 겁니다. 지금도 찾을 수 있을 거예요."

나는 렌첸을 빤히 쳐다봤다. 머리부터 발끝까지, 온몸에 닭살이 돋았다. 그의 말을 믿고 싶지 않았다. 다 거짓말이야.

"한번 찾아보시죠." 렌첸이 이렇게 말하며 내 앞에 놓여 있는 스마트폰을 흘긋 쳐다봤다. 순간 그의 술수를 간파했다. 천만다행이게도. 나쁜 자식. 다시 나를 공격하려고, 내 총을 빼앗으려고 내 주의를 잠시 딴 데로 돌리려는 것이다. 둘 중 누가 사느냐의

기로에서, 어떤 수를 써서라도 마지막 기회를 잡아보려고.

나는 고개를 가로저으며 턱으로 렌첸의 스마트폰을 가리켰다. 총을 쥔 손에는 전혀 힘을 빼지 않은 채. 나는 아까 렌첸이 얼마나 빠른 속도로 우리 사이에 놓인 이 식탁을 넘어왔는지 잊지 않고 있다. 또다시 그에게 그런 기회를 허락할 수는 없다.

내 말을 알아들은 렌첸이 스마트폰을 들었다. 그리고 화면을 두드리기 시작했다.

긴장이 됐다. 렌첸이 나의 이런 반응을 다 예상하고 있고, 단지 경찰에 신고하기 위해 스마트폰을 쓰려고 한 거라면?

"섣부른 짓 했다가는 살아서 이 집을 나갈 수 없을 거예요."

나는 이 말을 마치자마자 속으로 흠칫했다. 렌첸이 살인범이라면 경찰을 부를 이유가 없지 않은가?

생각이 자꾸 흐려지고 있어, 린다.

나를 한번 쳐다본 렌첸이 눈썹을 찌푸린 채 계속 화면을 두드렸다. 그리고 잠시 후 알 수 없는 표정을 한 채 고개를 들고는, 식탁에 놓은 자신의 스마트폰을 조심스럽게 내밀었다. 나는 그를 쳐다보지 않은 채 스마트폰을 잡았다. 그러고는 그것을 읽었다.

〈슈피겔〉(Spiegel: 독일의 시사주간지-역주) 온라인. 나는 읽고, 스크롤하고, 다시 읽고, 위아래로 또 스크롤했다. 이름과 날짜도 비교해봤다. 〈슈피겔〉 온라인. 기록보관소. 빅토르 렌첸. 아프가니스탄. 2002년 8월 21일. 2002년 8월 22일. 2002년 8월 23일. 24일, 25일, 26일, 27일, 2002년 8월 28일.

나는 읽고, 읽고, 또 읽었다.

머릿속으로 출구를 찾으며.

"린다?"

렌첸의 목소리가 먹먹하게 들렸다.

"린다?"

나는 눈을 들었다.

"당시에 동생이 어떻게 살해당했죠?"

내 손은 나이든 여자의 손처럼 덜덜 떨렸다.

"당시에 동생이 어떻게 살해당했죠?" 렌첸이 다시 물었다.

"칼에 일곱 번 찔렸어요." 나는 최면에 걸린 듯 말했다.

엄청난 분노. 그리고 피, 온통 피.

나는 내가 소리 내어 말을 했는지 아니면 생각만 한 건지 알수가 없었다.

"린다." 렌첸이 말했다. "당신은 사람을 잘못 찾았어요. 부디잘 생각해봐요."

이해할 수가 없었다.

렌첸의 말에 도무지 집중을 할 수가 없었다. 모든 게 너무 빨라서 따라잡기가 힘들었다. 나는 렌첸보다 세 걸음쯤 뒤에서 절뚝거리며 따라가, 그가 내게 알리바이를 제시했다는 사실을 이해하려 애쓰는 꼴이었다. 이럴 수는 없어, 이럴 수는 없어.

"그게 뭘 의미하는지 잘 생각해봐요." 렌첸이 마치 독사에게 주문이라도 걸듯이 낮은 음성으로 천천히 말했다. "나를 쏜다면 당신은 정의를 실현하는 게 아니에요. 정반대죠. 당신이 나한테 무슨 짓을 하든 간에 진범은 여전히 저 밖 어딘가에 있을 거라고요."

총을 맞은 것 같은 기분이었다. 하지만 렌첸이 아니라면 대체 누구야?

아냐. 아냐. 아냐. 나는 분명히 렌첸을 봤어.

"린다?" 렌첸의 말에 화들짝 정신이 들었다. "제발 그 총 좀 내려놔요."

나는 렌첸을 쳐다봤다.

서서히 이해가 됐다.

빅토르 렌첸은 2002년 8월 21일부터 적어도 28일까지는 아프가니스탄에 있었다. 그는 내 동생을 죽일 수 없었다.

머리가 깨질 듯 아파왔고, 어지러웠다. 두통, 어지러움, 환각, 노래, 그 망할 노래, 침실 한구석의 그림자, 불면증, 의식을 잃는 일, 이런 것들이 아주 오래전부터 있어왔다는 생각이 들었다. 나는 이제야 상황을 파악했고, 그 깨달음은 믿을 수 없을 만큼 고통스러웠다.

나는 미쳤다.

아니면 적어도 미쳐가고 있거나.

그게 진실이고, 그게 내 삶이다.

오랜 기간 혼자 살다보면 불면증, 식이장애, 환각에까지 이르는 인지적 장애 등이 올 수 있다. 책을 많이 읽는지라 그런 건 잘 안다.

나의 공황발작, 내가 겪은 트라우마, 문학적 강박관념, 안나를 구하지 못했다는 양심의 가책, 수년간의 외로움…….

전부 다 이해가 되는 일이다. 이해는 다 되지만 그렇다고 상황이 나아지는 건 아니다. 나는 스마트폰을 한쪽으로 치운 뒤 렌첸을 쳐다봤다. 그를 쳐다보는 일이 어느 때보다 더 힘들었다.

내 앞에 앉아 있는 남자는 죄가 없다. 내가 살인에 대한 단서로 해석했던 렌첸의 모든 말들은 사실 허구의 인물과 한 권의 책에 대한 개인적 비평일 뿐이었다.

무슨 짓을 한 거야, 린다?

목이 아파왔다. 울지 않은 지 족히 십 년은 됐지만 눈물이 나려 할 때 이런 느낌이었다는 게 기억났다. 마른 코를 한번 훌쩍였다. 모든 게 빙빙 돌고 있었다. 천장은 순식간에 벌레들로 가득 차, 마치 꿈틀거리고 우글거리는 카펫이 깔려 있는 것처럼 보였다. 나는 통제력을 잃고 말았다. 순간적으로 여기가 어디인지 기억이 나질 않았다. 여기가 어디인지, 내 이름이 뭔지, 지금 무슨 일이 일어나고 있는지. 내 머릿속은 혼란 그 자체였다. 그런데 그때 누군가의 목소리가 들렸다.

"총을 내려놔요, 린다."

렌첸의 목소리. 그제야 내 손에 들린 총의 무게를 다시금 의식했다. 뼈가 하얗게 튀어나와 보일 정도로 총을 꽉 쥐고 있는 내 손을 응시했다. 천천히 자리에서 일어난 렌첸이 양손을 들어 올린 채 조심스럽게 나를 향해 다가왔다.

"총을 내려놔요."

렌첸의 목소리가 먹먹하게 들렸다.

"진정해요." 렌첸이 말했다. "진정해요."

다 끝났다. 난 계속할 힘이 없었다. 방금 일어난 일과 내가 한 짓에 대한 충격이 나를 압도했다. 손에서 미끄러진 스마트폰이 요란한 소리를 내며 바닥에 떨어졌고, 온몸이 덜덜 떨렸다. 내 몸의 근육들은 더 이상 제 역할을 하지 못했고, 결국 나는 의자에서 미끄러졌다. 그대로 쓰러지려던 찰나, 렌첸이 나를 붙들었고 우리는 함께 바닥에 주저앉았다. 렌첸이 땀을 비 오듯 흘리며 숨을 헐떡이는, 겁먹은 나를 계속 붙들었고, 나는 그냥 그렇게 내 몸을 그에게 맡길 수밖에 없었다. 근육에 아무 힘이 없고 온몸이 마비된 듯 무감각했기에 다른 선택권이 없었다. 나는 그 상황을 견디며 기다렸다. 난 하나의 매듭이었다. 여자의 형상을 한, 단단하게 꽉 묶인 매듭. 그런데 어떤 계기로 뇌를 구성하는 여러 판들이 움직이면서 매듭을 서서히 풀기 시작했고, 나는 눈물이 흐르고 있음을 느낄 수 있었다. 나는 빅토르 렌첸의 품 안에서 떨리는 몸으로 흐느껴 울었고, 바다에 녹아든 소금처럼 나 자신이 그 안에서 용해되는 기분을 느꼈다. 그리고 오늘 느꼈던 엄청난 긴장감이 몸의 떨림으로나마 해소될 수 있게 두었다. 이런 신체적 접촉에 익숙하지 않은 나는 거의 제정신이 아니었다. 익숙하진 않지만 지난 십여 년간 그토록 그리워했던 것. 렌첸의 몸은 따뜻하고 탄탄했고, 그가 나보다 키가 컸기에 내 머리는 그의 목과 가슴 사이의 움푹 들어간 곳에 기대어져 있었다. 나는 계속 흐느꼈다. 무슨 일이 일어난 건지, 왜 렌첸이 이런 행동을 하는지 알지 못한 채 그냥 그가 나를 붙들고 있도록 놔두었다. 결합된 느낌, 살아 있는 느낌이 들었고 그런 기분은 거의 고통스럽기까지 했다. 잠시 후 렌첸이 내 몸에서 떨어졌고 나는 또다시 의지할 곳을 잃고 말았다. 렌첸이 자리에서 일어났다. 그러고는 나를 내려다봤다. 나는 뭍에 닿으려 애쓰며 표류하는 기분이었다.

"하지만 난 당신을 봤어." 나는 힘없이 말했다.

렌첸이 아주 침착하게 나를 쳐다봤다.

"당신이 그렇게 믿는다는 걸 의심하는 게 아니에요."

우리는 서로의 눈을 쳐다봤고, 나는 렌첸이 진심임을 알 수 있었다. 내 눈에는 그의 걱정, 안도, 그리고 뭐라 불러야 하는지 알수 없는 또 다른 뭔가가 보였다. 어쩌면 그건 동정일지도.

우리는 또다시 침묵했다. 나는 아무 말 하지 않아도 된다는 게 기뻤다. 쉴 새 없이 어려운 고민을 했던 내 머리는 녹초가 돼 입을 꾹 다물고 있었다. 그래, 고소, 스캔들, 감옥 혹은 정신병원에 대한 생각일랑 나중으로 미뤄두고 지금은 아무 생각 말아야지. 잠시나마 이렇게 가만히 있어야지, 가능한 한 오래. 나는 내 앞에서 있는 남자의 얼굴을 들여다봤다. 항상 혼자였기에 누군가의 얼굴을 그리 집중적으로 들여다볼 기회는 거의 없었다. 그래서 나는 렌첸의 얼굴을 들여다봤고, 좀 전까지만 해도 내 눈앞에 있던 그 괴물은 이제 아주 평범한 남자로 변해버렸다.

나는 그대로 앉아 코를 훌쩍대며 눈물이 바닥에 떨어지는 소리를 듣고 있었다. 그때 렌첸이 식탁으로 한 걸음 다가가 총이 있는 곳으로 손을 뻗었다. 렌첸을 쳐다보고 있던 나는 그가 총을 손에 쥔 뒤에야 내가 엄청난 실수를 저질렀음을 깨달았다.

"아직도 날 못 믿으시는군요." 렌첸이 말했다.

그건 질문이 아니라 확언이었다. 잠시 나를 바라보던 렌첸이

"당신은 정말 전문가의 도움을 받아야 해요."라는 말을 남기고 뒤돌아 가버렸다.

한 대 얻어맞은 듯 그 자리에 앉아 렌첸의 뒷모습을 쳐다봤다. 내 몸의 경직 상태가 풀리기까지는 그로부터 몇 분이 더 걸렸다. 나는 그가 대문을 여는 소리를 들었다. 대문이 열리자 마치 누군가 볼륨을 높인 듯 바깥의 폭풍소리가 커졌다. 자갈 위를 걷는 렌첸의 발소리가 점차 멀어졌다. 몸무게를 지탱하기 힘들 정도로 후들거리는 다리로 겨우 일어서 그를 따라 나갔다. 대문은 열려 있었고 내 심장은 터질 것 같았다. 뭘 하는 걸까? 나는 조심스럽게 밖을 쳐다봤다. 지금이 몇 시인지, 우리가 얼마나 오래 대화를 하고 서로를 안고 있었는지는 몰라도 바깥은 이미 어두워져 있었다. 렌첸이 달빛 아래서 총을 손에 쥔 채 호수 쪽으로 열심히 걸어가는 게 보였다. 호수와 숲 사이에 멈춰 선 렌첸이 잠시 망설이는 듯하더니, 곧 손을 들어 뒤로 홱 젖혔다가 총을 호수에 던져버렸다. 거울같이 매끈한 호수의 수면에 총이 부딪히는 소리가 들린 것만 같았지만, 그건 절대 불가능한 일이었다. 그러기에는 내가 너무 멀리 있었으니까. 달빛 때문에 렌첸이 내 쪽으로 돌아오는 모습이 흑백으로 보였다. 형체만 보일 뿐 얼굴은 보이지 않았지만, 렌첸의 눈빛을 느낄 수 있었다. 나는 문득 밖에서 보는 내 모습은 어떨지 생각했다. 밝게 불이 켜진 큰 집의 대문 안에 서 있는 초라하고 정신 나간 내 모습. 우리는 그렇게 멀리서 서로를 쳐다봤고, 순간 나는 렌첸이 그대로 뒤돌아 가버릴 거라 생각했다. 하지만 정반대로 행동했다. 다시 몸을 움직여 나를 향해 걸어왔던 것이다. 렌첸이 자발적으로 돌아왔다.

스톡홀름 증후군이란 인질로 잡힌 피해자가 범인에게 긍정적인 관계를 구축하는 심리 현상을 말한다. 나는 그런 것에 대해 잘알고 있다. 지난 십여 년간 책을 읽을 시간은 아주 많았으니까.

나는 밖에서 불어오는 찬바람 때문만이 아니라, 이 시나리오에서 범죄자는 바로 나라는 깨달음 때문에 몸이 덜덜 떨렸다.

맙소사, 린다.

나는 아무 죄 없는 남자를 총으로 위협하고, 때리고, 내 집에감금하다시피 했다. 게다가 그 모든 걸 녹화하기까지 했다. 나는동생의 살인범을 결코 찾지 못할 것이다. 차라리 내 머리에 총알을 박아 넣고 싶은 심정이다. 그러나 렌첸이 방금 총을 호수에 던져버렸다.

지금 렌첸이 다시 내 앞에 서 있다. 그가 나를 쳐다봤다.

"이제 내가 당신한테 아무 짓도 안 하리란 걸 믿을 수 있겠어요?"

나는 힘없이 고개를 끄덕였다.

"왜 경찰을 부르지 않죠?" 내가 물었다.

"우선 당신하고 얘기를 나눠보고 싶어서요. 어디 좀 앉을까요?"

무감각한 다리를 이끌고 주방으로 향했다. 지금과는 다른 삶,다른 시간에 사진가가 놓아두었던 커피잔과 신문이 여전히 같은모습으로 거기 있었다. 마치 세상이 다 끝나버린 건 아니라는 걸보여주는 듯.

"왜 총을 호수에 던졌죠?" 내가 물었다.

"나도 모르겠어요. 전위 행동(상반된 두 가지 혹은 여러 가지 욕구가 동시에 일어날 때 그 상황과 관계가 없는 전혀 다른 행동을 하는 것-역주)이라고나 할까요."

나는 고개를 끄덕였다. 렌첸의 말뜻을 이해할 수 있었다.

"나는." 나는 겨우 입을 열었지만 금세 다시 말을 멈췄다. "나는 무슨 말을 해야 좋을지 모르겠어요. 어떻게 사과를 해야 할지 모르겠어요."

"떨고 있군요." 렌첸이 말했다. "좀 앉아요."

나는 렌첸의 말에 따랐고, 그도 나와 마주보고 앉았다. 우리는 다시 한동안 말이 없었다. 침묵은 더 이상 힘겨루기의 수단이 아니었고, 정말 무슨 말을 해야 할지 알 수가 없었다. 나는 렌첸의 이마의 주름을 세어봤다. 거의 스무 개까지 세었을 때 그가 먼저 말을 꺼냈고, 나는 다시 정신을 차렸다.

"린다? 린다라고 불러도 되죠?"

"총으로 협박까지 당했는데, 내 이름을 부를 권리 정도야 당연히 있죠."

나는 이 상황을 우스운 일로 만들려는 내 가련한 시도에 스스로 깜짝 놀랐다.

대체 뭐 하는 거야, 린다.

렌첸이 내 말을 흘려들었다.

"전화할 만한 사람은 있나요?" 렌첸이 물었다.

나는 무슨 말이냐는 듯 그를 쳐다봤다.

"가족? 친구?" 렌첸이 덧붙여 말했다.

그제야 나는 그의 목소리가 얼마나 좋은지 깨달았다. 렌첸이 마치 옛날 할리우드 영화배우의 목소리를 대신하는 성우와 같은 목소리를 갖고 있었지만, 그걸 미처 깨닫지 못했다. 그런 생각까지 할 여유가 없었으니까.

"린다?"

"그건 왜 물으시죠?"

"난 당신이 지금 혼자 있으면 안 될 것 같은 기분이 들어요."

나는 렌첸을 빤히 쳐다봤다. 이해가 되지 않았다. 나는 그를 공격했고, 그에게는 경찰을 부를 만한 충분한 권리가 있었으니까. 아니면 반격을 하거나. 렌첸이 반격을 한다 해도 나로서는 어쩔 도리가 없을 것이다.

"뭔가 숨기는 게 있어서 경찰과 얽히기 싫어하는 게 아니라면."

나는 이 말을 마치자마자 내가 속으로 생각해야 할 말을 입 밖으로 내뱉었음을 알았다.

렌첸이 이번에도 내 말을 그냥 듣고 넘겼다. 그는 이미 내가 완전히 미쳤다고 결론지은 모양이었다. 그리고 그건 사실이었다. 미치고, 정신 나간, 통제 불능 상태.

38세 베스트셀러 작가가 53세 기자를 인터뷰 도중에 총으로 쏘다.

렌첸에게는 알리바이가 있다. 렌첸은 무죄다. 나는 이 새로운 상황에 익숙해지는 데 시간이 필요했다.

"부모님은요?" 렌첸이 물었다.

"네?"

"부모님께 연락할 수 없냐고요. 좀 와달라고."

"아니, 부모님은 안 돼요. 부모님과 나는, 우리는……."

나는 그 문장을 어떻게 마쳐야 할지 알 수가 없었다.

"우리는 서로 통화를 자주 하지 않아요." 사실 다른 말을 하고 싶었지만 그냥 이렇게 말을 마쳤다.

"이상하군요." 렌첸이 말했다.

렌첸이 햇볕에 그을린 두 손을 식탁에 올렸고, 나는 그 손을 잡고 싶은 충격적인 충동을 느꼈다. 나는 눈을 다른 곳으로 돌렸다. 그의 밝은색 눈이 내게 고정됐다.

"무슨 뜻이죠?" 나는 렌첸의 말이 내 몸을 감싸고 있는 얇은 막을 꿰뚫고 들어온 양 신경을 곤두세우며 물었다.

"동생이 살해당했다고 했잖습니까. 내가 전문가는 아니지만, 보통 그런 불행한 일을 당하고 나면 가족 간의 응집력이 오히려 더 강해진다고 알고 있거든요. 서먹해지는 게 아니라."

나는 그저 어깨를 으쓱하고 말았다. '보통'이라는 말은 내 세상에서 아무런 의미가 없었다.

"우리 가족은 그렇지 않아요." 결국 내가 말했다.

그와는 상관없는 일이지만 그 말을 하는 편이 나았다. 부모님은 나나 내가 쓴 책에 아무 관심도 없었고, 큰 집을 사드리겠다고 했을 때도 그러지 말라고 하셨다. 그분들의 관심은 오로지 죽은 딸에게만 쏠려 있었다.

렌첸이 한숨을 내쉬었다.

"당신한테 고백할 게 있어요, 린다."

내 목덜미의 털들이 모조리 곤두서는 기분이다.

"이 인터뷰와 관련해서 당신에게 솔직하게 말하지 않은 게 있어요.”

나는 침을 꿀꺽 삼켰다. 아무 말도 할 수가 없었다.

“난 당신 동생에 대해 알고 있었어요.”

나는 숨이 턱 막혔다.

“뭐라고요?” 거의 나오지 않는 목소리로 겨우 말했다.

“지금 당신이 생각하는 방식으로 알았던 게 아니고요.” 렌첸이 재빨리 말하며 진정하라는 듯 두 손을 들어 올렸다.

“조사를 하던 중에 당시 그 살인 사건에 대해 알게 됐어요. 사실 나는 여태껏 아무도 그 사건을 파헤치지 않았다는 데 대해 놀랐지만, 당시에는 인터넷이 이토록 발달하지 않았으니까 요즘처럼 정확한 기록을 기대하기는 힘든 게 당연하죠.”

나는 렌첸의 말을 이해할 수가 없었다.

“어쨌든 나는 당신 동생이 살해된 사건에 대해 알고 있었다는 말입니다. 끔찍한 일이에요. 난 당신을 이해해요, 린다. 그런 일을 극복하기란 쉽지 않았겠죠.”

“하지만 당신은 내게 동생이 있다는 사실조차 모르는 것처럼 행동했잖아요.”

“난 기자예요, 린다. 처음부터 내가 가진 패를 다 내보이는 게 아니라 우선은 당신이 무슨 말을 하는지 들어보려 했죠. 내 입장에서 한번 생각해봐요. 사건 당시 주용의자로 지목됐던 사람이 그 수년 전의 살인 사건에 관해 책을 썼다, 그것도 살인을 아주 상세히 묘사한 책을. 이건 정말 엄청난 일 아닙니까! 하지만 나는 당신이 이럴 줄은…….” 그가 말을 잠시 끊었다. “이토록 심약한 상태일 줄은 몰랐어요. 그걸 알았다면⋯⋯."

렌첸이 한 말이 아주 천천히 내 의식 속으로 스며들었다.

"주용의자라고요?" 나는 들릴 듯 말 듯한 소리로 대답했다.

렌첸이 깜짝 놀란 얼굴로 나를 쳐다봤다.

"나는 한 번도 용의자로 지목된 적 없어요."

"음." 렌첸이 어쩔 줄 몰라 하며 말했다. "그게, 내 짐작으로는 시신을 발견한 사람은 자동적으로 주용의자로 여겨지는 거지, 당신만 특별히 그랬던 건 아닐 겁니다."

나는 또다시 침을 꿀꺽 삼켰다.

"또 뭘 알고 있죠?"

렌첸이 몸을 비틀었다.

"난 모르겠어요, 당신에게⋯⋯."

"뭘 알고 있죠? 누구랑 얘기를 한 거냐고요?" 내가 소리쳤다. "나에겐 알 권리가 있어요!"

렌첸이 화들짝 놀랐다.

"어서요." 나는 목소리를 낮춰 재촉했다.

"알았어요. 당시 수사를 맡았던 형사와 이야기를 나눴어요. 한 동안 당신이 주용의자였다고 하더군요. 몰랐어요?"

"어떤 형사요?"

"그걸 당신한테 말해도 될지 모르겠어요." 렌첸이 대답했다. "그게 그리 중요해요?"

내 머릿속에는 하나의 얼굴이 떠올랐다. 한쪽 눈은 초록색, 다른 쪽 눈은 갈색인. 아냐, 그럴 리 없어!

"아뇨. 별로 안 중요해요."

공기는 비를 가득 머금었고, 나는 더웠다. 비가 오길 간절히 바랐지만 비는 오지 않았다. 비구름은 이곳을 그냥 지나쳐 다른 어딘가에 비를 뿌릴 것이다. 휘휘거리는 폭풍소리만이 여전히 들려오고 있었다.

"당신에게 죄가 없다는 건 분명해졌어요." 렌첸이 말했다. "아무도 아무것도 증명할 수 없었으니까. 게다가 당신한테는 살해 동기도 없잖아요."

나는 지금 우리가 **나의** 유무죄 여부를 따지고 있다는 걸 이해할 수가 없었다.

"당신이 집 밖으로 나가지 못하는 것 역시 당신 스스로도 어쩔 수 없는 일이고요." 렌첸이 덧붙였다.

"뭐라고요?"

나는 또다시 온몸에 소름이 돋았다.

"그게 이 일과 무슨 상관이죠?"

"물론 아무 상관없죠." 렌첸이 서둘러 말했다.

"그런데요?"

"그냥 별 생각 없이 말한 거예요."

"생각 없이 그냥 말하는 사람이 아닌 거 알아요." 내가 대답했다.

"그게, 그 당시 당신 동생 사건을 수사했던 사람들 중 일부는 당신의…… 은둔 생활을, 나 참, 어떻게 말해야 할지…… 죄의 자백으로 해석하기도 했더군요."

"은둔이라고요?"

분노와 좌절감 때문에 앙칼진 목소리가 나왔고, 나로서는 달리 어찌할 방도가 없었다.

"난 은둔한 게 아니에요! 난 아프다고요!"

"내 생각이 그렇다는 게 아니에요. 난 들은 걸 그대로 전달한 것뿐입니다. 하지만 당신의 이런 생활을 불길한 병으로 인한 것이 아니라, 살인범의 은둔으로 여기는 사람들이 있어요. 독방 감금을 자처한 거라 믿는 사람들이 있다고요."

현기증이 났다.

"이런 얘기는 애초에 하지 말았어야 했는데." 렌첸이 말했다. "당신이 이미 다 알고 있는 얘긴 줄 알았습니다. 잘 꾸며낸 얘기일 뿐, 그 이상은 아니에요."

"네."

더는 할 말이 없었다.

"가장 나쁜 건 의심입니다. 항상 작은 의심은 남게 마련이거든요." 렌첸이 말했다. "그게 안 좋은 거예요. 의심은 붙잡을 수 없는 독침과 같아요. 그로 인해 가족 간의 관계가 엉망이 된다면 정말 끔찍한 일이죠."

나는 눈을 깜빡였다.

"우리 가족이, 부모님이 날 살인범으로 여긴다는 말을 하고 싶은 건가요?"

"뭐라고요? 아니요! 맙소사…… 난 절대로……."

렌첸이 말을 끝맺지 못했다.

나는 마지막으로 부모님과 통화한 게 언제였는지, 의무적으로 안부만 묻는 것 말고 정말 통화다운 통화를 한 게 언제였는지 생각했다. 잘 기억이 나지 않았다. 렌첸의 말이 맞았다. 부모님은 나와 교류를 끊었던 것이다.

렌첸이 말했듯이 저 밖에는 나를 내 동생의 살인범으로 여기는 사람들이 있다.

나는 렌첸이 이 집에 들어 올 때 얼마나 긴장하고 있었는지를 기억해냈다. 렌첸의 불안감은 죄책감에서 비롯된 게 아니라, 인터뷰 대상인 내가 얼마나 위험하고 정신 나간 여자인지에 대한 의문에서 비롯됐던 것이다.

빅토르 렌첸은 세계적으로 유명한 베스트셀러 작가와의 인터뷰 때문이 아니라, 그 작가가 과연 특이할 뿐만 아니라 정말 살인범이기도 한 건지 확인하러 왔던 것이다.

즉, 우리는 둘 다 서로의 자백을 목표로 했다.

배 속에서 시작된 타들어가는 듯한 통증이 목구멍까지 퍼져 나가더니, 곧 아무 재미도 없는 웃음으로 터져 나왔다. 고통스러웠지만 멈출 수가 없었기에 웃고, 또 웃었다. 그리고 그 웃음은 곧장 울음으로 이어졌다. 완전히 미쳐버린 건 아닐까 하는 두려움이 나를 압도했다.

나는 두려움이라는 이름의 우물 속에 빠져 있었다. 몸을 꼿꼿이 세운 채 발끝으로 바닥을 찾았지만 거기에는 아무것도 없었다. 오직 암흑뿐.

렌첸이 나를 쳐다보고 있었다. 그 고통스러운 경련성의 웃음이 나를 뒤흔들었다가, 이내 잦아들고 완전히 사라질 때까지. 남은 건 고통뿐이었다. 나는 우는 소리를 내지 않으려 애썼다.

"왜 나를 미워하지 않죠?" 겨우 다시 말할 힘을 되찾은 내가 물었다.

렌첸이 한숨을 내쉬었다.

"난 전쟁을 경험했어요, 린다. 진짜 전투를, 그리고 그 이후에 오는 것들을요. 나는 호전될 가능성이 전혀 없는 상황을 직접 목격했어요. 전쟁 포로, 사지가 떨어져 나간 아이들. 심각한 트라우마에 시달리는 사람들이 어떤지도 잘 알아요. 그들은 내적으로 파괴됐어요. 눈을 보면 알 수 있죠. 린다, 우린 서로 그리 다르지 않아요. 당신과 나 말이에요."

렌첸이 뭔가를 생각하는 듯 잠시 침묵했다.

"린다, 나를 가만히 놔두겠다고 약속할 수 있나요?"

나는 수치심 때문에 말을 하기가 힘들었다.

"물론이에요." 나는 겨우 입을 열었다. "물론이에요."

"당신이 나와 내 가족을 건드리지 않겠다고 약속한다면, 또 정신과 치료를 받겠다고 약속한다면……." 렌첸이 잠시 머뭇거리다가 마침내 결단을 내렸다. "그 두 가지를 약속한다면 아무도 이 일에 관해 모르게 하겠습니다. 오늘 일어난 일 말이에요."

나는 믿을 수 없다는 얼굴로 렌첸을 쳐다봤다.

"하지만…… 편집국에는 뭐라고 하시려고요?" 내가 힘없는 목소리로 물었다.

"오늘 당신 기분이 별로였다고 할 겁니다. 인터뷰를 중단할 수밖에 없었고, 재개 계획은 없다고요."

내 머리로는 이 상황이 더는 이해가 가지 않았다.

"왜죠? 왜 그러시는 거죠? 나는 죄를 지었는데요."

"내 생각에, 당신은 이미 충분한 벌을 받은 것 같아요."

나는 렌첸을 쳐다봤다. 렌첸도 나를 봤다.

"그 두 가지를 약속할 수 있겠어요?" 렌첸이 물었다.

나는 고개를 끄덕였다.

"약속해요."

말인지 신음인지 분간이 잘 안 되는 목소리로.

"마음의 평안을 되찾을 수 있기를 바라겠어요." 렌첸이 말했다.

렌첸이 뒤를 돌아 나갔다. 나는 그가 현관 옷걸이에서 외투를 집어 들고, 식당으로 가서 재킷과 가방을 챙기는 소리를 들었다.

렌첸이 내 집의 문턱을 넘어가는 순간 내 세력권에서 영원히 벗어나는 것임을 나는 알고 있었다. 다시는 그를 볼 기회가 없을 테고, 그러면 아무것도 할 수 없겠지.

아니면 뭘 어쩌려고?

나는 빅토르 렌첸이 복도를 걸어가는 소리를 들었다. 그가 대문을 여는 소리가 들렸다. 나는 주방에 서 있었고, 그를 막지 않을 것이다. 렌첸이 나가고, 문이 닫혔다. 순간 집 안에는 정적이 홍수처럼 밀려왔다. 모든 게 끝났다.

22

그제야 비가 내렸다. 바람에 날린 빗줄기는 주방 창문을 깨뜨릴 기세로 끊임없이 내리치더니, 이내 주춤하다가 결국에는 완전히 그쳐버렸다. 이제 폭풍우는 기억 속의 것이 됐고, 멀리서 번개만이 소리 없이 번쩍였다.

나는 쓰러지지 않기 위해 한 손으로 주방 식탁을 받친 채 가만히 서서 숨쉬는 방법을 기억해내려 애썼다. 호흡 하나 하나에 잔뜩 신경을 써야 했다. 몸이 자기 제어력을 잃은 탓에 온 신경을 집중해야 했기 때문이다. 다른 일을 할 기력도 없고, 아무 생각도 나지 않았다. 난 그냥 그렇게 한참을 서 있었다.

잠시 후 마침내 어떤 생각을 떠올리고는 몸을 움직여(팔다리와 다른 신체 부위들이 전과 같이 움직인다는 게 놀라울 따름이다) 계단을 올라가 문을 몇 개 열어본 끝에 부코스키를 찾아냈다. 자고 있던 부코스키는 내가 옆에 앉자 잠에서 깼다. 코, 꼬리, 나머지 몸의 순서로. 부코스키는 피곤해 보였지만 기뻐했다.

깨워서 미안해, 친구. 오늘 밤은 혼자 있고 싶지 않아.

부코스키 옆 바닥에 깔린 담요 위에 몸을 웅크리고 누웠다. 그러고는 부코스키의 온기를 느끼기 위해 몸을 착 갖다 댔다. 하지만 그런 걸 전혀 좋아하지 않는 부코스키가 부스럭거리며 나에게서 몸을 뗐다. 스킨십을 그다지 즐기지 않는 부코스키는 자기만의 공간이 필요한 것이다. 자유, 공간, 자리가. 부코스키는 곧 다시 잠에 빠져들어 꿈을 꾸었다. 잠시 홀로 거기 누워서 아무 생각도 하지 않으려 노력했지만, 어떤 동물적인 본능이 내 안에서 꿈틀댔다. 나는 그 본능의 끔찍한 이름을 알고 있다. 정말 아무 생각도 하고 싶지 않았지만 렌첸의 품 안에서 느꼈던 그 강건함과 온기가 자꾸만 떠올랐다. 마치 자유낙하를 하는 것처럼 속이 울렁댔다. 아무 생각 안 하려고 계속 노력은 했지만 렌첸의 포옹과 내 가슴속의 동물적 본능, 또 그 끔찍한 이름이 자꾸만 생각났다, 그리움. 내가 얼마나 비참한지 알고 있지만 그런 건 상관없다.

또한 나는 내 그리움의 대상이 렌첸이나 그의 포옹이 아니라는 것도 알고 있다. 나는 그 대상이 무엇인지 알지만 그런 생각을 해서는 안 된다.

렌첸은 계기를 제공했을 뿐이고, 지금 나는 다른 사람과 관계를 맺는 일, 눈맞춤, 스킨십, 온기 등에 대한 기억이 떠올라 고통스럽다. 생각하고 싶지 않았지만 자꾸만 기억 속으로 빠져들었다. 그런데 그 순간 내 머릿속의 이성적인 부분이 다시 제 기능을 발휘했고, 나는 현실로 돌아왔다. 경찰이 곧 올 거야.

나는 죄를 저질렀고 그것을 직접 빠짐없이 기록까지 해놓았다. 집 안에 설치된 모든 마이크와 카메라로. 나쁜 짓을 했으니 경찰이 곧 와서 나를 잡아갈 거야. 렌첸이 말이야 어떻게 했든 제대로 생각할 여유가 생기고 나서는 경찰에 신고할 게 빤할 테니까. 하지만 가슴속에 그리움이라는 응어리를 품은 채로는 이 집에 혼자 있든, 감옥에 가든 별 차이가 없을 거야.

그래서 그냥 가만히 있었다. 집 안을 돌아다니며 내 정신이상 증세가 적나라하게 기록됐을 녹화 테이프들을 못 쓰게 만들거나 카메라를 망가뜨리거나 하지 않고 침대에 누워 기다렸다. 지난 몇 시간 동안 일어난 일이 전혀 생각나지 않는다는 게 기쁠 따름이다. 어느 부분을 잡아내기에는 너무도 많은 일들이 일어났기 때문이다. 그런데 바로 그런 생각을 하고 있던 찰나, 어떤 생각이 떠올랐다. 그건 분명 내 머릿속에서 나온 생각이었지만 렌첸의 목소리로 들렸다. '가장 나쁜 건 의심이야. 항상 작은 의심은 남게 마련이거든. 그게 안 좋은 거야. 의심은 붙잡을 수 없는 독침과 같아. 그로 인해 가족 간의 관계가 엉망이 된다면 정말 끔찍한 일이지.'

나는 부모님을 생각했다. 그 끔찍한 밤 이후로, 사실상 그 이후부터 지금까지 계속, 부모님의 태도가 어땠던가. 조용해졌다. 마치 누군가가 볼륨을 줄여버린 듯. 그리고 나를 유리 다루듯 조심스럽게 대했다. 조심스럽게, 또…… 어색하게. 낯선 사람을 대하듯 예의를 갖춰서. 나는 그것을 항상 배려로 해석하려고 애썼지만 속으로는 그게 아니란 걸 이미 알고 있었다. 그리고 빅토르 렌첸이 아니었더라도 알았을 것이다. 그게 의심이란 걸.

린다는 안나를 사랑했어. 아냐, 린다가 그럴 이유가 없잖아. 아냐, 린다가

그런 짓을 할 리가 없어, 린다가 왜? 불가능한 일이야. 아냐, 절대, 절대로 아냐, 그럴 리 없어. 하지만 만약에 그랬다면 어쩌지?

우리는 모든 게 가능한 세계에 살고 있다. 인공수정으로 아기가 태어나고, 로봇을 이용해 화성을 탐색하고, A부터 B 지점까지 미립자를 쏘는 등 모든 게 가능한 세계에. 그러니 그 역시 안 될 게 뭔가? 항상 작은 의심은 남게 마련이다.

나는 참을 수가 없었다. 침대에 앉아 수화기를 들고 번호를 눌렀다. 부모님이 거의 삼십 년간 사용해온, 눌러본 지 너무나 오래된 그 번호를. 그리고 기다렸다. 마지막으로 부모님과 통화한 게 언제였지? 몇 년이나 됐지? 오 년? 팔 년? 나는 부모님이 보냈던 크리스마스카드가 잔뜩 들어 있는 주방 서랍을 떠올렸다. 서로에게 카드를 쓰는 게 우리가 크리스마스를 보내는 방식이었다. 우리는 안나의 죽음 이후로 더는 대화를 하지 않았다. 서로 간에 말이 없어졌다. 대화는 그보다 짧은 문장으로, 문장은 단어의 나열로, 단어의 나열은 음절로, 그러다 우리는 완전히 입을 닫게 됐다. 어떻게 이렇게까지 됐을까? 지금은 그나마 엽서들이 관계의 완전한 단절을 막아주고 있을 뿐. 과연 우리가 자연스럽게 대화를 나누던 때로 돌아갈 수 있을까? 부모님이 나를 정말 살인범으로 생각하고 있으면 어쩌지? 그땐 어떡하지?

정말 알고 싶어, 린다?

그래, 나는 알고 싶었다.

첫 번째 신호음이 울리고 나서야 부모님이 사는 저쪽 세상에서는 내 세상에서보다 시간에 훨씬 더 민감하다는 사실을 기억해냈다. 두 번째 신호음이 울렸고, 재빨리 시계를 봤다. 새벽 세시. 제길, 너무 늦었잖아. 나는 시간관념을 잃고 말았다. 대체 얼마나 오랫동안 주방에 서서 앞만 내다보고 있었던 걸까? 부코스키가 자는 모습을 얼마나 오래 쳐다보고 있었던 걸까? 감시 카메라들이 마치 냉정한 신들처럼 그 차가운 눈으로 나를 내려다보고 있는 상황에서 얼마나 오랫동안 누워 있었던 걸까? 시간이 너무 늦었다는 생각에 막 수화기를 내려놓으려던 찰나, 세 번째 신호음이 울리자마자 엄마의 놀란 목소리가 들렸다.

"여보세요?"

"엄마, 린다예요."

엄마가 뭔지 모를 부스럭대는 소리를 내며 고통이 느껴지는 깊은 탄식을 내뱉었고, 나는 그게 뭘 의미하는지 알 수 있었다. 나는 어떻게 말을 해야 할지 열심히 생각했다. 한밤중에 전화를 걸어 잠을 깨운 이유를 설명하고, 또 정말, 정말 힘든 일이지만 물어봐야 할 게 있다고 말하기 위해. 그런데 그때 딸깍 소리가 들렸고, 뒤이은 삐삐거리는 소리가 전화가 끊겼음을 알려줬다. 엄마가 그냥 전화를 끊어버렸다는 걸 깨닫기까지는 한참이 걸렸다.

전화기를 옆에 내려놓고 잠시 벽을 쳐다보다가 다시 이불 속으로 파고들었다.

내 이름은 린다 콘라츠. 서른여덟 살이다. 나는 작가이며, 살인자다. 십이 년 전 나는 여동생 안나를 죽였다. 그 이유는 아무도 밝혀내지 못했다. 나 스스로도 그 이유를 아직 잘 모르고 있는 것 같다. 어쩌면 난 그냥 미친 건지도 모른다. 나는 거짓말쟁이이며, 살인자다. 그게 내 삶이고, 그게 진실이다. 적어도 나의 부모님한 테는.

그때 내 무의식 속을 정처 없이 맴돌던 어두운 생각이 그 크고 육중한 몸을 이끌고 의식의 표면 위로 떠올랐다. 다른 생각들은 그로 인해 생긴 소용돌이 속으로 빠져들고 말았다. 그건 렌첸의 목소리였다.

'거만한 동화 속 공주님. 제가 여자라면, 제가 조피라면 브리타를 미워했을 겁니다.'

나도 그랬어, 나는 생각했다.

그 깨달음은 고통과 함께 찾아왔다. 그 기억. 그래, 나는 안나를 미워했어, 그래, 나는 안나를 증오하고 질투했어, 그래, 나는 부모님이 항상 안나를 더 어리다고, 더 귀엽다고 편애하는 걸 이해할 수 없었어, 남을 자기 마음대로 조종하는 데 능했던 안나, 금발머리와 동그란 눈이 착하고 순진하게만 보여서 그걸 이용해 누구든 제멋대로 부렸던 안나. 하지만 나만은 그 대상에서 제외됐다. 나는 안나의 실체를 알고 있었으니까, 사실은 안나가 얼마나 남한테 상처 주는 행동을 잘하는지, 얼마나 배려심이 없는지, 얼마나 드세고 야비한 아이인지를.

엄마랑 아빠는 내 말을 믿을걸, 내기할래?

저 남자애가 마음에 들어? 쟨 나랑 같이 집에 가게 될걸, 내기할래?

언젠가 테오가 안나를 더 이상 견딜 수 없게 된 것도 그리 놀랄 일은 아니었다. 수년간 만나면서 테오도 나와 마찬가지로 안나의 이면을 알게 됐다. 아니, '나와 마찬가지'라고는 할 수 없지. 나만큼 안나에 대해 잘 아는 사람은 아무도 없으니까.

아냐, 안나가 그런 행동을 했을 리 없어, 그런 말을 했을 리 없어, 네가 잘못 이해한 거야, 안나는 아직 어리잖아. 안나가 정말 그랬다고? 그건 분명 오해야, 전혀 안나답지 않은 행동인걸. 린다, 왜 자꾸만 거짓말을 지어내니?

안나, 안나, 안나. 흰색 옷도 깨끗하게 입곤 했던 안나, 남자애들로부터 직접 녹음한 믹스 테이프를 선물받곤 했던 안나, 할머니의 반지를 물려받았던 안나, 뒤에서부터 읽든 앞에서부터 읽든 똑같은 이름을 가졌던 안나. 반면에 내 이름은 뒤에서부터 읽으면 그저 웃음거리밖에 안 됐다.

언니 이름은 뒤에서부터 읽으면 아드닐(Adnil)**이야. 꼭 아돌프**(Adolf: 히틀러의 이름과 같기 때문에 요즘에는 잘 쓰지 않음-역주)**나 아르쉴로흐**(Arschloch: '항문'이라는 뜻-역주)**처럼 들리잖아. 화내지 마, 아드닐 언니. 그냥 농담이었어, 아드닐 언니, 하하하하하.**

성스러운 안나.

그래, 나는 내 동생을 싫어했다. 그게 진실이고, 그게 내 삶이다. 사실 그에 관해 생각하고 싶지 않다. 아무 생각도 하고 싶지 않다. 올 때가 됐는데 아직도 오지 않는 경찰에 대해서도, 부모님에 대해서도, 빅토르 렌첸에 대해서도, 내 머릿속의 어두운 생각에 대해서도.

침대 옆 협탁 서랍에서 미국에서 주문한 커다란 알약 봉투를 꺼냈다. 알약 몇 알을 손에 쏟은 후 떠놓은 지 한참 된 물과 함께 꿀꺽 삼켰다. 액체 플라스틱 같은 맛이 나서 잠깐 헛구역질이 났고, 순간 배가 고프다는 걸 느꼈다. 알약만 들어찬 내 위가 폭동을 일으켰고, 나는 태아와 같은 자세로 몸을 웅크린 채 잠시 속이 진정되길 기다렸다. 아침이면 새로운 날이 열릴 것이다. 아니면 (운이 따른다면) 그렇지 않을지도. 내 위는 단단하게 뭉친 느낌이었고, 짠맛이 나는 침이 입안에 고였다. 본의 아니게 빅토르 렌첸이 식당 바닥에 남기고 간 그 충격과 분노와 증오의 웅덩이를 떠올리자 갑자기 머리가 핑핑 도는 기분이었다. 한 손으로 입을 틀어막은 채 침대에서 빠져나와 비틀거리며 문 쪽으로 걸어갔다. 아무 도움이 안 되는 부코스키를 슬쩍 쳐다보고는, 다시 휘청거리며 욕실로 들어갔다. 다행히 내가 세면대 앞에 서고 나서야 그 두려움과 알약의 혼합물이 속에서 쏟아져 나왔다. 물을 틀고 잠시 뒤에 다시 한 번 속을 게워내자 순간 식은땀이 나고 몸이 차가워지는 걸 느꼈다.

거울 앞에 서서 내 얼굴을 들여다봤다. 날 쳐다보고 있는 모르는 여자. 눈썹을 찌푸려 미간에 생긴, 꼭 상처처럼 보이는 주름을 쳐다본 나는 그것이 내 얼굴이 아니라 가면임을 알아차린다. 눈썹을 치켜뜨자 내 가면 위에는 또 다른 상처들이 마치 갈라지듯 끊임없이 생겨났다. 깜짝 놀라 그 조각들이 땅에 떨어져 부서지는 걸 막으려는 듯 두 손으로 얼굴을 감싸 쥐었다. 하지만 너무 늦었다. 아무리 해도 막을 수 없는 일을 내가 자처했던 것이다. 나는 그냥 두고 볼 수밖에 없었다. 내 얼굴이 쨍그랑 소리를 내며 바닥에 떨어졌고, 그 뒤에는 아무것도 없었다. 오직 공허뿐.

내가 미쳤나?

아니, 난 미치지 않았어.

미치지 않은 걸 어떻게 알아?

그냥 알아.

미쳤다는 건 어떻게 알아?

그냥 알아.

그렇지만 정말 미쳤다면 자기가 미친 걸 어떻게 알 수 있어? 그걸 어떻게 확신할 수 있어?

나는 머릿속에서 두 개의 목소리가 서로 싸우는 걸 들었고, 더는 둘 중에 어느 말이 맞는지 알 수가 없었다.

다시 침대로 가서 갖가지 생각들이 요동을 칠 동안 가만히 누워 있었다. 두려웠고, 추웠다.

바로 그때 아주 독특한 소음이 내 의식 속으로 밀려들었다. 웅웅거리는 소리, 아니, 어떤 굉음이 확 커졌다 사라지기를 반복했다. 마치 맥박이 고동치듯 살아 있는, 위협적인 소리는 점점 커지고, 커지고, 커져, 나는 귀를 틀어막은 채 숨을 헐떡였고 거의 침대에서 떨어질 지경이었다. 잠시 후 귀에서 손을 뗀 나는 내가 듣고 있는 게 정적임을 깨달았다. 모든 게 해결됐어야 할 오늘이 지난 지금, 남은 모든 것. 정적. 나는 상체를 일으켜 잠시 그 소리에 귀를 기울였고, 얼마 후 그 소리는 점점 잦아들더니 결국 사라져버렸다. 이제 남은 건 아무것도 없었다. 오직 밤의 냉기뿐. 모든게 약화됐다. 심장은 이 끝없는 박동이 아무 의미 없는 것임을 깨달은 듯 느리고 굼뜨게 뛰었고, 호흡은 아주 단조로웠으며, 피는 천천히 힘겹게 흘렀고, 생각은 거의 멈춰버렸다. 아무 생각도 나지 않았고, 오로지 색이 다른 한 쌍의 눈만 눈앞에 떠올랐다.

순간 벌떡 몸을 세워 정말 각오가 돼 있는지 생각해볼 새도 없이 전화기를 홱 집어 들고 번호를 눌렀다.

심장이 쿵쾅댔고 호흡이 가빠졌다. 피가 다시 힘차게 흘렀으며 여러 가지 생각이 마구 들기 시작했다. 지난 십일 년간 미뤄왔던 통화를 드디어 하게 됐으니까. 나는 그 번호를 외우고 있었다. 눌렀다가 그냥 끊어버린 게 이미 여러 번, 거의 백 번은 될 것이다. 첫 번째 신호음이 울렸고, 도무지 견딜 수 없었던 나는 반사적으로 다시 끊어버리려 했지만 겨우 참았다. 두 번째, 세 번째, 네 번째 신호음이 울렸고 그가 집에 없다고 거의 안도하던 찰나, 그가 전화를 받았다.

Blood Sisters

요나스

요나스의 휴대전화는 지난 삼십 분간 벌써 세 번째 울렸다. 바지 주머니에서 휴대전화를 꺼내 화면을 쳐다본 요나스가 발신인이 조피임을 확인하고는, 조피에게 번호를 알려준 자신에게 저주를 퍼부었다. 잠시 고민하던 요나스가 결국 전화를 받았다.

"조피 페터스예요." 조피의 목소리였다. "당장 할 말이 있어요."

"있잖아요, 조피, 지금은 좀 힘들어요." 요나스는 조피라는 이름을 언급한 순간부터 부크와 폴커 침머가 자기를 쳐다보고 있는 걸 느끼며 말했다. "내가 나중에 전화하면 어때요?"

"정말 급한 일이에요. 아주, 아주 중요하고요."

조피의 목소리가 왠지 요나스를 불안하게 했다. 뭔가 이상한, 광기 어린 목소리.

"알았어요. 기다려봐요."

요나스가 잠시 실례한다는 듯 동료들을 흘긋 쳐다보고는 현장에서 빠져나왔다. 방금 전 어느 범죄 현장에 출동한 상태였는데, 요나스는 사실대로 말하면 잠시 밖으로 나올 구실이 생겼다는 게 기쁠 지경이었다.

"자, 이제 밖이에요." 요나스가 말했다.

"회의 같은 걸 하고 계셨나 보죠?"

"그렇다고 할 수 있죠."

"죄송해요. 저는 방금 미술관에 갔었어요. 반 고흐의 〈해바라기〉를 보고 있었죠. 그런데…… 제가 전에 범인은 브리타를 모르는 사람일 거라고 말했던 거 기억하시죠? 브리타를 아는 사람들 중에 그 애를 죽일 만한 사람은 아무도 없다고 했던 거요? 형사님이 저더러 브리타를 마치 천사처럼 묘사한다고 하셨잖아요? 브리타는 그랬어요. 진짜예요. 정말 천사 같았다고요."

"조피." 요나스가 말했다. "천천히 좀 말해요. 무슨 말인지 못 알아듣겠어요!"

요나스는 수화기 너머로 조피의 긴장한 듯한 숨소리를 들을 수 있었다.

"브리타의 집에서 브리타의 물건이 아닌 뭔가를 봤어요. 형사님께도 말했는데, 기억하세요? 영화에 나오는 연쇄 살인범이 그러듯이, 범인이 남기고 간 거예요. 그 집에 전혀 어울리지 않는 뭔가가 분명히 있었는데 그게 뭐였는지 도무지 기억해낼 수가 없었죠. 근데 이제는, 이제는 알아요!"

조피가 숨실 틈도 없이 헐떡이며 말했다.

"진정해요, 조피." 요나스가 참을성을 최대한 발휘하며 말했다. "일단 심호흡을 해봐요. 잘했어요. 자, 이제 계속 얘기해봐요."

"그래서 저는 범인이 정신 나간 연쇄 살인범일 거라고 했지만, 형사님은 실제로는 그런 연쇄 살인범은 거의 없다고, 대부분의 범죄에서는 피해자의 주변 인물들이 범인이라고 말씀하셨죠."

"조피, 그런 얘기를 했던 건 나도 다 잘 기억하고 있어요. 그래서 하고 싶은 말이 뭐예요?"

"그리고 형사님은 이 사건의 범인은 연쇄 살인범일 수가 없다고 하셨죠. 연쇄적으로 발생한 일이 없다고, 비교 가능한 사건이 없다고 하시면서요. 하지만 만약에 브리타가 처음이었다면요? 그 연쇄 살인의 맨 첫 번째였다면요? 범인이 이제부터 계속 같은 살인을 저지른다면요?"

요나스는 침묵했다.

"제 말 듣고 계세요, 형사님?"

"듣고 있어요."

조피는 완전히 정신없이 말을 해댔지만 요나스는 조피를 그냥 놔둘 수밖에 없음을, 말을 끊어봤자 아무 도움도 안 된다는 것을 잘 알았다.

"좋아요. 아무튼…… 제가 방금 미술관에 갔었다고 말씀드렸죠. 저는 반 고흐의 〈해바라기〉 앞에 서 있었어요. 제가 브리타의 집에서 뭔가 이상한 걸 봤다고 했던 거 기억하세요? 그게 뭐였는지 이제 알았어요. 왜 전에는 생각이 안 났는지 모르겠어요, 머릿속이 꽉 막혀버린 것처럼요. 아마도 너무 빤한 거라 그랬던 건지도 몰라요. 저는 그간 뭔가 눈에 띄는 것, 은밀한 것들만 찾아 헤맸거든요. 제길, 이제 알았어요, 알았다고요!"

"그건 꽃이었군요." 요나스가 말했다.

조피가 충격을 받은 듯 잠시 아무 말이 없었다.

"알고 계셨어요?" 마침내 조피가 말했다.

"조금 전까지는 몰랐죠." 요나스가 차분한 목소리를 내려고 애쓰며 말했다. "그런데요 조피, 난 이제 정말 다시 들어가 봐야 해요."

"그게 무슨 의미인지 아세요, 형사님?" 조피는 요나스의 말에는 아랑곳하지 않은 채 흥분하며 물었다. "범인은 브리타 집에 꽃을 놓고 갔어요! 대체 어떤 사람이 살인을 저질러놓고 그 옆에 꽃을 놔둘까요?"

"나중에 조용히 얘기해요, 조피."

"그렇지만······."

"회의가 끝나면 바로 전화할게요, 약속해요."

"범인이 꽃을 놓고 갔다고요, 아시겠어요? 그건 브리타의 꽃이 아니에요! 브리타는 잘라낸 꽃을 싫어했어요! 그건 누구나 다 아는 사실이었고요! 아마 그 꽃은 일종의 표식 같은 걸 거예요! 그렇다면 살인은 계속될 거고요! 형사님은 그 방향으로 수사를 해보셔야 해요. 어쩌면 다음 살인을 막으실 수도 있어요!"

"조피, 나중에 다시 얘기해요, 약속해요."

"하지만 아직 할 얘기가 더······."

"나중에요."

요나스가 전화를 끊고 휴대전화를 주머니에 넣은 뒤 다시 숨 막히는 집 안으로 들어갔다.

요나스의 동료들이 샅샅이 수색 중이던 그 현장은 브리타 페터스의 집과 아주 흡사한 데가 있었다. 거실 바닥에 누워 있는 금발의 여인. 여인은 본래는 흰색이었지만 이제는 자신의 피로 완전히 붉게 물들어버린 원피스를 입고 있었다. 신체적인 공통점만 보면 브리타 페터스와 자매라고 해도 될 정도였다. 이 여성 역시 일 층 집에 혼자 살고 있었다. 그리고 순찰 경찰관이 처음 현장을 발견했을 때 테라스 문이 열려 있었다.

조피의 말이 요나스의 머릿속에서 휙 지나갔다. '아마 그 꽃은 일종의 표식 같은 걸 거예요.'

동료들에게로 돌아간 요나스가 방 안을 빙 둘러봤다. 브리타의 범행 현장과는 현저히 차이가 나는 점이 있었다. 이번에는 꽃이 피해자의 손에 들려 있었던 것이다. 이번에는 범인이 방해를 받지 않아서인지, 가져온 꽃을 그냥 아무 데나 두지 않고 피해자를 공격하기 전에 피해자의 손에 들려놓은 것처럼. 아니, 이건 브리타 페터스 때와는 전혀 다른 그림이었다.

요나스의 귀에 또다시 조피의 목소리가 들렸다. '살인은 계속될 거예요! 어쩌면 다음 살인을 막으실 수도 있어요!'

요나스는 금발 여인의 시신을 바라봤다. 여인은 주변에 퍼져 있는 검붉은색으로 굳어버린 피와 소름끼치는 대조를 이루는, 작고 고른 흰 장미 다발을 손에 들고 있었다.

이미 때는 늦었다.

23

　창가에 앉아 호수를 내다봤다. 간혹 숲 주위에 동물이 나타날 때가 있었다. 여우나 토끼, 아주 운이 좋으면 노루를 발견할 때도 있었다. 하지만 오늘은 아무것도 보이지 않았다. 해가 떠오르는 모습을 바라봤다.

　잠을 못 잤다. 내 세상이 또다시 무너진 날 밤에, 그런 통화를 한 뒤에 어떻게 잠을 잘 수 있었겠는가?

　나는 내 이름을 대자마자 그가 침대에서 몸을 일으키는 소리를 들을 수 있었다. 수화기를 통해 부스럭대는 소리가 들렸고, 뒤이어 그의 긴장한 목소리가 들렸다.

　"린다!" 그가 말했다. "세상에!"

　나는 침을 꿀꺽 삼켰다.

　"지금 새벽 여섯 시예요!" 그가 순간 놀란 듯 말했다. "무슨 일 있어요? 내가 도울 일이라도?"

　"아뇨. 그런 건 아니에요. 방해했다면 미안해요……."

　잠시 정적이 흘렀다.

"괜찮아요. 난 그저 당신이 전화를 했다는 데 아주 많이 놀랐을 뿐이에요."

나는 그제야 그가 내게 존댓말을 쓰고 있다는 걸 알아챘다. 그는 전문가답게, 또 훈련받은 바대로 냉담하게 놀란 마음과 또…… 다른 감정들을 즉시 가라앉혔다.

"내가 뭐 더 도울 일이 있나요?"

나는 얼마 전에 당신을 주인공으로 한 책을 썼어. 어떻게 지내?

나는 정신을 차렸다. 그가 나에게 하듯이 나도 그에게 존댓말을 해야 한다고 스스로를 다그쳤다. 그는 나를 정말 잊은 걸까? 어쩌면 차라리 그게 나을지도.

"아직 기억하시는지 모르겠어요. 전에 제 여동생 살인 사건을 수사하셨죠."

그가 잠시 침묵했다.

"물론 당신을 기억합니다." 결국 그가 대답했다.

그의 목소리는 아주 초연했다. 나는 실망감을 애써 삼켰다.

뭘 기대했던 거야, 린다?

나는 본래 내 계획을 기억해내려고 애썼다.

지금 네가 중요한 게 아냐, 린다.

"뭘 좀 여쭤보고 싶어요." 내가 물었다.

"물어보시죠."

아주 초연한 목소리. 거기에는…… 아무 감정도 없었다.

"그게, 제 동생 사건에 관한 일이에요. 아직 기억하실지 모르겠지만, 당시에 제가 동생을 처음 발견했는데……."

"기억합니다. 그때 저는 범인을 잡겠다고 약속했지만 그 약속을 지키지 못했죠."

그의 목소리에는 여전히 아무 감정도 없었다. 하지만 그는 기억하고 있었다. 그때의 일을.

어서 해, 린다. 물어보라고.

"계속 신경 쓰이는 일이 있어서요."

"네?"

물어봐!

"저, 우선 제가 잠을 깨운 거라면 정말 죄송해요, 전화를 걸기에는 너무 이른 시간인데⋯⋯."

그는 아무 말도 하지 않았다.

물어봐.

"그러니까 그때 말이에요." 나는 침을 꿀꺽 삼켰다. "저는 제가 주용의자였다는 사실을 한동안 모르고 있었어요."

잠시 말없이 그가 이의를 제기하기를 기다렸지만, 그는 그러지 않았다.

"그래서, 음, 저는 그냥 알고 싶었어요, 혹시 형사님도⋯⋯."

그의 숨소리가 들렸다.

"형사님도 당시에 저를 범인이라 생각하셨나요?"

아무 대답이 없었다.

"저를 범인으로 생각하셨어요?"

그는 아무 말도 하지 않았다.

생각 중인가?

내가 계속 말하기를 기다리고 있나?

침묵.

그는 네가 드디어 자백하려 한다고 생각하는 거야, 린다. 네 자백을 기다리고 있다고.

"율리안?" 내가 물었다.

나는 당신과 나누던 대화가 그리워. 정말이지 당신과 마주 앉고 싶고, 시가 얼마나 멋진 것인지 당신이 날 설득하는 말을 듣고 싶고, 당신의 그 신경에 거슬리는 어린 여자 동료와는 그 이후에 어떻게 지냈는지, 또 당신 아내가 정말 집에서 나갔는지도 알고 싶어. 당신 뒤통수에, 머리카락 속에 있던 그 가마는 아직도 그대로야? 그리고 정말 궁금한 건, 어떻게 지내? 난 당신이 너무 그리웠어. 그때 난 우리가 같은 별에서 왔다는 기분이 들었거든.

"율리안. 난 알아야겠어요."

"우린 당시에 가능한 모든 방향으로 수사를 진행했어요." 율리안이 말했다.

회피성 대답.

"하지만 범인이 남자인지 여자인지는 알아내지 못했죠."

'범인이 남자인지 여자인지'라니. '언니'는 아니고?

제길.

"미안하지만 이런 얘기는 이런 식으로 할 게 아닌 것 같아요. 시간도 적절치 않은 것 같고. 다음번에 더 자세히 얘기를 나누는 게 어때요?"

당시 사건의 주용의자가 갑자기 연락해왔는데 어떻게 해야 하는지 그가 동료들과 다 상의한 이후에 말이지. 어떻게 하면 네 자백을 가장 잘 받아낼 수

있을지 생각한 뒤에 말이야, 린다.

"고마워요." 나는 이렇게만 말하고는 전화를 끊었다.

율리안, 아니, 율리안 슈머 형사는 나를 범인으로 여겼다. 나는 혼자였다. 나는 내 큰 집 안에 서서 커다란 창문을 통해 호수를 쳐다봤다. 모든 건 아주 고요했다. 내 마음도. 그런데 그때 스위치 하나가 딱 하고 켜졌다. 그리고 그때 일이 기억났다.

여름이었고 날은 더웠다, 한여름의 무더위로 밤이 돼도 날은 시원해질 줄 몰랐다. 변질된 듯 퀴퀴한 공기, 잠옷은 허벅지에 달라붙었고 침대 위에서 뒤척이던 아이들은 결국 벌떡 일어났다, 엄마, 잠이 안 와요. 집집마다 열어놓은 테라스 문, 조용히 펄럭이는 커튼, 배불리 먹어 만족한 모기들. 공기 중에 이상 전류라도 흐르는 듯 울어대는 아기, 싸우는 부부. 나 역시 싸우고, 소리 지르고, 미친 듯 날뛰고, 물건을 집어 던졌다, 재떨이, 책, 찻잔, 화분, 휴대전화, 그의 휴대전화, 손에 잡히는 모든 것, 신발, 전혀 상관없는 물건들, 가리는 것 없이 전부 다, 베개, 사과, 헤어스프레이, 선글라스. 마크는 웃으며 더 이상 참지 못하고 말했다, 넌 완전히 돌았어, 공주님, 완전 미쳤다고, 진지하게 말하는데 술 좀 그만 마셔, 나는 마크가 나를 비웃고 내 분노와 질투를 그저 웃어넘기는 모습에 더욱 화를 냈다, 맙소사, 어떻게 당신 동생과 내가 그렇고 그런 사이라 생각할 수 있어? 정말 우습군, 완전히 돌았어, 공주님, 난 안나와 우연히 마주친 것뿐이야, 이 도시가 얼마나 작은데, 맙소사, 카푸치노 한잔 같이 마신 것뿐이라고, 약혼녀의 여동생과 커피 한잔 마시는 것도 안 될 일이란 걸 누가 알았겠어, 세상에, 정말 안나 말이 맞았군, 황당해서 웃음밖에 안 나와, 난 안나가 정신 나간 소리를 하는 거라고 생각했는데, 정말 그 말이 맞았어, 우스워 죽을 지경이야! 더 이상 던질 것은 보이지 않았고, 내 몸은 후끈 달아올라 입고 있던 티셔츠는 등과 가슴골 부분이 몸에 착 달라붙었다. 움직임을 멈춘 나는 숨을 계속 헐떡이며 마크를 보고 말했다. "그게 무슨 뜻이야?"

더 이상 날아오는 물건을 피하지 않아도 되는 상황이 되자 마크가 가만히 서서 나를 쳐다봤고, 그냥 웃는 것도 모자라 계속 풉하고 웃음을 터뜨렸다. 내가 그냥 우스운 정도가 아니라 물건을 던지는 모습이 웃겨 죽겠다는 듯, 정말 배를 쥐고 웃었다. 속수무책으로.

"무슨 뜻이냐니, 뭐가?" 마크가 물었다.

"안나 말이 맞았다는 게 무슨 뜻이냐고?"

마크는 코웃음을 치며 고개를 가로저었고, 내 못돼 먹은 행동 때문에 힘이 다 빠졌다는 듯 눈썹을 슬쩍 치켜떴다.

"그렇게 알고 싶다면 말해주지. 안나는 우리가 만났다는 얘기를 너한테 하지 말라고, 했다가는 네가 길길이 날뛸 거라고 했어."

나는 격분한 나머지 잠시 몸에 힘이 빠졌다. 마크를 쳐다보지 않으려 애썼다. 지금 그를 봤다가는 폭발해버릴 것만 같아서 뭔가 다른 쳐다볼 것을 찾다가 식탁 위에 놓인 신문의 '아프가니스탄 파병'이라는 머리기사와 기자의 사진에 집중했다. 햇볕에 그을린 기자의 얼굴과 보기 드문 밝은색 눈을 응시하며 마음을 진정시켜보려 했지만 너무도 떨려 아무리 해도 잘되지 않았다. 마크가 또다시 코웃음을 쳤다.

"그리고 난 바보같이 말했지. '맙소사, 안나, 말도 안 돼, 어떻게 그런 생각을 할 수가 있어, 린다는 쿨해.' 그러자 안나가 말했어. '보면 알 거예요, 마크. 보면 알 거라고요.'"

나는 잠시 마크를 쳐다봤고, 그 역시 웃음기가 사라진 얼굴로 나를 쳐다봤다. 마치 처음 보는 사람처럼, 이제야 자기 약혼녀가 전혀 쿨하지 않다는 사실을 알았다는 듯이, '쿨'이란 단어는 그가 자기 친구들 앞에서 나를 묘사할 때마다 쓰는 말이었다. 린다는 쿨해, 린다는 축구랑 맥주를 좋아해, 린다는 내가 밤새 밖에 있어도 잔소리를 안 해, 질투? 아냐, 린다는 그런 거 몰라, 마케팅팀 여직원하고 그런 일이 있었을 때도 린다는 이해해주었는걸, 단순히 육체적 관계였을 뿐이라고 내가 참회했더니 이해해줬어, 린다는 쿨하니까, 우린 숨기는 게 없어, 린다와는 뭐든 다 공유할 수 있지, 남자들이 좋아하는 영화, 캔맥주, 포르노, 린다는 세상에서 제일 재미있는 여자야, 린다는 쿨해.

마크가 나를 빤히 쳐다봤다.

"쿨하지 못하게 왜 이래?" 마크가 물었다. 그러자 내 분노는 주먹을 쥐듯 똘똘 뭉쳐버렸고, 나는 차 열쇠를 집어 들고 밖으로 나왔다, 밖은 더 더웠다, 덥고 활기찬 여름밤, 차에 올라타고 가속페달을 꽉 밟으며 미친 듯이 질주했다. 화가 나서 숨도 잘 안

쉬어졌다. 곧 목적지를 정하고 그리 멀지 않은 그곳을 향해 달렸다. 검은색으로 반짝이는 거리는 텅 비어 있었고, 언제 도착했는지도 모르게 안나의 집 앞에 서 있던 내가 초인종을 마구 누르자 안나가 문을 열었다. 어두운색 짧은 원피스, 셀룰라이트라고는 찾아볼 수 없는 몸매, 진주알 같은 미소, 입안에 든 껌. 무슨 일이야, 언니? 나는 집 안으로 들어갔다. 대체 뭐 하자는 거야, 안나? 뭐 하자는 거냐고? 지금 나랑 마크 사이를 갈라놓으려는 거야? 그런 거야? 내 남자를 빼앗으려는 거냐고, 이 교활한 년아! 그러자 안나가 피식 웃었다. 내가 화를 제대로 내본 적이 없다는 걸 잘 알았으니까, 또 내 입에서 나오는 욕은 어쩐지 우습고 어색하고 이상하게 들렸으니까, 마치 어떤 배우를 따라하는 것처럼, 그것도 아주 엉망으로. 안나는 껌으로 풍선을 불어 팡 하고 터뜨린 뒤 말했다.

"내 경험상 남자들은 그리 쉽게 마음을 빼앗기지 않아, 자기가 그러길 원하는 경우만 아니라면."

안나가 또다시 피식 웃으며 나를 내버려둔 채, 그냥 서 있게 둔 채 주방으로 걸어갔고, 나는 그제야 음악이 틀어져 있음을 알아챘다. 비틀스의 음악, 저 조그만 년이 내게서 빼앗아 간 비틀스 레코드판. 언니는 어차피 듣지도 않잖아, 안나는 주방으로 가서 토마토 자르던 걸 마저 잘랐고 나는 그런 행동을 이해할 수가 없었다. 날 그렇게 두고 그냥 가더니 또 그 빌어먹을 샐러드를 만들다니, 나는 바보처럼 터벅터벅 뒤를 따라가는 수밖에 없었다, 여전히 화를 내면서. 뭐 하자는 거야, 안나? 뭐 하자는 거야?

넌 원하는 건 다 가졌는지 몰라도 마크는 너한테 전혀 관심 없어. 그러자 안나는 내 말을 그냥 무시했고 나는 그 애의 팔을 붙들고 다시 한 번 말했다. 마크는 너한테 전혀 관심 없어, 마크는 네가 좋아하는 타입도 아니잖아, 근데 왜 그래, 왜 그러냐고, 안나? 넌 더 이상 열다섯 살 어린 애가 아냐, 나와 마크 사이를 이간질하는 행동은 더 이상 웃어넘길 일이 아니라고, 재미로 그럴 수는 없어, 우린 이제 십 대가 아냐, 솔직히 말하자면 전에도 그런 일은 재미로 할 일은 아니었어, 지금은 더더욱 그렇고. 그러자 안나가 팔을 확 잡아 빼며, 언니는 미쳤어, 난 언니가 뭘 원하는지 모르겠어, 언니와 언니의 그 이야기보따리, 항상 언니는 모든 일을 그렇게 극적으로 만들지, 이제 그 짜증나는 피해의식에서 좀 벗어나 봐, 나는 언니가 주길 원하지 않는 걸 가져갈 수도 없고, 빼앗기길 원하지 않는 남자를 빼앗을 수도 없어, 언니의 그 잃는 소리에 나도 이제 신물이 나, '아무도 날 이해 못해, 아무도 날 좋아하지 않아, 난 너무 뚱뚱하고 너무 못생겼고 아무도 내 이야기를 읽어주지 않아서 파산하기 직전이야, 난 너무 불행해', 어쩌고저쩌고. 그 말을 들은 나는 순간 분노가 치밀어 올라 눈앞이 캄캄해졌지만, 겨우 그런 감정을 억눌렀다. 난 이제 열다섯 살 소녀가 아냐, 방금 내 입으로 말했다시피 십 대가 아니라고, 난 더 이상 열다섯 살짜리 아웃사이더가 아냐, 이제 여드름도 없고 똥배가 나오지도 않았고 촌스러운 안경을 쓰지도 않아, 난 돈도 많고 글을 써서 성공도 했어, 약혼자도 있고, 난 이제 다 큰 여자고, 동생한테 쓸데없이 내 속에 있는 말을 다 꺼내지 않아도 돼, 이 정도 화는 충분히 다스릴 수 있어, 안나의 술수에 말려들지 말고 그냥 돌아서 집으로 가면 돼, 거기에 휘말릴 필요 없어, 그 도발에 넘어갈 필요 없다고, 상황이 더 안 좋아지기 전에 그냥 집에 가면 돼, 이런 일은 항상 더 악화됐고 결국에는 안나가 이겼으니까, 매번 잘못은 내게로 돌아왔지, 린다가 과장할 때가 있긴 하지, 린다는 좀 극적인 데가 있어, 너희도 알잖아, 항상 그랬는걸, 린다와 이야기보따리 말이야. 나는 숨을 들이쉬고, 내쉬고, 들이쉬고, 내쉬었다. 그게 도움이 됐는지 마음을 진정시킬 수 있었고, 좀 전까지 붉은 빛으로 보였던 세상도 정상으로 돌아왔다, 다 잘됐어, 다 잘됐어, 그런데 그때 안나가 말했다.

"근데 내가 어떤 타입을 좋아하는지 언니가 어떻게 알아?"

내가 물었다. "뭐라고?" 천진난만하게, 바보처럼, 순한 양처럼. 그리고 안나는 마치 귀가 먹은 혹은 지능이 좀 떨어지는 사람에게 하듯 필요 이상으로 또박또박 말했다.

"내가 어-떤 타-입을 좋아-하는지 언니가 어떻게 아느냐고?"

나는 안나를 빤히 쳐다봤고, 토마토 자르기를 끝낸 안나가 젖은 손을 행주에 닦더니 내 얼굴을 쳐다봤다. 눈을 동그랗게 뜨고 작은 송곳니를 드러낸 채.

"마크는 매력적인 남자야." 나는 잠시 그대로 안나를 응시하다가 겨우 입을 열어 퉁명스럽게 말했다. "마크는 너한테 아무 관심 없어."

"그럴지도."

안나는 그 좁은 어깨를 으쓱해 보이며 웃었다. 껌으로 풍선을 불며. 팡.

"내가 할 수 있는지 한번 보자고."

별안간 내 머릿속에 날카롭고 예리한 통증이 슥 지나가는 느낌이었다. 순간 나는 분개했고, 어느새 내 손에는 칼이 쥐여져 있었다. 그 이후에 무슨 일이 일어났는지는 잘 기억이 나지 않는다. 정말 기억이 안 난다, 정말로, 진심으로, 정말 기억이 안 난다, 남은 거라고는 정적과, 쇠와 뼈의 냄새뿐이었다. 나는 혼란스러웠다, 극도로 혼란스러웠다, 이해할 수 없었다, 내 머리가 이해하기를 거부했으므로, 나는 지문들을 지웠다. 그리고 우리는 순간 거실로 이동해 있었다. 안나가 몇 미터 안 떨어진 거실로 비틀거리며 걸어왔던 것이다. 나는 테라스 문을 열었다. 공기, 공기가 필요했다, 세상은 붉은색, 짙은 붉은색이었고, 나는 공기를 마시는 게 아니라 붉은색의 무언가를 마셨다, 무겁고 진득진득한. 그리고 끔찍한 멜로디가 그 공기에 걸려 있었다. **올 유 니드 이스 러브, 라다다다다**, 비웃는 듯하면서도 감미로운, **러브, 러브, 러브**, 세상이 이상하게 보였다, 네모나게, 딱딱하게, 나는 사진 속에 서 있었고 누군가 채도를 끝까지 높여놓았다. 나는 방향감각을 잃었다. 무슨 일이 일어난 거지, 왜 안나가 바닥에 누워 있지? 저 피는 또 뭐고? 안나는 피를 무서워했는데, 역겨워했는데, 어떻게 안나가 피 웅덩이 속에 누워 있는 거지, 피 웅덩이는 점차 넓어지고, 넓어지고, 넓어져, 거의 내 신발에 닿을 정도였고, 나는 한 발짝 뒤로 물러났다. 나는 안나를 쳐다봤다. 죽었는지 죽어가는 건지 모르게 바닥에 누워 있는 안나. 무슨 일이 일어난 거지? 맙소사, 대체 무슨 일이야? 누구야, 어디 있어, 누군가 여기 왔다 간 게 틀림없어, 어디 있어? 그때 약한 바람이 내 얼굴을 스쳤고, 고개를 든 나는 움직임을 감지하고는 화들짝 놀랐다, 저기 누군가 있어, 누군가 테라스 문으로 사라졌어, 세상에 세상에 세상에 세상에, 저기 누군가 있어, 세상에 뒤돌아보지 마, 뒤돌아보지 마, 뒤돌아보지 마, 그런데 그는 뒤를 돌았고 우리는 서로 눈을 마주쳤다, 나는 그가 범인임을 알았다, 그가 안나를 죽였어, 그가 안나를 죽였어. 그 순간은 더디게 지나갔고 마침내 그 남자는 사라져버렸다. 나는 테라스 문에 달린 커튼이 마치 수양버들처럼 바람에 나부끼는 모습을 그저 바라보고 있다가 이내 눈길을 돌려 안나를 봤다. 피 웅덩이에 누워 있는 안나. 내 머리로는 이해할 수가 없었다. 무슨 일이 일어난 거지, 어떻게 이런 일이? 어떻게 이런 일이? 나는 안나가 아무 대답이 없길래 열쇠로 문을 열고 들어왔고, 집 안에 들어서자 안나는 이렇게 피를 흘리며 죽어 있었다. 그리고 그 남자. 테라스 문에 서 있던, 맙소사, 맙소사, 나는 그가 나까지 죽이리라 생각했다, 안나처럼 나도 죽을 거라고, 맙소사, 제발, 제발, 하나님, 나는 너무나 두려웠다. 피 냄새가 진동했다. 온통 피였으니까. 수화기를 들고 경찰에 전화를 걸었다. 몸이 덜덜 떨리고 눈물이 멈추지 않았다. 그리고 테라스 문에 서 있던 그 남자를 떠올렸다, 어두워서, 아주 잠깐이라 잘 보이지는 않았지만 그 눈, 그 눈, 밝은색의 차가운 눈, 그것만큼은 결코 잊을 수 없을 것이다, 절대로, 절대로, 절대로, 내가 죽을 때까지. 경찰이 왔다. 나는 거기 앉아서 안나를 쳐다보고 있었고, 경찰관들이 내게 질문을 하고 담요를 덮어주었다, 그중에는 양쪽 눈 색깔이 다른 착한 형사 한 명이 있었고, 나는 처음에는 말을 할 수가 없었다, 아무 말도, 무슨 일이 일어난 건지, 여기서 무슨 일이 있었는지 알 수가 없었다. 하지만 그 친절한 형사에게 도움을 주고자 정신을 차렸고, 그에게 테라스 문가, 어둠 속에서 봤던 그 차갑고 또렷한 눈에 대해서 말해주었다. 또 안나는 피를 무서워했기 때문에 저렇게 피 웅덩이에 누워 있어서는 안 된다고도 말했다. 나는 그에게 왜냐고 물었고 그는 그 이유를 알아내겠다고 약속했다. 얼마 후 들것과 사진사가 도착했고 경찰도 더 많이 왔다. 경찰의 보호를 받다가 얼마 후 내 침대에 누워 있었고 또 얼마 후에는 부모님이 왔다. 맙소사, 맙소사 안 돼, 그리고 마크도 왔다. 마크는 내 옆에 앉아 아무 감정 없이 내 머리를 쓸어넘겼고 그 모든 게 너무도 끔찍했다. 우리 불쌍한 공주님, 맙소사. 그리고 좀 더 지나자 마크를 비롯해 우리 부모님, 친구들까지 모두가 똑같은 말을 했다. 우리 가족이 스스로를 변호하기 위해 지어낸 이야기를, 행복한 부부와 두 자매, 서로를 대단히 사랑했던, 한 몸 같았던 자매. 아니, 그 둘은 싸우지 않았어, 절대로, 어렸을 때도 안 싸웠는데 다 큰 뒤에 무슨 싸움. 자매 간의 질투? 맙소사 아냐, 조금도 없었지, 무슨 말도 안 되는 소리를. 그 둘은 서로 사랑하고 이해하는 마음이 깊어서 제삼자가 끼어들 틈이 없었다니까, 대단했지, 떼려야 뗄 수 없는 사이. 그리고 나는 그 밝은색 눈을 가진 남자에 관한 이야기를 되풀이하면서 그게 실은 지어낸 이야기임을 잊었다, 그 이야기를 지어내던 순간에 이미 잊어버렸다, 나는 그 이야기를 하고, 또 했고, 이야기하는 거라면 자신 있었다, 나는 필사적으로 이야기했다, 린다와 이야기보따리. 나는 내 이야기 속에 나를 끌어들여 한 명의 등장인물이 됐다. 절망한 나머지 파멸해가는 희생자의 언니, 외로이 은둔 생활을 하는, '린다는 결코 완전히 회복될 수 없었다, 가장 불쌍한 사람. 그 둘이 서로를 얼마나 사랑하고 꼭 붙어다녔는데.' 하지만 진실은 나를 갉아먹었고, 내 안에서 투쟁을 벌였고, 마치 창살에 갇힌 동물처럼 내 안을 휘젓고 다니며 나가려고, 그저 나가려고 했다. 하지만 나는 내 이야기를 믿었고, 내가 곧 이야기였다, 잘 지어낸 이야기, 나는 아프면 되고, 집 밖으로 더 이상 나가지 않으면 되고, 내 안에 동물을 가둬둔 채 계속 그 차가운 눈의 낯선 남자에 대해 믿으면 그만이었지만, 창살 안의 그 동물은 도무지 포기할 줄을 몰랐고 어느 날 있는 힘을 다 끌어 모았다, 자기가 가진 폭력적인 힘 전부를. 결국 마지막 시도에 착수한 나는 내 이야기 속 캐릭터와 얼추 비슷하게 생긴 남자를 보게 됐고, 그날 밤을 떠올려보려고, 그때로 돌아가 보려고 애썼다, 차가운 눈을 한 남자와 지칠 때까지 대화를 하고 자백을 받아내려 갖은 애를 썼지만, 결국 나는 이해하기 싫었던 것이다, 인정하기 싫었던 것이다, 절대, 절대 인정하기 싫었던 것이다, 내가 그리도 받아내려고 애썼던 그 자백이 사실은 내 자신의 자백이었다는 것을.

내가 살인범이라는 것을.

그 밖의 것들은 잘 꾸며낸 이야기일 뿐이었다.

아마 이렇게 된 일일 것이다. 이렇게, 혹은 이와 비슷하게.

나는 창가에 서서 커다란 유리창을 통해 숲과 호수를 바라봤다.

Blood Sisters

조피

조피는 간절히 바라는 마음만 있으면 벨이 울리기라도 할 것처럼 전화기를 뚫어져라 쳐다봤다. 하지만 벨은 끝내 울리지 않았다. 주방으로 간 조피가 선반에서 꺼낸 와인잔에 와인을 가득 따른 뒤 의자에 앉았다. 바로 그때 빠지직 하는 소리가 들려와 화들짝 놀랐다.

그건 마룻바닥에서 나는 소리였다. 조피는 마음을 진정시키려 애썼지만 잘되지 않았다. 와인을 한 모금 마시고 생각을 정리해보기로 했다.

조피는 미행당하는 기분을 느꼈다. 정말 미행을 당했던 걸까, 아니면 요새 신경이 곤두선 탓에 그렇게 느끼는 걸까? 아니, 분명 누군가가 있었다. 그때, 그 지하 주차장에. 다른 때에도 조피가 모르는 사이에 누군가 조피를 미행할지도 모를 일이었다.

조피는 다시 휴대전화를 쳐다봤다. 요나스에게서는 아직도 연락이 없었다. 휴대전화를 집어 든 조피가 검지로 통화 버튼을 누를까 말까 망설이다가 결국 그냥 다시 내려놓았다. 될 대로 되라지. 어차피 요나스는 경찰을 믿고 맡겨보라는 설교나 할 게 뻔하니까.

무슨 일이 일어날 조짐이 있다면 조피가 직접 나서야 된다는 것만은 분명했다. 자리에서 일어나 재킷을 집어 든 조피가 잠시 망설이다가 다시 재킷을 내려놓고 앉았다. 또 텔레비전을 켰다가 다시 껐다.

조피는 생각을 하려고 노력했고 결국 생각이 났다. 몇 분만 더 빨리 브리타의 집에 도착했다면. 자꾸 벨을 누를 게 아니라 그냥 처음부터 열쇠로 문을 열고 들어갔다면. 즉시 구급차를 불렀다면. 그랬다면, 그랬다면, 그랬다면. 조피는 죄책감 때문에 자신이 이렇게 열심히 움직이고 있다는 걸 알았다. 그 남자를 찾아야만 했다. 하지만 어떻게? 이런 생각이 순간 뇌리를 스쳤다.

사실 그건 아주 간단한 일이었다. 조피는 범인을 봤다. 범인도 조피를 봤다. 조피는 범인을 알아보지 못했지만 범인은 조피를 아주 잘 알아볼 수 있을 것이다. 어쨌든 조피를 미행한 걸 보면 범인은 조피가 누군지 알아낸 게 분명했다. 조피가 혼자 있을 때 붙잡으려 하고 있다. 자신의 범행을 목격한 조피를 저지하기 위해. 범인은 멈추지 않을 것이다. 아직까지 완벽한 기회를 잡지 못했으니까.

만약 조피가 범인의 일을 쉽게 만들어주면 어떨까? 다음번에 미행당하는 게 느껴질 때 도망가지 않고 그 자리에 우뚝 서버린다면?

아니, 그건 완전히 미친 짓이다. 자살행위나 다름없다.

조피가 소파에 몸을 기대고 와인을 또 한 모금 마셨다. 마지막 순간에 브리타가 느꼈을 두려움을 떠올리며. 두려움 때문에 해야 할 일을 하지 않을 수는 없다. 와인을 마신 조피가 소파 위에 누웠다. 그러고는 벽을, 또 몸을 돌려 천장을 쳐다봤다. 보다 보니 천장의 흰색은 점점 더 새하얘졌고,

마치 빛을 내뿜으며 흔들거리는 것만 같았다. 그런데 거기에는 또 다른 뭔가가 있었다. 조피가 자세히 들여다보니 그건 초파리보다도 작은, 돋보기로 봐야 할 듯한 미세한 까만 점들이었다. 아니, 점이라기보다는 얼룩에 가까웠다. 그 까만 것들이 흰색 천장을 뚫고 점점 두껍게, 점점 더 까맣게 자랐고, 잠시 후 조피는 지금 눈앞에서 무슨 일이 일어나고 있는지 알게 됐다. 천장에서 털이 자라고 있었던 것이다. 마치 음모처럼 굵고 검은 털들이, 조피를 향해. 천장에는 구멍이 숭숭 나기 시작했고, 아무것도 안 하고 그냥 그렇게 누워 있다가는 곧 조피 위로 무너져 내릴 것만 같았다.

벌떡 일어난 조피가 남은 와인을 단숨에 마셔버린 뒤 침실로 향했다. 파울이 아직도 가져가지 않은 복도의 박스를 보자 화가 치밀어 올랐다. 조피는 갑자기 자기 자신과 이 세상에 대해 분노한 나머지 파울이 '기타 등등'이라고 써놓은 상자에 삐죽 튀어나온 골프채를 빼서 아무거나 두들겨 패고 싶은 심정이었다. 여행 가방을 뒤져 얼마 전에 넣어둔 후추 스프레이를 찾아낸 조피가 그것을 지갑, 열쇠, 휴대전화와 함께 가방에 넣은 뒤 집 밖으로 나와 계단을 뛰어 내려갔다.

밖에는 벨벳처럼 부드러운 어둠이 깔려 있었고 가을 냄새가 났다. 조피는 날씨가 찌는 듯 더운 한여름에서 변덕스러운 가을로 바뀌는 것도 모르고 있었다. 조피가 밤거리를 걸어 점차 인적이 드문 곳으로, 어둠 속으로 접어들었다. 이 정신 나간 계획이 과연 옳은 건지 제대로 생각해보지도 않은 채.

살인범을 잡을 함정 놓기, 그리고 미끼는 자신이었다.

삶에 그리 집착하지 않는 사람에게는 정말이지 완벽한 계획이 아닐 수 없었다.

조피는 범죄 드라마에 자주 등장하는 단어들을 떠올리고 있는 자신을 발견했다. 살인범. 피해자. 성가신 목격자. 호감형의 형사. 그렇게 생각하다 보니 마음이 좀 편해지는 것 같았다. 진짜 비극이 아닌, 조피의 삶에 실제로 일어난 일이 아닌, 그저 드라마에 나오는 하나의 사건인 것처럼.

조피는 걷고 또 걸었다. 맞은편에서 걸어오는 사람 수가 점차 줄어들었다. 날은 시원하다 못해 칼바람 때문에 추울 정도였다. 조피가 재킷 단추를 풀었다. 차라리 추위에 몸이 덜덜 떨리면 좋겠다고 생각했다. 이제 제발 슬픔과 분노가 아닌 다른 감정을 느껴보고 싶다. 설령 그것이 추위나 고통이더라도.

조피는 지금 이렇게 엄청난 죄책감에 이끌려 하고 있는 행동이 얼마나 위험한지, 얼마나 정신 나간 짓인지를 알고 있었다. 조피가 내면으로부터 들려오는 경고의 소리를 묵살한 채 앞에 보이는 어두운 공원으로 들어갔다. 그러고는 벤치에 앉아 기다렸다. 어둠을 응시하며, 몸을 떨며, 기다렸다. 그리고 그를 발견하기까지는 그리 오래 걸리지 않았다.

24

홀짝이며 차를 마셨다. 내 머릿속의 잡소리들을 몰아낼 수 있을까 싶어 음악을 틀어놨지만 소용없는 일이었다. 엘라 피츠제럴드는 여름과 편안한 삶을 노래했지만 여름은 아직 멀었고 내 마음은 뭔가에 짓눌리는 듯 무겁기만 했다. 게다가 머릿속에서는 그 두 목소리가 여전히 진실이 뭔지를 두고 싸우고 있었다. 호수는 파란색, 보라색, 짙은 빨간색, 주황색, 노란색으로 반짝이다가, 아침 해가 떠오르자 하늘색으로 반짝였다.

나는 그 덥고 끔찍했던 검붉은색 밤에 분명히 빅토르 렌첸을 봤어.

린다와 이야기보따리.

난 렌첸을 봤어.

그때 숲에서 본 그 새끼 사슴은 어떻고?

그때 난 아직 어린애였어. 아이들은 원래 거짓말을 하기도 하고 없는 말을 지어내기도 하잖아.

넌 아직도 그러잖아.

난 렌첸을 분명히 봤어. 난 미치지 않았어.

아, 그래?

그 밝은색 눈. 그 눈썹. 두려움과 공격성이 혼재된 얼굴 표정. 그때 난 그 모든 걸 봤고, 전부 다시 알아볼 수 있었어. 렌첸이 어제 내 앞에 섰을 때.

렌첸에게는 알리바이가 있어.

난 그를 봤어.

아주 확실한 알리바이가.

하지만 렌첸이 거기 있었어. 난 그를 봤다고.

그럼 왜 경찰이 렌첸을 체포하지 않았겠어?

경찰은 나도 체포하지 않았어. 만약 내가 정말 미쳤고, 내 동생을 죽였고, 누구나 그걸 믿는다면, 왜 난 체포당하지 않았을까?

넌 운이 좋았어.

난 운이 좋았던 적이 한 번도 없어.

넌 거짓말을 아주 잘해.

난 거짓말한 적 없어. 난 렌첸을 봤어. 테라스 문가에서.

하도 그렇게 얘기하다 보니까 너 스스로도 그렇게 믿게 된 거야.

나는 내가 뭘 봤는지 잘 알아. 그날 밤 일이 아직도 생생하게 기억나는걸.

넌 미쳤어, 린다.

말도 안 되는 소리!

들리지도 않는 음악 소리를 듣잖아.

하지만 난 기억해.

있지도 않은 것들을 보고, 계속 어지럽고, 그 두통 때문에 머리가 깨질 지경이면서도 어찌할 바를 모르잖아.

나는 정확히 기억해. 렌첸이 거기 있었어. 그의 눈도 그렇다고 말하고 있었지. 렌첸도 나를 알아봤다고. 내가 그날 밤을 기억하고 있기 때문에 나를 증오했던 거야. 렌첸이 거기 있었어. 렌첸이 안나를 죽였어. 어쩌면 지금껏 내가 잘못 생각했던 건지도 몰라. 안나는 우발적으로 살해당한 게 아닐지도. 그 둘이 아는 사이였을지도 모르지. 내가 몰랐다고 해서 안나가 연애를 안 했으리라는 보장은 없잖아. 누가 알겠어? 범인이 질투심에 사로잡힌 애인이었을지. 아니면 스토커나 정신병자였을지.

넌 미쳤어. 정신분열증이 있는 건지도 몰라. 아니면 머릿속에 종양이 있거나. 어쩌면 두통도 거기서 비롯된 건지도, 두통과 어지럼증과 음악 소리, 전부 다.

그 소름끼치는 음악 소리.

나는 밖을 쳐다봤다. 호수는 햇빛에 반짝였고, 저 멀리 호수 동쪽 물에서 뭔가가 움직였다. 나뭇가지들이 움직이더니 그것이 나무들 사이로 당당하게 모습을 드러냈다. 굉장히 큰 사슴 한 마리가 몸을 꼿꼿이 세운 채 품위 있고 아름다운 자태를 뽐냈다. 나는 숨을 멈추고 화가라도 된 듯 사슴을 바라봤다. 그 움직임을, 그 기품과 힘을 빨아들이려는 듯. 호수에서 피어오르는 안개 속에서 잠시 가만히 서 있던 사슴이 이내 다시 나무들 사이로 사라져버렸다. 나는 계속 앉아 있었다. 매번 이 자리에 앉아서 동물이 나타나기를 기대했지만 실제로 본 적은 거의 없었다. 게다가 사슴을? 그건 처음 있는 일이었다. 그 사슴은 마치 어떤 조짐을 보여주는 것 같았다.

조짐 같은 건 없어. 넌 있지도 않은 걸 본 거야.

나는 그 후로도 한참 동안 내 조용하고 큰 집(내 세상 전체나 마찬가지인)의 창가에 앉아서 밖을 바라보며 그 사슴이 다시 나타나주기를 바랐다. 그러지 않으리란 걸 잘 알면서도 가만히 앉아 기다렸다. 그게 아니면 뭘 해야 할지 알 수가 없었다. 나는 그렇게 앉아 있었고, 바람에 살짝 일렁이는 호수의 풍경은 내 머릿속을 잠잠하게 했다. 해는 내 세상에 엄습한 혼란에는 아랑곳하지 않은 채 점점 더 높이 떠올라 자기 세상을 비추고 있었다.

태양의 나이는 약 사십오억 년이다. 지난 십여 년간 책을 읽을 시간이 많았던 나는 그런 걸 잘 알고 있다. 아침이었지만 해는 이미 많은 걸 비추고 있었다. 유리창을 통해 내리쬐는 아침햇살이 내 몸을 덥혀주었다. 나는 햇살이 내 몸을 어루만지는 걸 느끼며, 또 그것을 즐기며, 잠시 그렇게 앉아 빛을 내 몸 안으로 빨아들였다. 아름다운 날이다. 어쩌면 내게 일어난 일은 그냥 잊어버리고 오늘에 대해, 저 숲과 호수와 햇빛에 대해 감사할 수도 있을 것만 같았다. 사십오억 년이나 된 태양이 지칠 줄도 모르고 점차 높이 떠올랐고, 나는 그 정적과 온기를 즐겼다. 어차피 꼭 해야만 하는 일도 없었고, 작은 변화에도 모든 걸 망치게 될 것 같은 기분에 몸을 전혀 움직이지 않고 가만히 기분 좋게 앉아 있던 찰나, 그 소리가 들려왔다. 음악 소리.

러브, 러브, 러브.

안 돼. 제발, 그만해.

러브, 러브, 러브.

이제 그만해. 제발. 더는 견딜 수 없어.

나는 짧은 신음을 내뱉으며 의자 위에서 몸을 웅크리고 두 손으로 귀를 틀어막았다.

음악 소리가 사라졌다. 나는 흐느끼며 아플 정도로 귀를 막았고, 두려움은 내 가슴에서부터 온몸으로 퍼져나갔다. 잠시 그렇게 앉아 있다가 그제야 깨달았다. 절망 때문이었을까? 고통 때문이었을까? 아니면 심신이 너무 지쳐서 그랬나? 왜 그제야 생각이 난 걸까? 음악 소리가 내 상상일 뿐이라면, 내 머릿속에서 나온 거라면, 항상 내 머릿속에만 존재했다면, 어떻게 내가 귀를 막는 순간 사라져버릴 수가 있지? 다시 손을 떼고 귀를 기울여봤다. 아무 소리도 들리지 않았다. 나는 실망감을 감추지 못했다. 혹시나 했는데…….

러브, 러브, 러브.

음악이 다시 들려왔다. 매번 그랬듯이 이번에도 어지러웠다. 하지만 이번만큼은 뭔가 달랐다, 소리가 커졌다 작아지고…… 움직이고 있었다. 음악이 움직이고 있었다. 나는 몸의 마디마디가 쑤시는 걸 느끼며 의자에서 일어나 방향을 잡으려 애썼고, 불현듯 깨달았다. 열려 있는 창문들…… 음악 소리는 밖에서 들려왔다. 그리고 그것은 비틀스 레코드판에서 나는 소리가 아니라…… 휘파람 소리였다. 누군가 이 집에 숨어들어 와 휘파람을 불고 있다.

순간 심장이 미친 듯이 뛰기 시작했다. 빅토르 렌첸이 날 죽이러 다시 온 건가? 아냐, 그럴 리가 없잖아, 날 죽일 기회는 충분히 많았는데.

대체 내가 무슨 생각을. 빅토르 렌첸은 죄가 없다. 인정하기 쉽진 않았지만 사실이다.

그럼 누구지? 무감각한 다리를 이끌고 창가로 다가가 차가운 유리창에 얼굴을 갖다 대고 밖을 둘러봤지만 아무도 보이지 않았다. 휘파람 소리는 다시 잦아들었고, 누군지는 몰라도 내게서 점점 멀어졌다. 나는 그를 잡을 수 있으리란 생각에 바로 옆 식당으로 서둘러 달려가 문을 홱 열었고, 정말 내 앞에는 누군가 서 있었다.

27

Blood Sisters

조피

온통 축축하고 꽁꽁 언 몸을 이끌고 밤거리를 걸어 집으로 돌아오는 내내, 조피는 이가 부딪힐 정도로 턱을 덜덜 떨었다. 그 추운 날씨에 공원 벤치에 한참을 앉아 있었던 것이다. 조피는 몇 번이나 자기를 향해 다가오는 그림자를 봤다고 생각했지만, 전부 조피가 너무 긴장한 나머지 헛것을 봤을 뿐이었다. 거기에는 아무것도 없었고, 정말 눈에 보였던 유일한 그림자는 조피 자신의 것뿐이었다.

조피가 자신의 집이 있는 거리로 접어들었다. 집에 들어가면 또다시 그 끔찍한 장면들이 머릿속에 떠올라 잠을 못 이룰 거라 생각하니 불안해졌다.

일 층 문을 열고 들어가 계단을 오르다 보니 위에서 무슨 소리가 들렸다. 조피의 맥박이 빠르게 고동쳤다. 위에 있는 계단참에서 뭔가 부스럭대는 소리가 들렸다. 바로 조피가 사는 층에서. 조피의 집 앞에 누군가 있었다. 조피의 심장은 마치 총포를 쏘아 올리는 듯 쿵쾅댔고, 조피는 외투 주머니에 들어 있는 후추 스프레이를 떠올리며 평정을 유지하려 애썼다. 몇 칸만 더 올라가면 조피의 집 앞 계단참이 보일 것이다. 이제 남은 건 여덟 칸, 조피는 뭘 보게 될까? 일곱 칸, 조피 집에 침입한 그 그림자를 보게 될까? 여섯 칸, 이웃집 여자가 대신 받아둔 택배 상자를 집 앞에 놓고 있는 걸까? 이 밤중에? 이제 다섯 칸, 아래층 여자의 그 짜증스러운 강아지가 또 집에서 도망친 걸까? 네 칸, 아니, 그 그림자가 분명해, 세 칸, 하얀 눈의 그림자, 두 칸, 그 순간 조피는 서둘러 아래로 내려오던 남자와 정면으로 부딪혔다.

"조피!" 요나스였다.

"죄송해요." 조피가 헐떡이며 말했다. "맙소사!"

"아니, 내가 미안해요. 놀라게 하려던 건 아니었는데. 열 번도 넘게 전화했는데 안 받길래 걱정이 돼서 와봤어요."

"휴대전화를 무음으로 해놨어요. 얼마나 오래 기다리신 거예요?"

"그리 오래되진 않았어요. 십 분 정도 됐나. 어디 갔었어요?"

조피가 아무 대답을 하지 않았다.

"좀 들어오실래요?" 조피가 물었다. "이렇게 계단에서 계속 얘기하다가는 이 건물 안 사람들을 다 깨우겠어요."

결국 두 사람이 주방 식탁에 마주 앉았다. 조피는 그새 옷을 갈아입었고, 두 사람 앞에는 김이 모락모락 나는 차가 놓여 있었다.

"그 빌어먹을 꽃." 조피가 마침내 입을 열었다. "왜 좀 더 일찍 생각해내지 못했을까요."

"우리가 먼저 알아챘어야 했어요. 그건 당신 일이 아니라 우리 일이에요."

조피가 차를 홀짝대며 찻잔 너머로 요나스를 쳐다봤다. 요나스가 조피의 눈길을 피했다.

"나한테 숨기는 거 있어요, 요나스?"

요나스가 초록색과 갈색 눈으로 조피를 쳐다봤다.

"이제 그만해요, 조피."

요나스의 말에 화가 난 조피가 주먹으로 식탁을 내리쳤다.

"그럴 수는 없어요, 제길." 조피가 소리쳤다. "내 동생이 살해된 이후로 난 숨도 잘 못 쉬겠어요! 그놈을 잡아야지만 다시 숨을 쉴 수 있을 것 같다고요!"

조피는 눈물을 애써 참았다. 요나스가 조심스럽게 조피의 손을 잡았고, 조피는 아무 저항도 하지 않았다.

"있잖아요, 조피, 나도 당신을 이해해요. 내가 같은 일을 당했어도 가만히 있지 않았을 거예요. 당신이 죄책감을 느끼는 것도 이해가 가요. 살아남은 사람들은 누구나 죄책감을 느끼게 마련이에요. 하지만 그건 당신 잘못이 아니라고요."

조피의 눈에 또다시 눈물이 차올랐다.

"다들 내 잘못이라고 생각해요. 다들!" 조피가 훌쩍였다. 이렇게 큰 소리로 속마음을 털어놓고 나니 한결 편해진 기분이었다. "우리 부모님도 그렇고……."

"아무도 그렇게 생각 안 해요." 요나스가 끼어들었다. "당신 혼자만 그러는 거예요."

"하지만 내가 조금만 더 일찍 거기 도착했어도……."

"그만해요. 이제 와서 죽은 동생을 살릴 수는 없어요. 그리고 지금처럼 스스로를 위험에 빠뜨리는 일도 아무 도움 안 된다고요. 당신이 한밤중에 혼자서 밖을 돌아다니는 것도 마음에 안 들어요. 당신은 마치 그놈을 유인하려는 듯 행동하고 있잖아요."

조피가 요나스에게 잡힌 손을 빼냈다.

"정말 죽고 싶어서 그래요? 그런 거예요?" 요나스가 물었다.

조피가 고개를 획 돌렸다.

"이제 그만 가주시면 좋겠어요."

"그러지 말아요, 조피. 스스로를 위험에 빠뜨리지 말라고요."

조피는 침묵했다. 눈물이 다시 나오려 하는 걸 느꼈고, 요나스에게 그런 모습을 보이고 싶지 않았다.

"이제 가주세요." 조피가 다시 말했다.

요나스가 고개를 끄덕이며 나갈 채비를 했다.

"부디 몸조심해요, 조피."

조피는 고민했다. 요나스에게 말해야 할까? 미행당했다고?

"잠깐만요." 조피가 말했다.

뒤를 돌아본 요나스가 기대에 찬 표정으로 조피를 쳐다봤다.

조피의 머리는 쉴 새 없이 돌아가고 있었다.

"아니에요." 결국 조피가 말했다. "아무것도 아니에요. 잘 지내요, 요나스 형사님."

다시 혼자가 된 조피는 스스로 시인했다. 그 일은 더 이상 확실치 않다고.

조피가 타는 듯한 폐를 부여잡고 주차장 안을 내달렸을 때, 조피는 분명히 등 뒤에서 쫓아오는 육중한 발소리를 들었다. 그리고 동생을 살해한 범인이 귀찮은 목격자를 제거하기 위해 자신의 차 뒷좌석에 숨어 있었다고 확신했다. 하지만 다음 날 아침 조피가 차를 가지러 갔을 때, 그 환하고 사람 많은 곳에 와서 다시 생각하니 그 모든 일은 마치 한낱 악몽처럼 느껴졌다.

방금 공원에 갔을 때도 조피는 누군가 나무 뒤에 숨어서 자기를 지켜보는 것만 같았다. 그러나 조피가 벌떡 일어나 몇 분 동안 그 나무를 응시하고 있었을 때에는 아무 움직임도 포착되지 않았다.

내가 미쳐가고 있는 걸까? 조피는 스스로에게 물었다.

아니, 절대 아냐, 조피의 내면에서 어떤 목소리가 대답했다.

미쳤다는 걸 어떻게 알아? 또 다른 목소리가 물었다.

그냥 알아.

하지만 정말 미쳤다면 어떻게 스스로 그걸 알 수 있겠어? 또다시 회의적인 목소리가 들렸다.

조피는 그런 생각을 떨쳐내려 애썼지만 잘되지 않았다. 최근에 조피는 제정신이 아니었다. 파울과 같이 있는 게 더는 견딜 수 없어서 헤어진 일. 부모님과 대화가 불가능해진 일. 게다가 갤러리 관장의 파티에서 처음 경험했던, 그리고 후에 그것이 공황발작이라는 걸 알게 됐던 그 끔찍하고도 시뻘건, 잔혹한 기분. 조피는 마치 다른 사람이 돼버린 듯한 느낌이었다.

주방으로 다시 돌아오는 길에 조피는 다시금 파울의 짜증나는 짐들을 지나쳤다. 차를 한잔 더 끓이며 조피가 창밖을 내다봤다. 비록 어두운 그림자들과 간간이 지나가는 차들밖에 보이지 않았지만.

잠시 후 주방 식탁에 앉은 조피가 스케치북과 연필을 들고 오랜만에 그림을 그리기 시작했다. 기분 좋은 일이었다. 어둠이 부드럽게 깔린 고요한 밤, 연필과 종이, 담배와 차, 주방의 구식 전등이 내뿜는 샛노란 불빛이 만들어낸 작은 섬, 거기에 홀로 앉아 있는 조피. 조피의 손끝에서 그림이 쉽게 그려졌다.

비록 연필만으로는 방금 전 조피를 그토록 심각하게 쳐다봤던 그 색이 다른 눈을 표현해낼 수 없었지만, 조피는 금세 그려낸 자신의 그림이 아주 만족스러웠다. 요나스. 순간 조피는 충동적으로 바지 주머니에서 휴대전화를 꺼내 요나스의 번호를 눌렀다. 요나스에게 그 얘기를 해야만 했다.

그러다 조피는 이미 시간이 너무 늦었다는 사실을 기억하고는 다시 휴대전화를 내려놓았다. 추워서 몸이 떨리는 걸 느끼며. 자리에서 일어나 전기 주전자에 물을 채운 뒤 차 티백을 또 하나 꺼내다가 화들짝 놀라고 말았다. 복도 쪽에서 나무 바닥이 삐걱대는 소리가 들려왔던 것이다.

25

나는 굳어버린 듯 그 방 한가운데에 서서 창밖을 바라봤다.

밖에 있는 정원사 페르디가 집 안에 있는 나를 들여다봤다. 그의 표정이 아주 기뻐보였다. 굳어 있던 몸이 풀리자마자 내 안의 분노가 다시 치밀어 올랐다. 마치 누군가가 분노와 극심한 두통이라는 샴쌍둥이 사이에서 스위치를 왔다 갔다 하는 것만 같았다.

"왜 그랬어요?" 내가 소리쳤다.

페르디의 표정이 변했다. 내 말은 알아듣지 못했을지 몰라도 내 화난 얼굴을 못 봤을 리는 없었으니까. 나는 창문을 열어젖혔다.

"대체 그게 뭐였냐고요?"

"뭐가 말이에요?" 페르디가 당황하며 물었고, 소년 같은 갈색 눈(주름진 얼굴과는 어울리지 않아 애처로워 보이는)을 동그랗게 뜨고 나를 쳐다봤다.

"방금 휘파람으로 부른 노래 말이에요……."

나는 그 문장을 어떻게 끝맺어야 할지 몰랐고, 페르디가 즉시 "무슨 노래요?" 혹은 그 비슷한 질문을 할까 봐 두려웠다. 그랬다가는 난 소리를 질러버렸을 테니까. 소리를 지르고, 지르고, 절대 멈출 수 없었을 테니까.

"비틀스 안 좋아하세요? 아주 대단한 밴드인데!"

나는 페르디를 빤히 쳐다봤다.

"방금 전에 휘파람으로 분 게……." 나는 입이 바짝 말랐다. "그…… 비틀스의 어떤 노래인가요?"

페르디가 실성했냐는 듯 나를 뚫어져라 쳐다봤다. 어쩌면 그게 맞을지도 몰랐다.

"'올 유 니드 이스 러브'예요. 그 노래를 모르는 사람은 없는데!"

페르디가 어깨를 으쓱해 보였다.

"나도 왜 그런지 모르겠어요." 페르디가 말했다. "어제 당신 집에서 그 노래를 들은 이후로 자꾸만 귀에 맴돌고 도무지 잊히지가 않네요. 참 이상하죠."

순간 정신이 번쩍 들었다.

"어제 여기 왔었다고요?" 나는 페르디의 말을 끊었다. "하지만 목요일에 온 적은 한 번도 없었잖아요!"

무릎이 덜덜 떨렸다.

"그렇긴 한데, 얼마 전에 당신이 시간 배분을 내가 알아서 해도 좋다고 했고, 그래서 목요일이라도 잠깐 와서 일해도 되는 줄 알았죠."

잠시 입을 헤벌린 채 페르디를 쳐다봤다.

"미리 말했어야 했나요?" 페르디가 물었다.

"아뇨, 그럴 리가요." 나는 더듬거리며 말했다. "당연히 아니죠."

무슨 말을 해야 할지 알 수가 없었다. 내 얼굴은 완전히 굳어 있었다.

"페르디, 당신과 할 얘기가 있어요. 잠시 안으로 들어올래요?"

페르디는 당황한 듯했다. 내가 자기를 해고할까 봐 걱정하는 것도 같았다.

"사실 일이 다 끝나서 정리하는 중이었어요. 다른 집에도 가봐야 하거든요."

"잠깐이면 돼요. 부탁이에요!"

페르디가 불안한 얼굴로 고개를 끄덕였다.

복도를 걷는 동안 나는 생각을 정리해보려 했지만 도무지 그럴 수가 없었다. 결국 대문에 이르러 문을 열었다. 페르디가 이미 그 앞에 서 있었다.

"나 때문에 놀랐던 거예요? 휘파람 때문에?" 페르디가 물었다.

"아뇨, 아니에요, 하지만……." 나는 말을 멈췄다. 문을 열어둔 채 그런 얘기를 하고 싶지는 않았다. "일단 안으로 들어오세요, 페르디."

페르디가 매트에 굵은 흙덩어리들을 떨어뜨리고는 안으로 들어왔다.

"이거 미안합니다." 페르디가 따라하기 힘든 억양으로 말했다. 나는 아직까지 한 번도 그게 어디 사투리인지 그에게 물어보지 않았던 것이 스스로 놀라울 따름이었다. 수년 전부터 정원을 관리해온 페르디로서는 오늘 처음으로 내가 웃으며 인사를 하지 않은 게 무척 신경 쓰일 것이다. 페르디는 더 이상 청춘이 아니었다. 비록 흰머리도 보이지 않는 데다 숱 많은 짙은 갈색 눈썹 때문에 나이보다는 젊어보였지만 사실 은퇴할 나이가 훨씬 지났다. 그를 좋아했고, 페르디가 지금껏 단 한 번도 그만두려고 하지 않는 걸 보면 일이 필요하거나 혹은 일을 즐기는 듯했다. 그건 다행이었다. 만약 내가 페르디를 내쫓고 새 정원사를 구한다면 부코스키가 무척 슬퍼할 테니까. 부코스키는 그 누구보다 페르디를 좋아했다. 그리고 나는 부코스키가 마치 누가 호령이라도 한 듯 잠에서 깨어나 우리 목소리를 듣고 계단을 내려오는 소리를 들었다. 부코스키는 나와 페르디, 다시 나에게 차례로 뛰어올랐고 그 모습을 본 나는 거의 웃음이 나올 뻔했다. 나의 개, 내 친구, 언제나 활기 넘치는 털복숭이. 부코스키를 번쩍 들어 올려 팔로 끌어안았지만 부코스키는 감상에 빠진 나는 아랑곳하지 않은 채 내 팔 안에서 빠져나가려 온몸을 비틀어댔다. 결국 다시 바닥에 내려놓자, 부코스키는 마치 토끼라도 쫓듯 쏜살같이 복도 여기저기를 뛰어다니기 시작했다. 페르디는 꼭 혼나러 끌려가는 학생처럼 한 걸음 한 걸음을 어렵게 내디뎠다.

"안 좋은 일이 있어서 들어오라고 한 게 아니에요, 페르디. 잠깐 쉬면서 나랑 커피나 한잔해요."

내 다리는 고무처럼 흐물흐물한 느낌이었다. 나는 앞장서서 주방으로 걸어가며 생각을 정리하려 애썼다. 페르디가 정말 음악 소리를 들었다면, 그건 어쩌면……. 그럼 아마 다른 것도 전부…….

너무 앞서가지 마, 린다.

나는 페르디에게 어제(정말 바로 어제였나?) 내가 사진을 찍을 때 앉았던 의자에 앉으라고 말했다. 그는 끙 하는 소리를 내며 앉았지만 그 소리는 페르디가 자기 나이에 걸맞게 보이려고 일부러 낸 소리일 뿐이었다. 사실 페르디는 나보다 더 건강했으니까.

커피 머신이 웅 소리를 내며 작동했고, 나는 어떻게 말을 꺼내야 할지 생각했다.

"그러니까 어제 이 집에서 그 노래를 들었다고요?" 내가 물었다.

페르디가 고개를 갸우뚱하며 나를 쳐다봤다. 그러고는 마치 '네. 그런데요?'라고 말하듯 고개를 끄덕였다.

"정말 그 노래를 들었어요?"

페르디가 다시 고개를 끄덕였다.

"어디서요?"

"창문을 통해서요. 방해하려던 건 아니었어요, 정말입니다. 손님이 와 있는 걸 봤거든요."

페르디는 머뭇거리고 있었다.

"그건 왜 묻는 거죠?" 결국 페르디가 물었다.

내가 어디까지 말해야 할까?

"그냥요."

"내가 엿들었다고 생각하는 건 아니겠죠." 페르디는 자기방어에 나섰다.

"안심하세요. 그런 거 아니에요."

커피가 다 내려졌다.

"그게. 어제 창문이 살짝 열려 있었고 노래가 나오던 바로 그때 근처 화단에서 일을 하고 있었어요. 음악 소리는 꽤 컸고요. 그거야 당신도 잘 알겠지만요."

나는 웃고, 울고, 미쳐 날뛰는, 이 모든 걸 동시에 하고 싶은 마음을 억누른 채 그릇장에서 작은 잔 두 개를 꺼내왔다.

"네." 마침내 내가 말했다. "그럼요. 난 거기 있었는걸요."

나는 기계적으로 잔에 커피를 따랐다. 내 머릿속은 방금 입력된 새로운 정보로 과부하가 걸린 상태였다.

"우유도 설탕도 넣지 말아주십쇼." 페르디가 말했고, 나는 그에게 잔을 건넨 뒤 내 잔을 들고 한 모금 마셨다. 잔을 내려놓기가 무섭게 부코스키가 펄쩍펄쩍 뛰어와 내 손을 핥기 시작했다. 잠시 부코스키와 놀다가 페르디의 존재를 거의 잊을 뻔했다. 그때 페르디가 헛기침을 했다.

"커피 잘 마셨어요. 이제 난 이만 가봐야겠군요."

부코스키가 멍멍 짖어대고 꼬리를 흔들며 페르디의 뒤를 쫓아가는 사이, 나는 온몸이 마비된 듯 의자에 가만히 앉아 있었다.

대체 뭐 하자는 거죠, 렌첸 씨?

그러니까 그 음악 소리는 내 상상 속에만 존재했던 게 아니라, 진짜였다.

음악이 진짜 나왔다면 누가 그걸 틀었던 걸까? 빅토르 렌첸? 내가 책 속 제2의 자아인 조피와 똑같이 반응하는지 보려고? 음악이 진짜였다면 나만 그걸 들은 게 아닐 테고, 그걸 튼 사람은 빅토르 렌첸이었을 것이다. 그에게는 어떤 계획이 있었으니까.

렌첸은 마치 아무것도 안 들리는 양 내게 거짓말을 했다.

잠깐. 쫓겨난 새들이 날개를 퍼덕이듯 여러 가지 생각들이 머릿속에서 활개를 쳤다. 사진가도 거기 있었는데! 음악 소리를 들었다면 어떻게든 반응을 했을 텐데!

렌첸과 한통속이 아니라면.

엉뚱한 생각 마, 린다.

그렇게밖에 설명할 수가 없잖아!

말도 안 돼, 넌 지금 제대로 생각을 못 하고 있어.

그 둘 중 하나가 내 물이나 커피에 뭘 탔던 거라면?

대체 사진가가 왜 그 일에 가담을 했겠어?

그랬을 수밖에 없어.

둘이 공모했다고? 정말 그렇게 생각해? 렌첸 말이 맞아. 넌 치료가 필요해.

어쩌면 사진가는 내게 경고를 하려고 했는지도 몰라. 몸조심하세요, 그가 헤어질 때 이렇게 말했어. 몸조심하세요.

작별 인사를 그렇게 하는 사람들도 있어.

나는 벌떡 자리에서 일어났다. 어떤 생각이 떠올랐다.

현관을 통해 걸어가 서둘러 계단을 올랐다, 발을 헛디뎌 비틀거리고, 다시 일어서고, 결국 마지막 계단까지 올라서는 복도를 따라 달려 작업실에 다다랐다. 선 채로 노트북 전원을 켜고 떨리는 손으로 타자를 치고, 치고, 마우스를 클릭해 빅토르 렌첸이 보여줬던 홈페이지를 찾고, 찾고, 찾고, 또 찾았다. 렌첸이 자기 스마트폰으로 보여줬던 〈슈피겔〉 온라인, 2002년 8월, 아프가니스탄 통신원. 나는 찾고 또 찾았다, 이럴 수는 없어, 어떻게 한 거지? 이럴 수는 없어, 이건 불가능해, 하지만 불가능한 일이 일어나버렸다. 나는 그 홈페이지를 찾을 수가 없었다. 사라져버린 것이다. 렌첸의 기사들이 기록돼 있던 페이지, 렌첸의 알리바이가.

그런 건 존재하지 않았다.

Blood Sisters

요나스

밤거리를 서둘러 걷던 요나스는 배 속에 퍼지는 그 기분을 즐기고 있었다. 힘든 하루를 보낸 요나스는 어서 집으로 돌아가고 싶었다.

두 번째 살인 사건의 희생자에 관해 그와 팀원들이 알아낸 사실들이 요나스의 머릿속에서 어지럽게 맴돌았다. 신체적 유사점만 제외하면 브리타 페터스와 연결 지을 만한 점은 전혀 없었다. 두 여성의 주변 인물들 중 범인을 찾는 일은 일단 중단됐고, 경찰로서는 다른 해법을 찾아야만 했다. 그리고 그건 결코 쉽지 않을 것이다.

요나스는 일과를 마친 뒤 복싱으로 땀을 쭉 빼 기분을 전환했다. 하지만 고강도의 운동을 통해 얻은 그 이완감도 조피의 집에 다녀온 이후로 싹 사라져버렸다. 요나스가 이 사건을 이토록 사적으로 받아들이는 건 바로 조피 때문이었다. 요나스는 혹시 그런 점이 악영향을 끼쳐 자신이 알고 넘어가야 할 것들을 간과하고 실수하게 만드는 건 아닌지 자문했다.

오늘 밤 조피는 다른 때와 좀 달랐다. 좀 더 우울하고 예민해 보였다고

나 할까. 그냥 기분 탓일 수도 있겠지만, 요나스는 본능적으로 걷는 속도를 줄였다. 요나스의 눈앞에 조피의 얼굴이 떠올랐다. "잘 지내요, 요나스 형사님." 하고 말했을 때 조피의 체념한 표정. 아주 슬프고, 아주 결연한.

다시 돌아가 봐야 할까? 에이, 아니야.

조피는 자기 자신에게 해를 가할 사람은 아니니까.

십오 분도 채 지나지 않아 요나스는 옷도 안 벗고 침대에 누웠다. 작업실에 가서 그 사실 관계들을 다시 한 번 검토해보기 전에 잠깐 숨을 돌리려는 것이다. 요나스는 문득 '생각을 좀 정리해보겠다'는 명목으로 친한 친구 집에 가 있는 아내의 빈자리를 실감했다. 요나스는 두 눈을 꼭 감았고 그로부터 얼마 후, 하루 종일 요나스의 머릿속을 맴돌던 생각의 회전목마에서 탈출하는 데 성공했다.

침대 협탁 위에 올려둔 요나스의 휴대전화에서 문자가 도착했다는 알림이 울렸을 때, 그의 입에서 힘겨운 신음 소리가 흘러나왔다. 미아인가? 휴대전화를 집어든 요나스는 한눈에 그 번호를 알아보지 못하고 잠시 생각해야 했다. 그건 조피였다.

요나스가 상체를 일으켜 문자를 열어봤다.

그 문자는 딱 다섯 글자였다.

그가 왔어요.

26

렌첸의 알리바이를 제공한 그 웹사이트가 사라졌다. 그런 사이트는 존재하지 않았다. 나는 당황한 나머지 눈만 깜빡였다. 내 휴대전화가 아닌 렌첸의 스마트폰을 통해 그걸 봤던 게 생각났다. 주소를 입력한 것도 내가 아닌 그였다. 내가 뭘 봤든, 난 그걸 찾을 수가 없었다. 잠시 모니터를 빤히 쳐다보다가 이내 노트북을 있는 힘껏 벽을 향해 집어던졌다. 벽에 달린 전화기도 떼어내 던져버렸다. 식식대며 책상으로 걸어가 분노와 증오에 눈이 멀어 아무런 통증도 못 느낀 채 눈에 보이는, 손에 잡히는 모든 것, 각종 펜들, 스테이플러, 파일 등을 벽에 마구 던졌다. 그러고는 다시 벽 쪽으로 걸어가 흰색 벽에 빨간 물이 들 때까지 벽을 쳐댔다, 아무 감정도 없이, 그저 힘이 다할 때까지 벽을 손으로 치고 발로 찼다.

작업실은 완전히 엉망이 됐다. 나는 그냥 바닥에, 그 혼돈의 한가운데에 앉아 있었다. 몸에서 끓어오른 열기는 순간 한기로 바뀌었고, 오한이 나 몸을 덜덜 떨었다. 속이 뒤집히고, 장기들이 꽁꽁 얼어 오그라들고 마비되는 기분이었다.

렌첸이 나를 완전히 속였다.

렌첸이 어떤 방법을 썼는지는 모르지만 과연 가짜 웹사이트를 만드는 게 그리 어려운 일이었을까?

어떤 소형 플레이어를 이용해 비틀스의 노래를 틀어놓고 자기는 아무것도 안 들리는 양 행동하는 것보다야 쉬웠을 것이다.

정말 두려움에 떠는 것처럼 보이려고 구토를 유발하는 약을 먹는 것보다야 쉬웠을 것이다.

한 여자의 커피에 약을 타서 의지와 방향 감각을 상실하게 만들고 머릿속에 이상한 생각을 심어놓는 것보다야 쉬웠을 것이다. 일은 그렇게 됐다.

환각, 필름이 끊긴 것 같은 이상한 상태, 내 의지와는 상관없이 전혀 말도 안 되는 생각들을 믿게 됐던 것도 다 그래서였다. 이제야 조금, 조금씩 생각이 명료해지는 것도 다 그래서였다. 소량의 부포테닌이나 DMT(디메틸트립타민), 메스칼린(부포테닌, DMT, 메스칼린, 모두 환각제의 일종-역주)이면 충분히 가능한 일이다.

단 한순간이라도 어떻게 내가 내 손으로 안나를 죽였을지 모른다는 생각을 할 수가 있었을까?

나는 작업실 바닥에 앉아 있었다. 마루 위로 햇빛이 내리쬈다. 손에서는 피가 뚝뚝 흘렀다. 귀에서 쏴쏴 소리가 났다. 안나를 생각했고, 내 눈앞에 그 애의 모습이 또렷이 보였다. 내 가장 친한 친구였던 내 동생. 아무리 배려심이 없고 자만심이 강했다고 해도 안나는 순진하고 귀엽고 착한 아이였다. 때로는 남에게 상처를 주기도 했지만 그래도 사심 없이 너그럽게 행동할 줄도 아는 아이였다. 내가 간혹 안나를 미워했다고 해서 안나를 사랑하지 않은 건 아니다. 안나는 내 동생이었으니까.

안나는 완벽한 존재, 성스러운 안나가 아니라, 그냥 안나였다.

나는 렌첸을 떠올렸다. 그는 나보다 준비를 훨씬 많이 했다.

나에게는 렌첸에게 맞설 수단이 아무것도 없었고, 이제 그도 그 사실을 알고 있었다. 그걸 알아내기 위해 여기 왔던 것이다. 사실 렌첸은 여기 올 필요가 전혀 없었다. 나랑 얘기할 필요도 없었다. 굳이 위험을 감수해가며 나와 만날 이유가 없었다. 하지만 빅토르 렌첸은 용의주도한 남자다. 그는 안 그랬다가는 내가 뭘 알고 있는지 결코 알아낼 수 없으리란 걸 알았던 것이다. 내가 뭔가 중요한 패를 들고 있는 건 아닌지, 또 누군가에게 그에 관해 얘기한 건 아닌지를 말이다. 자신의 상대가 그저 정신적으로 불안정한 외로운 여자라는 걸 확신했을 때 렌첸이 속으로 얼마나 안심했을까. 렌첸의 계획은 가히 천재적이었다. 끝까지 부인하고 나를 최대한 불안하게 만들기. 렌첸은 나를 의심이라는 깊은 수렁에 빠뜨렸다. 하지만 이제는 약간의 의심도 남아 있지 않았다. 귀를 기울여봤다. 서로 싸우던 그 두 목소리는 더 이상 들리지 않았고, 하나의 목소리만이 남았다.

그리고 그 목소리는 말하고 있다. 십이 년이나 지난 지금 갑자기 텔레비전에서 내 동생의 살인범을 보게 될 가능성은 거의 없다고. 아주 희박하다고. 그러나 전혀 불가능한 일은 아니라고. 아주 드물게 생기는 진실이라고나 할까. 빅토르 렌첸은 내 동생을 살해했다.

　내 분노가 주먹을 쥐듯 똘똘 뭉쳤다.

　나는 여기서 나가야만 한다.

Blood Sisters

조피

　그가 조피 앞에 서 있었다. 손에 칼을 들고.

　조피가 복도에서 나는 소리를 처음 들었을 때 손에 휴대전화를 든 채 소금기둥이 된 듯 그 자리에 그대로 얼어붙었다. 그러다 불현듯 정신을 차리고는 휴대전화를 눌러 요나스에게 조용히 문자를 보냈다. 그러고는 기다렸다. 숨을 죽이고 귀를 기울이며.

　복도에 있는 그 누군가도 조피와 똑같이 하고 있을 것이다. 아무 일도 일어나지 않았고, 삐걱대는 소리도, 숨소리도 들리지 않았지만, 조피는 자기 말고 누군가가 있음을 분명히 느꼈다. 제발 파울이길, 조피는 뻔히 아닌 줄 알면서도 그렇게 바랐다. 파울이 드디어 자기 짐을 가지러 온 것이길, 내가 그리웠다고 내 앞에서 엉엉 울어도 좋으니 제발, 제발 그이길.

　바로 그 순간 조피가 그를 봤다. 크고 위협적인 그의 형체가 문가에 나타나자 마치 문이 닫히는 것만 같았다. 조피로부터 2미터도 채 떨어지지 않은 곳. 조피는 숨이 턱 막혔다.

"페터스 씨." 그가 말했다.

조피는 그제야 알 수 있었다. 조피가 밤거리를, 공원을 돌아다녔을 때 그가 자신을 지켜봤다는 것을. 그런 곳에서 조피에게 접근하는 건 너무 위험한 짓임을 그는 알았다. 그는 조피가 사는 이 큰 임대 아파트의 주민들이 안 볼 때를 기다렸다가 몰래 조피의 집 안으로 숨어든 것이다. 조용히, 거의 아무 소리도 나지 않게, 신용카드 같은 걸 도구 삼아 문을 열었을 것이다. 매번 잠가야지 하면서도 잠그는 걸 깜빡했던 그 문을.

조피는 돌이 돼버린 듯 굳어 있었다. 충격이 너무도 컸다. 그의 목소리가 귀에 익었지만 어디서 들었는지 생각이 나지 않았다.

"당신이 내 동생을 죽였군요." 조피가 숨을 헐떡이며 말했다.

머리가 도무지 돌지를 않아 다른 생각은 전혀 나지 않았고, 조피는 원치 않게 같은 말을 반복했다. "당신이 내 동생을 죽였어요."

그 남자는 아무런 감정 없이 웃었다.

"나한테 뭘 원하는 거죠?" 조피가 물었다.

이 얼마나 바보 같은 질문인지, 조피는 그 말을 입 밖으로 뱉기가 무섭게 스스로 생각했다. 그 그림자는 아무 대답도 하지 않았다.

조피는 이 상황을 어떻게 해결할지 이성적으로 생각하려고 안간힘을 썼다. 그냥 넋 놓고 있다가는 살아서 이 집을 나갈 수 없을 것이다. 우선 시간이라도 벌어야 했다.

"당신이 누군지 알아요." 조피가 말했다.

"아하, 내 목소리를 아직 기억하고 계신다?" 남자가 대답했다.

조피가 남자를 빤히 쳐다봤다. 그제야 생각이 번뜩 났다.

"브리타의 집주인 아들이잖아요." 조피가 어안이 벙벙한 얼굴로 말했다. "동생이 죽었다고 했던."

"빙고." 남자가 말했다.

즐거워하는 듯한 목소리로.

"당신과의 통화는 아주 즐거웠어요." 조피가 속으로 어떻게 해야 할까 궁리하는 사이 남자가 덧붙여 말했다.

조피는 도망을 칠 수도 없었고, 주위에 무기로 쓸 만한 물건도 보이지 않았다. 조피는 문득 몇 미터 떨어진 곳에 있는 서랍 속의 식칼이 떠올랐지만 그 역시 당장 손에 넣을 수는 없었다. 후추 스프레이도 대문 옆 옷걸이에 걸린 가방 속에 들어 있었다.

"차 사고 얘기는, 유감스럽게도 없는 얘기였어요." 남자가 말했다. "기분 나쁘게 받아들이지는 말아요. 그건 그저 좀 더 섬세한 느낌을 주려고 한 얘기니까."

남자는 잠시 자기 얘기에 씩 웃는가 싶더니, 이내 웃음기가 싹 사라진 얼굴로 돌변했다.

"가요." 남자가 말했다. "욕실로. 앞장서요."

조피는 움직이지 않았다.

"왜 그런 짓을 했죠? 왜 브리타였어요?" 조피가 물었다.

"왜 브리타였느냐고요?" 남자는 되물으며 마치 자기도 그 이유를 좀 생각해봐야 한다는 듯 행동했다.

"좋은 질문이에요. 왜 브리타였을까? 솔직히 말할까요? 나도 잘 모르겠어요. 누군가에게 처음에는 마음이 끌렸다가 곧 불쾌감을 느끼게 된 이유를 제대로 설명할 수 있는 사람이 있을까요? 어떤 행동을 한 이유를 정확히 설명할 수 있는 사람이 있느냐고요?"

남자가 어깨를 으쓱했다.

"다른 질문은 없어요?" 남자가 빈정대며 말했다.

조피는 침을 꿀꺽 삼켰다.

"그때 주차장에는 왜 왔었죠? 날 따라온 건가요?" 조피가 물었다. 시간을 조금이라도 벌기 위해.

"무슨 주차장이요? 난 당신이 무슨 말을 하는지 모르겠어요. 이제 장난 그만하고 욕실로 가요."

조피는 목이 조이는 느낌이었다.

"욕실에서 뭘 하려고요?" 조피는 잘 나오지 않는 목소리로 물었다.

일을 조금이나마 지연시키기 위해서.

"당신은 동생의 죽음을 결국 극복하지 못한 거예요. 내일이면 사람들이 욕실에서 당신을 발견하겠죠. 당신은 더 이상 살아갈 수 없었던 거예요. 다들 고개를 끄덕일만하죠." 남자가 말했다. 그러고는 또다시 재촉했다. "이제 가요!"

조피는 근육이 굳어버린 것만 같았다. 공포영화 속 주인공들이 위협을 받는 상황에서 아무것도 못하고 가만히 서 있으면 조피는 비웃곤 했었다. 도살대 위의 새끼 양들 같다고. 하지만 조피 역시 같은 상황에 처하자 돌이 된 듯 움직일 수가 없었다. 잠시 후 마비 상태가 풀리자 조피는 할 수 있는 한 크게 소리를 질렀다. 순식간에 조피에게 다가온 남자가 한 손으로 조피의 입을 틀어막았다.

"한 번만 더 소리를 질렀다가는 여기서 바로 끝내버릴 거예요. 알겠어요?"

조피가 숨을 헐떡였다.

"알았으면 고개를 끄덕여요."

조피가 고개를 끄덕였다.

남자가 조피를 놓아주었다.

"이제 욕실로 가요."

조피는 그 자리에서 움직이지 않았다.

"빨리 움직여요." 남자가 식식대며 칼을 위협적으로 들어 올렸다.

조피는 어쩔 수 없이 몸을 움직였다. 조피는 불안한 걸음을 떼며 정신없이 머리를 굴렸다. 욕실로 가려면 여러 가지 물건들이 놓여 있는 긴 복도를 지나야 했고, 그 끝에는 대문이 있었다. 조피는 칼을 든 남자가 등 뒤에 따라오는 걸 느끼며 주방에서 한 걸음, 두 걸음 걸어나왔다. 파울의 상자들이 그들이 가는 길 양쪽에 놓여 있었다. '겨울 용품' 한 상자, 그 옆에는 'DVD' 상자. 조피는 한 걸음, 또 한 걸음 걸어갔다. '책' 상자, '신발' 상자. 대문이 있는 방향으로 걷고 있긴 했지만, 복도 끝에 있는 대문까지 가려면 아직 한참 남았다. 또 한 걸음. 불가능한 일일 것이다. 그래도 어쩌면……

한순간, 아주 잠깐만 그의 주의를 돌리면 될 일이다. 또 한 걸음. 그러나 그 살인범은 조피에게서 눈을 뗄 줄을 몰랐다. 남자는 정신을 바짝 차린 채, 위험하게, 조피의 뒤를 따라왔다. 앞으로 서너 걸음만 더 가면 욕실에 도착할 테고, 그럼 모든 게 끝장이다. 이제 두 걸음. 이제 한 걸음. 'CD' 상자. '잡동사니' 상자. 욕실 앞에 다다른 조피가 그 남자를 흘긋 쳐다봤다. 남자가 칼을 든 팔을 들어 올려 손으로 문손잡이를 잡으려는 찰나 초인종이 울렸고, 귀청이 떨어질 듯 날카로운 소리가 길게 울려 퍼졌다. 조피는 뒤에 서 있는 남자가 화들짝 놀라 눈을 동그랗게 뜨고 대문을 쳐다보는 걸 봤다. 그 순간을 놓치지 않은 조피는 곧장 파울의 상자로 달려들어 골프채를 홱 잡아채서는 힘껏 휘둘렀다.

27

    십일 년은 긴 시간이었다. 밤중에 잠에서 깨어 어둠 속에서 내 방 천장을 바라보고 있을 때면 나는 바깥세상에서 보냈던 시간은 그저 꿈이 아니었을까 생각하곤 했다. 어쩌면 여기 이 세상은 내 세상임과 동시에 유일한 세상이 아닐까 하는. 어쩌면 눈에 보이는 것과 손에 잡히는 것만이 진짜이며, 나머지는 전부 내 생각에서 비롯된 게 아니었을까 하는. 나야 전부터 항상 이야기를 지어내곤 했으니까.

    나는 여기 있는 게 전부라는 상상을 하곤 했다. 내 집, 내 세상이. 그리고 이 안에서 늙어가고, 죽는 것 외에는 달리 할 일이 없다는 상상도. 이 안에서 어떻게든 아이들을 얻게 되리라는 상상도. 아이들은 내 세상에서 태어나 내 집의 일 층과 이 층, 다락방, 지하실, 발코니, 테라스밖에 모르게 될 테지. 나는 아이들에게 동화를 들려줄 것이다. 꾸며낸 인물들과 기적 같은 일들로 가득한 동화를.

    "커다란 나무들이 있는 나라가 있어." 나는 말할 테지. "나무가 뭐예요?" 아이들이 물을 거고, 그러면 나는 그것이 땅에 아주 작은 씨를 심으면 거기서 아주 커다랗게 자라나는 마술 같은 것이라고 말해줄 것이다. 매 계절마다 모습을 바꾸어 다르게 보이는, 마치 보이지 않는 힘이 작용하는 듯 초록과 색색의 잎들을 내보이는 마술 같은 것. "어떤 나라가 있는데, 그 나라에는 나무도 있고, 그 위에 앉아서 알아들을 수 없는 말로 노래를 부르는 깃털 달린 크고 작은 생물도 있대. 그 나라에는 아주 커다란, 우리 집만큼 커다란 생물도 있는데, 그건 물속에 살면서 탑처럼 높은 분수를 뿜어내. 또 그 나라에는 산과 들과 사막과 초원도 있어."

"초원이 뭐예요, 엄마?" 내 아이들이 물을 것이다.

"그건 선명한 초록색을 띠는 아주 부드럽고 드넓은 평야야. 풀들이 무성하게 자라 있어서 아이들이 뛰어다니면 그 작은 줄기들이 다리를 간질이지. 초원은 아주 커서 그 위에서 숨이 찰 만큼 오래 뛰어도 끝이 안 보일 정도야."

"그런 게 어디 있어요, 엄마!" 아이들 중 하나가 말할 테지.

"맞아요, 엄마. 그런 건 없어요. 그렇게 큰 건 없다고요."

나는 바깥세상을 떠올렸고, 그러자 무한한 그리움이 나를 압도하는 기분이 들었다. 이미 익숙한 기분. 글을 쓸 때, 러닝머신을 뛸 때, 꿈속에서, 심지어 렌첸과 대화할 때도 느꼈던 기분이다.

나는 여름날 어느 작은 도시에 서는 장터에 가고 싶었고, 한 손으로 햇빛을 가린 채 눈을 들어 하늘을 보며 교회 탑 주위에서 아슬아슬한 곡예비행을 하는 칼새를 바라보고 싶었다. 숲을 돌아다니며 나무와 송진의 냄새를 맡고 싶었다. 또 나비의 독특한 움직임을, 그 쾌활한 자유로움을 보고 싶었다. 작은 구름 한 조각이 여름의 태양을 가릴 때 느껴지는 시원한 기분. 호수에서 수영을 할 때 허벅지를 간질이는 덩굴식물의 미끄러운 느낌. '곧 다시 경험하게 될 거야.' 나는 생각했다.

그래, 나는 두려웠다. 하지만 지난 몇 주, 몇 달간 내가 배운 게 있다면 바로 이 말일 것이다. '두려움은 어떤 일을 하지 않을 핑계가 될 수 없다. 오히려 그 반대다.'

나는 그 일을 해야만 했다. 진짜 세상으로 돌아가는 일. 나는 자유로워질 것이다.

그리고 렌첸에 관한 일을 해결할 것이다.

30

Blood Sisters

요나스

요나스 형사는 자신의 사무실 창가에 서서 마지막 남은 칼새가 하늘에서 춤추는 걸 바라봤다. 하지만 그 새 역시 곧 제 무리를 따라 남쪽으로 날아가 버렸다.

요나스는 조피의 문자를 받은 이후 당황하지 않으려 마음을 굳게 먹어야 했다. 차를 타고 쏜살같이 시내를 달려가, 가는 길에 연락을 취한 동료의 순찰차보다 먼저 도착했다. 조피의 집 앞까지 뛰어간 요나스가 벨을 마구 눌렀지만 문은 열리지 않았다. 요나스가 애써 마음을 진정시킨 뒤 옆집 벨을 누르자 결국 어느 나이든 여자가 화를 내며 문을 열어줬고, 요나스는 경찰이니 안심하라고 말했다. 계단을 한달음에 뛰어 올라간 요나스가 조피의 집 문을 쾅쾅 두드리다가 힘으로 열려던 찰나, 누군가 안에서 문을 홱 열었다.

요나스는 자신이 제때에 도착한 건지 알 수 없었던 그 끔찍했던 순간을 더는 기억하고 싶지 않았다.

문을 연 조피는 얼굴이 백지장처럼 하얗게 질려 있었지만 아주 침착했다. 조피가 다치지 않은 걸 확인한 요나스는 그제야 안심할 수 있었다. 요나스가 죽었는지 그냥 쓰러진 건지 모르게 바닥에 누워 있는 남자의 맥박을 재봤고, 아직 숨이 붙어 있는 걸 확인했다. 요나스가 구급차를 불렀다. 얼마 후 동료들과 구급차가 도착했고, 다들 자기 할 일에 몰두했다. 또 하나의 사건이 해결된 것이다.

요나스가 창가에서 몸을 돌려 책상 앞에 앉았다. 문득 조피가 뭘 하고 있을지 궁금했다. 며칠 전부터 요나스는 조피에게 전화하고 싶은 마음을 애써 억누르고 있었다. 요나스는 조피가 충격을 이겨낼 거라 확신했다. 곧 다시 예전 모습으로 돌아갈 거라고. 조피 같은 사람은 무슨 일이 있어도 다시 일어서니까. 그런데도 요나스는 계속 고민했다. 조피의 목소리가 듣고 싶었다. 결국 휴대전화를 집어 든 요나스가 조피의 번호를 누른 뒤 머뭇거렸다. 바로 그때 부크가 사무실로 불쑥 들어왔고, 요나스는 깜짝 놀라고 말았다.

"숲에서 시신이 발견됐어." 부크가 말했다. "갈래?"

요나스가 고개를 끄덕였다.

"바로 가지."

"무슨 일 있어?" 부크가 물었다. "완전 죽을상을 하고 있잖아."

요나스는 아무 대답도 하지 않았다.

"아직도 그 기자 생각을 하고 있는 거야?" 부크가 물었다.

요나스는 부크가 브리타 페터스 이후에도 또 한 명의 여자를 살해한 살인범을 그리 아무렇지 않게 말하는 게 화가 났다. 다른 사람들도 전부 그러긴 했지만. 특히 기자들은 그리도 찾아 헤매던 범인이 자신들과 같은 직업을 가졌다는 충격적인 사실에 열광하는 것처럼 보이기까지 했다.

"우린 그놈을 잡았어야 했어." 요나스가 대답했다. "두 번째 살인까지 저지를 기회를 줘서는 안 됐다고. 집주인이 허락도 없이 자기 집에 들어왔다고 브리타 페터스가 불평했던 걸 침머가 알아냈을 때, 좀 더 자세히 파헤쳐봐야 했어."

"그렇게 했잖아."

"그 노인이 모든 걸 부인했다고 해서 거기서 그만두는 게 아니었다고. 좀 더 끝까지 물고 늘어졌다면, 열쇠로 브리타 페터스의 집에 침입했던 게 노인이 아니라 그의 아들이었다는 걸 알아냈을 수도 있어."

"그건 맞는 말이야." 부크가 말했다. "그랬다면 일은 다르게 흘러갔겠지. 하지만 이제 와서 뭘 어쩌겠어?"

부크가 어깨를 으쓱했다. 벌써 그 사건에 대해서는 다 잊어버린 모양이었다.

반면에 요나스는 스스로 생각해볼 시간이 필요했다. 그 남자의 냉정함에 대해서. 남자는 브리타 페터스에게 어떤 원한이 있었던 것도 아니고 심지어 잘 알지도 못하는 사이였다. 그저 어느 날 아버지를 만나러 왔다가 브리타를 보게 됐을 뿐. 그리고 브리타가 자신이 찾던 희생물의 모습과 맞아떨어진다는 이유로 마음이 동하게 된 것이다. 아주 순진하고, 순수한 여자. 남자는 '브리타를 원했고 또 죽일 기회가 있었기 때문에' 죽였으며 다른 동기는 전혀 없었다고 했다. 흰 장미꽃을 옆에 둔 건 '섬세한 느낌'을 주기 위해서였으며, '영화에서처럼' 뭔가 '개인적인 색깔'을 부여하려는 행동이었다는 것이다.

요나스는 곧 재판을 앞둔 그 남자에 대해 좀 더 오래 생각해봐야 할 것이다.

"갈 거야?" 부크가 다시 물었다.

요나스가 고개를 끄덕였다. 휴대전화는 한쪽으로 치워둔 채. 그러는 게 차라리 나을 것 같았다. 조피는 원하는 걸 얻었다. 동생의 살인 사건이 해결됐으니까. 바로 그게 중요했다, 오직 그것만이.

28

이른 아침에 도착한 샬로테가 일주일 치 장을 봐온 것들을 주방에 풀었을 때 난 이미 몇 시간 동안 여러 가지 일들을 처리하고 난 뒤였다. 감시 장비 전문가들을 불러 마이크와 카메라들을 전부 떼어내도록 시켰고 청소도 했다. 빅토르 렌첸이 내 집에 왔던 흔적들을 모조리 없애버렸다. 나는 그 비디오를 확인했다. 정신 나간 작가와 당황한 기자. 나는 분노를 참아냈고, 또다시 방을 엉망으로 만들거나 손에 피가 나도록 벽을 치는 일은 없었다. 그 대신 마음의 준비를 단단히 했다.

이제 나는 샬로테에게 도움을 구해야만 했다. 예상했던 것처럼 쉽지는 않은 일이었다. 우리는 주방에 서 있었다. 샬로테는 과일과 채소, 우유와 치즈를 냉장고에 넣고는 회의적인 눈빛으로 나를 쳐다봤다. 나는 샬로테를 이해할 수 있었다. 내 부탁이 샬로테한테는 이상하게 들릴 게 분명했으니까.

"제가 부코스키를 얼마나 오래 데리고 있어야 하죠?" 샬로테가 물었다.

"일주일? 가능해요?"

샬로테가 내 표정을 살피더니 이내 고개를 끄덕였다.

"그럼요, 왜 안 되겠어요. 당연히 되죠. 제 아들은 보나마나 좋아서 펄쩍펄쩍 뛸걸요. 개를 너무 좋아해서 한 마리 키우고 싶어 했거든요."

샬로테가 밴드에 감긴 내 손을 흘긋 쳐다보며 머뭇거렸다. 내가 작업실 벽을 미친 듯이 때렸던 바로 그 손. 결국 상처를 입었고 주치의에게 집으로 와서 치료 좀 해달라고 부탁해야 했다. 나는 샬로테가 아직 하고 싶은 말이 남아 있다는 것을, 아마 내 걱정을 하고 있을 것임을 알고 있었다. 집 밖으로 한 발짝도 안 나가던 특이한 고용주가 최근에 우울증 증세를 보이더니 자기 반려동물을 맡아달라고 하다니. 이 모든 상황은 마치 내가 자살을 계획하고 있으며, 죽은 뒤에 아끼던 개를 돌봐줄 사람을 찾는 것처럼 보일지도 모르는 일이다. 당연하다. 평범한 사람들이 자신의 반려동물을 누군가에게 맡길 때는 여행을 갈 때뿐일 텐데, 내가 여행을 갈 리는 전혀 없으니까.

"작가님." 샬로테가 소심하게 물었다. "괜찮으신 거죠?"

순간 나는 샬로테가 너무나도 사랑스러워 보여서 껴안을 뻔했는데, 만일 그랬다면 샬로테는 무척 당황했을 것이다.

"괜찮아요, 정말이에요. 지난 몇 주, 몇 달간 내가 좀 이상했다는 거, 나도 알아요. 심지어 우울증 증세까지 보였죠. 하지만 이제 훨씬 나아졌어요. 다만 앞으로 며칠간 할 일이 아주 많아서 그동안 부코스키를 잘 돌봐줄 사람이 필요해요……." 내 말이 이상하게 들릴 수도 있다는 생각에 잠시 망설였지만, 달리 어쩔 방도가 없었다. "며칠만 부코스키를 봐주면 정말 고맙겠어요. 물론 그에 대한 비용은 지불할 거예요."

샬로테가 고개를 끄덕하고는, 문신이 새겨진 팔을 긁적이더니 또 한 번 고개를 끄덕였다.

"좋아요."

더 이상 견딜 수 없었던 나는 샬로테를 껴안고 말았다. 나는 아까 샬로테에게 얼마 전 인터뷰 건으로 왔던 기자에게서 혹시 연락이 없었는지 물어봤고, 샬로테는 없다고 말했다. 내 생각에도 렌첸이 샬로테에게 무슨 짓을 할 것 같지는 않았다. 렌첸은 바보가 아니니까.

샬로테는 가만히 내 품에 안겨 있었고, 나는 잠시 후 샬로테를 다시 놓아주었다.

"음, 감사해요." 샬로테가 당황하여 말을 더듬었다. "그럼 저는 부코스키 물건들 좀 쌀게요." 말을 마친 샬로테가 위층으로 올라갔다.

나는 아주 안심이 됐고, 심지어 즐거울 정도였다. 막 작업실로 가려던 찰나, 복도에 잠시 멈춰 섰다가 몇 달 전 온실에서 가져다 둔 작은 난초에 시선을 빼앗기고 말았다. 그간 비료도 주고 매주 물도 주면서 잘 돌봐왔는데 이제야 꽃자루가 올라온 것이다. 꽃봉오리는 아직 눈에 잘 보이지도 않을 정도로 작고 단단했지만, 곧 거기서는 커다랗고 이국적인 꽃들이 화려하게 피어날 것이다. 그건 마치 기적 같았다. 그 난초도 샬로테에게 맡겨야겠다고 결심했다. 내가 없는 사이 죽어버리게 하기는 싫었으니까.

남은 하루 동안 작업실 노트북 앞에 앉아 글을 읽으며 시간을 보냈다. 그러던 중에 난초는 사실상 아무 데서나 자랄 수 있다는 사실을 알아냈다. 땅에서, 돌에서, 바위에서, 다른 식물에서도. 난초는 이론적으로 끝없이 자라나며, 얼마나 오래 사는지에 대해서는 거의 알려진 바가 없다는 것이다. 그건 내가 지난 수년간 여러 가지 글들을 읽으면서도 알지 못했던 사실이었다.

샬로테는 이제 가고 없다. 샬로테의 차에 실린 부코스키가 마치 뭔가 안 좋은 일을 예감하는 듯한 장면을 연출했다. 수의사에게 갈 때마다 샬로테의 차를 탔던 탓에 익숙했을 텐데도 부코스키는 완전히 흥분한 상태였다. 나는 이 헤어짐을 영원한 이별로 생각하는 듯한 부코스키를 안심시키기 위해 등을 슬쩍 쓰다듬고, 털을 살짝 헝클어뜨렸다.

꼭 다시 만나자, 친구.

샬로테가 부코스키를 데리고 가버린 뒤, 나는 온실로 가서 화초에 물을 주었다. 그러고는 주방에 가서 커피를 내렸다. 커피잔을 들고 서재로 가서 마음을 진정시켜주는 책 냄새를 맡으며 잠시 창밖을 내다봤다. 결국 커피는 다 식고 밖은 어둑어둑해졌다.

밤이 됐다. 더 이상은 할 일이 없었다. 나는 준비가 끝났다.

Blood Sisters

조피

조피는 아주 우연히 요나스와 재회했다. 전에 한 번도 안 가봤던 술집에 들어갔다가 사람들로 꽉 찬 그 안에서 요나스를 한눈에 발견했다. 요나스가 맥주잔을 앞에 두고 홀로 바에 앉아 있었다. 조피는 그 상황이 도무지 실제 같지가 않았다. 문득 그 형사가 자기 꽁무니를 졸졸 쫓아다닌다고 여길 수도 있다는 생각이 들어 다시 밖으로 나가려던 찰나, 이번에는 고개를 돌리던 요나스가 조피를 알아봤다. 조피는 애써 미소를 지어보였다. 그러고는 요나스를 향해 다가갔다.

"날 따라온 거예요?" 요나스가 물었다.

"우연이에요, 맹세코." 조피가 대답했다.

"여기서 한 번도 당신을 본 적 없는데." 요나스가 말했다. "여기 자주 와요?"

"지나가는 길에 보기만 하다가 오늘 처음 들어와봤어요."

조피가 비어 있는 바 의자에 앉았다.

"뭐 마셔요?" 조피가 물었다.

"위스키요."

"그렇군요." 조피가 이렇게 말하고는 바텐더를 불렀다.

"저도 이분과 같은 걸로 주세요."

바텐더가 잔에 술을 따라 조피에게 건넸다.

"고마워요."

조피는 그 맑은 갈색의 액체를 잠시 쳐다보다가 잔을 살짝 흔들었다.

"건배는 뭘로 할까요?" 잠시 후 조피가 물었다.

"나는 공식적으로 실패한 결혼생활에 대해서 하겠어요." 요나스가 말했다. "당신은요?"

방금 들은 말을 즉시 이해하기가 힘들었던 조피는 위로의 말이라도 해야 하나 잠시 망설이다가, 결국 그러지 않기로 마음먹었다.

"전에는 항상 '세계 평화를 위하여'라고 말했죠." 조피가 말했다. "하지만 세계는 평화롭지 않고 앞으로도 그럴 일은 없을 거예요."

"그럼 그냥 마시죠, 뭐." 요나스가 말했다.

그들은 서로의 눈을 쳐다보며 잔을 부딪치고는 각자의 위스키를 목구멍으로 넘겼다.

조피가 바지 주머니에서 지폐 한 장을 꺼내 바 위에 올려놓았다.

"고마워요." 조피가 바텐더에게 말했다.

조피가 요나스를 쳐다봤다. 요나스는 의아한 눈빛으로 조피를 쳐다보고 있었다.

"벌써 가려고요?" 요나스가 물었다.

"가야 해요."

"그래요?"

"네. 기다리는 사람이 있거든요." 조피가 말했다.

"아. 당신과 약혼자…… 다시 합친 거군요?" 요나스가 물었다.

요나스의 목소리에서는 아무 감정도 느껴지지 않았다.

"아뇨. 새로운 누군가가 생겼는데, 오래 혼자 있게 하고 싶지 않아서요. 당신도 한번 볼래요?"

요나스가 뭐라고 대꾸하기도 전에 조피가 청바지 주머니에서 휴대전화를 꺼냈다. 바삐 화면을 누르던 조피는 마침내 털이 곱슬곱슬한 작은 강아지 사진을 요나스에게 들이밀었다.

"완전 귀엽지 않아요?" 조피가 물었다.

요나스는 피식 웃었다.

"이름이 뭐예요?"

"좋아하는 작가의 이름을 붙여볼까 생각 중이에요. 카프카도 좋고요."

"흠."

"왜, 별로예요?"

"좋은 이름이에요, 카프카, 정말 그래요. 하지만 뭔가 이 강아지와는 어울리지 않아요."

"강아지가 어때서요? 이번에도 시인들 이름 댈 생각은 하지 말아요. 릴케라고 부를 마음은 전혀 없으니까."

"부코스키는 잘 어울릴 것 같은데요."

"부코스키 같다고요?" 조피가 깜짝 놀라 소리쳤다. "다 망가진 술고래였던?"

"아뇨, 덥수룩한 털 말이에요. 왠지 쿨해 보이기도 하고."

요나스가 어깨를 으쓱해 보였다. 요나스가 뭔가 더 말하려던 찰나, 그의 휴대전화가 울렸다. 요나스는 화면을 확인했고, 잠시 후 음성메시지가 도착했음을 알리는 웅 소리가 났다.

"전화해봐야 하잖아요." 조피가 말했다. "또 사건이 생긴 걸 텐데."

"네."

"난 어차피 가려던 참이에요."

조피가 요나스의 눈을 쳐다보며 의자에서 내려왔다.

"고마워요." 조피가 말했다.

"뭐가요? 그놈을 잡은 건 당신이에요, 내가 아니라."

조피가 어깨를 으쓱해 보였다.

"그래도요." 조피가 이렇게 말하고는 요나스의 볼에 입을 맞춘 뒤 사라졌다.

29

나는 지금 일천 평방미터짜리 원반 모양인 내 세상의 끝에 서 있다. 저 밖에는, 대문 앞에는, 내 두려움이 도사리고 있다.

손잡이를 눌러 문을 열었다. 앞은 컴컴했다. 수년 만에 처음으로 재킷을 입었다.

발을 살짝 내딛자마자 콕콕 찌르는 듯한 두통이 물밀 듯이 밀려왔다. 하지만 지금 극복해야만 한다. 그 두려움을. 내 등 뒤로 대문이 닫혔고, 그 소리는 어떤 최후를 알리는 듯한 소리였다. 밤 공기가 얼굴에 닿았다. 별들이 차가운 하늘에서 반짝이고 있었다. 갑자기 몸이 엄청나게 뜨거워지더니 내장이 뒤틀리는 느낌이 들었다. 그래도 나는 한 발짝 더 앞으로 나아갔다. 또 한 발짝. 나는 낯선 바다위의 외로운 뱃사공이다. 모든 게 쓸려나가 텅 비어버린 이 행성에 마지막 남은 사람이다. 나는 비틀거리며 앞으로 걸어갔다. 한 걸음, 또 한 걸음. 그러다 테라스 끝에 다다랐다. 어둠이 나를 감쌌다.

여기서부터는 풀밭이 시작된다. 나는 한 발 한 발 번갈아 내디디며 부드러운 카펫처럼 발에 밟히는 풀의 촉감을 느꼈다. 잠시 후 숨을 헐떡이며 제자리에 우뚝 섰다. 어둠이 내 안으로 밀려들었다. 이마에 땀이 맺히는 걸 느낄 수 있었다.

나는 두려움이라는 어두컴컴한 우물 안에 빠져 있다. 물속에서 몸을 꼿꼿이 세운 채 발끝으로 바닥을 디뎌보려 했지만 그 아래에는 아무것도, 어둠 외에는 아무것도 없었다. 나는 두 눈을 감고 물속으로 가라앉았다. 내 몸은 어둠 속으로, 점점 아래로 내려갔고 우물은 나를 삼켜버렸다. 나는 바닥도 없는 물속으로 침몰했다, 점점 더 깊이, 끝도 없이, 눈을 감고 양팔을 수초처럼 위로 뻗은 채 내 몸이 그대로 가라앉게 내버려두었다. 끝없이. 그런데 얼마 후 갑자기 차갑고 단단한 바닥이 나타났다. 처음에는 발가락에 살짝 닿더니, 이내 내 온몸의 무게를 지탱해주었고, 나는 우물의 바닥에 서게 됐다, 바닥에 다다른 나는 눈을 떴고, 이 암흑의 심장부에 서서 숨을 쉬고 있다는 데 놀라움을 금치 못했다. 나는 주위를 둘러봤다.

호수는 평온하게 제자리를 지키고 있다. 산들바람이 숲을 만나 바스락댔다. 내 주위에서 딱 소리와 부스럭대는 소리가 들려왔는데, 아마 관목에 앉아 있는 새들이거나 부지런한 고슴도치, 혹은 이리저리 쏘다니는 고양이일 것이다. 불현듯 내 주위에 비록 보이지는 않지만 얼마나 많은 생명들이 살아가고 있는지를 의식한다. 나는 혼자가 아니었다. 숲속에, 초원에, 호수에, 물가에 사는 동물들, 그 모든 노루와 사슴, 여우, 맷돼지, 올빼미, 그 모든 두꺼비와 부엉이, 메뚜기, 송어, 강꼬치고기, 그 모든 무당벌레와 모기, 담비. 너무나 많은 생명들. 나도 모르게 내 입가에는 엷은 미소가 어렸다.

나는 초원의 끝에 서 있다. 두려움이 있던 곳에는 이제 아무것도 없었지만, 나는 여전히 그곳에 있다. 다시 움직이기 시작한 나는 반 고흐의 〈별이 빛나는 밤〉 속으로 걸음을 내디뎠다. 주위를 둘러보자 별들은 꼬리를 길게 늘어뜨렸고, 달빛이 촉촉하게 반짝이는, 끈적끈적한 밤하늘에 줄무늬를 남기고 있었다.

나는 오늘 밤이 단순히 비밀스러울 뿐만 아니라 시적이고, 아름다운 밤이라는 생각이 들었다.

밤은 또한 어둡고, 두려움을 불러일으키기도 했다. 나처럼.

30

안나가 죽은 뒤에는 모든 게 너무 과하게 느껴졌다. 눈빛, 질문, 목소리, 조명, 소음, 속도 등. 처음에는 칼을 목격했을 때나 특정한 노래를 들었을 때만 일어나던 공황발작이, 차츰 아무때에나 불쑥 찾아오곤 했다. 안나와 똑같은 향수를 뿌린 여자가 지나갔을 때. 정육점 진열창 안에 놓인 시뻘건 고기를 봤을 때. 이런 사소한 일들로 인해. 사실상 모든 일들로 인해. 내 머릿속은 번쩍번쩍 빛이 나는 듯했고, 안구 안쪽에서는 통증이 느껴졌다. 그 시뻘겋고 거친 느낌. 그리고 도무지 제어가 되지 않았다.

나는 집에 머무는 게 좋았다. 혼자 있기. 마음의 평정 되찾기. 새 책 쓰기. 아침에 일어나서 글을 쓰고, 식사를 하고, 다시 글을 쓰고, 자러 가기. 아무도 죽지 않는 이야기 만들기. 아무런 위험이 없는 세상에서 살아가기.

사람들은 십 년 넘게 집 밖으로 나가지 않고 살기란 힘들다고 생각한다. 집 밖으로 나가는 게 쉽다고 생각한다. 사실 그건 맞는 말이다. 하지만 집 밖으로 나가지 않는 것 역시 쉬운 일이다. 머칠이 곧 몇 주가 되고, 몇 주가 곧 몇 달, 몇 년이 된다. 혹여 이것이 길게, 너무도 길게 느껴질지 모르지만, 내일은 오늘과 이어지는 또 하루일 뿐이다.

내가 집 밖으로 나가지 않는다는 사실을 처음에는 아무도 알아채지 못했다. 린다는 집에 있잖아. 전화하고 이메일 하면 됐지, 요즘같이 서로 바쁜 세상에 누가 직접 만나. 그러나 언젠가부터 출판사에서는 강연을 다시 할 생각 없느냐는 질문을 해왔고, 나는 거절했다. 친구들의 결혼식이나 장례식에 가야 했을 때에도 거절했다. 상을 받게 돼 시상식에 초대됐을 때도 거절했다. 그러다 보니 사람들이 이상하게 생각하기 시작했다. 결국 내가 알 수 없는 병에 걸렸다는 소문이 돌기 시작했고, 나는 떨 듯이 기뻤다. 그때까지는 그런 생활을 극복해보려고 끊임없이 노력했기 때문이다. 문턱에 서서 그걸 넘어보려고 안간힘을 썼지만, 매번 실패하기 일쑤였다. 하지만 그 멋진 병에 관한 소문(사기성 짙은 대형 일간지가 처음 써서 유포한) 덕분에 나는 그 모든 것에서 해방됐다. 초대받는 일은 더 이상 없었다. 나는 비사교적이고 예의 없는 사람이 아니라, 좋게 보면 용감하고 나쁘게 봐도 그저 불쌍할 뿐인 사람이 됐다. 그런 일들은 심지어 내 문학적 커리어에도 도움이 됐다. 알 수 없는 병에 걸려 은둔 생활을 하는 작가, 린다 콘라츠의 책은 강연장에서 직접 만나 악수하고 말도 섞을 수 있는 린다 콘라츠의 책보다 훨씬 잘 팔렸으니까. 그래서 나는 나에 대한 여러 가지 추측들에 전혀 반기를 들지 않았다. 그럴 필요가 뭐가 있겠는가? 나를 아주 예민하게 만드는 공황발작에 관해 얘기하고 싶은 생각은 전혀 없는데 말이다.

지금 나는 마치 십일 년 전에 마지막으로 읽었던 동화책을 펼쳐 그 속으로 빨려 들어간 기분이다. 나는 윙윙대는 엔진소리와 함께 밤거리를 누비는 택시 안에 앉아 있다. 머리를 창에 기댄 채 눈에 보이는 장면들을 흡수하며. 이 세상에 있는 것들, 즉 없는 게 없는 모든 것들을.

나는 눈을 위로 떴다. 새까만 잉크색 커튼 같은 밤하늘과, 그 앞에서 체조 선수나 댄서처럼 춤을 추는 핑크빛 구름들. 이따금씩 별들이 반짝였다. 실제 세상은 내가 기억하는 것보다 훨씬 더 마법 같았고, 훨씬 더 헤아리기 힘들었다. 지금 내 앞에 놓인 실로 무한한 가능성들을 떠올리자니 머리가 어지러울 지경이다.

가슴속에 퍼져가던 그 초조하고 불안한 기분이 점차 또렷해지자 나는 도무지 참기가 힘들었다. **난 자유야.**

밖은 어두웠지만 그 불빛들, 마주 오는 차들, 그 속도, 그 움직임, 내 주변의 활기가 나를 완전히 사로잡았다. 시내에 가까워질수록 교통량은 점차 늘어났고, 밤인데도 불구하고 거리에는 사람들이 꽤 많았다. 나는 사파리의 이국적인 동물들을 보듯 지나가는 사람들을 관찰했다. 마치 난생처음 보는 광경인 양. 어떤 엄마가 어린 아들을 띠에 매고 지나갔고, 아이는 토실토실한 다리를 흐느적거렸다. 손을 꼭 잡고 있는 나이든 커플도 보였는데, 순간 부모님을 떠올린 나는 고개를 다른 쪽으로 홱 돌려버렸다. 거기에는 젊은이들 한 무리가 다섯, 아홉, 여섯 명씩 모여서 고개를 숙인 채 손에 든 스마트폰을 바라보며, 길을 걷는 동시에 정신없이 화면을 눌러대고 있었다. 나는 문득 지금 이 거리를 가득 메우고 있는 저 젊은이들이 내가 마지막으로 여기 왔을 때에는 아직 어린아이들이었을 거라는 생각을 했다. 이 도시는 내게 익숙했지만 한편으로는 익숙하지 않기도 했다. 요즘은 전부 다 체인점이었다, 슈퍼마켓, 잡화점, 패스트푸드점, 커피숍, 서점 할 것 없이. 신문을 많이 읽어서 그 정도는 알고 있다. 다만 내 눈으로 직접 보는 건 이번이 처음이다. 마치 내 전생에 관한 영화를 내가 알아들을 수 없는 상상의 언어로 틀어놓은 듯, 모든 것이 아주 익숙하면서도 동시에 아주 낯설게 느껴졌다.

택시가 갑자기 멈춰 서는 바람에 깜짝 놀랐다. 벌써 시내 변두리의 어느 조용한 주거지역에 도착했다. 아기자기한 집들, 잘 손질된 정원. 자전거. 일요일이면 대부분의 집 거실 창문을 통해 〈타트오르트〉(Tatort: '범죄 현장'이란 뜻으로 독일 ARD 채널에서 일요일 밤에 방송되는 인기 범죄 수사물-역주)의 마지막 장면을 훔쳐볼 수 있을 것이다.

"다 왔습니다." 택시 기사가 딱딱한 말투로 말했다. "26유로 20센트예요."

바지 주머니에서 지폐 뭉치를 꺼냈다. 지난 수년간 인터넷으로만 물건을 사고 결제했던 탓에 현금을 세는 데 익숙하지가 않았다. 결국 나는 20유로 지폐 한 장과 10유로 지폐 한 장을 찾아냈다. 진짜 돈을 만지는 기분을 만끽하며. 기사에게 지폐를 건네며 말했다. "잔돈은 됐어요."

마음 같아서는 택시 안에 좀 더 앉아서 미적거리고 싶었지만, 이미 돌아가기에는 너무 많이 와버렸다. 차 문을 연 나는 다시 닫아버리고 싶은 충동과 밀려오는 두통을 무시하고 결의를 다지며 차에서 내렸고, 11번지 집(9번지 집이나 13번지 집과 똑같이 생긴) 대문으로 떨리는 걸음을 옮겼다. 자갈길을 밟을 때 나는 그 익숙한 소리에 동요된 내 기분은 무시한 채. 동작 감지 센서가 작동해 갑자기 길에 조명이 켜지면서 나의 도착을 알리는 바람에 화들짝 놀랐다. 집 안 커튼 안으로 누군가 움직이는 게 보였고, 나는 순간 거친 말이 튀어나오려는 걸 간신히 참았다. 초인종을 누르기 전에 마음을 가다듬을 시간을 갖고자 했다. 심호흡을 하고 마음을 진정시켰다. 계단 세 개를 올라 대문 앞에 다다라서는 초인종에 손가락을 대고 막 누르려는데, 안에서 문이 홱 하고 열렸다.

"린다." 그 남자가 말했다.

"아빠."

아빠 뒤에 서 있던, 키가 160센티미터 정도 되는 엄마가 모습을 드러냈고, 당황한 표정이 역력했다. 문가에 선 채로 나를 빤히 쳐다보던 부모님이 이내 동시에 긴장을 풀고 나를 껴안았고, 우리 셋은 다 같이 껴안은 꼴이 됐다. 그 순간 내가 느낀 안도감은 우리 정원에서 나는 달콤한 체리와 수영(sorrel: 시금치를 닮은 잎에 독특한 신맛이 나는 식물-역주), 데이지의 맛이 났고, 내가 어릴 적 맡았던 모든 냄새가 한꺼번에 밀려드는 기분이었다.

잠시 후 우리는 안락한 거실에 앉아 차를 마셨다. 부모님은 나란히 소파에 앉았고, 나는 그 맞은편, 내가 가장 좋아하는 안락의자에 앉았다. 의자로 걸어오는 길에 지나게 된 복도에는 내 어린 시절 사진들이 그 수를 헤아리기 힘들 정도로 많이 걸려 있었다. 캠핑 갔을 때 린다와 안나, 파자마 파티 때 린다와 안나, 크리스마스 때 린다와 안나, 카니발 때 린다와 안나. 나는 그것들을 자세히 보지 않으려 노력했다.

　나는 엄마가 뭐라도 하려고 허둥지둥 대다가 켜둔 텔레비전을 흘긋 쳐다봤다. 나는 부모님께 왜 갑자기 여기 오게 됐는지, 어떻게 이렇게 갑자기 다시 집 밖으로 나오게 됐는지 설명하려고 애썼고, 요즘 내 상태가 나아졌으며 중요한 일이 생겼다고 말했다. 그러자 놀랍게도 부모님은 일단은 그걸로 해명이 다 됐다고 생각하는 모양이었다. 이제 우리는 여기 마주 앉아 있다. 우리는 서로를 수줍게 바라봤고, 할 말이 너무나 많아 무슨 말부터 꺼내야 할지 모를 정도였다. 앞에 놓인 소파 테이블 위에는 엄마가 급히 만들어온 카나페가 놓여 있었다. 엄마는 아직도 나한테 뭐라도 먹여야 한다고 생각하는 듯했다. 거칠거칠한 벽지, 뻐꾸기 시계, 카펫, 가족사진, 익숙한 냄새, 이 모든 것이 너무나 초현실적이고 믿을 수가 없었던 탓에, 나는 완전히 멍한 상태였다. 내가 여기 와 있다는 자체가 도무지 믿을 수 없었다. 나는 부모님을 슬쩍 쳐다봤다. 두 분은 서로 나이든 정도가 달랐다. 엄마는 예전보다 좀 더 청초해진 것 외에는 전과 별반 다르지 않은 모습이었다. 엄마는 작고 마른 몸매에, 실용적인 옷을 입고, 살짝 유행이 지난 헤어스타일을 하고, 붉은 갈색으로 염색한 지는 얼마 안 된 듯 보였다. 반면에 아빠는 많이 늙어 보였다. 그 수년간의 세월. 아빠의 왼쪽 입꼬리는 힘없이 처져 있었고, 본인은 감추려고 노력했지만 양손이 덜덜 떨렸다.

나는 찻잔을 마치 구명 튜브라도 붙잡듯 꽉 붙들고 있었다. 방 안을 둘러보다가 내 왼쪽 벽에 늘어선 책장에서 눈길을 멈췄다. 익숙한 글씨체로 된 책 몇 권이 나란히 놓인 게 눈에 들어와 자세히 보니, 거기 놓인 건 다름 아닌 내 책들이었다. 내 소설들이 출판된 순서대로 각 두 권씩 정렬돼 있었다. 나는 침을 꿀꺽 삼켰다. 항상 부모님은 내 책에 관심도 없고 전혀 읽지 않는다고 생각해왔는데. 십 대 시절 내가 단편소설을 창작해내거나 이십 대 초반에 첫 장편소설을 썼을 때에도 부모님은 단 한 번도 그에 대해 언급한 적이 없었기 때문이다. 아무런 성과를 보지 못했던 초기 작품들이든, 그 이후에 나온 베스트셀러들이든 간에, 우리가 함께 내 작품에 관해 이야기한 적은 전혀 없었다. 부모님이 내 책에 관해 묻거나, 증정본을 보내달라고 부탁한 적도 없었다. 오랫동안 나는 실망감을 안고 살았지만 결국에는 그에 대해 다 잊고 말았다. 그런데 알고 보니 부모님이 내 책들을, 내 책 전부를 두 권씩이나 갖고 있었다니. 아마 각자 한 권씩 읽으려고 했겠지. 아니면 잃어버릴 걸 대비해서 한 권을 더 사둔 걸까?

내가 그에 관해 질문을 하려던 찰나, 엄마가 헛기침을 했고, 그건 엄마가 대화를 시작하는 방식이었다.

나는 어서 대화를 시작해서 끝내버리고 싶었다. 하지만 도무지 말이 나오지 않았다. 어떻게 부모님한테 나를 살인자로 여기느냐고 묻는단 말인가? 그리고 그에 대한 대답을 과연 견딜 수 있을까?

"린다." 엄마가 내 이름만 부르더니 말을 멈추고는 침을 삼켰다. "린다, 난 그저 널 이해한다고 말해주고 싶구나."

그러자 아빠가 동감한다는 듯 고개를 끄덕였다.

"그래. 나도 마찬가지야." 아빠가 말했다. "그게, 물론 처음에는 충격이었다. 하지만 너희 엄마와 나는 그에 관해 얘기를 나눴고, 우린 결국 네가 왜 그랬는지 이해하게 됐어."

나는 뭐가 뭔지 전혀 알 수가 없었다.

"그리고 엄마는 너한테 사과하고 싶어. 네가 전화했을 때 그냥 끊어버린 것 말이다. 그 일로 얼마나 가슴이 아팠는지 몰라. 그런 행동을 하고나서 바로 말이야. 결국 다음 날 너한테 다시 전화를 걸었는데 아무도 받질 않더구나."

나는 믿지 못하겠다는 듯 이마를 찌푸렸다. 누가 전화를 했다면 내가 못 받을 일이 없기 때문이었다. 말 그대로 세상 최고의 안방샌님인 데다 항상 집에 있으니까. 그런데 그때 문득 드는 생각이 있었다. 엉망이 된 내 작업실. 산산조각 난 노트북, 화가 나서 길길이 날뛰며 갈기갈기 찢어버린 파일들, 바닥에 내동댕이쳐진 벽걸이 전화기. 그랬군. 하지만 부모님은 무슨 대화를 했다는 걸까? 내가 그걸 알아야만 할까?

"당연히 너는 네가 원하는 대로 할 수 있어. 그건 네 이야기이니까. 결국 다 네 경험이고." 엄마가 말했다. "그래도 우리한테 먼저 말해줬으면 좋았을 거야. 특히." 엄마가 말을 멈추고 헛기침을 하더니 잘 나오지 않는 목소리로 말을 이었다. "특히 그 살인에 관한 부분에 대해서."

나는 엄마를 빤히 쳐다봤다. 엄마는 마치 그 몇 마디 안 되는 말에 온 힘을 다 써버린 듯 진이 다 빠진 듯한 모습이었다. 하지만 나는 여전히 엄마의 말을 이해할 수가 없었다.

"무슨 말을 하는 거예요, 엄마?" 내가 물었다.

"그, 새로 출간된 네 책 말이야." 엄마가 말했다. "《피를 나눈 자매》."

나는 당황해 고개를 흔들었다. 내 책은 두 주 뒤에야 공식적으로 출간될 예정이다. 현재 나와 있는 건 출판사와 언론사에 보낼 증정본 몇 권이 전부였다. 아직 그에 관한 기사도 없었고, 부모님이 출판계에 연줄이 있는 것도 아니었다. 어떻게 부모님이 내 책에 대해 알았을까? 불길한 예감이 끈끈한 시럽처럼 내 배 속으로 퍼져나갔다.

"그 책에 관해서는 어떻게 알았어요?" 나는 최대한 차분하게 물었다.

물론 내가 먼저 부모님한테 알렸어야 했다. 하지만 그런 생각을 이미 하고 있었다고 한다면 그건 거짓말일 것이다. 나는 부모님께 미리 얘기하는 걸 잊어버리고 말았다.

"어떤 기자가 왔었다." 아빠가 말했다. "예의 바른 데다 주요 신문사 기자라기에 네 엄마가 잠깐 들어오라고 했지."

나는 목덜미의 솜털들이 곤두서는 기분이었다.

"지금 네가 앉아 있는 바로 그 자리에 앉아서는, 유명하신 따님께서 새로 쓴 책의 소재로 친동생의 살인 사건을 다뤘는데 그에 대해 어떻게 생각하느냐고 묻더구나."

나는 쓰러지기 일보 직전이었다.

"렌첸." 나는 그르렁대며 말했다.

"맞아, 그 이름이었어!" 아빠는 마치 아까부터 기억해내려고 애썼는데 생각이 안 났다는 듯 큰 소리로 외쳤다.

"처음에는 그 남자 말을 전혀 믿지 않았지." 엄마가 다시 대화에 끼어들었다. "그가 소설책의 견본을 보여주기 전까지는 말이야."

나는 어지러웠다.

"빅토르 렌첸이 여기, 이 집에 왔었다고요?"

부모님이 놀란 표정으로 나를 쳐다봤다. 내 얼굴이 아주, 아주 창백한 모양이었다.

"너 괜찮은 거니?" 엄마가 물었다.

"빅토르 렌첸이 여기, 이 집에 와서 내 책에 관해 얘기했다고요?"

"너랑 인터뷰를 앞두고 있는데 그 전에 네 환경에 관해 좀 알아보고 싶다고 하더구나." 아빠가 말했다. "처음에는 우리도 안에 들이지 않으려고 했지."

"그래서 내가 전화했을 때 엄마가 그렇게 끊었던 거군요." 나는 숨을 헐떡거리며 말했다. "그 책 때문에 화가 나서."

엄마가 고개를 끄덕였다. 나는 안도감에 엄마를 끌어안을 뻔했다, 엄마가 거기 있었으니까, 엄마는 내 엄마니까, 엄마는 한순간도 내가 살인범일 거라고 생각한 적 없으니까, 단 한순간도. 이렇게 우리가 서로 얼굴을 맞대고 앉아 있는 지금에서야 나는 그게 정말 말도 안 되는 생각이었음을 분명히 깨달았다. 하지만 내 큰 집에 혼자 있을 때는 그게 아주 논리적인 생각인 것처럼 보였다. 그 집은 내 삶의 모든 걸 왜곡돼 보이게 하는 거울의 집이었다.

빅토르 렌첸은 내가 뭘 알고 있는지, 내 부모님이 뭘 알고 있는지 알아내기 위해 이곳에 왔다. 부모님이 아무것도 모르고 있으며, 그 일이 있은 이후로 나와 연락도 거의 안 한다는 사실을 알아내고는 그걸 아주 영리하게 이용했다.

분노가 치밀어 숨이 멎어버릴 지경이었다. 잠시 생각을 정리할 시간이 필요했다.

"잠깐 실례해요." 이렇게 말하며 자리에서 일어났다.

부모님이 거실을 나가는 나를 쳐다보는 게 느껴졌다. 손님용 욕실에 들어가 문을 잠그고 차가운 타일 바닥에 앉아 양손에 얼굴을 파묻고 마음을 진정시키려 애썼다. 드디어 집에서 나왔다는 감격은 서서히 사라지고, 그 대신 급박한 질문이 몰려왔다. '이제 렌첸을 어떻게 하지?'

증거는 하나도 없었다. 그랬다면 자백을 했겠지. 렌첸은 내가 겨눈 총의 총구를 바라보면서도 절대 자백하지 않았다.

다만 우리는 그때 내 집 안에 있었고, 렌첸은 내가 모든 걸 녹화하리라 예상했을 게 틀림없다. 만약 내가 다시 그를 찾는다면…… 만약 렌첸이 이제는 안전하다고 생각하고 있다면?

나는 잠시 망설이다가 휴대전화를 집어 들고 율리안의 번호를 눌렀다. 신호음이 한 번, 세 번, 다섯 번 울리더니 결국 자동 응답기로 넘어갔다. 나는 전화를 부탁한다는 말과 내 연락처를 남긴 뒤 전화를 끊었다. 혹시 아직 근무 중인가? 나는 경찰서에 전화를 걸었고, 낯선 목소리의 경찰관이 전화를 받았다.

"저는 린다 미햐엘리스라고 합니다. 율리안 형사님과 통화할 수 있을까요?"

"아뇨, 지금 안 계십니다." 경찰관이 대답했다. "내일 다시 거시죠."

제길! 감정을 억제하기가 쉽지 않았다. 하지만 다시 일을 그르칠 수는 없었고, 나는 도움이 필요했다.

나는 부모님이 아직도 아까와 마찬가지로 잔뜩 긴장한 채 거실에 앉아 내가 뭘 하는지 귀를 기울이고 있을까 봐 변기의 물을 내리고 세면대 수도꼭지를 틀었다. 잠시 후 욕실 문을 열고 나와 부모님께로 돌아갔다. 내가 들어서자 부모님의 표정이 밝아졌다. 나는 부모님이 나를 관찰하듯 보지 않으려고, 내 얼굴에서 지난 수년간의 세월의 흔적을 찾지 않으려고 애쓰고 있음을 알 수 있었다. 나는 다시 의자에 앉아 카나페 하나를 집어 먹었다. 그러면 엄마가 기뻐하리란 걸 알았으니까. 음식을 입에 넣고 나서야 나는 내가 지금 얼마나 배가 고픈지를 깨달았다. 카나페를 하나 더 먹으려던 찰나, 내 전화벨이 울렸다. 모르는 번호였다. 율리안이 전화한 건가? 나는 서둘러 전화를 받았다.

"여보세요?"

"안녕하세요. 린다 콘라츠 씨 되십니까?" 남자 목소리였다.

낯선 목소리. 즉시 머릿속에서 경보가 울렸다. 나는 자리에서 일어나 부모님한테 잠깐 실례하겠다는 눈빛을 보낸 뒤 복도로 가서 거실 문을 닫았다.

"맞는데요. 누구시죠?"

"안녕하세요, 콘라츠 씨, 이렇게 통화하게 돼 반갑습니다. 저는 막시밀리안 헨켈이라고 합니다. 콘라츠 씨 번호는 제 동료인 빅토르 렌첸을 통해 받았어요."

내 몸이 비틀거렸다.

"아, 그러세요?" 나는 멍한 상태로 말했다.

나는 균형을 잃지 않기 위해 벽을 붙잡고 서 있어야만 했다.

"늦은 시간에 전화드렸는데 실례가 아닌지 모르겠습니다." 헨켈이 이렇게 말했지만 대답을 바라고 한 말은 아닌 듯했다. "인터뷰 건으로 연락드렸습니다. 콘라츠 씨로부터 독점 인터뷰 제안을 받았을 때 정말 감격스러웠거든요. 첫 인터뷰가 그렇게 돼버려서 참으로 안타까울 따름입니다. 그새 몸은 좀 나아지셨나요?"

지금 뭐 하자는 거지?

"네." 나는 겨우 말하고는 침을 삼켰다.

"정말 다행이군요. 렌첸이 말하길, 콘라츠 씨 컨디션이 좋지 않아 인터뷰를 진행할 수 없었다더군요. 저희는 콘라츠 씨 기사를 최대한 빨리 실을 수 있기를 간절히 바랍니다. 그래서 말씀인데, 그 인터뷰를 다른 때 콘라츠 씨가 편하신 시간에 다시 재개했으면 합니다. 빠를수록 좋아요."

숨을 쉬기가 힘들었다.

"다시 한다고요?" 나는 믿을 수 없다는 듯 불쑥 말했다. "렌첸 씨하고요?"

"아 참, 제가 먼저 말씀드렸어야 했는데. 안타깝지만 렌첸은 더 이상 인터뷰를 진행할 수 없게 됐어요. 갑자기 오늘 밤 늦게 시리아로 장기 답사 여행을 떠나기로 결정했거든요. 하지만 저나 다른 동료들 중 아무라도 지목해주신다면…….”

“빅토르 렌첸 씨가 내일이면 출국하고 없다고요?” 나는 숨을 헐떡이며 말했다.

“네, 정신 나간 친구죠.” 헨켈이 아무렇지 않게 말했다. “아마 그 친구가 해외로 다시 이주하는 건 시간문제일 거예요. 콘라츠 씨가 그 친구를 인터뷰 파트너로 점찍으셨던 건 잘 알지만 저라도 괜찮다면…….”

나는 전화를 끊어버렸다. 머릿속이 진동하고 있었다.

이제 내게 남은 건 오늘 밤뿐이다.

깊은 고민에 빠졌다가 거실 문이 열리고 엄마가 고개를 내밀었을 때 소스라치게 놀라고 말았다.

“얘야, 괜찮니?”

내 심장이 기쁨으로 쿵쾅댔다. 엄마가 나를 그렇게 부르는 건 몇 년 만에 처음이었기 때문이다.

엄마 뒤로 아빠의 얼굴이 나타났다.

나는 공황 상태에 빠져 있으면서도 웃을 수밖에 없었다.

“네. 그렇지만 바로 다시 가봐야 해요, 죄송해요.”

“뭐, 지금?” 엄마가 물었다.

“네. 정말 죄송한데, 일이 좀 생겨서요.”

부모님이 놀란 얼굴로 나를 쳐다봤다.

“이제야 너를 다시 되찾았는데, 이렇게 그냥 가버리다니. 오늘은 자고 가렴.”

“곧 다시 올게요. 약속해요.”

“내일 하면 안 되는 일이냐?” 아빠가 물었다. “시간이 늦었는데.”

나는 부모님의 얼굴에 서린 걱정을 읽을 수 있었다. 내가 어떤 글을 쓰든, 어떻게 살든 부모님은 아무 상관없었다. 그저 내가 곁에 있기만을 바랄 뿐. 린다. 하나 남은 큰딸. 부모님이 말없이 나를 바라봤고, 나는 마음이 약해지려 했다.

“죄송해요.” 결국 나는 말했다. “꼭 다시 올게요, 약속해요!”

엄마를 껴안으며 눈물이 터지려는 걸 꾹 참았다. 조심스럽게 안았던 손을 풀자 엄마는 어쩔 수 없이 나를 놓아주었다. 아빠를 껴안자 어렸을 적 아빠가 나를 공중에 날려주었던 게 생각났다. 크고 힘이 셌던, 너털웃음을 짓던 거인. 이제 아빠의 몸은 아주 연약하게 느껴졌다. 나는 아빠를 안았던 손을 놓았고, 아빠는 웃는 얼굴로 나를 바라봤다. 그러고는 떨리는 손으로 내 얼굴을 붙들고 엄지로 볼을 쓰다듬었다. 예전에 그랬듯이.

“내일 보자꾸나.” 아빠가 이렇게 말하고는 나를 놓아주었다.

“내일 보자.” 엄마도 말했다.

나는 고개를 끄덕이며 애써 미소를 지었다.

가방을 집어 들고 집에서 나와 밤이 나를 집어삼키는 기분을 느끼며 거리로 나섰다.

31

율리안의 집 앞에 도착한 나는 택시 안에 앉아 있었다. 천만다행으로 불이 켜져 있다. 율리안이 집에 있다. 율리안은 이혼을 하고 나서도 계속 여기 살고 있었다. 지금 그런 상태가 중요한 게 아니란 것 정도는 나도 알고 있다.

나는 가죽의자와 땀, 진한 애프터 셰이브 냄새가 뒤섞인 공기를 맡고 있었다. 집 앞 계단을 쳐다보다가 아주 오래전, 우리가 어둠 속에 앉아 담배를 나눠 피웠던 일을 떠올렸다. 율리안을 보지 못한 지 거의 십 년이 됐다. 처음에는 그게 끝이 아닐 거라고 확신했다. 언젠가는 그가 연락을 해올 거라고. 전화든, 편지든, 불쑥 문 앞에 나타나든, 뭔가 신호를 보내든. 하지만 아무 연락도 없었다. 율리안 슈머 형사. 나는 우리가 맺었던 관계를 기억한다. 전기나 꿈처럼 실재하지만 눈에 보이지 않는 관계.

나는 율리안이 그리웠다. 그리고 지금 여기 그의 집 앞에서 택시에 앉아 시간이 흐르고, 기사가 클래식 라디오를 들으며 박자에 맞춰 손으로 핸들을 톡톡 두드리는 사이, 차에서 내릴 마음의 준비를 했다.

결국 차에서 내렸다. 잰걸음으로 대문으로 걸어가다가 센서에 반응한 눈부신 조명 아래 계단을 올라 초인종을 눌렀다. 율리안과 만나는 순간을 대비해 마음을 단단히 먹으려 애쓰며. 내 기분 따위는 지금 중요치 않았다. 중요한 건 오직 그가 날 믿어주는 것, 나를 도와주는 것뿐이었다. 다시 한 번 심호흡을 하고 있는 사이, 그 육중한 나무문이 열렸다.

키가 훤칠한 아름다운 여자가 서서 나를 쳐다봤다.

"누구세요?" 여자가 말했다.

나는 잠시 말을 잃었다. 이런 바보 같으니. 왜 이런 가능성을 고려하지 않았던 걸까? 세상은 돌고 도는데.

"실례합니다." 다시 정신을 차리고 말했다. "율리안 슈머 씨 계신가요?"

"아뇨. 지금 없는데요."

여자가 팔짱을 낀 채 문가에 기대어 서 있었다. 여자의 구불구불한 붉은 갈색 머리가 어깨까지 닿았다. 여자가 기다리고 있는 택시를 흘긋 쳐다보더니 다시 내게 주의를 돌렸다.

"오늘 안에 돌아오나요?" 내가 물었다.

"올 시간은 지났어요. 직장 동료이신가요?"

나는 고개를 가로저었다. 그 여자가 미심쩍게 쳐다보는 게 역력히 느껴졌지만, 그래도 부탁을 하는 수밖에 다른 방법이 없었다.

"저기, 당장 율리안의 도움이 필요해서 그러는데요. 혹시 휴대전화로 통화 좀 할 수 있게 해주실 수 있나요?"

"휴대전화를 안 갖고 갔어요."

아, 린다. 네 계획은 여기까지였잖아.

"그렇군요. 그럼…… 혹시 율리안이 돌아오면 말씀 좀 전해주실 수 있나요?"

"그런데 누구시죠?"

"저는 린다 미햐엘리스라고 해요. 율리안이 몇 년 전에 제 동생의 살인 사건을 수사했고요. 저는 지금 당장 그의 도움이 필요해요."

그 여자는 나를 안으로 들여서 무슨 말을 하려는 건지 들어볼까 망설이는 듯 눈썹을 찌푸렸지만, 이내 그러지 않기로 결심한 듯했다.

"그냥 제가 여기 왔다고만 전해주세요. 린다 미햐엘리스가요. 그놈을 찾았다고, 그때 그 남자를 찾았다고 전해주세요. 그의 이름은 빅토르 렌첸이라고요. 기억하시겠어요? 빅토르 렌첸이요."

여자는 미친 사람을 보듯 나를 쳐다봤지만 아무 말도 하지 않았다.

"최대한 빨리 이 주소로 와달라고 해주세요." 나는 이렇게 말하고는 재빨리 가방에서 수첩을 꺼내 한 장을 뜯어서, 렌첸의 주소를 메모했다.

"최대한 빨리요. 아셨죠? 이건 정말 중요한 일이에요!"

나는 애원하듯 여자를 쳐다봤지만 여자는 슬쩍 뒤로 물러섰다.

"그렇게 중요한 일이라면 그냥 경찰에 신고하지 그래요? 율리안이 유일한 경찰인 것도 아닌데."

"말하자면 복잡해요. 부탁합니다!"

그 쪽지를 여자에게 건넸다. 여자는 그걸 쳐다보고만 있었다. 나는 잽싸게 여자의 팔을 붙들고는 여자가 깜짝 놀라 헉 소리를 내는 건 무시한 채 손에다 쪽지를 쥐어주었다.

그런 다음 뒤를 돌아 그 자리를 떠났다.

가로등 불빛 아래 서 있는 택시는 석양과 같은 주황빛을 띠었다. 떨리는 다리를 이끌고 택시에 올라탔다. 더 들를 곳은 없었다. 기사에게 렌첸의 주소를 불러주고 마음을 다잡았다. 렌첸의 얼굴이 내 눈앞에 떠올랐고, 배 속에서 아드레날린이 솟구치며 분노와 뒤섞였다. 순간 내 몸속에 에너지가 충만한 느낌이 들어 가만히 앉아 있기가 힘들 지경이었다. 나는 심호흡을 몇 번 했다.

"괜찮으세요?" 택시 기사가 물었다.

"그럼요."

"속이 안 좋으신 건 아니고요?"

나는 고개를 가로저었다.

"지금 듣고 있는 곡이 뭔지 아세요?" 나는 화제를 돌리려 물었다.

"베토벤의 바이올린 협주곡이죠." 기사가 대답했다. "정확한 곡명은 저도 잘 모르겠네요. 베토벤 좋아하세요?"

"아버지가 베토벤광이세요. 전에는 툭하면 베토벤 9번 교향곡을 온 집 안이 쩌렁쩌렁 울릴 정도로 크게 틀어놓곤 하셨죠."

"제 생각을 말씀드리자면, 그건 모든 음악을 통틀어 가장 매혹적인 작품입니다."

"아, 그래요?"

"당연하죠! 베토벤은 귀가 완전히 먹은 상태에서 그 9번 교향곡을 썼어요. 그 대단한 음악, 그 모든 악기들, 다양한 목소리들, 합창, 독창자들, 그 모든 환상적이고도 신적인 울림이 어느 귀머거리 남자의 머리에서 나왔다, 이 말입니다."

"몰랐던 사실이네요." 나는 거짓말을 했다.

기사가 감격한 표정으로 고개를 끄덕였다. 그의 열정적인 모습이 보기 좋았다.

"베토벤이 처음으로 그 9번 교향곡을 지휘했을 때, 마지막 마디가 울려 퍼지자마자 그의 뒤에 앉아 있던 관객들이 감격한 나머지 열광했답니다. 하지만 베토벤은 그 소리를 들을 수 없었죠. 자신의 교향곡이 관객들의 마음에 들었을지 불안해하며 뒤를 돌아보고 나서야, 그 희열에 찬 얼굴들을 보고 성공했음을 알았다고 해요."

"와우!"

"그래요." 기사가 응답했다.

그때 택시가 휙 멈춰 섰다.

"다 왔습니다."

기사가 뒤로 고개를 돌려 나를 쳐다봤다. 나도 기사를 쳐다보며 "네" 하고 말했다.

나는 보호막과 같았던 택시에서 내렸고, 택시는 즉시 시동을 걸고 어둠 속으로 사라졌다. 내가 서 있는 곳은 도시 외곽이었다. 전체적으로 견고해 보이는 조용한 주거지역. 내 부모님이 사는 거리의 집들보다 더 큰 집들이 눈에 띄었다. 밤나무길. 나는 렌첸의 집을 알아볼 수 있었다. 전에 한번 사진에서 봤다. 모든 계획의 맨 처음에 렌첸과 그의 가족, 그의 환경에 관해 최대한 많은 걸 알아내기 위해 고용했던 사설탐정이 찍어다 주었던 사진에서.

나는 이 특별한 저녁에만 벌써 세 번째로 대문 앞 자갈길을 따라 걷고 있었지만, 이번만큼은 다리가 떨리거나 심장이 고동치지 않았다. 나는 아주 차분했다. 센서가 작동해 내가 가는 길을 밝혀주었다. 대문으로 향하는 계단 두 개를 올랐다. 안에는 불이 켜져 있었고, 초인종을 누르기도 전에 빅토르 렌첸이 문을 열었다.

그 밝고 맑은 눈동자.

"당신이 오리란 걸 예상했어야 했는데 말이죠." 렌첸이 말했다.

그러고는 나를 안으로 맞아들였다.

32

나는 내 여행의 목적지에 도착했다.

빅토르 렌첸이 내 앞에, 팔만 뻗으면 닿을 거리에 서 있다.

렌첸이 대문을 닫아 세상으로의 통로를 막아버렸다. 이제 우리 둘뿐이다.

렌첸은 전과는 다르게 보였다. 검은색 셔츠와 청바지를 입은 그는 마치 면도용 스킨의 광고 모델 같았다. 그리고 그 밝은색 눈, 내가 안나의 집에서 처음 보고는 절대로 잊지 못하리라 생각했던 바로 그 눈. 그런데도 나는 어떻게 내 자신을 의심할 수 있었을까?

"여긴 왜 온 거죠, 린다?" 렌첸이 물었다.

렌첸은 전에 만났을 때보다 조금 작아진 것 같았다. 아니면 내가 커졌다고 느끼는 건가?

"난 진실을 원해요. 난 진실을 알 자격이 있어요."

우리는 잠시 복도에 가만히 서서 서로를 쳐다봤다. 우리 사이의 공기가 진동했다. 그 순간은 고통스러울 만큼 길게 늘어졌고, 나는 그것을 건져냈다. 결국 빅토르 렌첸이 눈길을 딴 데로 돌렸다.

"이렇게 복도에 서서 얘기할 수는 없겠죠." 그가 말했다.

렌첸이 움직였고, 나는 그를 따라갔다. 렌첸의 집은 크고 텅 비어 있었다. 곧 이사할 집처럼, 아니면 아예 이사 온 적이 없거나.

나는 렌첸이 지금 무슨 생각을 하고 있을지 생각했다. 내가 여기 왔다는 건 내가 자기를 꿰뚫어보고 있는 거라고 생각할까? 아직 끝난 게 아니라고 생각할까? 다음 라운드가 시작되는 거라고 생각할까?

렌첸은 차분하게 보이려고 애썼지만, 머릿속으로는 여러 가지 생각을 하고 있는 게 틀림없다. 우리가 걸어가는 복도의 새하얀 양쪽 벽에는 무작위로 모아둔 듯한, 입자가 굵은 대형 흑백사진들이 일정한 간격으로 걸려 있었다. 밤바다, 어느 여성의 곱슬머리 뒤통수, 허물 벗는 뱀, 은하수, 뭘 아는 듯 안을 들여다보는 여우의 얼굴, 검은색 난초. 곧이어 우리는 난간 없는 작은 계단을 올라 렌첸의 거실로 들어갔다.

금속과 플렉시글라스(Plexiglas: 유리같이 투명한 합성수지, 상표명-역주)로 된 디자이너 램프가 거실에 차가운 빛을 뿜어내고 있었다. 거기에는 텔레비전도, 책장도, 화초도 없었다. 오직 가죽과 유리, 콘크리트뿐. 디자이너 가구들, 가죽으로 된 안락의자 두 개, 유리 테이블, 파란색과 검은색이 뒤섞인 추상화. 피운 지 한참 된 듯한 담배 냄새가 공기 중에 살짝 스며 있었다. 거실과 인접한 오픈형 주방이 있었고, 밖으로는 어두운 발코니가 보였다.

"자." 렌첸의 말에 나는 화들짝 정신이 들었다. 렌첸이 의자를 손으로 가리켰다. "앉으시죠."

"내가 여기 있다는 사실을 알고 있는 사람들이 있다는 걸 기억해둬야 할 거예요." 내가 말했다.

그건 내가 가진 유일한 무기였다.

"만일 내가 연락을 받지 않는다면 그 사람들이 나를 찾으러 이리로 올 거예요."

렌첸이 차가운 눈을 가늘게 뜨며, 알겠다는 듯 고개를 끄덕였다.

그가 가리킨 의자에 앉았다. 렌첸이 내 맞은편 의자에 앉았다. 유리로 된 작은 소파 테이블 하나만이 우리 둘 사이를 갈라놓았다.

"마실 것 좀 드릴까요?" 렌첸이 물었다.

렌첸은 내가 무기를 가지고 있지 않다고 믿는 눈치였다. 제 손으로 내 권총을 슈타른베르거 호수에 빠뜨렸으니, 그럴 만도 했다.

"아뇨. 괜찮아요."

나는 렌첸의 수에 넘어가지 않으리라 다짐했다. 이번만큼은.

"날 보고도 놀라지 않더군요." 내가 말했다.

"별로 놀라지 않았습니다."

"내가 여기 올 거란 건 어떻게 알았죠?"

"당신이 실제로는 전혀 아프지 않다는 걸 짐작하고 있었거든요."

렌첸이 테이블에 놓인 담뱃갑에서 담배 한 개비를 꺼내 불을 붙였다.

"한 대 피우겠어요?" 렌첸이 물었다.

"사실 나는 담배를 피우지 않아요."

"하지만 당신 책 속의 주인공은 피우잖습니까." 렌첸이 이렇게 말하고는 담배 한 개비와 라이터를 테이블 위에 올려놓았다.

나는 고개를 끄덕였다. 그러고는 그 담배를 집어 들어 불을 붙였다. 우리는 말없이 담배를 피웠다. 일을 마무리 짓기 전 잠깐의 휴전기, 이 시간에 우리는 각자 생각에 잠겨 있었다. 거의 필터가 보일 때까지 담배를 피우고 나서야 그것을 비벼 껐다. 내 질문들에 그가 어떤 대답을 해도 흔들리지 않으리라 다짐하며.

왠지 이번에는 렌첸이 전처럼 나를 속이려 들지 않고 제대로 대답을 할 것만 같은 기분이 들었다.

"진실을 말해줘요." 내가 말했다.

렌첸은 내가 아니라 바닥 어딘가를 쳐다보고 있었다.

"2002년 8월 23일에 어디 있었죠?"

"내가 어디 있었는지 당신도 알잖아요."

렌첸이 눈을 들었고, 우리는 그때처럼 서로의 눈을 응시했다. 물론 나는 알고 있다. 어떻게 그걸 의심할 수가 있었을까.

"안나 미햐엘리스는 어떻게 알게 된 거죠?"

"정말 계속하자는 겁니까? 그 바보 같은 질문들을?"

나는 침을 삼켰다.

"당신은 안나를 알았어요." 내가 말했다.

렌첸이 불만에 가득찬 소리로 헛웃음을 지었다. "나는 안나를 사랑했어요." 렌첸이 말했다. "하지만 안나를 '알았느냐'고요? 솔직히 말하자면 그건 잘 모르겠군요. 오히려 몰랐다고 하는 편이 맞을 겁니다."

렌첸이 식식대며 얼굴을 찡그렸다. 그가 고개를 살짝 기울여

빙글빙글 돌리자 뼈가 우두둑하는 소리가 났다. 다시 담배에 불을 붙인 렌첸의 손이 떨렸다. 아주 살짝, 거의 보이지 않을 만큼. 나는 방금 그가 한 말을 머릿속으로 곱씹어봤다.

그때 율리안의 목소리가 머릿속에 울려 퍼졌다. '치정에 의한 살인이에요. 이렇게 분노를 못 참고 여러 번 칼로 찌른 경우는 항상 그렇죠.' 율리안에게 나는 이렇게 말했다. '그렇지만 안나는 사귀는 사람이 없었어요. 그랬다면 내가 알았을 거예요.'

아, 린다.

"당신이……." 나는 내가 하려는 말이 엄청나게 상스러운 말인 양 도무지 입이 떨어지지 않았다. "당신이 내 동생과 연인 관계였다고요?"

렌첸은 고개만 끄덕일 뿐이었다. 나는 녹음을 위해 급하게 윗옷 속에 테이프로 붙여둔 작고 평평한 휴대전화를 떠올리며, 그가 대답을 해주기를 바랐다. 하지만 렌첸이 입을 열 생각을 하지 않았다. 그냥 가만히 앉아서 담배만 피울 뿐. 내 눈을 피한 채로. 그리고 나는 상황이 이전과는 달라졌음을 깨달았다. 이제는 그가, 내가 쳐다보는 눈빛을 못 견뎌하고 있는 것이다.

"뭘 좀 물어봐도 될까요?" 내가 먼저 입을 열었다.

"그러려고 오신 것 아닙니까." 렌첸이 말했다.

"왜 나를 찾아왔던 거죠?"

렌첸이 허공을 바라봤다.

"당신은 어떻게 된 일인지 상상도 못할 겁니다." 렌첸이 입을 열었다.

나는 조소하듯 입을 삐죽댔다.

"편집국으로 전화가 걸려왔죠. 어느 유명한 작가가 무조건 나랑 인터뷰를 하고 싶다고 한다는. 나는 무슨 일인지 알 수가 없었어요. 린다 콘라츠라는 이름도 그저 문학계에 잘 알려진 이름이란 것만 어렴풋이 생각날 뿐, 그 외에는 달리 떠오르는 게 없었죠."

렌첸이 고개를 가로저었다.

"문학계 관련 기사를 담당하는 기자는 본인이 지목받지 못했다는 데에 마음이 잔뜩 상했어요. 당연히 자기가 직접 인터뷰를 하고 싶었겠죠. 나로서는 아무 상관없었고, 인터뷰에 대한 기대감도 있었습니다."

렌첸이 쓴웃음을 지었다. 그는 산만하게 담배를 피우며 말을 이어나갔다.

"편집국의 수습기자가 인터뷰 약속을 잡았고, 나는 그에 앞서 그 책의 견본을 받게 됐죠."

내 몸이 전율했다.

"그리고 난 그 책을 읽었습니다. 일 때문에 읽어야 하니까 의무감으로 읽었던 거죠. 전철 안에서나 에스컬레이터에 서 있을 때, 잠들기 전에 몇 쪽씩, 시간 날 때마다 속독으로 읽었습니다. 대강 읽고 지나친 부분도 많았고요. 사실 난 범죄소설을 그다지 좋아하지 않거든요. 세상은 이미 충분히 잔인한데 굳이 책에서까지 그런 걸 읽을 필요는……."

렌첸은 자기 말이 얼마나 앞뒤가 안 맞게 들리는지 알아챈 듯 말을 멈췄다.

"난 몰랐습니다." 마침내 렌첸이 말했다. "그 일이 일어나는 장을 읽을 때까지 전혀 몰랐어요."

나는 '살인'이라는 단어를 피하는 렌첸이 경멸스러웠다. 그는 잠시 입을 닫은 채 마음을 추스르는 듯했다.

"그 장을 읽었을 때…… 정말 이상했어요. 처음에는 이해하지 못했죠. 어쩌면 내 머리가 이해하고 싶지 않아서 일부러 미적거린 건지도 모르겠습니다. 그 장면은 뭔가 불편하고 불안한, 어렴풋한 기억처럼 느껴졌어요. 마치 언젠가 영화에서 봤던 장면처럼 말이에요. 아주 비현실적이었죠. 나는 그때 기차에 앉아 있었습니다. 그리고 잠시 후 내가 깨달았을 때, 방금 내가 뭘 읽은 건지를 깨달았을 때…… 그땐 정말…… 기분이 묘하더군요. 이상했어요. 완전히 몰아냈던 기억이 갑자기 다시 떠오른 느낌이라고나 할까요. 처음에는 그 책을 치워버리고 다른 생각을 하려고 했습니다. 다 잊어버리려고요. 하지만 첫 번째 도미노 블록이 넘어진 이상, 차츰차츰 모든 기억들이 다 되살아나더군요. 그리고 난 미친 듯이 화가 났습니다."

렌첸이 나를 쳐다봤다. 그 눈빛이 나를 두렵게 했다.

"그날 밤 일을 잊으려고 내가 얼마나 노력했는데. 얼마나 애를 썼는데! 난 거의 성공했었어요. 난, 당신도 알다시피…… 계속 살아갔습니다. 일도 하고요. 우두커니 앉아서 지나간 일만 생각하고 있을 수는 없었으니까요. 끊임없이 그럴 수는……."

순간 할 말을 잃은 렌첸이 양손에 얼굴을 파묻고 생각에 잠겼다가 다시 고개를 들고 힘들게 말을 이어나갔다.

"지난 십이 년간 매일같이 내가 사람을 죽였다는 생각을 머리에 담고 살아갈 수는 없었어요. 내가······."

렌첸이 말했다. 나는 덜덜 떨리는 두 손을 멈추기 위해 허벅지 위에 펼쳐놓았다. 그가 말했어! 자기가 사람을 죽였다고 렌첸이 말했어.

렌첸이 숨을 깊이 들이마셨다가 내쉬었다.

"그렇지만 사람을 죽인 건 사실이에요. 내가 죽였어요. 그리고 그 책은 내 기억을 상기시켰죠. 거의 잊고 있었는데. 거의 다."

나는 렌첸이 다시 양손에 얼굴을 파묻는 걸 지켜봤다. 자기 연민적이고 소극적으로. 그러더니 렌첸이 다시 얼굴을 들었다. 왠지는 몰라도 그는 내 모든 질문에 대답을 하기로 결심한 듯 보였다. 어차피 내 말을 믿어줄 사람이 아무도 없다고 생각해서였을까. 말을 해버리는 편이 마음이 편해서였을까. 아니면 내가 다른 사람한테 그 얘기를 전달할 기회가 전혀 없으리란 걸 이미 확신하고 있었던 걸까.

아니. 렌첸은 그럴 수 없다! 그게 자신의 능력 밖의 일이란 건, 그 자신도 잘 알고 있었다.

"그 책의 줄거리를 파악한 나는 당신에 대해서 조사를 했습니다. 당신이 안나의 언니라는 사실을 알아내는 데는 십 분도 걸리지 않았어요."

렌첸이 안나의 이름을 말하며 마치 내 얼굴에서 안나와 닮은 구석을 찾으려는 듯 나를 빤히 쳐다봤다.

"난 가야만 했어요." 렌첸이 짧게 말했다.

"내가 뭘 알고 있는지 알아내려 했겠죠."

"당신이 날 어떻게 할 수 있을 만한 증거를 갖고 있지는 않을 거라 생각했어요. 그랬다면 날 경찰에 신고했겠죠. 하지만 확신이 필요했기에 갈 수밖에 없었습니다."

렌첸이 헛웃음을 지었다.

"아주 깜찍한 함정이었어요." 렌첸이 말했다.

"당신은 준비를 다 하고 왔더군요."

"그럼요. 난 잃을 게 많으니까요. 어쩌다가는 다 잃을 수도 있으니까."

나는 렌첸의 말 뒤에 숨겨진 위협을 감지했고, 그에 맞버텼다.

당시에 무슨 일이 있었는지 지금 물어본다면 과연 그가 대답을 할지 궁금했다.

"음악은 어디서 나왔던 거죠?" 나는 다른 질문을 먼저 했다.

렌첸은 내가 무슨 말을 하는지 바로 알아들었다.

"처음에는 사진가의 가방에 들어 있던 작은 플레이어에서 나왔죠. 두 번째에는 내 또 다른 휴대전화에서 나왔고요. 그건 책상 위에 내놓지 않았었거든요."

어떠한 질문에도 빠릿빠릿하게 대답을 하는 그를 보며 걱정이 되긴 했지만, 나는 계속 질문을 하기로 했다.

"사진가는 어떻게 포섭한 건가요?"

렌첸이 웃으려는 듯 입꼬리를 위로 올렸지만 그새 웃는 방법을 잊어버린 것처럼 보였다.

"그에게 받을 빚이 있습니다. 큰 빚이요. 그래서 그 일을 그저 악의 없는 장난인 양 설명해줬어요. 집 밖으로 절대 나가지 않는 정신 나간 작가, 살짝만 건드리면 멋진 스토리를 만들어낼 수 있을 거라고 말이죠. 하지만 그를 나쁘게 보진 말아요. 그는 이 일에 전혀 가담하고 싶어하지 않았으니까. 뭐, 다른 방도가 없어서 결국 협조하긴 했지만요."

나는 렌첸과 사진가 사이에 흐르던 냉랭한 분위기를 기억해냈다.

"대체 왜 그런 짓을 한 거죠?" 내가 물었다. "그 모든 쇼 말이에요?"

렌첸이 한숨을 내쉬며 바닥을 내려다봤다. 그 모습은 꼭 속임수를 쓰려고 소매에 넣어두었던 카드를 관객이 다 보는 앞에서 실수로 떨어뜨린 마술사 같았다.

"난 확실히 해야 했어요. 당신이 경찰에 신고하지 못하도록 말이에요."

그제야 이해가 갔다. 내 안에 의심의 씨를 뿌리는 일, 그것이 나를 침묵하게 만들 가장 확실한 방법이었던 것이다. 집 밖으로 절대 나가지 않는 제정신이 아닌 작가. 혼자 사는 괴팍하고 불안정한, 거의 완벽하게 고립되다시피 한 여자. 나는 렌첸을, 그 진지하고도 차분한 남자를 바라봤다. 내가 그의 술수에 빠진 것도 그리 신기한 일은 아니다. 사실 나는 렌첸에게 거짓말, 폭력, 이런 것들을 기대했다. 무슨 일이 있어도 자기가 한 일을 부인할 거고, 어쩌면 날 죽이려 들지도 모른다고. 그러나 그런 쇼를 선보이리라고는 상상도 못했다. 단역, 소도구와 배경음악까지 준비하리라고는. 굉장해. 대체 누가 그런 걸 생각해낼 수 있었을까? 내 말을 믿어줄 사람이 누가 있을까?

"당신은 내가 내 동생을 죽였다고 생각하게끔 만들었어요." 내가 말했다. 분노가 섞인 목소리로.

렌첸은 아무 대답도 하지 않았다.

"내가 당신의 수에 말려들리라는 걸 어떻게 안 거죠? 안나와 내가 때로는 사이가 안 좋았다는 걸 당신이 어떻게……."

나는 말을 멈췄다. 그 깨달음은 고통스럽기 그지없었다.

"안나가 당신한테 얘기했군요."

렌첸이 고개를 끄덕였다. 나는 명치를 한 대 얻어맞은 기분이었다.

"안나가 무슨 말을 했죠?" 내가 힘없이 물었다.

"당신과는 어렸을 때부터 끊임없이 싸웠다고 했어요. 둘은 마치 물과 불 사이 같다고요. 안나는 당신의 이기적이고, 작가랍시고 젠체하는 꼴을 더 이상 못 봐주겠다고 했어요. 또 당신이 자기더러 잘난 체나 할 줄 아는 교활한 계집애라고 했다더군요."

내 입이 바짝 말라붙었다.

"하지만 설령 안나가 나한테 그런 얘기를 안 했어도." 렌첸이 덧붙여 말했다. "아무리 가끔이라도 서로 미워하지 않는 자매가 어디 있겠어요? 또 가족의 죽음을 겪고 죄책감을 느끼지 않을 사람이 어디 있겠어요?"

렌첸이 그건 너무도 당연하다는 듯 어깨를 으쓱댔다.

우리는 잠시 침묵했고, 내가 생각을 정리하는 사이 렌첸은 또

다시 자욱한 담배 연기에 휩싸였다.

이제 그 질문을 해야만 했다. 나는 망설였다. 렌첸이 그 질문에 대답을 하는 순간 모든 의문이 풀릴 것이고, 그 이후에는 어떻게 될지 알 수가 없었기 때문이다.

"그날 밤에 무슨 일이 있었죠?"

렌첸이 계속 담배를 피워댔다. 아무 말 없이. 렌첸이 결코 대답하지 않으리라는 생각에 두려워하고 있던 바로 그때, 렌첸이 담배를 눌러 끄고는 나를 쳐다봤다.

"2002년 8월." 렌첸이 말했다. "맙소사, 벌써 한참 전이군. 지금과는 다른 삶."

나는 고개가 끄덕여지는 걸 애써 참았다. 십이 년 전 여름. 안나가 살아 있을 때. 나는 약혼한 상태였다. 이제 막 내 책이 세상에 알려지고 계좌에 돈이 들어오기 시작했을 때. 세 번째 책의 성공. 부모님의 은혼식. 이나와 비에른이 결혼했던 그 여름, 호숫가에서 열린 파티, 그날 밤 술에 취한 우리는 벌거벗고 그 신혼부부와 함께 수영을 했다. 지금과는 다른 삶.

렌첸이 숨을 깊이 들이쉬었다. 아직도 녹음 기능이 켜져 있는 내 휴대전화 때문에 피부가 뜨거웠다.

"안나와 내가, 우리가…… 우리가 서로 안 지 일 년이 채 안 됐을 때였죠. 아빠가 된 지도, 편집국장으로 승진한 지도 얼마 안 됐던 나는 내가 뭐라도 된 듯 우쭐한 기분이 들었죠. 물론 시기하는 사람들도 있었어요. 내가 편집국장 자리에 앉게 된 건 다 그 출판사 사장 딸과 결혼한 덕분이라고 하면서 말입니다. 그들은 내가 아내의 돈과 집안만 보고 결혼했다고 말했죠. 하지만 나 스스로는 그게 사실이 아니란 걸 알고 있었어요. 나는 직장에서 일을 잘했습니다. 아내를 진심으로 사랑했고요. 삶에서 내 자리를 찾았다고 느꼈던 바로 그때, 나는 그 어린 여자애한테 빠져버린 겁니다. 정말 우습지만 그런 일이 생겨버렸어요. 물론 우리는 비밀리에 만났습니다. 안나는 처음에는 그런 금지된 사랑이 왠지 재미있고 스릴 있다고 느끼는 것 같았어요. 나는 처음부터 그저 위험한 일이라고만 생각했고요. 몇 번은 안나의 남자친구한테 들킬 뻔한 적도 있었죠. 뭔가 이상하다고 느낀 그 남자친구는 결국 안나와 헤어지더군요. 안나는 그런 건 전혀 아랑곳하지 않았어요. 나는 우리 사이가 발각될까 봐 노심초사하면서도 안나와 헤어질 수가 없었습니다. 처음에는요."

렌첸이 고개를 가로저었다.

"바보 같긴, 정말 바보 같아요. 진부하기 짝이 없고. 어떻게 될지 뻔히 알면서. 언젠가부터 안나는 날 완전히 자기 걸로 만들고 싶어했고, 나로서는 당연히 가족을 버릴 수 없었어요. 그 일로 우리는 다퉜습니다. 다툼은 끝이 없었죠. 결국 나는 안나에게 이제 다 끝났다고, 다시는 보지 말자고 말했습니다. 하지만 이미 원하는 걸 얻어내는 데 익숙해져 있던 안나가 날 협박하더군요. 순식간에 다른 사람이 돼서는 말입니다. 해서는 안 될 말까지 하면서요.

'내가 당신 부인한테 말하면 어쩔 건데요? 당신 부인이 혼자 집구석에 앉아서 다 늘어진 젖을 그 못생긴 아기한테 물리는 사이 당

신이 나랑 같이 있었다고 하면, 과연 당신 부인이 좋아할까요?'

나는 조용히 하라고, 내 아내에 대해, 내 삶에 대해 아무것도 모르면서 마음대로 지껄이지 말라고 했습니다. 그래도 안나는 입을 닫지 않았어요.

'자기, 난 자기 삶에 대해 모르는 게 없어요. 당신의 그 친애하는 장인어른은 당신이 그의 막돼먹은 작은딸을 기만했다는 말을 듣는 순간 당신의 그 늙어빠진 엉덩이를 문밖으로 걸어 차버릴 걸요. 정말 당신이 능력이 있어서 그 자리에 올랐다고 생각해요? 당신 모습을 좀 봐요! 금방이라도 울 것처럼 서 있는 꼴이라니, 당신은 가소로운 패배자일 뿐이야! 이건 정말 진심인데, 당신은 어떤 부서의 장이 될 만한 인물은 아니라고요!'

내가 이제 그만 입 닥치라고 말해도, 안나가 계속 말을 하더군요.

'날 이렇게 간단히 내칠 수 있을 거라 생각하지 말아요. 내가 당신과 끝난 뒤에는 당신한테도 남는 게 아무것도 없을 테니까. 부인도, 직업도, 아이도 말이에요. 내 말을 장난이라 생각지 말아요. 그러지 말라고요!'

나는 냉정을 잃고 말았습니다. 화가 나서 몸이 움직이지 않고 눈앞이 깜깜해질 지경이었죠. 그리고 안나는 웃었어요.

'당신 표정 좀 봐요, 빅토르! 꼭 흠딱 젖은 푸들 같아. 이제부터는 당신을 비키라고 불러야겠어요. 푸들치고는 꽤 괜찮은 이름이네. 자 이리 와, 비키. 따라와! 잘했어.'

안나는 그 특유의 웃음소리로 깔깔댔어요. 한때는 내가 그토록 사랑했던 그 건방진 소년 같은 웃음이 그날은 역겹게만 느껴지더군요. 안나는 계속 웃어댔어요. 도무지 멈출 줄을 몰랐죠. 그렇게 멈추지 않고 계속, 계속, 계속 웃어대서 결국은……."

렌첸이 말을 멈췄다. 그는 기억에 사로잡힌 듯 잠시 침묵했고, 나는 숨죽여 기다렸다.

"유부남이 어린 애인을 칼로 찌르다." 마침내 렌첸이 말했다. "그런 사건들에는 이런 제목이 붙죠. 이런 짤막한 제목이. '유부남이 어린 애인을 칼로 찌르다.'"

렌첸이 다시 쓴웃음을 지었다. 나는 놀란 나머지 아무 말도 할 수가 없었다. 안나가 거의 일 년간 유부남과 내연 관계였다는 사실과, 렌첸의 믿기 힘들 정도로 빤한 살인 동기 중 어느 것이 더 충격적인지 알 수가 없었다. 애인 간의 다툼. 애인한테 죽도록 시달린 끝에 결국 분노를 참지 못하고 애인을 죽이고 만 남자. 내 귀에 율리안의 목소리가 들렸다. **항상 애인이 문제라니까요.**

삶은 우리가 상상하는 것보다 훨씬 덜 극적일 때가 많다.

"당신은 살인자야." 내가 말했다.

렌첸은 마음이 동요된 듯 보였다.

"아냐!" 렌첸이 소리쳤다.

렌첸이 주먹으로 유리 테이블을 쾅 하고 내리쳤다.

"제길." 렌첸이 식식댔다.

그는 곧장 다시 정신을 차렸다.

"제길." 렌첸이 아까보다 작은 소리로 다시 한 번 말했다.

그러더니 갑자기 결심한 듯 속에 있던 말을 하나씩 끄집어내기 시작했다.

"그러려고 했던 건 아니었어요. 계획적인 게 아니었단 말입니다. 나 자신을 지키거나 뭔가를 은폐할 목적이었다면 결코 사람을 죽이는 일은 없었을 거예요. 나는 순간적으로 나 자신을 통제할 수가 없었어요. 홱 돌아버렸던 거죠. 다시 정신을 차리기까지는 불과 몇 초도 안 걸렸어요. 불과 몇 초도. 안나. 식칼. 그 많은 피……. 나는 안나를 빤히 쳐다봤어요, 그냥 그렇게. 혼란스러웠죠. 방금 무슨 일이 있었는지, 내가 무슨 짓을 한 건지 도무지 알 수가 없었어요. 그때 초인종이 울리더군요. 곧이어 열쇠를 꽂고 돌리는 소리가 났고요. 나는 돌처럼 굳은 채로 그 자리에 서 있었고, 한 여자가 불쑥 들어왔죠. 그리고 나를 봤어요. 그때 기분은 뭐라 설명할 수가 없어요. 순간 다시 몸을 움직일 수 있게 된 나는 그저 도망가야겠다는 생각뿐이었죠. 결국 테라스 문을 통해 밖으로 나가 달리기 시작했어요. 겁을 먹은 채 울부짖으며, 캄캄한 밤길을 달렸어요. 달리 갈 데도 없었거니와, 본능적으로 집을 향해 달렸던 나는 도착하자마자 마치 로봇처럼 입고 있던 옷을 벗어 던지고, 칼을 던져버렸습니다. 그러고는 아내가 있는 침실로 들어갔어요. 아기는 우리 침대 옆, 아기 침대에 누워 있었고요. 나는 기다렸습니다. 경찰을요. 무서워서 움직이지도 못하고 천장만 뚫어져라 쳐다보며 경찰이 오기를 기다렸어요. 두려움에 뜬눈으로 밤을 지새우고 다음 날 기계적으로 일어나 출근을 했는데, 아무 일도 일어나지 않더군요. 그날 밤 역시 두려움에 떨며 뜬눈으로 지새웠고, 그다음 날도, 그다음 날도 마찬가지였습니다. 아무 일도 일어나지 않았고, 나는 이해할 수가 없었어요.

차라리 그 일이 일어나버리기를, 경찰이 어서 날 잡아가서 이 기다림을 그만둘 수 있기를 바라고 있었지만, 아무 일도 없었어요. 때로는 그건 다 악몽이었을 뿐이라고 나 자신을 설득하기도 했습니다. 신문에 그 기사가 나지만 않았다면 아마 사실이 아닌 걸로 믿었을지도 몰라요. 나는 이혼을 막아보려 했지만 아무리 아기가 있어도 우리 부부 사이는 이미 엎질러진 물이더군요. 그날 밤 이후 내가 완전히 정신 나간 사람처럼 행동했다는 사실이 아니더라도 이혼은 피할 수 없었을 겁니다. 난 더 이상 우리 아기를 안을 수도 없었어요. 이 손, 내 이 두 손은…… 나도 잘 모르겠습니다. 아무튼 두려움은 계속 남아 있었어요. 며칠, 몇 주가 지나자 처음보다는 그 정도가 좀 덜해졌지만, 완전히 없어지진 않았죠. 경찰이 사이렌을 울리며 집 앞에 나타나리라는 두려움뿐만 아니라, 안나의 집에 불쑥 나타나 나를 놀라게 했던, 놀란 눈으로 날 쳐다보던 짧은 갈색 머리 여자를 슈퍼마켓이나 파티장 같은 데서 마주치지는 않을까 하는 두려움도 있었어요. 두려움은 끝이 없었지만, 아무 일도 일어나지 않았어요. 아무도 찾아오지 않았고요. 그리고 언젠가 문득 안나가 약속을 지켰다는 생각이 들더군요. 안나가 우리 사이에 관해 정말 아무한테도 말하지 않았던 거예요. 우리 사이를 아는 사람은 아무도 없었죠. 우리가 함께 있는 걸 본 사람도 없었고요. 안나 삶에서 나는 아예 존재하지 않는 사람이나 마찬가지였던 겁니다. 안나와 연관 지을 만한 점은 단 하나도 없었어요. 나는 우연히 만난 사이처럼 아무도 그 존재를 알지 못하는 사람이었습니다. 그건 대단한 행운이었죠. 대단한 행운이요. 그리고 언젠가부터 나는 어쩌면 그 일로부터 벗어날 계기가 있을지도 모른다는 생각을 하게 됐습니다. 두 번째 기회를 얻을 계기 말입니다. 어쩌면 아직 뭔가 내가 할 일이 남아 있을지 모른다는 생각도 들었고요. 그리고 그때 아프가니스탄에 가서 일할 사람이 필요하다는 공고가 났습니다. 그 황폐하고 먼지 가득한 나라의, 그것도 최전선에 파견되는 건 아무도 원치 않고 관심도 없던 일이었죠. 하지만 나는 그 자리를 원했고, 그게 중요한 일이라는 생각에 그리로 가게 됐습니다. 그리고 아프가니스탄에서 내가 할 일이 끝났을 때도 나는 계속 그 일을 했어요. 그건 중요한 일이었으니까요."

렌첸이 스스로를 납득시키려는 듯 생각에 잠긴 채 고개를 끄덕이더니 이내 침묵했다.

나는 온몸이 마비된 듯 눈만 깜빡이고 있었다. 결국 빅토르 렌첸이 자백을 했다.

그 긴 세월 동안 나는 진실을 알고 나면 마음이 편해질 거라고 생각해왔다. 그런데 모든 걸 알게 된 지금, 내가 느끼는 건 공허함뿐이었다. 방 안에는 정적만이 감돌았다. 아무 소리도, 심지어 숨소리도 들리지 않았다.

"린다." 마침내 입을 연 렌첸이 의자에 앉은 채로 몸을 앞으로 기울였다. "휴대전화를 이리 줘요."

나는 렌첸을 쳐다봤다.

"싫어요." 내가 단호한 목소리로 말했다.

넌 네가 한 짓에 대한 죗값을 치러야 해.

내 눈빛이 테이블 위에 놓인 큼직한 재떨이에 머물렀고, 렌첸도 그걸 알아챘다. 렌첸이 우울한 듯 한숨을 짓더니 몸을 뒤로 기댔다. 침묵.

"몇 년 전에 나는 미국의 사형수들에 관한 기사를 쓴 적이 있습니다." 렌첸이 불쑥 입을 열었다.

나는 아무 말도 하지 않았지만, 머릿속으로는 열심히 생각을 하고 있었다. 절대로 렌첸에게 휴대전화를 넘겨줘서는 안 돼. 난 렌첸이 저지른 일에 죗값을 치르도록 하고 말거야.

"대단히 흥미로운 사람들이더군요, 그 사형수들 말이에요." 렌첸이 말을 이었다. "그들 중 몇 명은 수십 년 전부터 독방에서 살아온 사람들이었죠. 나는 텍사스에서 어느 사형수와 친해졌습니다. 그는 이십 대 중반에 다른 친구들과 함께 강도 살인을 저지른 죄로 사형을 선고받았더군요. 감옥에 있는 동안 그는 불교로 개종하고 동화책을 쓰기 시작했습니다. 거기서 얻은 수익금은 전부 기부했고요. 그는 약 사십 년을 감옥에서 보낸 뒤에야 사형을 당했습니다. 그리고 여기서 한 가지 질문이 있습니다. 스물다섯 살 때 살인 한 번을 저지른 죄로 사십 년간 사형수 독방에 갇혀 지낸 예순다섯 살 먹은 남자는, 과연 그때와 같은 사람일까요? 그를 아직도 살인범이라고 할 수 있을까요?"

렌첸이 무슨 이유로 이런 말을 하는지 알 수 없었지만, 계속 말을 잇기를 기다렸다.

어디 있는 거야, 율리안?

"그날 밤 일어났던 일은 참담한 실수였어요." 렌첸이 말했다.

"아주 잠깐, 정말 한순간 제어력을 상실했던 거죠. 끔찍하고도 용서할 수 없는 일이에요. 시간을 돌릴 수만 있다면 뭐라도 하겠어요. 진심입니다. 하지만 그럴 수는 없겠죠."

렌첸이 잠시 침묵했다.

"하지만 나는 참회했습니다." 잠시 후 렌첸이 다시 입을 열었다. "내가 할 수 있는 최선을 다해서요. 매일 아침 최선을 다하자는 마음으로 잠에서 깨어나죠. 일도 열심히 하고, 훌륭한 사람이 되자고요. 나는 좋은 일을 하는 수많은 기관들을 후원합니다. 자원봉사도 하고요. 한번은 사람을 살린 적도 있다고요, 제길! 어떤 아이를요! 스웨덴의 어느 강에서 말입니다. 밀물일 때라 아무도 들어갈 엄두를 못 내고 발만 동동 구르고 있었는데, 내가 들어갔어요. 그게 나란 말입니다! 그때 일어났던 일은, 그건…… 그건 그저 한순간, 정말 끔찍한 순간이었어요. 그 일 때문에 평생을 죄인처럼 살아야 하나요? 내 자신한테? 내 동료들 앞에서? 내 딸 앞에서? 나는 살인자일 뿐 아무것도 될 수 없느냐고요?"

렌첸은 내게 말을 하는 게 아니라, 자기 스스로에게 말을 하고 있었다.

"나는 그보다는 나은 사람입니다." 렌첸이 나지막이 덧붙였다.

내가 왜 그의 속임수에 넘어갔는지, 왜 그를 믿었는지 그제야 알 수 있었다. 렌첸이 결백하다고 했던 건, 자기가 그저 기자이며 아버지일 뿐이라고, 선량한 사람이라고 했던 건 나를 속인 게 아니었다. 렌첸은 정말 그렇게 믿고 있었다. 그것이 렌첸의 진실이었다. 왜곡되고, 뒤틀리고, 적당히 정당화된, 독선적인 진실.

렌첸이 눈을 들어 나를 봤다.

순간 그의 눈빛에서 단호함이 느껴졌다. 등골이 오싹했다. 여기에는 우리 둘뿐이고, 율리안은 아직 오지 않았다. 율리안이 벌써 집에 와 있는 건 아닌지. 율리안의 여자친구가 과연 내 쪽지를 율리안에게 전해줬을지 알 길은 없었다. 이제 그런 건 더는 중요치 않았다. 그러기엔 너무 늦어버렸다.

"당신은 아직도 모든 걸 바로잡을 수 있어요." 내가 말했다. "경찰서에 가서 그때 있었던 일을 자백하면 된다고요."

렌첸이 한동안 침묵했다. 그러고는 고개를 가로저었다.

"내 딸이 있는데 그런 짓을 할 수는 없습니다."

렌첸은 내게서 눈을 떼지 않았다.

"당신이 나한테 누군가를 위해서 살인을 저지를 수 있느냐고 물었던 거 기억해요?" 렌첸이 물었다.

"네." 나는 이렇게 말하고는 침을 꿀꺽 삼켰다. "당신 딸을 위해서라면 할 수 있다고 했죠."

렌첸이 고개를 끄덕였다.

"내 딸을 위해서라면."

그제야 나는 렌첸의 얼굴에 떠오른 그 이상한 표정의 의미를 알 수 있었다. 렌첸은 슬퍼하고 있었다. 슬퍼하고, 체념하고 있었다. 렌첸은 이제 곧 어떤 일이 일어날지 알았고, 그게 자신의 마음에 들지 않았기에 슬퍼하고 있었던 것이다.

나는 그를, 그 기자를, 그 특파원을 쳐다봤다. 그가 잿빛 눈동자로 목격했던 모든 것들, 그의 얼굴에 난 주름에 스민 모든 사연들, 만약 다른 상황이었다면 그를 좋아했을 수도 있겠다는 생각이 들었다. 다른 상황이었다면 그와 기꺼이 마주 앉아 안나에 관해 이야기를 나눴을 수도 있겠다는 생각. 렌첸은 내가 잊고 있었던 혹은 전혀 알지 못했던 안나에 관한 사실들을 상기시켜줄 것이다. 하지만 다른 상황이란 건 없었다, 오직 지금 이 상황뿐.

"장담하는데, 내가 연락을 받지 않으면 사람들이 나를 찾아올 거예요." 내가 쉰 목소리로 다시 말했다.

렌첸이 말없이 나를 쳐다보고만 있었다.

"휴대전화 이리 내요, 린다."

"싫어."

"내가 지금까지 했던 말은 오직 당신에게만 들려주려던 겁니다. 당신이 아까 했던 말이 맞아요. 당신은 진실을 알 자격이 있어요. 난 당신이 알고 싶어했던 걸 말해줬고, 그걸로 공평해진 거예요. 이제 휴대전화는 내놔요."

렌첸이 자리에서 일어섰다. 그를 따라 일어선 나는 몇 발짝 뒤로 물러나며 계단 쪽으로 도망칠 수도 있겠다는 생각을 했다. 하지만 분명 렌첸이 나보다 더 빠를 것이고, 나는 그가 내 뒤를 쫓아오는 걸 원치 않았다. 그와 그 큼직한 재떨이가.

"알았어요." 내가 말했다.

나는 휴대전화를 꺼냈다. 렌첸이 몸의 긴장을 살짝 푸는 듯했다. 그리고 그 이후 일어난 일은 눈 깜짝할 사이에 지나가 버렸다. 나는 생각할 겨를도 없이 재빨리 창가 쪽으로 몸을 날려 창문을 홱 열고 휴대전화를 창밖으로 멀리 던져버렸다. 휴대전화는 풀밭 어딘가에 떨어졌다. 나는 팔이 화끈거리는 걸 느끼며 뒤를 돌아봤다.

그리고 렌첸의 차디찬 눈을 바라봤다.

33

오랫동안 단 한 가지만을 바랐다. 안나의 살인범을 찾는 것. 그러나 내 앞에 바로 그 살인범이 서 있고 모든 자백도 끝난 지금, 나는 한 가지를 더 바라게 됐다.

나는 살고 싶다.

하지만 여기서 나갈 방법이 없다. 대문으로 통하는 길은 렌첸이 단 두 걸음 만에 차단해버렸다. 그렇다고 발코니 쪽으로 나갈 수는 없었다. 그런데도 나는 발코니 문을 열어젖히고 밖으로 나갔다. 선선한 바람이 내 얼굴에 닿았고, 두 발짝 더 걸어가자 난간에 이르렀다.

더는 갈 수가 없었다. 아래를 내려다보니 어두운 풀밭이 보였고, 그 뒤로 택시가 멈춰 섰던 길이 있었다. 그 빌어먹을 풀밭은 몇 미터 아래에 있었고, 뛰어내리기에는 내가 너무 높이 있었다. 출구는 없다. 그때 뒤에서 쇳소리 같은 게 들렸고, 나는 렌첸이 등 뒤에 서 있음을 느꼈다.

뒤를 돌아 렌첸의 얼굴을 쳐다봤다. 처음에는 내가 헛것을 본

줄 알았다.

빅토르 렌첸이 울고 있었다.

"왜 그냥 집에 있지 않았어요, 린다?" 렌첸이 물었다. "그랬으면 당신한테 아무 짓도 안 했을 텐데."

렌첸이 손에 권총을 들고 있었다. 그걸 본 나는 혼란스러웠다. 렌첸은 총을 쏠 수 없을 거야. 총소리는 잘 들리니까. 특히 이런 조용한 주거지에서는. 어떻게 총을 쏠 생각을 할 수가 있을까?

"당신이 방아쇠를 당기자마자 경찰이 들이닥칠 거예요."

"나도 알아요." 렌첸이 대답했다.

나는 뭐가 뭔지 알 수가 없었다. 총구를 바라보고 있다가 순간 최면에 걸린 듯 움직일 수가 없었다. 그 총은 내가 렌첸을 위협할 목적으로 구했던 것과 비슷해 보였다. 렌첸이 그날 호수에 던져버렸던 그 권총. 순간, 뭔가 알 것만 같았고 그 깨달음은 내 뇌 속의 시냅스들에게는 고통스러운 자극이었다.

"이걸 알아보는군요." 렌첸이 말했다.

나는 그걸 알아봤다. 그건 다름 아닌 내 권총이었다. 애초에 호수에 빠진 적도 없던 내 권총. 그때를 떠올려봤다. 렌첸은 어둠 속에서 호수를 향해 권총을 던지는 시늉만 했을 뿐 실제로 던지지는 않았던 것이다. 어딘가에 안 보이게 떨어뜨려 놓은 권총을 나중에 다시 몰래 들고 나왔겠지. 만약을 위해서. 용의주도하고도 침착하게. 그런 건 렌첸이 미리 계획했을 수가 없었다. 그저 그 총이 운 좋게 렌첸의 품에 굴러들어간 것이었을 뿐. 내가 불법으로 구했던, 내 지문으로 뒤덮인 권총이.

"그건 내 총이잖아요." 나는 맥이 풀린 채 말했다.

렌첸이 고개를 끄덕였다.

"이건 정당방위가 될 겁니다. 당신은 완전히 미쳤던 거예요. 당신은 나를 미행하고 관찰했어요. 협박도 했고요. 난 그걸 녹음해두었죠. 그리고 당신은 이제 총을 들고 내 집에 찾아온 거예요. 우린 드잡이를 했고……."

그때 머릿속에 떠오르는 생각이 있었다.

"오늘 밤에 여행을 떠난다고 하지 않았나요?"

렌첸이 고개를 가로저었다. 그제야 나는 깨달았다. 그건 속임수였다는 것을. 나를 이리로 불러들이기 위한 속임수. 함정. 나를 조급하게, 공황 상태에 빠지게 만들고, 오늘 밤 안으로 여기 오게 하기 위한. 나를 자기 집으로 불러들여 마침내는 내게서 벗어나려는 속임수. 깔끔하고, 우아하게. 내 권총을 가지고.

함정이란 붙잡거나 죽이기 위한 장치다.

빅토르 렌첸이 만들어놓은 함정은 정말 훌륭했다.

렌첸은 나를 붙잡았고, 난 이제 도망갈 수 없다. 그러나 총을 든 렌첸의 손이 떨리고 있다.

"이러지 말아요." 내가 말했다.

나는 안나를 생각했다.

"내게는 다른 선택권이 없어요." 렌첸이 대답했다.

렌첸의 이마에 땀이 맺혔다.

"그게 사실이 아니라는 건 우리 둘 다 알잖아요." 내가 말했다.

나는 노베르트와 부코스키를 생각했다.

"하지만 그건 사실처럼 들려요." 렌첸이 말했다.

렌첸의 윗입술이 움찔거렸다.

"제발, 이러지 말아요!"

"가만히 있어요, 린다."

나는 엄마와 아빠를 생각했다.

"방아쇠를 당긴다면 당신은 진짜 살인자가 되는 거예요."

나는 율리안을 생각했다.

"입 다물어요!"

그리고 한 가지 생각이 더 떠올랐다. 나는 여기서 죽지는 않으리란 것.

뒤를 홱 돌아본 나는 발코니 난간을 단숨에 뛰어넘어 아래로 떨어졌다.

나는 떨어졌고, 땅에 세게 부딪혔다. 영화에서와는 다르게, 구르거나 몸이 비틀거리는 게 아니라 그냥 퍽 소리와 함께 땅과 충돌했고, 오른쪽 발뼈에 엄청난 통증이 밀려와 일순간 눈앞이 깜깜해졌다. 나는 상처 입은 동물처럼 가만히 네 발로 기었고, 당혹감과 두려움에 거의 눈이 먼 듯한 기분이었다. 공포에 사로잡힌 채 고개를 마구 흔들어 혼미한 정신을 몰아내려 애썼고, 렌첸이 난간에 서서 나를 내려다보고 있으리란 생각에 시선을 돌렸지만 거기에는 아무도 없었다. 어디 간 걸까?

그때 렌첸의 소리가 들렸다. 이리로 다가오고 있었다. 맙소사, 내가 얼마나 오래 이러고 있었던 거지? 몸을 일으켜보려 했지만 오른쪽 다리가 꿈쩍할 생각을 하지 않았다.

"살려주세요!" 소리쳐봤지만 실제로는 아무 소리도 나오지 않았다. 나는 악몽을 꾸고 있는 게 분명했다. 전에도 여러 번, 땀에 흠뻑 젖어 흐느끼며 꾸었던 꿈, 아무리 소리를 질러도 실제로는 아무 소리도 나오지 않는 상황. 나는 다시 한 번 일어나기를 시도했고, 이번에는 왼쪽 다리에 힘을 실은 채 벌떡 일어나는 데 성공했다. 그러나 발을 헛디디는 바람에 다친 다리로 넘어지지 않으려 지탱하다가 통증 때문에 신음하며 무릎을 꿇고 말았다. 더는 발이 떨어지지 않았지만 그래도 가야만 했다. 눈앞이 깜깜해진 채로 어둠 속을 기어갔고, 결국 그를 봤다. 언제 다가왔는지도 모르게 갑자기 내 앞에 나타난 그를. 어떻게 한 건지 도무지 알 수가 없었다. 집에서 나왔으면 내 뒤에 있어야 하는데, 내 뒤에, 하지만 그는 앞쪽에서, 예고도 없이, 어둠 속에서 불쑥 튀어나와 내게로 걸어왔다. 나는 통증 따위는 무시한 채 몸을 일으켰다. 그러고는 총을 들고 있는 그의 형체에서 눈을 떼지 않고 그가 다가오기를 기다렸다.

그는 그림자, 하나의 그림자일 뿐이었다. 그는 서둘러 주위를 둘러봤다. 그러더니 갑자기 나를 향해 다가왔고 나는 그의 얼굴을 알아볼 수 있었다.

그를 본 나는 한 대 얻어맞은 듯 비틀거렸고, 다리에 다시 힘이 풀려 바닥에 주저앉고 말았다. 잠시 후 그가 내 옆에 섰다. 그리고 내 쪽으로 몸을 구부렸다. 걱정스러운 얼굴로. 어둠 속에서 서로 색깔이 다른 두 눈이 빛났다. 율리안.

"맙소사, 린다." 율리안이 말했다. "다쳤어?"

"렌첸이 여기 있어." 나는 헉헉거리며 말했다. "렌첸. 내 동생의 살인범. 총을 가지고 있어."   ....

"여기 그대로 있어. 진정하고."

바로 그때 렌첸이 집 모퉁이를 돌아 나왔다. 내가 혼자가 아니라는 걸 알아차린 순간, 렌첸이 제자리에 우뚝 섰다. 어둠 속에서.

"경찰이다!" 율리안이 소리쳤다. "무기를 버려!"

렌첸은 그냥 그렇게, 그림자처럼 서 있었다.

그러더니 물 흐르는 듯한 움직임으로 손을 들어 총구를 머리에 댔다.

그가 바닥에 쓰러졌다.

그러자 주위는 아주 고요해졌다.

린다 콘라츠의 《피를 나눈 자매》 초고 중에서

니나 시몬
(출간본에는 넣지 않을 원고)

어느 날 밤 요나스가 불쑥 조피의 집 문 앞에 나타났다, 그냥 그렇게.

조피는 요나스를 안으로 맞이해 와인을 따랐다. 요나스가 조피에게 어떻게 지내는지 물었고, 조피는 잘 지낸다고 대답했다. 다시 전처럼 지낼 거라고, 한탄만 하며 살고 싶지는 않다고. 두 사람은 각자 소파 양쪽 끄트머리에 앉았고, 그 사이에 앉은 조피의 강아지가 과격하게 몸을 움직였다. 그들은 웃고 떠들며 술을 마셨고, 조피는 잠시나마 브리타와 그 그림자를 잊을 수 있었다. 얼마 후 강아지는 노느라 피곤했는지 지쳐 잠이 들었다. 조피는 듣고 있던 음악을 다시 틀기 위해 자리에서 일어났다. 곧 경쾌한 일렉트로닉 음악이 흐르기 시작했고, 다시 자리에 앉은 조피가 요나스를 찬찬히 바라봤다. 요나스는 이제 막 두 번째 잔을 비운 참이었다.

"우린 왜 이럴까?" 조피가 물었다.

"뭐가?"

요나스의 멋지고 독특한 눈에서 뿜어져 나온 빛이 조피에게 와 닿았다.

"지금 이러는 거 말이야! 항상 서로를 찾잖아. 당신은 여전히 결혼한 상태고 나는 파혼한 지 얼마 안 된 데다 정신적으로도 완전히 지쳐 있는 데……." 조피는 말을 멈추고 손으로 머리를 쓸어넘겼다. "우린 왜 이러는 걸까? 당신은 왜 나랑 그냥 통화하지 않고 모든 걸 꼭 만나서 얘기하려고 해? 나는 왜 밤중에 당신 집 앞 계단에 앉아 있고, 당신은 왜 밤중에 내 집 앞에 찾아오는 거지? 당장에 변화가 필요하다고 생각하는 것도 이상한 건 아니지?"

"그럼, 아니고말고." 요나스가 말했다.

"우리는 그걸 알면서도…… 왜 그런 고통과 그리움의 감정을 질질 끌고 있는 걸까?"

요나스는 피식 웃었고, 덕분에 그의 보조개를 아주 잠깐 볼 수 있었다.

"왜냐하면 우리한테는 그 고통과 그리움이 필요하거든. 우리가 살아 있다고 느끼기 위해서 말이야." 요나스가 말했다.

두 사람은 잠시 아무 말 없이 서로를 바라봤다.

"이제 가봐야겠어." 마침내 이렇게 말한 요나스가 자리에서 일어났다.

"그래."

조피도 몸을 일으켰다.

"그럼……."

두 사람의 눈빛이 마주쳤고, 잠깐 멈칫하는가 싶더니 결국 그 일이 일어났다. 서로 간의 거리를 극복해낸 그들은 서로를 찾았고, 조피를 붙든 요나스는 마치 이제 막 사람을 믿기 시작한 야생동물을 쓰다듬듯 아주 조심스럽게 조피의 머리를 쓰다듬었다. 그리고 그 이후 일어난 일들은 그저 아름답고, 어둡고, 혼란스러우며, 진홍빛이었다.

　다음 날 아침 조피는 거리 위를 날아다니는 칼새의 날카로운 울음소리에 잠에서 깨어났다. 눈을 뜨기 전 조피는 손을 더듬어 요나스를 찾았다. 그는 가고 없었다.

　조피는 한숨을 내쉬었다. 조피는 밤의 거의 절반을 요나스의 숨소리를 들으며 이제 어떻게 하면 좋을지 생각하다가 겨우 잠이 들었다. 그러나 요나스는 조피가 자고 있는 사이 슬며시 빠져나갔고, 그걸로 요나스는 조피 대신 결정을 내려준 셈이었다. 다시는 서로를 만나지 않으리라고.

　침대에서 일어나 블라인드를 올린 조피는 추위를 느끼고 옷을 챙겨 입은 후 커피를 마시려고 주방으로 가다가 화들짝 놀라고 말았다. 요나스가 거실 소파에 앉아 있었기 때문이다. 조피의 심장이 쿵쿵 뛰었다. 요나스는 몰래 빠져나갔던 게 아니라 조피가 깰 때까지 기다리고 있었다.

　요나스는 조피가 다가오는 소리를 못 듣고 있었다. 조피는 잠시 그의 뒤통수를, 갈색 머리카락 속에 보이는 가마를 쳐다봤다. 문득 조피의 마음속에 어떤 확신이 생겼다. 본능은 믿어도 된다는 생각과 함께. 어쩌면 그냥 말해버리는 게 나을지도 몰라. 용기를 내서. 아니, 그럴 수는 없어. 그랬다가는 웃음거리가 될 뿐일 테니까.

　"좋은 아침!" 조피가 말했다.

　요나스가 뒤를 돌아 조피를 쳐다봤다.

　"좋은 아침!"

　요나스가 민망한 듯 미소를 지었다.

　"커피?" 조피가 물었다.

"좋지."

주방으로 가 커피를 내리며 속으로 고민했다. 인생은 짧아, 조피가 생각했다. 지금 말해야 해. 지금이 아니면 결코 못 할 거야.

조피가 떨리는 다리를 이끌고 거실로 돌아가 요나스의 뒤에 섰다. 그러고는 속삭였다.

"요나스?"

요나스의 고개가 조피 쪽으로 살짝 기울었다.

"할 말이 있어. 어렵게 꺼낸 말이니까…… 끊지 말고 들어줘."

요나스가 말없이 귀를 기울였다.

"난 당신이 가지 않으면 좋겠어. 여기 있으면 좋겠다고. 옳은 일이라면 느낌으로 알 수 있다고 생각해. 근데 지금 그런 느낌이 와."

조피의 입에서 나온 말들이 구슬처럼 마루 위를 데굴데굴 굴러갔다. 요나스는 고개를 살짝 갸우뚱했고 조피는 말을 멈췄다. 어쩌면 실수를 하고 있는 건지도, 웃음거리가 돼버릴지도. 하지만 이미 떠난 기차는 내리막길에 들어섰고, 이제 와 멈출 수는 없었다.

"지금 상황이 안 좋다는 건 나도 알아. 당신은 아직 결혼한 상태고, 나는 봄에 결혼하기로 했던 남자와 헤어진 지 얼마 안 됐잖아. 사건의 목격자와 특별한 관계라는 게 당신 직장에 알려지면 문제가 생길 수도 있고."

조피는 잠시 말을 멈추고 가쁘게 숨을 쉬었다. 요나스는 가만히 조피의 말을 듣고만 있었다. 조피는 목이 조여 오는 느낌이었다.

"그래도 난 당신을 원해, 알아? 당신을 원한다고."

조피는 눈물이 흐르는 걸 느꼈다. 요즘 들어 툭하면 눈물이 났다. 애써 감정을 추스른 조피가 눈물을 훔쳤다. 관자놀이가 욱신거렸다.

"좋아." 조피가 허탈하게 말했다. "난 내가 할 말을 다 했어."

요나스는 침묵했다.

"요나스?"

다시 고개를 돌린 요나스는 조피가 뒤에 서 있는 걸 보고는 살짝 놀라는 눈치였다. 요나스가 몸을 완전히 돌리고는 귀에 꽂고 있던 이어폰을 빼며 웃는 얼굴로 조피를 쳐다봤다.

"방금 뭐라고 했어?" 요나스가 이렇게 묻고는 턱으로 자신의 MP3 플레이어를 가리켰다. "오랜만에 좋아하는 니나 시몬의 노래를 듣고 있었어."

요나스는 조피의 얼굴을 살폈다.

"괜찮아, 조피? 운 거야?"

조피는 침을 꿀꺽 삼켰다.

"아무것도 아냐. 괜찮아."

조피는 머리가 띵했다. 요나스가 조피의 말을 전혀 듣지 못했던 것이다. 조피로서는 그걸 되풀이할 힘이 없었다. 어쩌면 차라리 그게 나은 걸지도 몰랐다. 겨우 하룻밤을 함께 보낸 것뿐인데 그런 얘기를 한다는 건 섣부른 생각일 수도 있으니까.

"정말 괜찮은 거지?"

순간 조피는 집 안 공기가 숨 막히게 느껴졌다.

"응. 괜찮아." 조피가 말했다. "근데 있잖아…… 난 이만 가봐야 해. 관장님하고 미팅이 있는 걸 깜빡하고 있었지 뭐야."

"아, 그래. 알았어."

"응."

"근데…… 커피는? 난 우리가……."

"난 가봐야 해. 기분 나쁘게 생각지는 말아줘. 갈 때 문만 꼭 닫아주고."

조피는 요나스의 놀란 표정을, 또 살짝 실망한 듯한 표정을 봤다. 하지만 요나스는 이내 애써 미소를 지었다.

"알겠어." 요나스가 말했다.

조피가 뒤를 돌아 몇 발짝 걸어갔다. 도무지 다리가 떨어지지 않았다. 결국 걸음을 멈춘 조피가 다시 한 번 뒤를 돌았다.

"요나스?"

"응?"

"당신이 준비가 되면 연락해. 나를 다시 만나고 싶다면 말이야. 신호를 달라고. 알겠지?"

요나스의 눈빛이 진지해졌다.

"알았어."

"응?"

"그렇게 할게."

돌아서서 걸어가던 조피는 등 뒤로 요나스의 눈빛을 느낄 수 있었다.

34

또다시 그 거칠고, 새빨간 기분이 몰려왔다. 나는 빅토르 렌첸의 집 앞 풀밭에 있었다. 총성이 머릿속에서 요동쳤고 손바닥 아래에는 풀들이 만져졌다. 나는 두통에 시달리며 몸을 덜덜 떨었다.

"미햐엘리스 씨?"

그 목소리는 아주 서서히 내 의식 속으로 스며들었다.

"미햐엘리스 씨?"

나는 눈을 들었다. 그러자 차츰 다시 현실 속의 내가 보였다. 경찰서. 미햐엘리스 씨, 그건 나였다. 비록 콘라츠라는 예명으로 불리는 게 훨씬 더 익숙하긴 하지만. 내 이름을 부른 남자는 오늘 아침에도 나를 심문했다. 남자는 냉철하긴 했지만 친절했고, 그의 질문은 끝이 없었다.

"잠시 쉴 시간이 필요하신가요?" 그 경찰관이 물었고, 난 그새 그의 이름을 잊어버렸다.

"아뇨, 괜찮습니다."

내 목소리는 작고 힘이 없었다. 몇 분 이상 잠을 잤던 게 언제 였는지 기억도 잘 나지 않았다.

"곧 끝날 겁니다."

경찰관의 질문에 기계적으로 대답을 하는 도중에도 내 생각 은 다시 그 풀밭에 가 있었다. 렌첸의 집 앞, 어두컴컴한 풀밭. 나 는 숨을 헐떡이며 거기 앉아 있었다. 총소리가 내 귀에 울려 퍼졌 다. 율리안이 내 얼굴을 바라보며 여기서 한 발짝도 움직이지 말 라는 눈빛을 보냈지만, 나는 그럴 수가 없었다. 나는 율리안이 땅 에 쓰러져 있는 렌첸에게로, 어둠 속으로 조심스럽게 다가가는 모습을 지켜봤다. 그러고는 생각했다, 늦었어, 너무 늦었어, 이건 속임수야! 렌첸의 속임수일 뿐이라고! 하지만 때는 이미 늦었다, 율리안은 이미 땅에 누워 있는 그 형체에 다다랐고, 그가 몸을 굽 히는 걸 보며 두 번째 총성이 울리리라는 생각에 속으로 고함을 쳤지만, 아무 일도 일어나지 않았다. 너무 추워서 온몸이 덜덜 떨 렸다. 율리안이 다시 몸을 일으켜 나에게로 다가오는 게 보였다.

"죽었어." 율리안이 말했다.

나는 온몸이 마비된 듯 그 자리에 앉아 있었다. 율리안이 풀밭 위, 내 옆에 앉아 나를 품에 안는 순간 율리안의 온기가 나를 감 쌌고, 나는 마침내 울음을 터뜨렸다. 이웃집들에 불이 켜지기 시 작했다.

"감사합니다, 미햐엘리스 씨." 경찰관이 말했다. "일단은 이것 으로 됐습니다."

"일단은 이라뇨?"

"그게, 저희가 또 여쭤볼 게 있을지도 모르니까요. 한 남자가 미햐엘리스 씨의 총으로 자살을 했습니다. 그리고 방금 말씀해 주신 이야기는 전체적으로 꽤나…… 복잡하더군요."

"변호사를 불러야 할까요?"

경찰관이 잠시 망설였다.

"그러셔도 나쁠 건 없을 겁니다." 경찰관은 이렇게 말한 뒤 자리에서 일어났다.

나는 걱정을 할 힘도 없었기에 경찰관을 따라 천천히 자리에서 일어났다. 병원에서는 뼈가 부러진 게 아니라 그냥 접질렸을 뿐이라고 했지만, 어쨌든 당장은 한쪽 발만 쓸 수 있는 데다 목발을 다루는 데도 아직 서툴렀고, 게다가 오른손도 여전히 제 기능을 못하고 있었다. 그 경찰관이 문을 잡아주었기에 심문실에서 겨우 빠져나왔다. 비록 내가 받은 건 공식적인 심문이 아니라 질문이었을 뿐이지만. 방에서 나오자마자 율리안과 마주쳤다. 내심장이 뛰기 시작했고, 그걸 막을 방도는 없었다. 하지만 율리안은 나와 눈을 마주치지 않은 채 형식적인 악수만 건넨 뒤, 자기 동료에게로 몸을 돌렸다.

"휴대전화를 찾았대요." 율리안이 말했다.

나는 안도의 한숨을 내쉬었다.

"녹음은 이상 없나요?" 내가 물었다.

"지금 확인 중인데 그럴 확률이 높아 보입니다."

이름이 기억나지 않는 그 경찰관이 내게 악수를 청한 뒤 사라졌고, 율리안과 둘만 남았다. 풀밭 위에서 율리안과 껴안았던 생각이 났고 그 생각을 떨쳐버리려 애썼다. 율리안은 호출한 동료 경찰이 오자마자 내게서 떨어지며 헛기침을 했다. 그리고 다시 존댓말을 하기 시작했다. 그때부터 율리안은 나와 눈이 마주치는 걸 피하고 있었다.

"린다." 율리안이 나를 불렀고, 그건 마치 작별 인사처럼 들렸다.

"안녕." 나는 바보처럼 말했고 율리안의 눈을 쳐다보려 했지만, 그는 그럴 기회를 주지 않은 채 몸을 확 돌려 사무실로 들어가 버렸다.

나는 율리안이 속으로는 나를 내 동생의 살인범으로 여겼다가 이제 와 자기 실수를 뉘우치느라 그렇게 어색하게 행동하는 건가 싶었다. 그럴 가능성은 충분했다. 율리안이 나와 밤을 보낸 뒤 더 이상 연락하지 않았던 것도 어쩌면 그런 이유 때문이었을지 모른다. 나는 렌첸이 했던 말을 떠올렸다. '항상 작은 의심은 남게 마련입니다.' 나는 내 휴대전화에 녹음된 렌첸의 자백으로 마지막 남은 의심을 뿌리 뽑게 된 것이 기뻤다. 내가 목발을 짚고 힘겹게 경찰서 복도를 걸어가고 있었을 때, 뒤에서 귀에 익은 목소리가 들렸다.

"미햐엘리스 씨?"

나는 서투른 움직임으로 뒤를 돌았다. 내 앞에는 브란트가 서 있었다. 브란트는 전에 비해 조금도 달라진 데가 없었다. 다만 얼굴에 엷은 미소를 띠고 있는 건 처음 보는 모습이었다.

"지난밤에 무슨 일이 있었는지 들었어요." 브란트가 말했다.

"저희한테 미리 알리시지 그러셨어요."

지난밤. 그 말은 아주 서서히 스며들었다. 정말 다 끝난 것이다. 나는 아무 대답도 하지 않았다.

"뭐, 아무럼 어때요." 브란트가 다시 입을 열었다. "무사하셔서 다행이에요."

"고마워요."

브란트가 뭔가 더 할 말이 남아 있는 듯 잠시 머뭇거렸다. 아마도 브란트는 이제야 몇 달 전 전화를 했던 게 나였음을 깨달았을 것이다. 전화를 걸어 목격자라고 하고는 그냥 끊어버렸던 그 사람. 브란트는 보일 듯 말 듯 어깨를 으쓱하더니 "안녕히 가세요!" 하고는 사라졌다.

출구에 다다라 뒤를 돌아봤다. 그러자 다른 생각이 들었다. 다시 목발을 짚고 복도를 따라 걸어갔다. 한 걸음, 한 걸음. 해야 할 일이 너무도 많다. 변호사와 만나기. 부모님과 대화하기. 부코스키 데려오기. 출판사에 전화하기. 기사가 나기 전에 에이전트에게 미리 알리기. 잠자기. 샤워하기. 앞으로 어디서 살지 생각해보기. 다시 내가 살던 집으로 돌아갈 엄두는 나지 않았다, 아직은. 마지막으로 그 집에 들어간 이후로 십 년도 넘게 거기서 나오지 못했으니까. 최악의 긴장을 경험하고, 더는 단순히 살아남는 것만이 중요한 게 아닌 지금, 또다시 심해진 내 공황발작에 관해서도 누군가와 이야기를 해야만 했다. 해야 할 일이 너무도 많다. 그러나 우선 나는 율리안이 들어갔던 사무실 문을 두드렸고, 곧 문이 열렸다.

"좀 들어가도 돼요?" 내가 물었다.

"그럼요. 들어오세요."

처음으로 나는 율리안을 찬찬히 바라볼 시간을 갖게 됐다. 율리안이 잘 정돈된 커다란 책상 앞에 앉아 있었다. 얼굴이 좋아 보였다.

"진심이에요?" 내가 물었다.

"그래요, 들어와요."

"아니, 내 말은, 우리가 존댓말을 해야 해요? 진심이에요?"

율리안이 오늘 처음으로 내 눈을 쳐다봤다.

"당신 말이 맞아." 율리안이 말했다. "웃기는 짓이지. 어서 앉아."

율리안이 가리킨 의자로 절뚝거리며 걸어간 나는 굼뜬 동작으로 자리에 앉았고, 목발은 책상에다 기대어 세워놓았다.

"고맙다는 말을 하려고 왔어." 나는 거짓말을 했다. "당신이 날 구해줬잖아."

"당신을 구한 건 당신 자신이야."

우리는 잠시 침묵했다.

"처음부터 당신 생각이 맞았어." 마침내 내가 말했다. "치정에 의한 살인이란 거."

율리안이 생각에 잠긴 채 고개를 끄덕였다. 우리는 다시 침묵했고, 이번에는 아까보다 더 길고, 질기고, 불편한 침묵이었다. 왼쪽 벽에 걸린 시계가 똑딱거리는 소리를 냈다.

"난 단 한 번도 당신이 동생을 죽였을 거라고 생각한 적 없어." 정적을 뚫고 율리안이 불쑥 말했다.

놀라서 그를 쳐다봤다.

"나한테 물어보고 싶었던 게 바로 그거잖아, 아냐?" 율리안이 말했다.

나는 고개를 끄덕였다.

"단 한 번도." 율리안이 말했다.

"내가 전화했을 때, 그때 당신은……" 내가 말을 꺼냈지만, 그는 그 말을 잠자코 듣고 있지 않았다.

"린다, 거의 십이 년간 나는 당신 소식을 전혀 듣지 못했어. 근데 한밤중에 갑자기 전화를 걸어 잠을 깨워놓고 그런 걸 묻다니. '안녕, 율리안, 어떻게 지내, 그간 연락 못해서 미안해', 뭐 이런 말도 아니고. 당신 생각에는 내가 어떻게 반응했어야 했어?"

"와우!" 내가 반응했다.

"그래, 맞아. 정말 '와우!' 할 일이지. 그때는 나도 그런 생각밖에 안 들었다고."

"잠깐만. 근데 연락은 당신이 하기로 했었잖아. 그게 우리 약속이었어. 당신은 결혼한 상태였으니까. 준비가 되면 나한테 신호를 보내겠다고, 당신이 말했잖아." 내가 화를 내며 말했다.

그때의 그 실망감이 다시금 부글부글 끓어오르는 느낌이었다. 십이 년이나 된, 쓰라리고도 끈덕진 그 감정이.

"뭐, 이제 와서 그게 다 무슨 상관이야." 내가 덧붙여 말했다. "당신과 당신 여자친구를 깨웠던 건 미안해. 다시는 그런 일 없을 거야."

자리에서 일어나려 했다. 발이 콕콕 쑤셨다.

율리안이 넋을 잃고 나를 쳐다봤다. 그러더니 갑자기 씩 웃었다.

"라리사를 내 여자친구라고 생각했어?"

"약혼녀든, 부인이든…… 내가 알게 뭐야."

나는 목발과 사투를 벌이다 결국 힘이 다 빠져 포기하고 말았다.

"라리사는 내 동생이야." 율리안이 웃으며 말했다. "원래는 베를린에 살아."

순간 심장이 멎는 기분이었다.

"아!" 나는 바보처럼 말했다. "동생이 있는 줄은 몰랐는데."

"당신이 나에 대해 모르는 게 어디 한둘인 줄 알아." 율리안이 여전히 웃는 얼굴로 대답했다.

그러던 율리안의 얼굴이 다시 진지해졌다.

"그리고 난 연락을 했었어, 린다."

"없는 말 지어내지 마! 내가 당신 연락을 얼마나 기다렸는데!"

율리안은 몸이 마비된 듯 잠시 침묵했다.

"우리가 문학에 관해 나눴던 대화 기억해?" 마침내 율리안이 물었다.

"지금 그 얘기가 왜 나와?"

"기억하냐고? 우리 첫 대화. 그때, 우리 집 앞 계단에서."

"그럼. 당신은 소설에는 아무런 흥미도 없고 별 관심도 없지만, 시는 즐겨 읽는다고 했었잖아."

"당신은 시에서는 아무런 감흥도 못 느끼겠다고 했지. 그래서 내가 언젠가는 당신을 설득하겠다고 했고. 기억나?"

나는 기억하고 있다.

"그래. 당신은 나한테 소로나 휘트먼의 시는 꼭 한번 읽어봐야 한다고, 그럼 시를 사랑하게 될 거라고 했어."

"기억하는군." 율리안이 말했고, 순간 나는 정신이 번쩍 들었다.

나는 아주, 아주 오래전 어느 팬이 보내준(나는 지금껏 그렇게 알고 있었다), 지금은 침대 옆 협탁에 놓인 닳고 닳은 휘트먼의 시집을 떠올렸다. 가장 음울한 시간을 보낼 때 그토록 자주 넘겨봤던 책. 잠이 오지 않던 인터뷰 전날 밤 나를 구원해주었던 그 책. 나는 무릎에 힘이 빠지는 느낌이었다.

"그게…… 당신의 신호……?" 나는 어안이 벙벙한 얼굴로 물었다.

율리안이 우울하게 어깨를 으쓱해 보였다. 온몸에 힘이 다 빠져버려 다시 의자에 주저앉았다.

"난 몰랐어, 율리안. 난 당신이 날 잊은 줄로만 알았어."

"난 당신이 날 잊은 줄 알았는데. 아무 응답이 없길래."

우리는 슬픔에 잠겨 입을 꾹 닫았다.

"그냥 전화하지 그랬어?" 결국 내가 물었다.

"이것 참." 율리안은 조용히 말했다. "난 그 시집을 보낸 게 뭐랄까…… 왠지 로맨틱한 방법이라고 생각했어. 그런데도 당신한테서 아무 연락이 없길래 난……."

율리안이 어깨를 으쓱했다. "…… 난 당신이 나름대로 잘 살아가고 있겠거니 생각했어. 세상은 돌고 도니까."

우리는 서로 마주 앉아 있었고, 나는 만약 우리가 함께했다면 지난 십이 년이 과연 어떻게 달라졌을지 생각했다. 이제 나는 율리안에 대해, 그가 살아온 삶에 대해 사실상 아무것도 모르게 돼버렸다. 율리안이 직접 말했듯, 세상은 돌고 도니까.

예전의 충동적인 린다였다면 지금쯤 율리안의 눈을 빤히 쳐다보며 그의 책상에 손을 내밀고 그가 잡아주기를 기다렸을 거야. 하지만 나는 더 이상 예전의 린다가 아니다. 나는 십일 년이라는 시간 동안 집 밖으로 나가지 않으면서 인생의 쓴맛을 제대로 경험한 여자였다. 그간 나는 너무나 많은 일을 겪었다. 이제 나이가 들었고, 어쩌면 전보다 더 이성적으로 변했다고 할 수 있을 거야. 율리안에게는 그 나름의 삶이 있고, 그 속에는 내가 존재하지 않음을 난 잘 알았다. 이제 와 율리안의 삶 속에 침입하려 한다면 그건 이기적인 일임이 분명하다.

잠시 후 나는 몸을 앞으로 숙여 율리안의 눈을 쳐다보며 쫙 편친 손을 책상에 내밀었다. 잠시 내 손을 바라보던 율리안이 결국 내 손을 꼭 잡았다.

35

꿈도 안 꾸고 자던 나는 전화벨 소리에 벌떡 일어났고, 처음에는 내가 지금 어디 있는 건지 알 수가 없었다. 잠시 후 나는 여기가 호텔 방(내가 할 일을 전부 마무리 짓고 앞으로 어디서 살지 정할 때까지 일단 무기한 빌려둔)임을 알게 됐다. 부코스키가 피곤한 듯 한쪽 눈만 뜬 채로 나를 쳐다봤다.

본능적으로 휴대전화를 향해 손을 뻗다가 이내 전화기가 경찰서 어딘가에 있다는 걸 기억해냈고, 호텔의 유선전화기를 집어 들었다.

"어떻게 교황보다 더 통화하기가 힘들어." 노베르트가 비난하듯 말했다. "《피를 나눈 자매》가 오늘 출간된다는 건 알고 계시나, 마담?"

"그럼요." 나는 거짓말을 했다.

정말로 그에 관해 생각할 겨를이 전혀 없었다.

"말해봐, 도무지 이해가 안 가는 군. 은둔자 생활은 정말 포기한 거야? 집에서 나왔어?"

나는 웃음이 나올 지경이었다. 우리가 내 집에서 마지막으로 만난 이후로 무슨 일들이 있었는지, 노베르트는 알 턱이 없었다.

"나왔어요." 내가 말했다.

"메흐드!" 노베르트가 소리쳤다. "못 믿겠는걸! 지금 날 놀리는 거지!"

"다음에 자세하게 다 설명할게요, 아셨죠? 하지만 오늘은 안 돼요."

"믿을 수가 없군. 믿을 수가 없어."

잠시 후 노베르트는 마음이 어느 정도 진정된 것 같았다.

"자네 책에 관해 아직 아무 얘기도 안 했지." 노베르트가 말했다.

그제야 나는 문득 내가 노베르트를 얼마나 보고 싶어했는지 생각했다.

노베르트에게 내 책이 어땠냐고 묻고 싶은 걸 꾹 참았다. 내가 먼저 물어봐주길 바라고 있다는 걸 알면서도, 그를 화나게 만드는 게 재미있었기 때문이다. 우리는 잠시 아무 말도 안 하고 있었다.

"자네는 자네 때문에 온갖 고생 다 하는 이 출판사 사장이 자네 소설에 대해 어떻게 생각하는지 아무런 관심도 없는 모양인데." 마침내 노베르트가 입을 열었다. "그래도 난 말하겠어."

나는 웃음이 나오려는 걸 애써 참았다.

"어서 말해봐요."

"자네는 날 속였어. 그건 스릴러가 아니라 스릴러의 탈을 쓴 사랑이야기더군."

나는 잠시 말문이 막혔다.

"아무튼 언론사들은 이 책을 혹평했어. 하지만 이상하게도 난 이 책이 마음에 들더라고. 나도 이제 늙었나 봐. 뭐, 내 생각은 그렇다고. 자네는 조금도 관심 없겠지만."

이제 나는 정말 웃을 수밖에 없었다.

"고마워요, 노베르트."

노베르트는 기쁨과 불쾌함이 반씩 섞인 흥 소리를 내고는 전화를 끊어버렸다.

나는 몸을 일으켜 침대에 앉았다. 늦잠을 잔 탓에 이미 오후가 됐다. 옆에서 졸고 있던 부코스키는 자기가 지켜보고 있지 않으면 내가 또다시 자기를 어디론가 보내 버릴까 봐 걱정이 되는 듯 불안한 눈으로 나를 쳐다봤다.

걱정 마, 친구.

문득 샬로테의 집에 갔을 때 대문을 열고 깜짝 놀라던 샬로테의 얼굴이 떠올라 피식 웃고 말았다(이렇게 웃음이 터진 게 오늘만 벌써 두 번째였다). 부코스키를 데리러 갔을 때였다. 샬로테가 마치 처음 보는 사람을 보듯 나를 쳐다봤다.

"작가님! 어떻게 이럴 수가!"

"안녕, 샬로테. 잠깐 부코스키를 데리러 가려고 왔어."

때맞춰 나타난 부코스키는 평소와 같이 펄쩍펄쩍 뛰는 대신, 당황한 듯 잠시 가만히 서 있었다.

"제 생각에 부코스키도 작가님을 집 밖에서 봐서 놀랐나 봐요." 샬로테가 말했다. 나는 쭈그리고 앉아 손을 내밀어 부코스키가 냄새를 맡도록 했다. 부코스키는 처음에는 수줍은 듯 냄새를 맡더니, 이내 꼬리를 흔들며 내 손을 마구 핥기 시작했다.

　나는 다시 현재에 집중했다. 할 일이 아주 많았다. 우선 부모님께 가서 새로운 소식을 전해야 했다. 그런 뒤에는 다시 경찰서로 가서 변호사와 이 모든 문제를 상의해야 했다. 내 앞에는 많은 일들이 놓여 있지만, 나는 다 잘해낼 수 있을 것이다. 내 안에 어떤 변화가 일어났다. 나는 강해진, 살아 있는 기분이 들었다.

　밖에는 서서히, 아주 서서히 봄이 오고 있었다. 자연도 곧 새로운 뭔가가 시작되리란 걸 예감하는 듯, 새 생명을 싹틔우고 있었다. 몸을 쭉 뻗어 기지개를 켰다.

　나는 안나를 생각했다. 지난 수년간 내 머릿속에 살던, 또 내 책 속에 묘사된 천사 같은 안나가 아니라, 나와 다투고 화해하기를 반복했던, 내가 사랑했던 진짜 안나를.

　나는 렌첸을 생각했다. 그는 죽었고 나는 안나의 집에 왜 꽃이 있었는지 그에게 더는 물어볼 수가 없었다. 렌첸이 안나에게 선물했던 걸까. 아무리 잘린 꽃이라도 렌첸이 주었을 때는 안나도 좋아했을까.

　나는 율리안을 생각했다.

　침대에서 내려와 샤워를 했다. 옷도 입었다. 룸서비스로 조식을 시켰다. 부코스키에게도 먹이를 주고. 완전히 꽉 차버린 음성 사서함도 확인했다. 샬로테한테서 돌려받은, 꽃봉오리가 터지기 일보 직전인 난초에 물도 주었다. 나는 해야 할 일의 목록을 작성했다. 그리고 음식을 먹었다. 출판사와 변호사한테 전화를 걸었다. 눈물이 조금 났다. 나는 코를 풀었다. 그리고는 부모님과 만날 약속을 잡았다.

호텔 방에서 나와 엘리베이터를 타고 아래층으로 내려갔다. 로비를 지나 출입구 쪽으로 걸어가자 자동문이 열렸다.

내 이름은 린다 콘라츠. 직업은 작가다. 나이는 서른여덟. 나는 자유롭다. 지금 나는 문턱에 서 있다.

세상으로 나가는 문턱에.

트랩

초판 1쇄 인쇄	2016년 09월 09일
초판 2쇄 발행	2016년 12월 01일

지은이	멜라니 라베
옮긴이	서지희
펴낸이	김병은
펴낸곳	(주)프롬북스

등록번호	제313-2007-000021호
등록일자	2007.2.1.

주소	경기도 고양시 일산동구 정발산로 24 (장항동 웨스턴돔타워) T1-718호
문의	031-926-3397
팩스	031-926-3398
전자우편	edit@frombooks.co.kr

ISBN	978-89-93734-68-3 03850

*이 책은 ㈜프롬북스가 저작권자와의 계약에 따라 발행한 것으로 무단전재와 복제를 금합니다.
*책값은 뒤표지에 있습니다.
*잘못된 책은 구입하신 서점에서 바꿔드립니다.

이 도서의 국립중앙도서관 출판예정도서목록(CIP)은
서지정보유통지원시스템 홈페이지(http://seoji.nl.go.kr)와
국가자료공동목록시스템(http://www.nl.go.kr/kolisnet)에서 이용하실 수 있습니다.
(CIP제어번호: CIP2015029623)